U0050539

檸檬樹出版

檸檬樹出版

# 活用日本語會話大全

## 日本人説的、用的 4000 句道地日語

福長浩二 著

檸檬樹出版

# 本書說明

**本書採用「7 大類多元延伸」方式，以期讀者於學習日語會話過程中，能夠兼具──精準陳述、熟練表達、延展話題、豐厚內容──的完整能力！**

版面說明如下：

**1【核心句】** 精準陳述思惟

**2【相反句】** 熟練正反陳述

**3【衍生句】** 延展話題領域

**4【提問句】** 轉換立場表達

**5【新造句】** 挑選上述各句中的困難單字造句

**6【替換字】** 開發潛在詞彙

**7【相似句】** 豐厚表達內容

## 47 便利商店（超商） 附近很多超商・買報紙

257

**我家附近有很多超商。** 私（わたし）のうちの近（ちか）くには、コンビニがたくさんあります。

相反　**我家離超商很遠。**
私（わたし）のうちは、コンビニから遠（とお）いです。

衍生　**在台灣，超商隨處可見。**
台湾（たいわん）では、コンビニはどこにでもあります。

Q　**你家附近有超商嗎？**
あなたのうちの近（ちか）くには、コンビニがありますか。

單字　**【遠い】遠**　会社（かいしゃ）が遠（とお）いので、通勤（つうきん）が大変（たいへん）です。
（公司很遠，通勤很辛苦。）

257

**我每天到超商買報紙。** 私（わたし）は毎日（まいにち）、コンビニで新聞（しんぶん）を買（か）います。

替換　**【新聞】報紙，可換成**
朝（あさ）ご飯（はん）（早餐）／飲（の）み物（もの）（飲料）

相反　**我很少去超商。**
私（わたし）は、コンビニにはあまり行（い）きません。

相似　**我常到超商買東西。**
私（わたし）は、いつもコンビニで買（か）い物（もの）をします。

Q　**你常去超商嗎？**
あなたは、いつもコンビニに行（い）きますか。

# 這本書的寶藏：無可取代的 7 大優點

優點 1

**絕對不寫「中式日語」，完全是「日本人說的道地日語」。**

（*可參閱 P8 作者序的相關說明）

什麼是「中式日語」？簡單的說，就是中翻日的日語。**翻譯出中文句意，卻是日本人不會這麼說的日語。**學習日語的過程中，如果缺乏專業老師的指導，許多人常說著「中式日語」而不自知。看看下面這個例子：

**我是三菱公司的本田。**

X【中式日語】私は三菱会社の本田と申します。

○【道地日語】私は三菱の本田と申します。

○【道地日語】私は三菱という会社の本田と申します。

→ 本書 P16

優點 2

**絕對不寫「直譯中文的日語」，完全是「日本人要表達這樣的意思時，所用的句子及說法」。**

從下面兩個例子，可以看出中日語的用法差異：

**我最近身體比以前健康。**私は最近、体の調子がいいです。

（說明）日語的「最近」包含「比以前…」的含意，所以雖然中文句子是「比以前…」，但日語不需要加「以前より」（比以前…）這個字。

**我的面貌姣好。**私の顔は、整っています。

（說明）直譯的日語是「私の顔は美しいです」。但其實沒有日本人會說自己很美（這也算是一種文化差異），如果婉轉一點，用上面的說法就還好。

→ 本書 P52、106

優點
3

**連逗點「、」都重視，最正確的日語逗點「、」應該這樣用！**

日語的逗點「、」用法和中文稍有差異，並非是語氣停頓就加逗點。仔細閱讀福長老師的巧思與用心，你所說的、寫的日語會更道地。

**我早上都會自己醒來。**

私は朝、自然に目が覚めます。

**我一定要別人叫我起床。**

私は、人に起こしてもらわないと、起きられません。

→ 本書 P225

優點
4

**7 大類多元延伸，全新概念學習語典！**

藉由連帶相關的文句組織，所學到的不再是單一表達的句子，而是多元延伸功能的活用句。例如以下兩組內容：

| 核心句 | 我的名字是爸爸取的。 |
| --- | --- |
| 替換字 | 〈父（ちち）〉可換成〈祖父（そふ）／母（はは）〉---【開發潛在詞彙】 |
| 衍生句 | 我的名字是算命來的---【延展話題領域】 |
| 提問句Q | 你的名字是誰取的？---【轉換立場表達】 |
| 新造句 | 挑選核心句的〈つける〉造句 ---【活化詞彙運用】 |

| 核心句 | 我貸款買房子。 |
| --- | --- |
| 衍生句 | 我打算買房子 ---【延展話題領域】 |
| 衍生句 | 我不打算買預售屋 ---【延展話題領域】 |
| 提問句Q | 你的房子是買的嗎？---【轉換立場表達】 |
| 相反句 | 我完全沒能力繳房貸 ----【熟練正反陳述】 |

→ 本書 P17、29

優點 5

## 話題多元、貼近生活；包含流行趨勢與熱門話題！

本書包含 9 大類內容，包含：個人基本資料、喜好、工作職場、希望規畫…等；並結合社會現況，收錄熱門話題常用句，例如：選秀節目、社群網路、節能減碳等，內容豐富多元。

**台灣有許多外籍新娘。**（主題 7）
台湾には、外国人花嫁がたくさんいます。

**3年來我胖了20公斤。**（主題 17）
私はこの3年で、20kg太りました。

**網友人肉搜尋的效果很驚人。**（主題 46）
インターネットで、他の人の経験などを検索すると、とても役に立ちます。

**台灣超商會推出集點換公仔的活動。**（主題 47）
台湾のコンビニでは、フィギュアカードを集めると、フィギュアに交換できます。

**我害怕被社會淘汰。**（主題 72）
社会から淘汰されるのが怖いです。

**許多年輕夫妻不想生小孩。**（主題 73）
子供を作りたくない若い夫婦も、多いです。

**目前大學畢業的起薪大約25000元。**（主題 74）
現在の大卒の初任給は、25000元ぐらいです。

**「山寨商品」形成獨特商機。**（主題 75）
「山寨商品」は、独特の市場を形成しています。

**近幾年，選秀節目引起熱潮。**（主題 76）
ここ数年、スター発掘番組が受けています。

優點
6

## 每頁上方提示「主題名稱、關鍵句意」，方便查詢！

每頁上方均有：主題序號、主題名稱、該頁核心句的「關鍵句意」，方便讀者快速查找用句。

# 18 皮膚 黃種人・皮膚白皙

如上，表示此頁為【主題 18 皮膚】，

該頁兩個核心句分別為：

（上）**我是黃種人。**

（下）**我的皮膚白皙。**

→ 本書 P98

優點
7

## 詳列單字、文型解釋，學習更完整！

每頁下方詳列該頁重要單字及文型，全部以原形條列。除能輔助理解該頁例句，省去查找字典的麻煩，並能做為記憶單字文型之用途。

● 別人（別人、另外一個人）／まるで…のようです（像…的樣子）／すっぴん（素顏）／恥ずかしい（丟臉）／エチケット（禮貌）／アルバイト（打工）

→ 本書 P129

# 作者序

**總是說「中式日語」是不行的，要學就學「日本人說的道地日語」！**

在我的教學過程中，常常聽到母語是中文的學生說出「中式日語」（中国語式の怪日本語）。

中式日語（*註）是指將中文直譯為日語，有時候可以大致翻譯出原有的句意，日本人聽了，或許能瞭解你想表達的意思，但日本人在生活中卻不是這麼用、這麼說。

形成「中式日語」的原因，可能是學生自己發明的（以為中文這樣說，日語可能是這樣說），就一直誤用；也可能是學習過程中，接觸了不正確的日語教材，就這樣吸收了。

但是，總是說「中式日語」是不行的。（非常不 smart！）

**「中式日語」有時候能表達出大概的意思，但卻不是正確的日語；有時候根本錯得離譜，日語和中文的意義有極大的差距。**

在出版社的規劃架構之下，我著手撰寫這本書時，一定先精確掌握每一句中文的意義，再反覆思量吻合中文句意、而且是日本人所說的道地日語。

有時候，為了琢磨出一句最恰當的日語，可能好幾天都在反覆思考，一直想著「哪一種說法才是日本人最自然、正確的表達」，甚至連每一個助詞、標點符號，都要兼顧。

所以，**整本書完全沒有「中式日語」，每一句日語「絕對不是直譯中文字面意義」而來的，完全是日本人要表達這樣的意思時，所用的句子及說法。**這樣的特質，絕對是一般的日語學習書無法達到的——相當優質、非常適合外語學習者逐句背誦、體會、並能大大提升日語語感。

**而且，這本書的每一句話，都非常好用。**

遇到「這句中文，日文怎麼說？」時，很多人會將中文直譯為日文，認為「這句中文，日文大概是這樣子吧？」就自以為是的做了決定。雖然，有時候是對的，但也可能變成了「中式的奇怪日語」。

想知道「這句中文，日文到底怎麼說」時，這本書非常有用。大家不妨比較自己所想的日語說法、以及道地的正確日語，就會發現其中真的差異極大。

**要說出道地日語，唯有接觸、學習道地日語！**
加油吧！希望大家都能學會「日本人說的、用的道地日語」！

---

**作者簡介** 福長浩二

出生於日本廣島，日本廣島修道大學畢業，
臺灣國立清華大學科技管理研究所畢業，
為了研究日語教學法，目前攻讀東吳大學日本語文學研究所碩士班。

曾於臺灣、韓國、日本擔任日語老師，具十年以上日語教學經驗。

曾任地球村、青山外語、趨勢語言教育中心、菁英國際語言教育中心、城邦集團果實出版、崇光社區大學、聖心女中…等機構日語教師。

曾任日商公司翻譯人員，具豐富的中日筆譯、口譯實務經驗；並協助國立臺灣史前文化博物館進行日文網頁翻譯。

由於本身具流利的中文表達力，所以能從中日語的差異，掌握華人學習日語的盲點，並提供適切的解說。

著作：
《旅遊日語500句便利語典》
《惡口日語500句便利語典》
《日本語慣用語句活用手冊》
《日語單字的故事》
《字解日本年度漢字》
《聽說旅遊日語很簡單》

＊以上皆由 檸檬樹出版社 出版

# 目錄

活用日本語
會話大全

# 主題

# 1-86

# 1 名字　我姓…・你可以叫我…

## 001

**我姓陳。**　私(わたし)は陳(チン)です。

**相似**　**我是三菱公司的本田。**

私(わたし)は、三菱(みつびし)（という会社(かいしゃ)）の本田(ほんでん)と申(もう)します。

★★★中文說「我是三菱公司的本田」，但日文不能說「私は三菱会社の本田と申します」。正確的日文是「私(わたし)は三菱(みつびし)の本田(ほんだ)と申(もう)します」，不會有「会社(かいしゃ)」這兩個字。如果要加上「会社(かいしゃ)」，必須說「私(わたし)は三菱(みつびし)という会社(かいしゃ)の本田(ほんだ)と申(もう)します」。

**相似**　**我是井上惠美。**

私(わたし)は、井上恵美(いのうええみ)と言(い)います。

**Q**　**你貴姓？你叫什麼名字？**

あなたの苗字(みょうじ)は何(なん)ですか。お名前(なまえ)は？

## 001

**你可以叫我理惠。**　理恵(りえ)と呼(よ)んでください。

**相似**　**家人暱稱我為「小靜」。**

家族(かぞく)は、私(わたし)のことを「静(しずか)ちゃん」と呼(よ)びます。

**相似**　**朋友都叫我「小武」。**

友達(ともだち)は、私(わたし)のことを「武(たけし)くん」と呼(よ)びます。

**Q**　**我該怎麼稱呼你？**

どうお呼(よ)びしたらいいですか。

**Q**　**我可以叫你「浩平」嗎？**

あなたのことを「浩平(こうへい)」と呼(よ)んでもいいですか。

● 言う（稱呼）／苗字（姓氏）／呼ぶ（稱呼）／…てもいいですか（可以…嗎）

## 002

**我的名字是爸爸取的。**　私（わたし）の名前（なまえ）は、父（ちち）がつけてくれました。

| | |
|---|---|
| 替換 | **【父】爸爸，可換成**<br>祖父（そふ）（爺爺）／母（はは）（媽媽） |
| 衍生 | **我的名字是算命來的。**<br>私（わたし）の名前（なまえ）は、運勢判断（うんせいはんだん）でつけました。 |
| Q | **你的名字是誰取的？**<br>あなたの名前（なまえ）は、誰（だれ）がつけましたか。 |
| 單字 | **【つける】附加、加上…**<br>本（ほん）に題名（だいめい）をつけます。（取書名。） |

## 002

**我的名字很大眾化。**　私（わたし）の名前（なまえ）は、よくある名前（なまえ）です。

| | |
|---|---|
| 相反 | **我從沒遇過和我同名同姓的人。**<br>私（わたし）は、同姓同名（どうせいどうめい）の人（ひと）に会（あ）ったことがありません。 |
| 衍生 | **有一個朋友和我同名。**<br>友達（ともだち）の一人（ひとり）は、私（わたし）と同（おな）じ名前（なまえ）です。 |
| 衍生 | **我的名字和你的只差一個字。**<br>私（わたし）の名前（なまえ）は、あなたと一文字違（ひともじちが）いです。 |
| 衍生 | **你的名字與眾不同。**<br>あなたの名前（なまえ）は、変（か）わっていますね。 |

● つけてくれる（某人替我…加上…）／運勢判断（算命）／よくある（很常有）／会う（遇見）／同じ（相同的）／違い（不同）

# 1 名字 想改名・名字沒有特殊涵義

## 003

**我想改名。** 私は、名前を変えたいと思っています。

| | |
|---|---|
| 相似 | **我透過算命改名了。**<br>私は、運勢判断によって改名しました。 |
| 衍生 | **有人認為改名可以改運。**<br>改名によって運勢が変わると思っている人もいます。 |
| Q | **你想改名嗎？**<br>あなたは、名前を変えたいですか。 |
| 單字 | **【変える】改變**<br>彼女は、最近髪型を変えました。（她最近換髮型了。） |

## 003

**我的名字沒有特殊涵義。** 私の名前には、特別な意味はありません。

| | |
|---|---|
| 相似 | **我不知道我的名字有什麼涵義。**<br>私の名前に、どんな意味があるのか知りません。 |
| 衍生 | **名字象徵父母親對小孩的期望。**<br>名前は、両親の子供に託す希望を象徴しています。 |
| 衍生 | **這個英文名的涵義是「有智慧」。**<br>この英語名には、「英知」という意味が込められています。 |
| Q | **你的名字有特殊涵義嗎？**<br>あなたの名前には、特別な意味がありますか。 |

● …たいと思っている（想要…）／…によって（依據…）／ありません（沒有）／どんな（什麼樣的）／知る（知道）／込める（包含在內）

004

**我的名字常被念錯。**　私の名前は、よく読み間違えられます。

| | |
|---|---|
| 衍生 | **我不知道這個日文名字怎麼念。**<br>この日本語名は、どう読むのかわかりません。 |
| Q | **請問你的名字怎麼念？**<br>あなたのお名前は、どう読みますか。 |
| Q | **我念錯你的名字嗎？**<br>あなたの名前を読み間違えましたか。 |
| 單字 | **【読み間違える】念錯**<br>先生は、いつも私の名前を読み間違えます。<br>（老師常念錯我的名字。） |

004

**在台灣，許多人有英文名。**　台湾では、多くの人が英語名を持っています。

| | |
|---|---|
| 替換 | **【英語名】英文名字，可換成**<br>日本語名（日文名）／あだ名（綽號）／ペンネーム（筆名） |
| 衍生 | **平常，同事都叫我的英文名「Cherry」。**<br>同僚は普段、私を英語名で「Cherry」と呼んでいます。 |
| 衍生 | **我沒有日文名。**<br>私は、日本語名がありません。 |
| Q | **你有英文名嗎？**　あなたは、英語名がありますか。 |

●よく（常常）／わかる（知道）／いつも（經常）／普段（平常）／呼ぶ（叫做…）

# 1 名字 沒有綽號・用暱稱上網

## 005

**我沒有綽號。** 私(わたし)は、あだ名(な)はありません。

| | |
|---|---|
| 衍生 | **我不喜歡我的綽號。**<br>私(わたし)は、自分(じぶん)のあだ名(な)が好(す)きではありません。 |
| 衍生 | **我只知道他的綽號，不知道真名。**<br>私(わたし)は、彼(かれ)のあだ名(な)は知(し)っていますが、本名(ほんみょう)は知(し)りません。 |
| Q | **你有綽號嗎？** あなたは、あだ名(な)がありますか。 |
| 單字 | **【あだ名】綽號**<br>私(わたし)は、変(へん)なあだ名(な)をつけられて、困(こま)っています。<br>（被人取奇怪的綽號，我很困擾。） |

## 005

**網路上，很多人用暱稱。** ネット上(じょう)では、ネットネームを使(つか)う人(ひと)が多(おお)いです。

| | |
|---|---|
| 相似 | **很少人用真名上網註冊資料。**<br>ネット上(じょう)での登録(とうろく)で、本名(ほんみょう)を使(つか)う人(ひと)はあまりいません。 |
| 衍生 | **我經常更改 MSN 上的暱稱。**<br>私(わたし)は、MSN(エムエスエヌ)メッセンジャーの表示名(ひょうじめい)を、よく変(か)えます。 |
| 相反 | **在 Facebook 上，很多人用真名。**<br>Facebook(フェースブック)では、たくさんの人(ひと)が本名(ほんみょう)を使用(しよう)しています。 |
| Q | **你常用的網路暱稱是什麼？**<br>あなたがよく使(つか)うネットネームは、何(なん)ですか。 |

●変な（奇怪的）／困る（困擾）／ネット（網路）／ネットネーム（網路暱稱）／MSNメッセンジャー（MSN 即時通訊軟體）

## 006

| | |
|---|---|
| **我今年 25 歲。** | 私(わたし)は、今年(ことし)２５歳(にじゅうごさい)です。 |
| 相似 | **我 30 多歲了。** 私(わたし)は、３０歳(さんじゅっさい)すぎです。 |
| 相似 | **我快 50 歲了。** 私(わたし)は、もうすぐ５０歳(ごじゅっさい)です。 |
| 相似 | **我未滿 18 歲。** 私(わたし)は、まだ１８歳(じゅうはっさい)になっていません。 |
| Q | **你幾歲？** おいくつですか。 |

## 006

| | |
|---|---|
| **我出生於 1980 年。** | 私(わたし)は、１９８０年(せんきゅうひゃくはちじゅうねん)生(う)まれです。 |
| 相似 | **我是 60 幾年次的。**<br>私(わたし)は、民国６０年代(みんこくろくじゅうねんだい)生(う)まれです。 |
| 相似 | **我是 73 年次的。**<br>私(わたし)は、民国７３年(みんこくななじゅうさんねん)生(う)まれです。 |
| Q | **你是哪一年出生的？**<br>あなたは、何年(なんねん)生(う)まれですか。 |
| Q | **你的出生年月日是？**<br>あなたの生年月日(せいねんがっぴ)は、何月何日(なんがつなんにち)ですか。<br>★★★即使中文改成「你的生日是什麼時候」，較自然的日語表達法還是「あなたの生年月日は何月何日ですか」。用「あなたの生年月日はいつですか（什麼時候）」文法沒有錯誤，但這樣的日文較不自然。 |

● …すぎ（超過一點點…）／もうすぐ（馬上快要）／まだ（還沒）／いくつ（幾歲）／生まれ（出生）

# 2 年齡 相差…歲・相同年齡

## 007

**我跟我妹妹相差 10 歲。** 私(わたし)は、妹(いもうと)と10歳離(じゅっさいはな)れています。

| | |
|---|---|
| 相似 | **我比我哥哥小 3 歲。**<br>私(わたし)は、兄(あに)より3歳年下(さんさいとしした)です。 |
| Q | **你跟你弟弟相差幾歲？**<br>あなたと弟(おとうと)さんは、何歳違(なんさいちが)いですか。 |
| Q | **你比你姊姊小幾歲？**<br>あなたは、お姉(ねえ)さんより何歳下(なんさいした)ですか。 |
| 單字 | **【離れる】分開、相隔**<br>私(わたし)は、親(おや)と離(はな)れて暮(く)らしています。（我和父母親分開住。） |

## 007

**我跟你同年齡。** 私(わたし)は、あなたと同(おな)じ年(とし)です。

| | |
|---|---|
| 相似 | **你跟我姊姊同年。**<br>あなたは、私(わたし)の姉(あね)と同(おな)じ年(とし)です。 |
| 衍生 | **你比我年輕多了！**<br>あなたは、私(わたし)よりもとても若(わか)いですね。 |
| Q | **你們兩個誰的年紀大？**<br>あなたたち2人(ふたり)は、どちらが年上(としうえ)ですか。 |
| 單字 | **【同じ】同樣、一樣**<br>私(わたし)と妻(つま)は、同(おな)じ会社(かいしゃ)で働(はたら)いています。<br>（我和我太太在同一間公司工作。） |

● …より（和…比起來）／暮らす（生活）／とても（非常）／働く（工作）／どちら（哪個）

## 008

**你看起來比實際年齡年輕。** あなたは、実際（じっさい）の年齢（ねんれい）より若（わか）く見（み）えます。

| | |
|---|---|
| 相似 | **你看起來總是這麼年輕。** あなたは、いつも若（わか）く見（み）えます。 |
| 衍生 | **常有人說，我看起來比實際年齡老。**<br>私（わたし）は、実際（じっさい）の年齢（ねんれい）より老（ふ）けて見（み）えると言（い）われます。 |
| Q | **你常被誤認為高中生嗎？**<br>あなたは、よく高校生（こうこうせい）に間違（まちが）えられませんか。 |
| 單字 | **【より】和…比起來**<br>私（わたし）は、中華料理（ちゅうかりょうり）より日本料理（にほんりょうり）のほうが好（す）きです。<br>（比起中華料理，我比較喜歡日本料理。） |

## 008

**我男朋友的年紀比我小。** 彼氏（かれし）は、私（わたし）より年下（としした）です。

| | |
|---|---|
| 衍生 | **我女朋友的年紀比我大。**<br>私（わたし）の彼女（かのじょ）は、私（わたし）より年上（としうえ）です。 |
| 衍生 | **我不想和年紀比我小的男生交往。**<br>私（わたし）は、自分（じぶん）より年下（としした）の男性（だんせい）とは付（つ）き合（あ）いたくないです。 |
| 衍生 | **我不想和年紀比我大的女生交往。**<br>私（わたし）は、自分（じぶん）より年上（としうえ）の女性（じょせい）とは付（つ）き合（あ）いたくないです。 |
| Q | **你可以接受（年紀大的女朋友／年紀小的男朋友）嗎？**<br>あなたは、（年上（としうえ）の彼女（かのじょ）／年下（としした）の彼氏（かれし））と付（つ）き合（あ）えますか。 |

● 見える（看起來）／いつも（總是）／老ける（年老）／言う（說）／間違える（弄錯）／付き合う（交往）

# 2 年齡 超過適婚齡・滿 18 歲

## 009

**我早過了適婚年齡。** 私は、とっくに適齢期を過ぎました。

| | | |
|---|---|---|
| 衍生 | **我年紀不小了。** | 私は、若くありません。 |
| 衍生 | **我已經成年了。** | 私は、もう成人になりました。 |
| 衍生 | **我爸爸快到可以退休的年齡了。** | 父は、もうすぐ定年退職です。 |
| 單字 | **【過ぎる】超過** | この町に引っ越してきて、2ヶ月が過ぎました。（搬來這城市超過兩個月了。） |

## 009

**年滿 18 歲才能考駕照。** １８歳になれば、自動車免許の試験が受けられます。

| | | |
|---|---|---|
| 衍生 | **未滿 18 歲，不能抽菸喝酒。** | １８歳未満は、喫煙できません。 |
| 衍生 | **滿 6 歲的兒童，搭乘捷運需購票。** | ＭＲＴに乗るとき、6歳以上の子供は乗車券が必要です。 |
| 衍生 | **在日本，滿 20 歲才算成年。** | 日本では、20歳からが成人です。 |
| Q | **你滿 20 歲了嗎？** | あなたは20歳以上ですか。 |

● とっくに（老早之前）／過ぎる（超過）／もう（已經）／引っ越す（搬家）／受ける（應考）／できる（能夠）

## 010

**我家在住宅區。** 私(わたし)のうちは、住宅地(じゅうたくち)にあります。

| | |
|---|---|
| 替換 | **【住宅地】住宅區，可換成**<br>商業地区(しょうぎょうちく)（商業區）／住宅(じゅうたく)・商業共生地区(しょうぎょうきょうせいちく)（住商混合區） |
| 衍生 | **我喜歡住在遠離市區的郊區。**<br>私(わたし)は、街中(まちなか)から離(はな)れた郊外(こうがい)に住(す)むのが好(す)きです。 |
| 衍生 | **我喜歡住在熱鬧的市中心。**<br>私(わたし)は、賑(にぎ)やかな市中心部(しちゅうしんぶ)に住(す)むのが好(す)きです。 |
| Q | **你喜歡住郊區？還是市區？**<br>あなたは、郊外(こうがい)に住(す)むのが好(す)きですか。それとも街(まち)に住(す)むのが好(す)きですか。 |

## 010

**我家在大馬路旁。** 私(わたし)の家(うち)は、大通(おおどお)り沿(ぞ)いにあります。

| | |
|---|---|
| 相似 | **我家在小巷子裡。** 私(わたし)の家(うち)は、狭(せま)い路地(ろじ)にあります。 |
| 衍生 | **我家在地勢較低窪的地方。**<br>私(わたし)のうちは、低(ひく)く窪(くぼ)まったところにあります。 |
| 衍生 | **我家在兩條捷運交會的地方。**<br>私(わたし)のうちは、ＭＲＴ(エムアールティー)の路線(ろせん)が交差(こうさ)しているところにあります。 |
| Q | **你住哪裡？** あなたは、どこに住(す)んでいますか。 |

● 街中（市區）／離れる（離開）／賑やか（熱鬧）／路地（小巷道）／窪まったところ（低窪的地方）

# 3 家庭 公寓・全家人數

## 011

**我住公寓。** 私(わたし)は、アパートに住(す)んでいます。

| | |
|---|---|
| 替換 | **【アパート】公寓，可換成**<br>トイレ・バス付(つ)きの部屋(へや)（套房）／マンション（大廈） |
| | ★★★日本的房子都有浴室和廁所，日文沒有專指「套房」的詞彙。如果配合中文「套房」的意思，日文只能說「トイレ・バス付きの部屋」（附廁所・浴室的房間）。日文尚有一詞「ワンルームマンション」則是「一個房間加廚衛設施的高級住宅」。 |
| 衍生 | **我家是（獨棟透天厝／頂樓加蓋）。**<br>私(わたし)のうちは、（一戸建(いっこだ)て／屋上建築家屋(おくじょうけんちくかおく)）です。 |
| | ★★★日本沒有「頂樓加蓋」這樣的建築。如要配合中文的意思，最接近的是「屋上建築家屋(おくじょうけんちくかおく)」（屋頂的住家建物）。 |
| Q | **你住公寓？還是大廈？**<br>あなたは、アパートに住(す)んでいますか。それともマンションですか。 |

## 011

**我家總共4個人。** 私(わたし)の家族(かぞく)は、全部(ぜんぶ)で4人(よにん)です。

| | |
|---|---|
| 衍生 | **包括我，我家有3個小孩。**<br>私(わたし)のうちには、私(わたし)を含(ふく)めて3人(さんにん)子供(こども)がいます。 |
| 衍生 | **我們家人感情很好。** 私(わたし)たち家族(かぞく)は、とても仲(なか)がいいです。 |
| Q | **你家裡有幾個人？** あなたの家族(かぞく)は、何人(なんにん)ですか。 |
| Q | **你有哪些家庭成員？** あなたのうちの家族構成(かぞくこうせい)は？ |

● トイレ・バス（廁所和浴室）／屋上（屋頂）／仲がいい（感情融洽）／含める（包含…在內）

## 012

**我排行（老大／老么）。** 私は、（一番上／一番下）です。

| | |
|---|---|
| 相似 | **我排行（老二／老三）。**<br>私は、（二番目／三番目）です。 |
| 衍生 | **我是（獨生子／獨生女）。**<br>私は、（一人っ子／一人娘）です。 |
| 衍生 | **我有一個哥哥、一個妹妹。**<br>私は、兄と妹がいます。 |
| Q | **你有哥哥嗎？**<br>あなたは、お兄さんがいますか。 |

## 012

**我跟父母同住。** 私は、両親と住んでいます。

| | |
|---|---|
| 相反 | **我自己一個人租房子住。**<br>私は、一人でうちを借りて住んでいます。 |
| 相似 | **我們家三代同堂。**<br>私たち家族は、三世帯家族です。 |
| Q | **你一個人住嗎？**<br>あなたは、一人暮らしですか。 |
| Q | **你跟家人同住嗎？**<br>あなたは、家族と住んでいますか。 |

● 住む（居住）／うちを借りる（租房子）／暮らす（生活）

# 3 家庭 樓下是超商・3 年前搬來

## 013

**我家樓下是 7-11。** 私のうちの下は、セブンイレブンです。

| | |
|---|---|
| 替換 | **【セブンイレブン】7-11，可換成**<br>銀行（銀行）／朝食屋（早餐店） |
| 衍生 | **我家靠近捷運站。**<br>私のうちは、ＭＲＴ駅の近くです。 |
| Q | **你家靠近捷運站嗎？**<br>あなたのうちは、ＭＲＴ駅に近いですか。 |
| Q | **你家附近有大賣場嗎？**<br>あなたのうちの近くに、大型の店舗はありますか。 |

## 013

**我 3 年前搬來這裡。** 私は、3年前にここに引越して来ました。

| | |
|---|---|
| 相似 | **我剛搬來這裡沒多久。**<br>私は、ここに引越して来たばかりです。 |
| 衍生 | **我在這裡住很久了。**<br>私は、長くここに住んでいます。 |
| Q | **你從小住在這裡嗎？**<br>あなたは、小さい頃からここに住んでいますか。 |
| Q | **你經常搬家嗎？**<br>あなたは、よく引越ししますか。 |

● 引越す（搬家）／来たばかり（剛來）／小さい頃（小時候）／よく（經常）

## 014

**我貸款買房子。** 私は、ローンを組んでうちを買いました。

| | |
|---|---|
| 衍生 | **我打算買房子。** 私は、うちを買おうと思っています。 |
| 衍生 | **我不打算買預售屋。** 着工前の建売住宅は、買いません。<br>★★★販售興建完成、或是興建中的房屋，都是「建売住宅」。台灣所說的「預售屋」（販售未開始興建的房屋）則是「着工前の建売住宅」。 |
| 相反 | **我完全沒能力繳房貸。** 私は、住宅ローンを払えません。 |
| Q | **你房子是買的嗎？** あなたのうちは、購入したものですか。 |

## 014

**我目前租房子。** 今住んでいるうちは、賃貸です。

| | |
|---|---|
| 衍生 | **我的房租是每月 15000 元。**<br>私のうちの家賃は、15000元です。<br>★★★日文的「元」代表台灣或中國大陸的貨幣，並不代表日本、美國、或其他國家的貨幣。如果要表示「日圓」，一定要說「円」，不能說「元」。 |
| 衍生 | **我房東打算漲房租。** 大家は、家賃を値上げするつもりです。 |
| 衍生 | **我的房東很（熱心／小氣）。**<br>私の大家は、とても（親切／けち）です。 |
| Q | **你目前租房子嗎？** あなたは今、うちを借りていますか。 |

● ローンを組む（貸款）／着工前（興建之前）／建売住宅（以銷售為目的的住宅）／住宅ローン（房貸）／払う（繳款）／大家（房東）／値上げする（漲價）

# 4 個性 活潑外向・脾氣好

## 015

**我活潑外向。** 私(わたし)は、明(あか)るく外向的(がいこうてき)です。

| | |
|---|---|
| 相反 | **我害羞內向。**<br>私(わたし)は、恥(はず)かしがり屋(や)で内向的(ないこうてき)です。 |
| 相似 | **我很熱情。**<br>私(わたし)は、とても情熱的(じょうねつてき)です。 |
| 相似 | **我和任何人都合得來。**<br>私(わたし)は、誰(だれ)にでも合(あ)わせられます。 |
| 單字 | **【明るい】開朗的**<br>彼女(かのじょ)は、明(あか)るい性格(せいかく)です。（她的個性開朗。） |

## 015

**我的脾氣好。** 私(わたし)は、おとなしい性格(せいかく)です。

| | |
|---|---|
| 相反 | **我的脾氣不好。**<br>私(わたし)は、怒(おこ)りっぽいです。 |
| 衍生 | **我有一點固執。**<br>私(わたし)は、少(すこ)し頑固(がんこ)です。 |
| 衍生 | **你最近比較情緒化。**<br>あなたは、最近感情的(さいきんかんじょうてき)です。 |
| 單字 | **【おとなしい】性情溫順的**<br>うちの猫(ねこ)は、おとなしいです。（我家貓咪溫馴。） |

● 恥かしがり屋（靦腆的人）／合わせる（配合）／怒りっぽい（容易生氣）

## 016

**我的話不多。** 私は、あまりしゃべりません。

**相反**

**我的話超多。** 私は、おしゃべりです。

**衍生**

**我很少拿手機講個不停。**

私は、携帯電話でおしゃべりし続けることは、あまりありません。

**Q**

**你總是這麼沈默嗎？**

あなたは、いつもこんなに無口なんですか。

**單字**

**【しゃべる】喋喋不休**

あの人は、酒を飲むとよくしゃべります。

（那人一喝酒，就講個不停。）

## 016

**我天性樂觀。** 私は、生まれつき楽観的です。

**相反**

**我的想法通常很悲觀。** 私は、いつも悲観的です。

**相似**

**我相信我會一直這麼幸運。**

私は、いつも運がいいと信じています。

**Q**

**你原本就這麼樂觀嗎？**

あなたは、元々こんなに楽観的なんですか。

**單字**

**【生まれつき】天生的、天性**

私は、生まれつき左耳が聞こえません。

（我天生左耳失聰。）

● あまりありません（不常有…）／いつも（總是）／無口（沉默）／運がいい（幸運）／信じる（相信）／聞こえる（聽得見）

# 4 個性 急性子・幽默搞笑

## 017

**我是急性子。** 私(わたし)は、せっかちです。

| | |
|---|---|
| 相反 | **我喜歡一切按部就班慢慢來。**<br>私(わたし)は、物事(ものごと)を一(ひと)つ一(ひと)つ順(じゅん)を追(お)ってするのが、好(す)きです。 |
| 相似 | **我完全沒耐性等人。**<br>私(わたし)は、人(ひと)に待(ま)たされるのが、とても嫌(きら)いです。 |
| 相似 | **我最討厭做事拖延。**<br>私(わたし)は、物事(ものごと)をずるずると遅(おく)らせるのが、嫌(きら)いです。 |
| Q | **你是急性子嗎？**<br>あなたは、せっかちですか。 |

## 017

**我幽默愛搞笑。** 私(わたし)は、ユーモアがあり、人(ひと)を笑(わら)わせるのが好(す)きです。

| | |
|---|---|
| 相反 | **我的個性蠻嚴肅的。**<br>私(わたし)は、生真面目(きまじめ)な性格(せいかく)です。 |
| 相似 | **我隨時可以說笑話給人聽。**<br>私(わたし)は、いつも冗談(じょうだん)で人(ひと)を笑(わら)わせます。 |
| 衍生 | **有他在的場合絕無冷場。**<br>彼(かれ)がいれば、場(ば)がしらけることはありません。 |
| 單字 | **【笑わせる】搞笑**<br>私(わたし)は、人(ひと)を笑(わら)わせるのが得意(とくい)です。（我擅長搞笑。） |

● 待つ（等待）／ずるずる（拖拖拉拉）／順を追う（按照順序）／ユーモア（幽默）／冗談（笑話）／場がしらける（冷場）／生真面目（嚴肅）

## 018

**我很有正義感。**　私(わたし)は、正義感(せいぎかん)がとても強(つよ)いです。

| | |
|---|---|
| 相反 | **我不喜歡多管閒事。**<br>おせっかいは、好(す)きではありません。 |
| 相似 | **凡事我會據理力爭。**<br>私(わたし)は、何事(なにごと)にも論理(ろんり)を以(も)って争(あらそ)います。 |
| 衍生 | **我喜歡幫助別人。**<br>私(わたし)は、人(ひと)を助(たす)けるのが好(す)きです。 |
| 單字 | **【強い】強烈的**<br>彼女(かのじょ)は、意志(いし)が強(つよ)い人(ひと)です。（她意志堅強。） |

## 018

**我無法忍受孤單。**　私(わたし)は、孤独(こどく)に耐(た)えられません。

| | |
|---|---|
| 相反 | **我習慣獨來獨往。**<br>私(わたし)は一匹狼(いっぴきおおかみ)です。 |
| 衍生 | **有時候，我希望有人陪我。**<br>時(とき)には、誰(だれ)かに一緒(いっしょ)にいてもらいたいです。 |
| Q | **你習慣獨處嗎？**<br>あなたは一人(ひとり)で暮(く)らすのに慣(な)れていますか。 |
| 單字 | **【耐える】能夠忍受**<br>母親(ははおや)のヒステリーには、耐(た)えられません。<br>（無法忍受媽媽抓狂的脾氣。） |

● おせっかい（多管閒事）／以って（憑著）／争う（爭論）／もらう（要求、請求）／慣る（習慣）／ヒステリー（發脾氣、生氣到抓狂，沒有病態的意思。）

# 4 個性 嘗試新事物・不擅交際

## 019

**我喜歡嘗試新事物。** 私（わたし）は、新（あたら）しいものを試（ため）すのが好（す）きです。

| | |
|---|---|
| 相反 | **我討厭生活一成不變。**<br>私（わたし）は、マンネリ化（か）した生活（せいかつ）が嫌（きら）いです。 |
| 衍生 | **我有勇氣面對任何挑戰。**<br>私（わたし）は、勇気（ゆうき）を以（も）って挑戦（ちょうせん）をうけます。 |
| Q | **你喜歡嘗試新事物嗎？**<br>あなたは、新（あたら）しいものを試（ため）すのが好（す）きですか。 |
| 單字 | **【試す】試驗**<br>新（あたら）しく買（か）った自動車（じどうしゃ）の性能（せいのう）を、試（ため）します。<br>（測試新買車子的性能。） |

## 019

**我不擅長交際。** 私（わたし）は、交際（こうさい）が下手（へた）です。

| | |
|---|---|
| 相反 | **和任何人我都能閒聊哈啦。**<br>私（わたし）は、誰（だれ）とでも話（はな）せます。 |
| 相似 | **我不知道如何和人打開話匣子。** 私（わたし）は、どうやって人（ひと）と話（はなし）をすればいいのかわかりません。 |
| Q | **你擅長交際嗎？** あなたは、交際（こうさい）が上手（じょうず）ですか。 |
| Q | **你喜歡交朋友嗎？**<br>あなたは、友達（ともだち）を作（つく）るのが好（す）きですか。 |

● マンネリ化（千篇一律）／挑戦をうける（接受挑戰）／下手（不擅長）／わかる（知道）／話す（說話）／上手（擅長）／友達を作る（結交朋友）

## 020

**我喜歡聽流行音樂。** 私(わたし)は、ポップスを聴(き)くのが好(す)きです。

**替換** 【ポップス】流行音樂，可換成

クラシック（古典樂）／ジャズ（爵士樂）／リズム-アンド-ブルース（R&B）

**相似** 我的興趣是聽音樂。 私(わたし)の趣味(しゅみ)は、音楽(おんがく)を聴(き)くことです。

**衍生** 我喜歡聽（日文／英文）歌曲。

私(わたし)は、（日本語(にほんご)の／英語(えいご)の）音楽(おんがく)を聴(き)くのが好(す)きです。

**Q** 你喜歡聽哪一種音樂？

あなたは、どんな音楽(おんがく)を聴(き)くのが好(す)きですか。

## 020

**我喜歡聽現場演唱會。** 私(わたし)は、コンサートを見(み)るのが好(す)きです。

**衍生** 我的興趣是看各種表演。

私(わたし)の趣味(しゅみ)は、いろんなショーを見(み)ることです。

**替換** 上一句的【いろんなショー】各種表演，可換成

いろんな展覧(てんらん)（各種展覽）／ミュージカル（舞台劇）／映画(えいが)（電影）

**衍生** 我（經常／不常）看舞台劇。

私(わたし)は、（よくミュージカルを見(み)ます／ミュージカルはあまり見(み)ません）。

**Q** 你喜歡看表演嗎？ あなたは、ショーを見(み)るのが好(す)きですか。

● 好き（喜歡）／コンサート（演唱會）／あまり…ません（不常…）／ショー（表演）

# 5 興趣 唱歌跳舞・看恐怖片

## 021

**我喜歡唱歌、跳舞。** 私(わたし)は、歌(うた)うことと踊(おど)ることが好(す)きです。

**相反** 我不敢在大家面前唱歌。
私(わたし)は、人前(ひとまえ)に出(で)て歌(うた)う勇気(ゆうき)がありません。

**相反** 我沒有（舞蹈／音樂）細胞。
私(わたし)には、（踊(おど)り／音楽(おんがく)）の才能(さいのう)がありません。

**衍生** 我曾經得到舞蹈比賽冠軍。
私(わたし)は、ダンスコンテストで優勝(ゆうしょう)したことがあります。

**衍生** 他很有表演慾。 彼(かれ)は、表現欲(ひょうげんよく)に満(み)ちています。

## 021

**我喜歡看恐怖片。** 私(わたし)は、ホラー映画(えいが)を見(み)るのが好(す)きです。

**替換** 【ホラー映画】恐怖片，可換成
ＳＦ映画(エスエフえいが)（科幻片）／長編映画(ちょうへんえいが)（劇情片）／デジタル３Ｄ(スリーディー)シネマ（數位3D立體電影）

**衍生** 我常跟朋友去看電影。
私(わたし)は、よく友達(ともだち)と映画(えいが)を見(み)に行(い)きます。

**Q** 你常看電影嗎？
あなたは、よく映画(えいが)を見(み)ますか。

**Q** 你偏愛哪一類型的電影？
あなたは、どんな映画(えいが)が特(とく)に好(す)きですか。

● ありません（沒有）／ダンスコンテスト（舞蹈比賽）／…たことがあります（曾有過…的經驗）／…に満ちる（充滿…）／どんな（什麼樣的）

## 022

**我超愛看電視。** 私は、テレビを見るのが大好きです。

**衍生** **我常和家人搶遙控器。**

私は、よく家族とリモコンの取り合いになります。

**衍生** **我（喜歡／不喜歡）DISCOVERY 頻道的節目。**

私は、ディスカバリーチャンネルの（番組が好き／番組は嫌い）です。

**Q** **你常看哪些電視節目？** あなたは、どんな番組をよく見ますか。

**單字** **【大好き】非常喜歡**

私は、香港映画が大好きです。（我很喜歡香港電影。）

## 022

**我喜歡跟人聊天。** 私は、人とおしゃべりするのが好きです。

**相似** **我超愛用（電話／手機）聊天。**

私は、（電話／携帯電話）でおしゃべりするのが、大好きです。

**相反** **我覺得聊天很浪費時間。**

私は、雑談は時間の無駄だと思います。

**Q** **你習慣上網聊天嗎？**

あなたは、よくインターネットでチャットをしますか。

**Q** **你喜歡用手機聊天嗎？**

あなたは、携帯電話でおしゃべりするのが、好きですか。

● リモコン（遙控器）／取り合い（互相爭奪）／チャンネル（頻道）／番組（節目）／おしゃべりする（電話或當面聊天）／インターネット（網路）／チャット（上網打字、視訊聊天）

# 5 興趣 嚐美食・看小說

## 023

**品嚐美食是我的嗜好。** おいしいものを味わうことが、私の楽しみです。

| | |
|---|---|
| 相反 | **我不太講究飲食。** 私は、食べ物にはこだわりません。 |
| 相似 | **我喜歡嘗試各種新奇的食物。** 私は、いろいろな変わったものを食べてみるのが、好きです。 |
| Q | **你喜歡到處品嚐美食嗎？**<br>あなたは、グルメの食べ歩きが好きですか。 |
| 單字 | **【味わう】品嚐**<br>新鮮な魚料理を、味わいたいです。<br>（我想品嚐新鮮的魚料理。） |

## 023

**我喜歡看小說。** 私は、小説を読むのが好きです。

| | |
|---|---|
| 替換 | **【小説】小說，可換成**<br>財テクの本（理財書）／旅行ガイドブック（旅遊書）／漫画（漫畫） |
| 相反 | **我不常看書。** 私は、あまり本を読みません。 |
| 衍生 | **我習慣睡前看書。** 私は、寝る前に本を読むのが習慣です。 |
| Q | **你喜歡看哪一類的書？**<br>あなたは、どんな本を読むのが好きですか。 |

● おいしい（好吃的）／いろいろな（各種的）／こだわる（拘泥、在乎）／グルメ（美食家）／食べ歩き（到處品嚐）

## 024

**我唯一的嗜好就是逛街。** 私の唯一の楽しみは、街をぶらぶらすることです。

| | |
|---|---|
| 衍生 | **我常常只逛不買。**<br>私はいつも、街をぶらぶらするだけで、何も買いません。 |
| 衍生 | **逛街讓我掌握流行趨勢。**<br>私は、街をぶらぶらして、流行をつかみます。 |
| Q | **你喜歡逛街嗎？**<br>あなたは、街をぶらぶらするのが好きですか。 |
| 單字 | **【ぶらぶらする】閒逛**<br>暇なときは、渋谷をぶらぶらしています。<br>（空閒時到渋谷逛逛。） |

## 024

**我很喜歡出國旅行。** 私は、海外旅行が大好きです。

| | |
|---|---|
| 相反 | **我很少出國。** 私は、めったに海外に行きません。 |
| 衍生 | **我每年出國旅行一次。**<br>私は年に一度、海外旅行に行きます。 |
| 衍生 | **我喜歡去（日本／東南亞／歐洲）。**<br>私は、（日本／東南アジア／ヨーロッパ）に行くのが好きです。 |
| Q | **你定期出國旅行嗎？**<br>あなたは、定期的に海外旅行に行きますか。 |

●買う（買東西）／つかむ（抓住）／めったに…ません（幾乎不…）／行く（去）

# 5 興趣 網路遊戲・上網

## 025

**我最近迷上網路遊戲。** 私は最近、インターネットゲームにはまっています。

| | |
|---|---|
| 替換 | **【インターネットゲーム】網路遊戲，可換成**<br>つぶやきブログ（微網誌）／ヨガ（瑜珈）／料理（烹飪） |
| 衍生 | **DIY 做小東西是我的新嗜好。**<br>私の新しい趣味は、ちょっとした物を自分で作ることです。 |
| 衍生 | **集郵是我長年以來的興趣。**<br>切手収集は、昔からの趣味です。 |
| 單字 | **【はまる】沉迷於…**<br>私は今、サーフィンにはまっています。（我現在迷上衝浪。） |

## 025

**上網是我最主要的休閒活動。** 私の一番主な余暇活動は、インターネットです。

| | |
|---|---|
| 替換 | **【インターネット】網路，可換成**<br>おやつを食べること（吃零食）／漫画を読むこと（看漫畫） |
| 衍生 | **假日時，我幾乎都掛在網路上。**<br>休日は、ほとんどインターネットをしています。 |
| 衍生 | **我喜歡宅在家不出門。** 私は、家にこもるのが好きです。 |
| Q | **你每天上網多久？**<br>あなたは毎日、どのくらいインターネットをしますか。 |

● ちょっとした物（小東西）／切手（郵票）／サーフィン（衝浪）／おやつ（零食）／こもる（窩在室內）

## 026

**我覺得自己沒有什麼專長。** 私は、特に特技がありません。

| | |
|---|---|
| 相似 | **我會的東西很多，可是都不精通。**<br>私は、いろいろなことができますが、精通しているものがありません。 |
| 衍生 | **有專業能力，在職場上才有競爭力。**<br>プロとしての能力があって、初めて職場で競争力を持ちます。 |
| Q | **你最擅長什麼？** あなたの一番得意なことは、何ですか。 |
| 單字 | **【特技】專長**<br>私の特技は、柔道です。（我的專長是柔道。） |

## 026

**我的英文很好。** 私は、英語がとても得意です。

| | |
|---|---|
| 相似 | **我的英文聽力很好。**<br>私は、英語のリスニングが得意です。 |
| 相似 | **我懂很多英文單字。**<br>私は、英語のボキャブラリーが豊富です。 |
| 相反 | **我的英文（口說／閱讀）能力不好。**<br>私は、英語の（スピーキング／リーディング）が苦手です。 |
| 單字 | **【得意】某方面擅長**<br>私は、絵を描くのが得意です。（我擅長畫畫。） |

● プロ（專業）／…があって、初めて…（有…之後，才…）／持つ（擁有）／リスニング（聽力）／ボキャブラリー（單字）

# 6 專長 精通語言・擅長運動

## 027

**我精通四國語言。** 私(わたし)は、4ヶ国語(よんかこくご)に精通(せいつう)しています。

| | |
|---|---|
| 替換 | **【4ヶ国語】四國語言，可換成**<br>2ヶ国語(にかこくご)（兩國）／3ヶ国語(さんかこくご)（三國） |
| 衍生 | **我會說（英文／日文／法文／韓文）。**<br>私(わたし)は、（英語(えいご)／日本語(にほんご)／フランス語(ご)／韓国語(かんこくご)）が話(はな)せます。 |
| Q | **你會說幾種語言？**<br>あなたは、何ヶ国語(なんかこくご)話(はな)せますか。 |
| 單字 | **【精通】對某領域造詣很深**<br>私(わたし)は、フランス文学(ぶんがく)に精通(せいつう)しています。<br>（我對法國文學造詣很深。） |

## 027

**所有運動都難不倒我。** 私(わたし)は、スポーツ万能(ばんのう)です。

| | |
|---|---|
| 相反 | **我不擅長任何運動。**<br>私(わたし)は、スポーツはどれも苦手(にがて)です。 |
| 衍生 | **我擅長球類運動。**<br>私(わたし)は、球技(きゅうぎ)が得意(とくい)です。 |
| 替換 | **上一句的【球技】球類運動，可換成**<br>水泳(すいえい)（游泳）／ダンス（舞蹈） |
| Q | **你擅長運動嗎？**<br>あなたは、スポーツが得意(とくい)ですか。 |

● 話せる（能夠說）／フランス（法國）／スポーツ（運動）／苦手（不擅長）

## 028

**大家都說我唱歌很好聽。** みんな、私(わたし)は歌(うた)がとても上手(じょうず)だと言(い)います。

**相反** 我的歌聲很糟。
私(わたし)の歌声(うたごえ)は、最悪(さいあく)です。

**衍生** 聽到歌曲時，我會隨著哼哼唱唱。
私(わたし)は曲(きょく)を聴(き)くと、一緒(いっしょ)に歌(うた)いだします。

**Q** 你覺得自己的歌聲如何？
あなたは、自分(じぶん)の歌声(うたごえ)についてどう思(おも)いますか。

**單字** 【上手】厲害的
彼女(かのじょ)は、ギターが上手(じょうず)です。（她很會彈吉他。）

## 028

**大家都說我廚藝好。** みんな、私(わたし)は料理(りょうり)が上手(じょうず)だと言(い)います。

**相反** 我完全不會做菜。
私(わたし)は、全(まった)く料理(りょうり)が作(つく)れません。

**衍生** 我擅長做各式糕點。
私(わたし)は、いろいろなお菓子(かし)を作(つく)るのが得意(とくい)です。

**Q** 你的拿手菜是什麼？
あなたの得意(とくい)料理(りょうり)は、何(なん)ですか。

**單字** 【料理】煮菜
あなたは、料理(りょうり)ができますか。（你會做菜嗎？）

● 言う（說）／歌いだす（哼歌）／…について（對於…）／作れる（會做）

# 6 專長 電腦高手・擅長畫畫

## 029

**我是電腦高手。** 私は、コンピューターの達人です。

| | |
|---|---|
| 替換 | **【コンピューターの達人】電腦高手，可換成**<br>ダンスの達人（舞林高手）／交渉の達人（談判高手）／カラオケの達人（ＫＴＶ高手） |
| 相似 | **我會自己組裝電腦。**<br>私は、コンピューターを組み立てることができます。 |
| 相反 | **我只會上網，其他都不懂。**<br>私は、インターネット以外は何もわかりません。 |
| Q | **你的打字速度快嗎？**<br>あなたは、タイピングが速いですか。 |

## 029

**我擅長畫畫。** 私は、絵を描くのが得意です。

| | |
|---|---|
| 相似 | **我擅長（人物素描／水彩畫／漫畫）。**<br>私は、（人物デッサン／水彩画／漫画）が得意です。 |
| 相反 | **我的美術成績從小就很糟。**<br>私は子供のころ、美術の成績がとても悪かったです。 |
| 衍生 | **我喜歡隨意塗鴉。** 私は、落書きが好きです。 |
| Q | **你擅長（畫圖／攝影）嗎？** あなたは、（絵を描く／写真やビデオを撮影する）のが得意ですか。 |

● 組み立てる（組裝）／わかる（了解）／タイピング（打字）／悪い（糟糕）／落書き（塗鴉）

## 030

**我的口才好。** 私(わたし)は、弁(べん)が立(た)ちます。

| | |
|---|---|
| 相似 | **我擅長和人溝通。**<br>私(わたし)は、人(ひと)とコミュニケーションを取(と)ることに、長(た)けています。 |
| 相反 | **我不擅長表達自己的想法。**<br>私(わたし)は、自分(じぶん)の考(かんが)えを述(の)べるのが、下手(へた)です。 |
| 相反 | **我通常無法說服別人。** 私(わたし)は、人(ひと)を説得(せっとく)する力(ちから)に欠(か)けています。<br>★★★直接翻譯成「私は人を説得することができません」文法沒有錯誤，但這樣的日文較不自然。 |
| Q | **你覺得自己的口才好嗎？**<br>あなたは、自分(じぶん)は弁(べん)が立(た)つと思(おも)いますか。 |

## 030

**我會開車。** 私(わたし)は、車(くるま)の運転(うんてん)ができます。

| | |
|---|---|
| 替換 | **【車】車子，可換成** バイク（摩托車）／自転車(じてんしゃ)（腳踏車） |
| 相似 | **我會開（自排車／手排車）。**<br>私(わたし)は（オートマチック車(しゃ)／マニュアル車(しゃ)）の運転(うんてん)ができます。 |
| 相反 | **我不敢一個人開車上路。**<br>私(わたし)は1人(ひとり)で車(くるま)を運転(うんてん)することができません。<br>★★★句中的「不敢」不是「沒有勇氣」，而是「沒有能力」的意思。所以日文要用「…することができません」。 |
| Q | **你會開車嗎？** あなたは、車(くるま)の運転(うんてん)ができますか。 |

● 弁が立つ（口才好）／コミュニケーション（溝通）／長ける（擅長）／欠ける（缺乏）／できる（會）

# 6 專長 彈奏樂器・擁有執照

## 031

**我會彈奏兩種樂器。** 私は、2種類の楽器が演奏できます。

| | |
|---|---|
| 衍生 | **我彈得一手好鋼琴。**<br>私は、ピアノを上手に弾くことができます。 |
| 替換 | **上一句的【ピアノ】鋼琴，可換成**<br>バイオリン（小提琴）／ギター（吉他） |
| Q | **你會演奏什麼樂器？**<br>あなたは、何の楽器が演奏できますか。 |
| Q | **你幾歲開始學鋼琴？**<br>あなたは、何歳でピアノを習い始めましたか。 |

## 031

**我有救生員執照。** 私は、ライフセーバーの資格を持っています。

| | |
|---|---|
| 衍生 | **我有三張證照。** 私は、3つの資格を持っています。 |
| 衍生 | **我有（電腦／語言）相關的證照。**<br>私は、（コンピューター／外国語）の資格を持っています。 |
| Q | **你擁有哪些證照？**<br>あなたは、どんな資格を持っていますか。 |
| 單字 | **【資格】執照**<br>資格があると、就職に有利です。<br>（擁有執照，對就業有幫助。） |

● 習い始める（開始學習）／ライフセーバー（救生員）／持つ（擁有）

## 032

**我是台灣人。** 私は、台湾人です。

| | |
|---|---|
| 相似 | **我在台灣出生。**<br>私は、台湾で生まれました。 |
| 相似 | **我來自台灣（北部／中部／南部／東部）。**<br>私は、台湾（北部／中部／南部／東部）から来ました。 |
| Q | **你來自哪裡？**<br>あなたは、どこから来ましたか。 |
| Q | **你在哪裡出生？**<br>あなたは、どこで生まれましたか。 |

## 032

**台灣是一個海島國家。** 台湾は、島国です。

| | |
|---|---|
| 相似 | **台灣四面環海。**<br>台湾は、四方を海に囲まれています。 |
| 衍生 | **台灣的氣候溫暖潮溼。**<br>台湾の気候は、温暖で湿度が高いです。 |
| 衍生 | **台灣的氣候四季分明。**<br>台湾の気候は、四季がはっきりしています。 |
| Q | **你去過台灣嗎？**<br>台湾に行ったことがありますか。 |

● 生まれる（出生）／来る（來）／囲む（包圍）／はっきり（清楚）／…たことがあります（曾有過…的經驗）

# 7 國家／國籍 混血兒・雙重國籍

◎ 033

**我是中日混血兒。** 私（わたし）は、台湾人（たいわんじん）と日本人（にほんじん）のハーフです。

| | |
|---|---|
| 替換 | **【台湾人と日本人】中日，可換成**<br>アメリカ人（じん）と日本人（にほんじん）（美日）／台湾人（たいわんじん）とイタリア人（じん）（中義） |
| 相似 | **我的爸爸是台灣人，媽媽是日本人。**<br>私（わたし）の父（ちち）は台湾人（たいわんじん）で、母（はは）は日本人（にほんじん）です。 |
| Q | **你是混血兒嗎？** あなたは、ハーフですか。 |
| 單字 | **【ハーフ】混血兒**<br>あの女（おんな）の子（こ）は、ハーフのような顔（かお）をしています。<br>（那女孩有一張像混血兒的臉龐。） |

◎ 033

**他擁有雙重國籍。** 彼（かれ）は、二重国籍者（にじゅうこくせきしゃ）です。

| | |
|---|---|
| 衍生 | **他沒有台灣的居留權。**<br>彼（かれ）は、台湾（たいわん）の居留権（きょりゅうけん）を持（も）っていません。 |
| 衍生 | **他只有台灣的居留權，沒有台灣的國籍。**<br>彼（かれ）は、台湾（たいわん）の居留権（きょりゅうけん）は持（も）っていますが、台湾（たいわん）の国籍（こくせき）は持（も）っていません。 |
| Q | **你有台灣的國籍嗎？**<br>あなたは、台湾（たいわん）の国籍（こくせき）を持（も）っていますか。 |
| 單字 | **【国籍】國籍**<br>私（わたし）の子供（こども）は、アメリカ国籍（こくせき）を持（も）っています。<br>（我的小孩擁有美國國籍。） |

● …のような（像…一樣的）／持つ（擁有）

## 034

**台灣有許多外籍新娘。** たいわん　がいこくじんはなよめ
台湾には、外国人花嫁がたくさんいます。

| | |
|---|---|
| 相似 | **外籍新娘的比率越來越多。**<br>がいこくじんはなよめ　わりあい　ふ<br>外国人花嫁の割合が、だんだん増えています。 |
| 衍生 | **很多外籍新娘沒有台灣的國籍。**<br>たいわんこくせき　も　がいこくじんはなよめ<br>台湾国籍を持っていない外国人花嫁が、たくさんいます。 |
| 替換 | **上一句的【外国人花嫁】外籍新娘，可換成**<br>がいこくじんはなむこ<br>外国人花婿（外籍女婿） |
| 單字 | **【たくさん】很多**<br>きょう　ひる　た<br>今日は、昼ごはんをたくさん食べました。<br>（今天午餐吃很多。） |

## 034

**我打算移民。** わたし　がいこく　いじゅう
私は外国に移住するつもりです。

| | |
|---|---|
| 相似 | **我正在申請移民。**<br>わたし　いま　いみんしんせい　おこな<br>私は今、移民申請を行っています。 |
| 衍生 | **很多人移民到美加地區。**<br>ほくべい　いじゅう　ひと<br>北米に移住する人は、たくさんいます。 |
| Q | **你想要移民嗎？** がいこく　いじゅう<br>あなたは、外国に移住したいですか。 |
| 單字 | **【…に移住する】移民**<br>わたし　ほくおう　いじゅう<br>私は、北欧に移住したいです。（我想移民北歐。） |

● 割合（比例）／だんだん（逐漸、漸漸）／増える（增加）／昼ごはん（午餐）／食べる（吃飯）／つもり（打算）／行う（進行）

# 8 近況　很幸運・一如往常

## 035

**我最近運氣很好。**　私は、最近運がいいです。

| | |
|---|---|
| 相反 | **我最近很倒楣。**<br>私は、最近ついていないです。 |
| 相似 | **我最近遇到很多貴人。**<br>私は、最近素敵な人にたくさん出会いました。 |
| 衍生 | **我差一點就中了樂透彩。**<br>私は、ちょっとの差でロトくじがはずれました。 |
| Q | **最近有什麼好事發生？**<br>最近何かいいことがあったんですか。 |

## 035

**我的生活一如往常。**　私の生活は、何も変化がありません。

| | |
|---|---|
| 相似 | **我最近馬馬虎虎，沒啥特別的。**<br>私は、最近まずまずで、特にこれといって変わったことは、ありません。 |
| Q | **你最近如何？**　最近どうですか。 |
| Q | **你怎麼失蹤了好一陣子？**<br>あなたはこのところ、どうして姿を見せなかったんですか。 |
| Q | **爛攤子收拾好了嗎？**　トラブルは、収拾がつきましたか。 |

● ついていない（倒楣）／素敵（非常好）／出会う（遇見）／ちょっとの差（差一點點）／ロトくじ（樂透彩）／はずれる（沒有中獎）／まずまず（還算可以）／姿を見せる（出現）／収拾がつく（收拾）

## 036

**我一直很忙。** 私（わたし）は、ずっと忙（いそが）しいです。

| | |
|---|---|
| 相似 | **我最近累到快死掉了。**<br>私（わたし）は、最近（さいきん）疲（つか）れて死（し）にそうです。 |
| 相似 | **我最近壓力很大。**<br>私（わたし）は、最近（さいきん）ストレスがたまっています。 |
| 衍生 | **我最近睡眠不足。**<br>私（わたし）は、最近睡眠不足（さいきんすいみんぶそく）です。 |
| Q | **最近忙嗎？**<br>最近（さいきん）忙（いそが）しいですか。 |

## 036

**我剛搬家。** 私（わたし）は、最近（さいきん）引（ひ）っ越（こ）したばかりです。

| | |
|---|---|
| 衍生 | **我剛從國外回來。**<br>私（わたし）は、海外（かいがい）から帰（かえ）ってきたばかりです。 |
| 衍生 | **我剛買新車。**<br>私（わたし）は、新車（しんしゃ）を購入（こうにゅう）したばかりです。 |
| 衍生 | **我剛買新房子。**<br>私（わたし）は、家（いえ）を買（か）ったばかりです。 |
| 衍生 | **我剛大病初癒。**<br>私（わたし）は、大病（たいびょう）をしたばかりです。 |

● ずっと（一直）／疲れる（疲勞）／死にそう（好像快死掉）／ストレス（壓力）／たまる（累積）／引っ越す（搬家）／…たばかり（剛剛…）／帰る（回家）

# 8 近況 常生病・戀愛了

## 037

**我最近常常生病。** 私は、近頃しょっちゅう病気をします。

| | |
|---|---|
| 相反 | **我最近身體比以前健康。**<br>私は最近、体の調子がいいです。<br>★★★日文的「最近」包含「比以前…」的含意，所以日文句子不需要再加「以前より」（比以前）。 |
| Q | **你的身體狀況如何？** 体の調子は、どうですか。 |
| Q | **你之前的感冒好了嗎？**<br>この前の風邪は、よくなりましたか。 |
| Q | **你怎麼最近沒什麼精神？**<br>あなたは、最近どうして元気が無いんですか。 |

## 037

**我戀愛了。** 私は、恋愛中です。

| | |
|---|---|
| 相反 | **我失戀了。** 私は、失恋しました。 |
| 相似 | **我有（男朋友／女朋友）了。**<br>私は、（彼氏／彼女）ができました。 |
| 相似 | **我決定要和（他／她）交往了。**<br>私は、（彼／彼女）と付き合うことに決めました。 |
| Q | **你們的感情進展的如何？**<br>最近彼女とは、どうですか。 |

● しょっちゅう（經常）／調子がいい（狀況不錯）／よくなる（變好）／できる（交到男女朋友）／付き合う（交往）／決める（決定）

## 038

**我剛換新工作。** 私（わたし）は、転職（てんしょく）したばかりです。

| | |
|---|---|
| 衍生 | **我剛遞出辭呈。**<br>私（わたし）は、退職願（たいしょくねがい）を出（だ）したばかりです。 |
| 衍生 | **我正在找工作。** 私（わたし）は、今（いま）、仕事（しごと）を探（さが）しています。 |
| Q | **你的工作順利嗎？** あなたは、仕事（しごと）は順調（じゅんちょう）ですか。 |
| 單字 | **【転職する】換工作**<br>私（わたし）は、転職（てんしょく）したいです。（我想換工作。） |

## 038

**我剛結婚。** 私（わたし）は、新婚（しんこん）です。

| | |
|---|---|
| 相似 | **我剛訂婚。** 私（わたし）は、婚約（こんやく）したばかりです。 |
| 相反 | **我還沒打算要結婚。**<br>私（わたし）はまだ、結婚（けっこん）するつもりがありません。 |
| 衍生 | **我決定要結婚了。** 私（わたし）は、結婚（けっこん）を決（き）めました。 |
| Q | **你們好事近了嗎？** 結婚（けっこん）は、まだですか。<br>★★★句中的「好事」是指「結婚」。日文對於「結婚」並沒有其他的比喻說法，如要配合中文的意思，最接近的就是「結婚は、まだですか」。雖然主詞有「你們」，但不能翻譯為「あなたたちの結婚は、まだですか」，因為「あなたたち」的語氣不好，有罵人的感覺；如果用「あなた方（がた）」又太過客氣。 |

● 退職願（辭呈）／出す（提出）／探す（尋找）／順調（順利）／婚約する（訂婚）／まだ（尚未、還沒）／ありません（沒有）

# 8 近況 懷孕・減肥成功

## 039

**我懷孕了。** 私(わたし)は、妊娠(にんしん)しました。

| | |
|---|---|
| 衍生 | **我剛當了（爸爸／媽媽）。**<br>私(わたし)は、（父親(ちちおや)／母親(ははおや)）になったばかりです。 |
| 衍生 | **這是我的（第一個／第二個）小孩。**<br>この子(こ)は、私(わたし)の（1番目(いちばんめ)の／2番目(にばんめ)の）子供(こども)です。 |
| Q | **你當（爸爸／媽媽）了嗎？**<br>あなたは、（父親(ちちおや)／母親(ははおや)）になったんですか。 |
| 單字 | **【妊娠する】懷孕**<br>妊娠(にんしん)すると、甘(あま)いものが食(た)べたくなります。<br>（懷孕的話，就變得想吃甜食。） |

## 039

**我減重成功了。** 私(わたし)は、減量(げんりょう)に成功(せいこう)しました。

| | |
|---|---|
| 相似 | **我成功減重15公斤。**<br>私(わたし)は、15(じゅうご)キロの減量(げんりょう)に成功(せいこう)しました。 |
| 衍生 | **我是易胖體質。** 私(わたし)は、太(ふと)りやすい体質(たいしつ)です。 |
| 衍生 | **我每天記錄所攝取的卡路里。**<br>私(わたし)は、毎日(まいにち)の摂取(せっしゅ)カロリーを、記録(きろく)しています。 |
| Q | **你的減肥成果如何？**<br>ダイエットの成果(せいか)はどうですか。 |

●…になったばかり（剛成為…）／甘いもの（甜食）／食べたくなる（變得想吃）／太りやすい（容易胖）／カロリー（卡路里）／ダイエット（減肥）

## 找我談心・開心果　別人眼中的我　9

### 040

**朋友喜歡找我談心。** 友達(ともだち)は、私(わたし)に胸中(きょうちゅう)を打(う)ち明(あ)けて話(はな)すのが、好(す)きです。

| | |
|---|---|
| 衍生 | **長輩讚美我乖巧。** 年長者(ねんちょうしゃ)は、私(わたし)が利口(りこう)だとほめます。 |
| 衍生 | **我是老師心中的好學生。**<br>先生(せんせい)にとって、私(わたし)はいい学生(がくせい)です。 |
| 衍生 | **我是父母眼中的乖孩子。** 両親(りょうしん)にとって、私(わたし)はいい子(こ)です。 |
| Q | **朋友常找你訴苦嗎？**<br>友達(ともだち)は、よくあなたに苦労(くろう)を訴(うった)えますか。 |

### 040

**同事覺得我是開心果。** 同僚(どうりょう)は、私(わたし)がムードメーカーだと思(おも)っています。

| | |
|---|---|
| 相反 | **同事覺得我是獨行俠。**<br>同僚(どうりょう)は、私(わたし)が一匹狼(いっぴきおおかみ)だと思(おも)っています。 |
| Q | **你的同事怎麼形容你？**<br>同僚(どうりょう)は、あなたのことを、どのように言(い)いますか。 |
| Q | **你應該是公司的開心果吧。**<br>あなたは、会社(かいしゃ)のムードメーカーでしょう。 |
| 單字 | **【ムードメーカー】炒熱氣氛的人**<br>彼女(かのじょ)は、みんなのムードメーカーです。<br>（她是大家的開心果。） |

● 胸中を打ち明ける（吐露心事）／利口（乖巧）／ほめる（稱讚）／…にとって（對…而言）／訴える（訴說）／一匹狼（獨行俠）

# 9 別人眼中的我 幹勁十足・有耐性

## 041

**老闆誇我幹勁十足。** 社長(しゃちょう)は、私(わたし)はやる気満々(きまんまん)だとほめます。

| | |
|---|---|
| 相似 | **老闆誇我做事認真。**<br>社長(しゃちょう)は、私(わたし)は何(なん)でもまじめにやるとほめます。 |
| 相似 | **主管說我很細心。** 主任(しゅにん)は、私(わたし)はよく気(き)がつくと言(い)います。 |
| Q | **主管滿意你的工作表現嗎？**<br>主任(しゅにん)は、あなたの態度(たいど)に満足(まんぞく)していますか。 |
| Q | **老闆給你的評價是什麼？**<br>社長(しゃちょう)は、あなたをどのように評価(ひょうか)していますか。 |

## 041

**大家都說我很有耐性。** みんな、私(わたし)がとても我慢強(がまんづよ)いと言(い)います。

| | |
|---|---|
| 相反 | **朋友都知道我超級沒耐性的。**<br>友達(ともだち)はみんな、私(わたし)が全(まった)く根気(こんき)がないことを知(し)っています。 |
| 相似 | **大家都很佩服我的毅力。**<br>みんな、私(わたし)の意志(いし)の強(つよ)さに感心(かんしん)します。 |
| Q | **你覺得自己有耐性嗎？**<br>あなたは、自分(じぶん)が我慢強(がまんづよ)いと思(おも)いますか。 |
| 單字 | **【我慢強い】非常有耐性**<br>彼(かれ)は、我慢強(がまんづよ)い性格(せいかく)で、めったに愚痴(ぐち)を言(い)いません。<br>（他很有耐性，幾乎不抱怨。） |

● やる気満々（充滿幹勁）／まじめに（認真地）／気がつく（細心）／根気がない（沒耐性）／感心する（佩服）／めったに…ません（幾乎不…）／愚痴を言う（抱怨）

## 042

**父母覺得我孩子氣。** 両親は、私が大人気ないと思っています。

| | |
|---|---|
| 衍生 | **有人覺得我太固執。**<br>ある人は、私が頑固すぎると思っています。 |
| 衍生 | **有人說我是溫室裡的花朵。**<br>ある人は、私が温室育ちだと言います。 |
| 衍生 | **男朋友覺得我太會撒嬌。**<br>彼氏は、私が甘えすぎだと思っています。 |
| 單字 | **【大人気ない】孩子氣**<br>私は、妻の大人気ない言動に腹が立ちます。<br>（我會氣老婆的行為太孩子氣。） |

## 042

**朋友要我別情緒化。** 友達は私に、感情的にならないでと言います。

| | |
|---|---|
| 相反 | **大家都說我的脾氣好。**<br>みんな、私がおとなしい性格だと言います。 |
| 相似 | **我經常被說「善變」。**<br>私は、気が変わりやすいとよく言われます。 |
| Q | **有人說你情緒化嗎？**<br>あなたのことを、感情的だという人がいますか。 |
| Q | **朋友覺得你善變嗎？**<br>友達は、あなたは気まぐれだと思っていますか。 |

● …すぎる（太過於…）／甘える（撒嬌）／言動（言行舉止）／腹が立つ（生氣）／おとなしい（溫順善良）／気まぐれ（善變）

# 9 別人眼中的我 太嚴肅・迷糊

## 043

**有人覺得我太嚴肅。** ある人（ひと）は、私（わたし）がしかつめらしいと思（おも）っています。

**相似** 大家不敢隨便跟我開玩笑。
みんなにとって、私（わたし）は冗談（じょうだん）が言（い）いにくい相手（あいて）です。

**相似** 朋友常提醒我要多微笑。
私（わたし）は友達（ともだち）に、もっと微笑（ほほえ）むように言（い）われます。

**Q** 你禁得起別人的玩笑嗎？
あなたは、冗談（じょうだん）が通（つう）じるほうですか。

**單字** 【しかつめらしい】嚴肅、一本正經
私（わたし）は、そんなにしかつめらしい人（ひと）ではありません。
（我不是那麼嚴肅的人。）

## 043

**大家說我迷糊。** みんなは、私（わたし）が間（ま）が抜（ぬ）けていると言（い）います。

**相似** 我經常忘東忘西的。 私（わたし）は、物忘（ものわす）れが激（はげ）しいです。

**相似** 老實說，我經常出小紕漏。
正直（しょうじき）に言（い）うと、私（わたし）は手抜（てぬ）かりが多（おお）いです。

**Q** 你覺得自己的個性迷糊嗎？
あなたは、自分（じぶん）は間（ま）が抜（ぬ）けていると思（おも）いますか。

**單字** 【間が抜ける】糊塗、迷糊
部長（ぶちょう）は、間（ま）が抜（ぬ）けています。（經理很迷糊。）

● 冗談（玩笑話）／言いにくい（難以說出…）／冗談が通じる（懂得詼諧）／…ほうですか（是…的嗎）／物忘れが激しい（健忘）／手抜かり（疏忽）

## 044

**我目前單身。** 私（わたし）は、独身（どくしん）です。

| | |
|---|---|
| 相似 | **我未婚。**<br>私（わたし）は、未婚（みこん）です。 |
| 相反 | **我結婚了。**<br>私（わたし）は、結婚（けっこん）しています。 |
| 衍生 | **我離婚了。**<br>私（わたし）は、離婚（りこん）しました。 |
| Q | **你結婚了嗎？**<br>あなたは、結婚（けっこん）していますか。 |

## 044

**我完全不想結婚。** 私（わたし）は、まったく結婚（けっこん）したいと思（おも）いません。

| | |
|---|---|
| 相反 | **我很想結婚。**<br>私（わたし）は、結婚（けっこん）したいです。 |
| 相似 | **我覺得一個人比較自由。**<br>私（わたし）は、一人（ひとり）の方（ほう）が自由（じゆう）だと思（おも）います。 |
| Q | **你不想結婚嗎？**<br>あなたは、結婚（けっこん）したくないですか。 |
| 單字 | **【まったく】完全**<br>私（わたし）は、まったく中国語（ちゅうごくご）がわかりません。<br>（我完全不懂中文。） |

● 思う（認為）／わかる（懂）

# 10 婚姻 相親・婚前同居

## 045

**我可以接受相親。** 私は、お見合いもいいと思います。

| | |
|---|---|
| 相反 | **相親讓我覺得尷尬。**<br>お見合いで知らない相手と話すのは、恥ずかしいです。 |
| 相似 | **我參加過未婚聯誼活動。**<br>私は、合コンに参加したことがあります。 |
| Q | **你打算要相親嗎？**<br>あなたはお見合いをしようと思いますか。 |
| 單字 | **【お見合い】相親**<br>私の両親は、お見合いで結婚しました。<br>（我的父母親是相親結婚的。） |

## 045

**很多情侶婚前就同住一起。** 多くのカップルが、同棲します。

| | |
|---|---|
| 相似 | **有些情侶同居是為了省房租。**<br>家賃の節約のために同棲するカップルもいます。 |
| 衍生 | **我（贊成／不贊成）情侶婚前同居。**<br>私は、カップルの同棲に（賛成／反対）です。 |
| Q | **你贊成婚前同居嗎？**<br>あなたは、カップルの同棲に賛成ですか。 |
| 單字 | **【同棲】未婚男女同居** 私は、娘の同棲に反対です。<br>（我反對女兒婚前和男人同居。） |

● 知らない相手（不認識的對象）／恥ずかしい（害羞的）／合コン（未婚聯誼活動）／カップル（情侶）／家賃（房租）

## 046

**我今年年底要結婚。** 私は、今年の年末に結婚します。

| | |
|---|---|
| 替換 | **【今年の年末】今年年底，可換成**<br>来年（明年）／再来年（後年） |
| 衍生 | **我（去年／前年）結婚了。**<br>私は（去年／おととし）、結婚しました。 |
| 衍生 | **我（上星期／上個月）訂婚了。**<br>私は（先週／先月）、婚約しました。 |
| Q | **你什麼時候要（結婚／訂婚）？**<br>あなたは、いつ（結婚／婚約）をしますか。 |

## 046

**我結婚十年了。** 私は、結婚して10年です。

| | |
|---|---|
| 衍生 | **我剛結婚。**<br>私は、結婚したばかりです。 |
| 衍生 | **我離婚三年了。**<br>私は、離婚して3年です。 |
| 衍生 | **我們交往三年後結婚了。**<br>私たちは、3年付き合って結婚しました。 |
| Q | **你結婚幾年了？**<br>あなたは、結婚して何年ですか。 |

● 婚約する（訂婚）／いつ（什麼時候）／…たばかり（剛剛…）／付き合う（交往）

# 10 婚姻 奉子成婚・婚姻幸福

## 047

**我是奉子成婚。** 私(わたし)は、できちゃった結婚(けっこん)です。

**衍生** **我結婚不到半年就懷孕了。**
私(わたし)は、結婚(けっこん)して半年(はんとし)足(た)らずで妊娠(にんしん)しました。

**衍生** **很多夫妻不打算生小孩。**
子供(こども)を作(つく)るつもりのない夫婦(ふうふ)も、たくさんいます。

**Q** **你打算生幾個小孩？**
あなたは、何人(なんにん)子供(こども)を産(う)もうと思(おも)っていますか。

**單字** **【できる】有**
子供(こども)ができたので、彼(かれ)と結婚(けっこん)しました。
（因為有了小孩，才和他結婚。）

## 047

**我的婚姻非常幸福。** 私(わたし)の結婚生活(けっこんせいかつ)は、とても幸(しあわ)せです。

**相似** **我很愛我的妻子和小孩。**
私(わたし)は、妻(つま)と子供(こども)をとても愛(あい)しています。

**相反** **我和我（先生／妻子）經常起爭執。**
私(わたし)はよく、（夫(おっと)／妻(つま)）とけんかします。

**Q** **你的新婚生活如何？** あなたの新婚生活(しんこんせいかつ)は、どうですか。

**單字** **【幸せ】幸福**
今(いま)の生活(せいかつ)は、幸(しあわ)せだと思(おも)います。
（我覺得現在過得很幸福。）

● できちゃった結婚（奉子成婚）／足らず（不足）／子供を作る（生小孩）／子供を産む（生小孩）／けんかする（吵架）

048

**我跟婆婆的關係很糟。** 私と姑との関係は、最悪です。

| | |
|---|---|
| 相反 | **我和公婆相處得很好。**<br>私は、夫の両親とうまくいっています。 |
| 衍生 | **我沒有和公婆住一起。**<br>私は、夫の両親と一緒に住んでいません。 |
| Q | **你跟公婆相處得如何？**<br>あなたは舅、姑との付き合いはどうですか。 |
| 單字 | **【最悪】糟糕**<br>昨日は悪いことばかりで、最悪な1日でした。<br>（昨天盡發生不好的事，真是糟糕的一天。） |

048

**我後悔結婚。** 私は、結婚を後悔しています。

| | |
|---|---|
| 相似 | **我覺得我不適合婚姻。**<br>私は、結婚に向いていないと思います。 |
| 衍生 | **我認為婚姻是愛情的墳墓。**<br>結婚は、愛情の墓場だと思います。 |
| Q | **你後悔結婚嗎？** あなたは、結婚を後悔していますか。 |
| 單字 | **【後悔する】後悔**<br>私は、この業界に入ったことを後悔しています。<br>（我後悔踏入這行。） |

● うまくいく（順利）／一緒に（一起）／住む（居住）／ばかり（盡是、只有）／付き合い（相處往來）／向く（適合）

# 10 婚姻 離婚好幾年・再婚

## 049

**我離婚好幾年了。** 私は、離婚して何年も経ちます。

| | |
|---|---|
| 衍生 | **一旦結婚，我絕不離婚。**<br>私は、結婚したら、離婚なんてしません。 |
| 衍生 | **離婚會衍生（贍養費／小孩子撫養權）的問題。**<br>離婚には、（慰謝料と子供の養育費／子供の養育権）の問題が付き物です。 |
| 衍生 | **台灣的離婚率很高。** 台湾の離婚率は、高いです。 |
| Q | **你為什麼離婚？**<br>あなたは、どうして離婚したんですか。 |

## 049

**這是我的第二次婚姻。** これは、私の2度目の結婚です。

| | |
|---|---|
| 相反 | **我不可能再婚。**<br>私は、再婚することはありません。 |
| 相似 | **離婚三年後我再婚了。**<br>離婚して3年後に、再婚しました。 |
| Q | **你想再婚嗎？** あなたは、再婚したいですか。 |
| 單字 | **【…度目】第…次**<br>私は、3度目の受験で、やっと東京大学に受かりました。（我考了第三次，終於考上東京大學了。） |

● 経つ（經過）／なんて（…之類的）／付き物（連帶的、避免不了的事）／やっと（終於）／受かる（考上）

## 050

**我好像得了憂鬱症。** 私はどうも、うつ病になったようです。

| | |
|---|---|
| 衍生 | **最近我對任何事都提不起興趣。**<br>私は最近、何に対しても、興味がわきません。 |
| 衍生 | **我最近常流淚。**<br>私は最近、涙もろいです。 |
| 衍生 | **我覺得人生沒意義。**<br>私は、人生に何の意義も感じていません。 |
| 單字 | **【うつ病】憂鬱症**<br>現代人は、うつ病になりやすいと言われています。<br>（據說現代人容易得憂鬱症。） |

## 050

**我陷入低潮。** 私は、最近下り坂です。

| | |
|---|---|
| 相似 | **這一陣子我很沮喪。**<br>私は、ここのところ、落ち込んでいます。 |
| Q | **你在煩什麼？**<br>あなたは、何を悩んでいるんですか。 |
| Q | **你走出低潮了嗎？** 下り坂から、抜け出せましたか。 |
| 單字 | **【下り坂】低潮**<br>あの選手は、最近下り坂です。<br>（那位選手最近陷入低潮。） |

● どうも…ようです（好像…）／興味がわく（產生興趣）／涙もろい（動不動就哭）／感じする（感到）／落ち込む（沮喪）／悩む（煩惱）／抜け出す（脫離）

# 11 最近心情 情緒不穩・看人不順眼

## 051

**我最近情緒不太穩定。** 私は最近、情緒不安定気味です。

| | |
|---|---|
| 相似 | **我最近很容易發脾氣。**<br>私は最近、怒りっぽいです。 |
| 相似 | **不知道為什麼，我就是開心不起來。**<br>なぜか、楽しい気持ちになれません。 |
| Q | **你最近常發脾氣嗎？**<br>あなたはこの頃、怒りっぽいですか。 |
| Q | **你的心情好一點了嗎？**<br>気分は、いくらかよくなりましたか。 |

## 051

**我最近總是看別人不順眼。** 私は最近、誰を見ても不愉快です。

| | |
|---|---|
| 衍生 | **我不相信任何人。**<br>私は、誰も信用しません。 |
| 衍生 | **我完全不想和任何人溝通。**<br>私は、それについて、誰とも話したくないです。 |
| Q | **你什麼時候變得這麼多疑？**<br>あなたはいつから、こんなに疑り深くなったんですか。 |
| 單字 | **【不愉快】不舒服、不高興**<br>店員の失礼な対応に、不愉快になりました。<br>（店員沒禮貌的服務態度，讓我不高興。） |

● …気味（有…的傾向）／怒りっぽい（易怒）／いくらか（稍微）／よくなる（變好）／対応（對待）／いつから（從什麼時候）

# 雨過天晴・心情好　最近心情　11

## 052

**一切都雨過天晴了。** 不運続きもすべて終わり、運が向いてきました。

| | |
|---|---|
| 相同 | **雨過天晴。**<br>一陽来復。 |
| 衍生 | **我很滿意目前的生活。**<br>私は、今の生活に、満足しています。 |
| 衍生 | **我覺得自己真是幸福！**<br>私は、自分がとても幸せ者だと思います。 |
| Q | **一切都雨過天晴了嗎？**<br>不運続きもすべて終わり、運が向いてきましたか。／一陽来復じゃないですか。 |

## 052

**我最近心情很好。** 私はこの頃いつも機嫌がいいです。

| | |
|---|---|
| 替換 | **【機嫌がいい】心情很好，可換成**<br>機嫌が悪い（心情很糟） |
| 相反 | **我好煩。** 私は、いらいらしています。 |
| 衍生 | **我的心情不好不壞，沒什麼特別的。**<br>私は、機嫌が良くも悪くもなく、特に何も変わったことはありません。 |
| Q | **你最近心情如何？** 最近、ご機嫌いかがですか。 |

● すべて（全部）／運が向く（運氣好）／機嫌（心情）／いらいらする（情緒急躁）／変わる（改變）

# 11 最近心情 開心的一天・充滿自信

## 053

**今天是我最開心的一天。** 今日(きょう)は、とても楽(たの)しい一日(いちにち)でした。

**相反** **今天我的心情跌到谷底。**
今日(きょう)は、気分(きぶん)は最低(さいてい)です。

**Q** **你心情不好嗎？** 気分(きぶん)が、すぐれませんか。

**Q** **你怎麼心事重重的樣子？**
何(なん)でそんなに、心配(しんぱい)そうな顔(かお)をしているんですか。

**單字** **【楽しい】快樂的**
私(わたし)は、友達(ともだち)と話(はな)しているときが、一番楽(いちばんたの)しいです。
（和朋友聊天是我最開心的時候。）

## 053

**我充滿自信。** 私(わたし)は、自信(じしん)に満(み)ち溢(あふ)れています。

**相反** **我完全失去自信心。**
私(わたし)は、完全(かんぜん)に自信(じしん)を失(うしな)ってしまいました。

**相似** **我充滿鬥志。** 私(わたし)は、闘志(とうし)に満(み)ちています。

**Q** **你找回自信心了嗎？**
あなたは、自信(じしん)を取(と)り戻(もど)しましたか。

**單字** **【満ち溢れる】充滿**
この部屋(へや)は、開放的(かいほうてき)な雰囲気(ふんいき)に満(み)ち溢(あふ)れています。
（這間房間充滿開放式明亮氛圍。）

● 最低（非常糟糕）／すぐれる（好）／心配（擔心）／失う（喪失）／取り戻す（把失去的東西拿回來）

## 054

**我正在找房子。** 私（わたし）は今（いま）、部屋（へや）を探（さが）しています。

| | |
|---|---|
| 替換 | **【部屋】房子，可換成**<br>仕事（しごと）（工作）／家庭教師（かていきょうし）（家教） |
| 衍生 | **我正在整修房子。** 私（わたし）の部屋（へや）は、リフォーム中（ちゅう）です。 |
| 衍生 | **我正在準備搬家。** 私（わたし）は今（いま）、引越（ひっこ）しの準備中（じゅんびちゅう）です。 |
| Q | **你找到房子了嗎？** 家（いえ）は、見（み）つかりましたか。 |

## 054

**我正努力戒菸。** 私（わたし）は今（いま）、禁煙（きんえん）に努（つと）めています。

| | |
|---|---|
| 替換 | **【禁煙】戒菸，可換成**<br>禁酒（きんしゅ）（戒酒）／目標（もくひょう）の達成（たっせい）（完成計畫） |
| 衍生 | **我很難克制菸癮。**<br>私（わたし）は、タバコがやめられません。<br>★★★如果翻譯成「私（わたし）はニコチン中毒（ちゅうどく）（尼古丁中毒）を克服（こくふく）できません」文法沒有錯誤，但這樣的日文較不自然。 |
| 衍生 | **我抽菸抽了 10 年。**<br>私（わたし）は、喫煙暦（きつえんれき）10年（じゅうねん）です。 |
| Q | **你開始（戒菸／戒酒）了嗎？**<br>あなたは、（禁煙（きんえん）／禁酒（きんしゅ））を始（はじ）めたんですか。 |

● 探す（尋找）／リフォーム中（整修中）／引越し（搬家）／見つかる（找到）／努める（努力）／やめる（停止）／喫煙暦（菸齡）／始める（開始）

# 12 最近做什麼事 減肥・學日文

## 055

**我在減肥中。** 私（わたし）は、ダイエット中（ちゅう）です。

| | |
|---|---|
| 替換 | **【ダイエット中】減肥中，可換成**<br>妊娠中（にんしんちゅう）（目前懷孕）／休暇中（きゅうかちゅう）（休假中） |
| 相似 | **我正在吃為期兩周的減肥食譜。**<br>私（わたし）は今（いま）、2週間（にしゅうかん）ダイエットのレシピを試（ため）しています。 |
| 相似 | **我目前利用針灸減肥。**<br>私（わたし）は今（いま）、鍼灸（しんきゅう）ダイエットを試（ため）しています。 |
| Q | **你正在減肥嗎？** あなたは今（いま）、ダイエット中（ちゅう）ですか。 |

## 055

**我正在學日文。** 私（わたし）は今（いま）、日本語（にほんご）の勉強中（べんきょうちゅう）です。

| | |
|---|---|
| 替換 | **【日本語】可換成**<br>英語（えいご）（英文）／韓国語（かんこくご）（韓文） |
| 衍生 | **我正在準備語言檢定考試。**<br>私（わたし）は、外国語（がいこくご）の検定試験（けんていしけん）の勉強（べんきょう）をしています。 |
| Q | **你正在學（英文／日文）嗎？**<br>あなたは今（いま）、（英語（えいご）／日本語（にほんご））を習（なら）っているんですか。 |
| Q | **你打算花多久時間學好英文？**<br>あなたは、どのくらいの時間（じかん）をかけて、英語（えいご）を身（み）につけようと思（おも）っていますか。 |

● レシピ（食譜）／試す（嚐試）／リバウンド（復胖）／どのくらい（多久）／身につける（學習）

## 056

**我正在學開車。** 私(わたし)は今(いま)、車(くるま)の運転(うんてん)を習(なら)っています。

| | |
|---|---|
| 替換 | **【車の運転】開車，可換成** 水泳(すいえい)（游泳）／料理(りょうり)（烹飪） |
| 相似 | **我已經報名了駕訓班。**<br>私(わたし)は、自動車学校(じどうしゃがっこう)に、入校申(にゅうこうもう)し込(こ)みをしました。 |
| 相似 | **下個月我要考（汽車駕照／機車駕照）。** 私(わたし)は来月(らいげつ)、（自動車免許(じどうしゃめんきょ)／バイクの免許(めんきょ)）の試験(しけん)を受(う)けます。<br>★★★「自動車免許」是駕照種類之一、是既定名稱，而「バイクの免許」不是既定名稱，所以の不能省略。 |
| Q | **聽說最近你在學開車？**<br>あなたは最近(さいきん)、車(くるま)の運転(うんてん)を習(なら)っているそうですね。 |

## 056

**我正在享受假期。** 私(わたし)は今(いま)、休暇(きゅうか)を楽(たの)しんでいるところです。

| | |
|---|---|
| 相似 | **我正在休年假。** 私(わたし)は今(いま)、有給休暇中(ゆうきゅうきゅうかちゅう)です。 |
| 相似 | **我目前正在東南亞度假。**<br>私(わたし)は今(いま)、東南(とうなん)アジアでバカンスを楽(たの)しんでいます。 |
| Q | **你最近有休假的打算嗎？**<br>休(やす)み中(ちゅう)に、何(なに)かをする計画(けいかく)を立(た)てていますか。<br>★★★如果翻譯成「休み中の計画を立てていますか」文法沒有錯誤，但較不自然。要注意，沒有「最近…計画があります」的日文表達法。 |
| 單字 | **【楽しむ】享受** 昨日(きのう)は海(うみ)に行(い)って、釣(つ)りを楽(たの)しみました。<br>（昨天去海邊享受釣魚樂趣。） |

● 入校申し込み（入學申請）／…そうです（聽說…）／バカンス（假期）

# 12 最近做什麼事　考慮換工作・規畫大案子

## 057

**我正在考慮換工作。**　私は今、転職を考えています。

| | |
|---|---|
| 替換 | **【転職】換工作，可換成**　引越し（搬家）／離婚（離婚） |
| 衍生 | **我正在抉擇要選擇哪一間（公司／學校）。**　私は今、どの（会社／学校）にしようか考えているところです。 |
| 衍生 | **我正在考慮到海外發展。**<br>私は今、海外で飛躍しようと思案中です。 |
| Q | **你決定到哪一間公司上班了嗎？**<br>あなたは、どの会社に就職するか、決めましたか。 |

## 057

**我正在規畫一個大案子。**　私は今、大プロジェクトに取り組んでいるところです。

| | |
|---|---|
| 相似 | **我正在爭取一個大客戶。**　私は今、大口の顧客を獲得するために、努力しているところです。 |
| Q | **你最近有什麼計畫？**　あなたは今、どんな計画がありますか。<br>★★★如果翻譯成「あなたは最近どんな計画がありますか」文法沒有錯誤，但這樣的日文較不自然。 |
| 單字 | **【取り組む】努力做某事**　私は今、新商品の開発に、取り組んでいます。（我現在正努力開發新產品。） |
| 單字 | **【…ところです】正在…**　私は今、昼ごはんを食べているところです。（我現在正在吃午餐。） |

●飛躍する（活躍發展）／大プロジェクト（大型企劃案）／大口の顧客（大客戶）

## 058

**我很喜歡。**　私（わたし）は、すごく好（す）きです。

**相似**　**我愛死它了！**
死（し）ぬほど愛（あい）しています。

**相似**　**我會好好珍惜的。**
必（かなら）ず大切（たいせつ）にします。

**Q**　**你有多喜歡？**
どれほど好（す）きですか。

**Q**　**你會好好愛惜它嗎？**
それを、大切（たいせつ）にできますか。

## 058

**即使用全世界交換，我也願意。**　この世界（せかい）全（すべ）てと交換（こうかん）してでも、欲（ほ）しいです。

**相似**　**賠上生命我也在所不惜。**
自分（じぶん）の命（いのち）を懸（か）けても、惜（お）しくありません。

**衍生**　**求求你別將它從我生命中帶走！**
頼（たの）むから、私（わたし）の人生（じんせい）から、これを奪（うば）わないで。

**Q**　**你願意拿什麼跟我交換？**
何（なん）と交換（こうかん）したいですか。

**Q**　**你願意割捨哪一個？**
どれを割愛（かつあい）できますか。

● すごく（非常地）／ほど（表示程度）／大切（珍惜）／できる（能夠）／命を懸ける（豁出性命）／惜しい（可惜）／奪う（搶奪）

# 13 表達喜歡 很開心・很可愛

059

**一看到它我就很開心。** それを一目見(ひとめみ)ただけで、嬉(うれ)しくなります。

| | |
|---|---|
| 衍生 | **我一想到就睡不著覺。**<br>考(かんが)え始(はじ)めると、眠(ねむ)れなくなります。 |
| 衍生 | **我作夢都夢到！**<br>夢(ゆめ)にまで出(で)てきましたよ。 |
| Q | **你就是不能沒有它，對吧？**<br>それが、なくてはならないんでしょう？ |
| Q | **你一定想全部擁有，對吧？**<br>すべて手(て)に入(い)れたいんでしょう？ |

059

**多可愛啊！** なんて可愛(かわい)いの。

| | |
|---|---|
| 相似 | **真是迷人！**<br>本当(ほんとう)に、人(ひと)を夢中(むちゅう)にさせます。 |
| 衍生 | **真是與眾不同！**<br>他(ほか)とは、全(まった)く違(ちが)いますよ。 |
| Q | **你為它瘋狂嗎？**<br>あなたは、それの虜(とりこ)ですか。 |
| Q | **你會愛上它嗎？**<br>それを愛(あい)せますか。 |

● 一目見る（看一眼）／だけ（只有）／眠れない（睡不著）／…なくてはならない（不能沒有…）／手に入れる（擁有）／夢中にする（著迷）／虜（俘虜，比喻十分著迷）

060

**我想立刻擁有。** 今すぐにでも、手に入れたいです。

相似 **這就是我想要的！**
これこそ、私が欲しいと思っていたものだ。

相似 **我不能沒有它。** 私は、それがないとだめです。

Q **你想擁有它嗎？** それを、手に入れたいと思いますか。

單字 **【手に入れる】擁有**
私は、限定販売の腕時計を、手に入れました。
（我得到限定版的手錶了。）

060

**我想不出有什麼比這個更棒的了！** これより最高な物は、思いつきません。

相似 **這是我心中永遠的第一名！**
私にとっては、これは永遠のベストです。

Q **你覺得很棒吧？** 最高だと思いますか。

Q **你不覺得這是全世界最棒的嗎？**
これが、世界中で最高だと思いませんか。

單字 **【思いつく】想到**
問題の解決法を、思いつきました。
（我想到解決問題的辦法了。）

● すぐに（馬上）／これこそ（這個才是…）／だめ（不行）／腕時計（手錶）／ベスト（最好）

# 14 表達厭惡 我不喜歡・不喜歡這風格

061

**我不喜歡。** 私（わたし）は、好（す）きではありません。

| | |
|---|---|
| 相似 | **真是噁心！**<br>本当（ほんとう）に気持（きも）ち悪（わる）い。 |
| 衍生 | **雞皮疙瘩掉滿地。**<br>全身（ぜんしん）に、鳥肌（とりはだ）が立（た）ちました。 |
| Q | **你不喜歡嗎？**<br>嫌（きら）いですか。 |
| Q | **你有多討厭它？**<br>どのくらい嫌（きら）いですか。 |

061

**這不是我喜歡的風格。** 私（わたし）の好（す）きな感（かん）じではありません。

| | |
|---|---|
| Q | **你完全沒興趣嗎？**<br>全（まった）く興味（きょうみ）ありませんか。 |
| Q | **你真的一點都不考慮嗎？**<br>本当（ほんとう）に、少（すこ）しも考（かんが）えないんですか。 |
| Q | **你一定要這麼挑剔嗎？**<br>そこまでこだわる必要（ひつよう）がありますか。 |
| 單字 | **【感じ】印象、感覺**<br>私（わたし）は、こんな感（かん）じの服（ふく）が好（す）きです。<br>（我喜歡這種風格的衣服。） |

● 鳥肌が立つ（起雞皮疙瘩）／嫌い（討厭）／少し（一點點）／考える（考慮）／全く…ません（完全不…）／こだわる（拘泥小細節）

## 062

**我覺得這糟透了！** これ、最悪(さいあく)だよ。

| | |
|---|---|
| 衍生 | **窮極無聊！** 最高(さいこう)につまらない！ |
| Q | **你連看都不看一眼嗎？** 一目見(ひとめみ)ることさえも、しないんですか。 |
| Q | **你真的覺得這麼糟嗎？**<br>本当(ほんとう)に、そんなに最悪(さいあく)だと思(おも)いますか。 |
| 單字 | **【最悪】最惡劣、最糟糕**<br>彼(かれ)のファッションセンスは、最悪(さいあく)です。<br>（他的流行品味糟透了。） |

## 062

**我懶得理（他／她）！** （彼(かれ)／彼女(かのじょ)）を相手(あいて)にする気(き)にさえならない。

| | |
|---|---|
| 相似 | **我恨死（他／她）了！**<br>（彼(かれ)／彼女(かのじょ)）を、とても恨(うら)んでいるよ。 |
| 衍生 | **別在我面前提到（他／她）。**<br>私(わたし)の前(まえ)で、（彼(かれ)／彼女(かのじょ)）の話(はなし)をしないで。 |
| 衍生 | **我受不了（他／她）的態度。**<br>（彼(かれ)／彼女(かのじょ)）の態度(たいど)には、我慢(がまん)できない。 |
| Q | **他以為他是誰啊？** 彼(かれ)は、何様(なにさま)のつもりなの？<br>★★★如果翻譯成「彼(かれ)は自分(じぶん)を誰(だれ)だと思(おも)っているの？」也是對的。但日本人常用的是「彼は何様のつもりなの？」。 |

● つまらない（無聊的）／…さえもしない（連…都不…）／ファッションセンス（流行品味）／気にならない（不在意）／我慢（忍受）／何様（某位高貴的人）

# 14 表達厭惡 想到就想吐・我沒興趣

## 063

**光想到就想吐！** 考(かんが)えただけで、吐(は)き気(け)がするよ。

| | |
|---|---|
| 衍生 | **饒了我吧！**<br>勘弁(かんべん)してよ。 |
| 衍生 | **我受不了了！**<br>もう我慢(がまん)できない。 |
| Q | **你真的無法接受嗎？**<br>どうしても、受(う)け入(い)れられませんか。 |
| Q | **你不能勉強接受嗎？**<br>無理(むり)して受(う)け入(い)れることは、出来(でき)ませんか。 |

## 063

**拜託別找我，我沒興趣。** 頼(たの)むから、私(わたし)を誘(さそ)わないで。興味(きょうみ)ないよ。

| | |
|---|---|
| 相似 | **別提了，我不可能接受。**<br>もう言(い)わないで。私(わたし)は絶対(ぜったい)に受(う)け入(い)れないから。 |
| 衍生 | **別來煩我！**<br>迷惑(めいわく)をかけないで。 |
| 衍生 | **想都別想！**<br>考(かんが)えるだけ無駄(むだ)よ。 |
| Q | **你不可能改變想法嗎？**<br>考(かんが)え方(がた)を変(か)えられませんか。 |

● 吐き気がする（想吐）／勘弁する（原諒）／受け入れる（接受）／無理する（勉強）／誘う（邀請）／迷惑をかける（添麻煩）／…だけ無駄（就算…也沒用）

064

| 我喜歡有禮貌的人。 | 私は、礼儀正しい人が、好きです。 |
|---|---|
| 相反 | 我討厭沒禮貌的人。<br>私は、礼儀を知らない人は、嫌いです。 |
| 相似 | 我喜歡有教養的人。 私は、教養のある人が、好きです。 |
| 衍生 | 我敬佩有修養的人。<br>私は、洗練されている人を、尊敬します。<br>★★★日文的「修養のある人」（宗教上有修養的人）屬於宗教團體用語。最接近中文「有修養的人」的是「洗練されている人」。 |
| 單字 | 【礼儀正しい】有禮貌 初対面の人には、礼儀正しくしましょう。（對初次見面的人要有禮貌。） |

064

| 我喜歡謙虛的人。 | 私は、謙虚な人が好きです。 |
|---|---|
| 相反 | 我討厭自以為是的人。 私は、偉そうな人は嫌いです。 |
| 衍生 | 自私的人讓我很反感。<br>自己中心的な人には、反発を感じます。 |
| 衍生 | 我覺得無論是誰都會有缺點。<br>誰にでも欠点はあると思います。 |
| 單字 | 【謙虚】謙虛 社長は、とても謙虚な人です。<br>（老闆是個非常謙虛的人。） |

● 礼儀を知らない（沒有禮貌）／洗練されている人（有修養的人）／偉い（了不起、偉大的）／自己中心的（自私）／欠点（缺點）

# 15 喜歡＆討厭的人 熱心公益・笑口常開

065

**我喜歡熱心公益的人。** 私(わたし)は、社会福祉(しゃかいふくし)に熱心(ねっしん)な人(ひと)が、好(す)きです。

| | |
|---|---|
| 相似 | **我喜歡熱心助人的人。** 私(わたし)は、親切(しんせつ)な人(ひと)が好(す)きです。 |
| 相似 | **我敬佩默默行善的人。**<br>私(わたし)は、人知(ひとし)れず善行(ぜんこう)を積(つ)む人(ひと)を、尊敬(そんけい)します。 |
| 單字 | **【福祉】福利**<br>遺産(いさん)の一部(いちぶ)は、社会福祉(しゃかいふくし)団体(だんたい)に寄付(きふ)しました。<br>（一部分遺產捐給社福機構。） |
| 單字 | **【熱心】熱情、熱誠**<br>先生(せんせい)は、環境問題(かんきょうもんだい)について熱心(ねっしん)に語(かた)りました。<br>（老師熱情地談述環境問題。） |

065

**我喜歡笑口常開的人。** 私(わたし)は、いつも笑顔(えがお)の人(ひと)が、好(す)きです。

| | |
|---|---|
| 相反 | **我討厭陰險的人。** 私(わたし)は、陰険(いんけん)な人(ひと)が嫌(きら)いです。 |
| 相反 | **我不喜歡總是愁眉苦臉的人。**<br>私(わたし)は、いつも浮(う)かない顔(かお)をしている人(ひと)が、嫌(きら)いです。 |
| 相似 | **我喜歡個性開朗的人。** 私(わたし)は、朗(ほが)らかな人(ひと)が好(す)きです。 |
| 單字 | **【笑顔】笑容**<br>息子(むすこ)の笑顔(えがお)を見(み)ていると、自分(じぶん)は幸(しあわ)せだと感(かん)じます。<br>（看見兒子的笑容，感覺自己很幸福。） |

● 人知れず（不為人知）／善行を積む（行善）／寄付する（捐款）／語る（述說）／浮かない顔（愁眉苦臉）／朗らかな（開朗的）

## 066

**我喜歡善體人意的人。** 私は、親切で人の身になって考える人が、好きです。

**相似**　**我喜歡能替別人著想的人。**
私は、人のためを思ってくれる人が、好きです。

**單字**　**【親切】熱心為人**
道に迷っていると、親切な若者が、道を教えてくれました。（迷路時，熱心的年輕人告訴我怎麼走。）

**單字**　**【身になる】設身處地**　少しは、親の身になって考えなさい。（稍微站在爸媽的立場想想吧。）

## 066

**我敬佩腳踏實地的人。** 私は、地道で真面目に働く人を、尊敬します。

**相似**　**我敬佩白手起家的人。**
私は、裸一貫から会社を築き上げた人を、尊敬します。

**相似**　**我敬佩從基層做起的人。**
私は、下っ端から始めた人を、尊敬します。

**單字**　**【地道】踏實**　体重を落とすには、地道な努力が必要です。（減輕體重一定要踏實努力。）

**單字**　**【真面目】認真**　真面目に勉強しないと、いい大学には入れませんよ。（不認真讀書，進不了好的大學喔。）

● 道に迷う（迷路）／少し（稍微）／裸一貫（白手起家）／会社を築き上げる（開創並經營出不錯的公司）／下っ端（基層人員）

# 15 喜歡＆討厭的人 粗獷男性・溫柔女性

## 067

**我喜歡粗獷的男生。** 私は、ワイルドな男性が好きです。

| | |
|---|---|
| 相反 | **斯文的男生深得我心。**<br>私は、優雅で上品な男性に、惹かれます。 |
| 衍生 | **我喜歡運動型的男生。**<br>私は、スポーツマンタイプの男性が好きです。 |
| 衍生 | **我喜歡（幽默的／成熟的）男生。**<br>私は、（ユーモアのある／大人っぽい）男性が好きです。 |
| 單字 | **【ワイルド】粗獷、不加修飾**<br>あの俳優のワイルドな演技は、見る者を魅了します。<br>（那演員粗獷、不加修飾的演技，令觀眾入迷。） |

## 067

**我對溫柔的女生特別有好感。** 私は、優しい女性に、特別好感を持ちます。

| | |
|---|---|
| 衍生 | **我喜歡（開朗的／乖巧的）女生。**<br>私は、（明るい／賢い）女性が好きです。 |
| 衍生 | **我喜歡甜美的女生。**<br>私は、容姿の美しい女性が、好きです。 |
| 衍生 | **我喜歡直率的女生。**<br>私は、性格がはっきりしている女性が、好きです。 |
| 衍生 | **我喜歡有氣質的女生。** 私は、上品な女性が好きです。 |

● 上品（優雅的）／惹く（吸引人）／スポーツマンタイプ（運動型）／魅了する（著迷）／はっきりする（直率、清楚明確）

## 068

**我討厭不守信用的人。** 私は、信頼を裏切る人は嫌いです。

衍生 **我討厭（出爾反爾的人／謊話連篇的人）。**
私は、（ころころと態度が変わる人／うそ八百を並べる人）は、嫌いです。

單字 **【信頼】信用、信任** 私は彼を信頼しているので、この仕事は彼に任せようと思っています。（我信任他，所以這件事我想交付給他。）

單字 **【裏切る】違背、背叛**
私は、一番信じていた人に、裏切られました。
（我被最信任的人背叛了。）

## 068

**我討厭沒有時間觀念的人。** 私は、時間の観念のない人は、嫌いです。

替換 **【時間の観念】時間觀念，可換成**
経済観念（金錢觀念）／貞操観念（貞操觀念）

相似 **我最討厭遲到的人。** 私は、時間に遅れる人が嫌いです。

相反 **我喜歡守時的人。** 私は、時間を守る人が好きです。

單字 **【観念】觀念、概念**
固定観念を捨てなければ、新しいものは生み出せません。（如果不拋棄既有觀念，就無法有創新想法。）

● 信頼を裏切る（不守信用）／ころころ（事物反反覆覆地）／うそ八百を並べる（謊話連篇）／任せる（交付）／捨てる（丟棄）／生み出す（創造出）

# 15 喜歡 & 討厭的人 馬屁精．政治人物

## 069

**我瞧不起馬屁精。** ゴマをする人は、最低です。

| | |
|---|---|
| 衍生 | **我討厭只說話不做事的人。**<br>私は、口先だけで実行しない人が、嫌いです。 |
| 衍生 | **聽到拍馬屁的話會讓我渾身不舒服。** ゴマをすっているのを聞くだけで、不愉快な気持ちになります。 |
| 單字 | **【ゴマをする】拍馬屁** 彼は、いつも上司にゴマをすっています。（他總是拍主管馬屁。） |
| 單字 | **【最低】最糟糕** 人の悪口しか言えない人は、最低です。（只會說人壞話的人最差勁。） |

## 069

**我對政治人物沒好感。** 私は、政治家に対して、いい感情を持っていません。

| | |
|---|---|
| 替換 | **【政治家】可換成** 芸能人（藝人）／警察（警察） |
| 衍生 | **我從不跟不擇手段的人打交道。**<br>私は昔から、手段を選ばない人とは、付き合いません。 |
| 單字 | **【…に対する】對於…**<br>その番組を見て、ボランティアに対する考え方が、変わりました。（看過這節目，改變了對志工的看法。） |
| 單字 | **【感情】情感** ロボットには、喜怒哀樂の感情はありません。（機器人沒有喜怒哀樂的情感。） |

● 口先（口頭上）／不愉快（不高興）／気持ち（心情）／手段を選ばない（不擇手段）／付き合う（交際）／ボランティア（志工）／ロボット（機器人）

## 很喜歡・很討厭　喜歡 & 討厭的人　15

### 070

**我實在很喜歡（他／她）。** 私は、（彼／彼女）が本当に好きです。

| | |
|---|---|
| 衍生 | **我喜歡（他／她）的個性。**<br>私は、（彼／彼女）の性格が好きです。 |
| Q | **他有那麼（好／不好）嗎？**<br>彼がそんなに（いい／嫌）ですか。 |
| Q | **他沒有任何（缺點／優點）嗎？**<br>彼には、何も（悪い所／いい所）がないんですか。 |
| Q | **你瞭解你喜歡的人嗎？**<br>あなたは、好きな人のことをよく理解していますか。 |

### 070

**我實在很討厭（他／她）。** 私は、（彼／彼女）が本当に嫌いです。

| | |
|---|---|
| 衍生 | **我不喜歡（他／她）的說話方式。**<br>私は、（彼／彼女）の話し方が嫌いです。 |
| 衍生 | **我對（他／她）的第一眼印象不好。**<br>（彼／彼女）の第一印象は、よくありませんでした。 |
| 衍生 | **我找不到（他／她）的優點。**<br>私は、（彼／彼女）のいいところを見出せません。 |
| Q | **他哪一點惹你了？**<br>彼のどんな所が、あなたの気に障るんですか。 |

● 話し方（說話方式）／見出す（找到）／気に障る（妨礙）

# 15 喜歡 & 討厭的人 有喜歡對象嗎‧喜歡斯文男嗎

## 071

**你有喜歡的人嗎？** 好(す)きな人(ひと)は、いますか。

| | |
|---|---|
| 相反 | **你有討厭的人嗎？**<br>嫌(きら)いな人(ひと)は、いますか。 |
| 相似 | **你喜歡誰？你討厭誰？**<br>誰(だれ)が好(す)きですか。誰(だれ)が嫌(きら)いですか。 |
| 衍生 | **你為什麼那麼（喜歡／討厭）他？**<br>なぜ、そんなに彼(かれ)が（好(す)き／嫌(きら)い）なんですか。 |
| 衍生 | **你很容易喜歡一個人嗎？**<br>あなたは、すぐに人(ひと)を好(す)きになりますか。 |

## 071

**你喜歡斯文的男生嗎？** あなたは、上品(じょうひん)な男性(だんせい)が好(す)きですか。

| | |
|---|---|
| 衍生 | **你喜歡粗獷的男生嗎？**<br>あなたは、ワイルドな男性(だんせい)が好(す)きですか。 |
| 衍生 | **你喜歡成熟的男生嗎？**<br>あなたは、大人(おとな)っぽい男性(だんせい)が好(す)きですか。 |
| 衍生 | **你喜歡幽默的男生嗎？**<br>あなたは、ユーモアのある男性(だんせい)が好(す)きですか。 |
| 單字 | **【上品】文雅、優雅、高尚**<br>彼女(かのじょ)は、話(はな)し方(かた)が上品(じょうひん)です。（她談吐高尚。） |

● すぐに（馬上）／大人っぽい（成熟的）／ユーモア（幽默感）

072

**你喜歡甜美的女生嗎？** あなたは、容姿(ようし)の美(うつく)しい女性(じょせい)が好(す)きですか。

| | |
|---|---|
| 衍生 | **你喜歡（溫柔的／開朗的）女生嗎？**<br>あなたは、（優(やさ)しい／明(あか)るい）女性(じょせい)が好(す)きですか。 |
| 衍生 | **你喜歡（乖巧的／直率的）女生嗎？**<br>あなたは、（賢(かしこ)い／はっきりしている）女性(じょせい)が好(す)きですか。 |

072

**你喜歡她的個性還是外表？** 彼女(かのじょ)の性格(せいかく)が好(す)きなんですか。それとも、外見(がいけん)ですか。

| | |
|---|---|
| 相似 | **她什麼地方吸引你？**<br>彼女(かのじょ)のどんなところに惹(ひ)かれるんですか。 |
| 衍生 | **你喜歡的人長得好看嗎？**<br>あなたが好(す)きな人(ひと)は、外見(がいけん)はかっこいいですか。 |
| 單字 | **【性格】個性**<br>彼女(かのじょ)はみんなに、性格(せいかく)が悪(わる)いと言(い)われています。<br>（大家都說她個性差。） |
| 單字 | **【外見】外表**<br>彼(かれ)は、外見(がいけん)は真面目(まじめ)そうですが、かなりの女(おんな)好(ず)きです。（他外表看來老實，其實相當喜好女色。） |

● はっきりする（直率、清楚明確）／どんなところ（什麼地方）／惹く（吸引人）／真面目（老實）／かなり（非常地）／女好き（喜好女色）

# 15 喜歡 & 討厭的人 令人作嘔・討厭粗魯的人

## 073

**什麼樣的人令你作嘔？** どんな人(ひと)に、不愉快(ふゆかい)にされますか。

| | |
|---|---|
| 相反 | **什麼樣的人令你心動？**<br>どんな人(ひと)に、心(こころ)を動(うご)かされますか。 |
| 相似 | **什麼樣的人令你覺得噁心？**<br>どんな人(ひと)に、吐(は)き気(け)を感(かん)じますか。 |
| 相似 | **哪種人最讓你抓狂？**<br>どんなタイプの人(ひと)に、一番弱(いちばんよわ)いですか。 |
| 衍生 | **你討厭一個人會怎麼做？**<br>ある人(ひと)が嫌(きら)いなとき、あなたはどうしますか。 |

## 073

**你討厭粗魯的人嗎？** あなたは、荒(あら)っぽい人(ひと)が嫌(きら)いですか。

| | |
|---|---|
| 衍生 | **你討厭（自大的／自私的）的人嗎？**<br>あなたは、（うぬぼれ屋(や)／自己中(じこちゅう)な人(ひと)）が嫌(きら)いですか。 |
| 衍生 | **你討厭（沒禮貌的／不誠實）的人嗎？**<br>あなたは、（礼儀知(れいぎし)らずな／不誠実(ふせいじつ)な）人(ひと)が嫌(きら)いですか。 |
| 衍生 | **你討厭幼稚的人嗎？**<br>あなたは、幼稚(ようち)な人(ひと)が嫌(きら)いですか。 |
| 單字 | **【荒っぽい】粗暴、粗魯**<br>彼(かれ)の車(くるま)の運転(うんてん)は、荒(あら)っぽいです。（他開車很莽撞。） |

● 不愉快（不高興、不舒服）／吐き気（想吐）／タイプ（類型）／ある人（某人）

## 高個子・身高 160　身高 16

### 074

**我是高個子。**　私(わたし)は、のっぽです。

| | |
|---|---|
| 相反 | **我是矮個子。**<br>私(わたし)は、背(せ)が低(ひく)いです。<br>★★★「背が低い」和「ちび」都是「矮個子」。但「ちび」有貶意，是罵人個子矮小的字眼，不太會用來形容自己。 |
| 相似 | **我的身高中等。**<br>私(わたし)の身長(しんちょう)は、中(ちゅう)くらいです。 |
| 衍生 | **我是我們家最高的。**<br>私(わたし)は、家族(かぞく)で一番(いちばん)背(せ)が高(たか)いです。 |
| Q | **你希望再長高一點嗎？**<br>あなたは、もっと背(せ)が高(たか)くなりたいと思(おも)いますか。 |

### 074

**我的身高 160 公分。**　私(わたし)の身長(しんちょう)は、１６０cm(ひゃくろくじゅっセンチ)です。

| | |
|---|---|
| 相似 | **我的身高超過 180 公分。**<br>私(わたし)の身長(しんちょう)は、１８０cm(ひゃくはちじゅっセンチ)を超(こ)えています。 |
| 相似 | **我的身高不到 160 公分。**<br>私(わたし)の身長(しんちょう)は、１６０cm(ひゃくろくじゅっセンチ)ありません。 |
| 衍生 | **（女生／男生）而言，我算標準身高。**<br>私(わたし)の身長(しんちょう)は、（女性(じょせい)／男性(だんせい)）としては、平均的(へいきんてき)です。 |
| Q | **你的身高多少？**<br>あなたの身長(しんちょう)は、何cm(なんセンチ)ですか。 |

● 背（身高）／中くらい（中等）／…なりたい（想變成…）／超える（超過）

# 16 身高 矮3公分・一樣高

## 075

**我比姊姊矮3公分。** 私（わたし）は、姉（あね）より3cm（さんセンチ）背（せ）が低（ひく）いです。

**相反** 我比弟弟高5公分。 私（わたし）は、弟（おとうと）より5cm（ごセンチ）背（せ）が高（たか）いです。

**Q** 你比你姊姊高嗎？
あなたは、お姉（ねえ）さんより背（せ）が高（たか）いですか。

**Q** 你跟你哥哥的身高相差多少？
あなたは、お兄（にい）さんとどのくらい身長（しんちょう）の差（さ）がありますか。

**單字** 【低い】個子矮
私（わたし）は子供（こども）のころ、背（せ）が低（ひく）くてからかわれていました。
（我小時候因為個子矮被嘲笑。）

## 075

**我和你一樣高。** 私（わたし）は、あなたと同（おな）じくらいの身長（しんちょう）です。

**相似** 你跟我弟弟一樣高。
あなたは、私（わたし）の弟（おとうと）と同（おな）じくらいの身長（しんちょう）です。

**衍生** 你的身高真令人嫉妒！
あなたの身長（しんちょう）には、本当（ほんとう）に嫉妬（しっと）させられます。

**Q** 你跟他誰比較高？
あなたと彼（かれ）は、どちらが背（せ）が高（たか）いですか。

**單字** 【背】身高 少（すこ）し見（み）ない間（あいだ）に、背（せ）が伸（の）びましたね。
（一陣子不見，你長高了。）

● どのくらい（多少）／からかう（嘲笑）／くらい（大概、大約）／どちら（哪一個）／見ない（沒有看到）／間（一段期間）

## 076

**我的身高遺傳自父親。** 私の身長は、父からの遺伝です。

| | |
|---|---|
| 相反 | **似乎只有我，沒有遺傳到家族身高。** 背が高い家系なのに、私にだけは遺伝しなかったようです。 |
| 衍生 | **我的家人都（很高／不高）。** 私の家族は、みんな背が（高い／低い）です。 |
| Q | **你的家人都像你這麼高嗎？** 家族はみんな、あなたのように背が高いですか。 |
| 單字 | **【から】來自於…** この腕時計は、彼女からの誕生日プレゼントです。（這支手錶是她送的生日禮物。） |

## 076

**我國中時才突然長高。** 私は、中学校に入ってから、急に背が伸びました。

| | |
|---|---|
| 相反 | **我國小畢業就沒再長高。** 私は、小学校を卒業してから、ずっと身長が伸びていません。 |
| Q | **你有什麼長高的秘訣嗎？** 何か、あなたのように背が高くなる秘訣がありますか。 |
| 單字 | **【急に】突然** 彼女は、最近急に太りましたね。（她最近突然變胖了呢。） |
| 單字 | **【伸びる】變長** 髪が伸びたので、美容院に行きたいです。（頭髮長長，想要去理髮院剪。） |

● 家系（血統）／…ようです（好像…）／…てから（…之後）／ずっと（一直）

# 16 身高 太高・目測身高

077

**我覺得自己太高了。** 私は、背が高すぎると思います。

| | |
|---|---|
| 相反 | **我很滿意自己的身高。**<br>私は、自分の身長に満足しています。 |
| 衍生 | **你的身高適合打籃球。**<br>あなたの身長は、バスケットボールをするのに適しています。 |
| 衍生 | **你的身高可以去當模特兒。**<br>あなたぐらい身長があれば、モデルになれます。 |
| Q | **你覺得自己夠高嗎？**<br>あなたは、自分の身長が、十分だと思いますか。 |

077

**我目測不出他的身高。** 彼の身長が何センチぐらいなのかは、見当が付きません。

| | |
|---|---|
| 衍生 | **我認為（他／她）大約 170 公分高。**<br>（彼／彼女）は、身長１７０cmくらいあると思います。 |
| 衍生 | **我猜（他／她）和我一樣高。**<br>（彼／彼女）の身長は、私と同じくらいだと思います。 |
| 衍生 | **我猜（他／她）應該比我高。**<br>（彼／彼女）の身長は、私よりも高いと思います。 |
| Q | **你猜（他／她）有多高？**<br>（彼／彼女）の身長は、どのくらいだと思いますか。 |

● …すぎる（太過於…）／バスケットボールをする（打籃球）／適する（適合）／モデルになる（當模特兒）／見当が付く（推測）

## 078

**我最近瘦了。** 私は、最近痩せました。

| | |
|---|---|
| 相反 | **我最近胖了。** 私は、最近太りました。 |
| Q | **你瘦了幾公斤？** あなたは、何キロ痩せましたか。 |
| Q | **你怎麼瘦到皮包骨？**<br>あなたはどうやって、皮と骨ばかりになるほど痩せたんですか。 |
| 單字 | **【痩せる】瘦**<br>痩せている人を見ると、うらやましく思います。<br>（看到瘦子心生羨慕。） |

## 078

**我覺得自己很胖。** 私は、自分がとても太っていると思います。

| | |
|---|---|
| 相反 | **我覺得自己太瘦。**<br>私は、自分が痩せすぎだと思います。 |
| 衍生 | **我羨慕吃不胖的人。**<br>私は、食べても太らない人が、うらやましいです。 |
| Q | **你對自己的身材滿意嗎？**<br>自分のスタイルに、満足していますか。 |
| 單字 | **【太る】胖**<br>そんなにたくさん食べると、太りますよ。<br>（吃那麼多可是會胖的喔。） |

● 皮と骨ばかり（盡是皮和骨）／ほど（表示程度）／うらやましい（羨慕）／スタイル（身材）／たくさん（很多）

# 17 身材 體重 48 公斤．胸圍 85 公分

## 079

**我的體重 48 公斤。** 私（わたし）の体重（たいじゅう）は、48kg（よんじゅうはちキロ）です。

| | |
|---|---|
| 衍生 | **我的體重超過 60 公斤。**<br>私（わたし）の体重（たいじゅう）は、60kg（ろくじゅっキロ）を超（こ）えています。 |
| 衍生 | **我想他至少有 90 公斤。**<br>彼（かれ）は少（すく）なくとも、90kg（きゅうじゅっキロ）はあると思（おも）います。 |
| 衍生 | **你應該不到 40 公斤。**<br>あなたは、40kg（よんじゅっキロ）ないでしょう。 |
| Q | **你的體重多少？**<br>あなたの体重（たいじゅう）は、どのくらいですか。 |

## 079

**我的胸圍是 85 公分。** 私（わたし）のバストは、85（はちじゅうご）センチです。

★★★日本人用「公分」表示胸圍尺寸。

| | |
|---|---|
| 替換 | **【バスト】胸圍，可換成**<br>ヒップ（臀圍）／ウエスト（腰圍） |
| 衍生 | **我是 C 罩杯。**<br>私（わたし）の胸（むね）は、C（シー）カップです。 |
| 衍生 | **我是平胸一族。**<br>私（わたし）の胸（むね）は、まな板（いた）です。 |
| Q | **你知道她的三圍嗎？**<br>あなたは、彼女（かのじょ）のスリーサイズを知（し）っていますか。 |

● 超える（超過）／少なくとも（至少）／…ないでしょう（應該沒有…吧）／センチ（公分）／Cカップ（C罩杯）／まな板（砧板）／スリーサイズ（三圍）

## 080

**我是瘦子。**　私(わたし)は、やせです。

| | |
|---|---|
| 相反 | **我是胖子。**<br>私(わたし)は、デブです。 |
| 衍生 | **我很（苗條／豐滿）。**<br>私(わたし)は、（スリム／グラマー）です。 |
| 衍生 | **我是中等身材。**<br>私(わたし)は、中肉中背(ちゅうにくちゅうぜい)です。 |
| 單字 | **【やせ】瘦子**<br>彼女(かのじょ)は、かなりのやせです。（她是非常瘦的瘦子。） |

## 080

**我的手臂肉肉的。**　私(わたし)の腕(うで)は、むちむちしています。

| | |
|---|---|
| 相反 | **你看起來完全沒有贅肉。**<br>あなたは、贅肉(ぜいにく)が全(まった)くなさそうです。 |
| 衍生 | **我的（大腿／腰圍）太粗。**<br>私(わたし)の（太(ふと)もも／ウエスト）は、太(ふと)すぎです。 |
| Q | **你爸爸有啤酒肚嗎？**<br>あなたのお父(とう)さんは、ビール腹(ばら)ですか。 |
| 單字 | **【むちむち】豐滿、多肉的樣子**<br>私(わたし)は、痩(や)せている女性(じょせい)より、むちむちの女性(じょせい)の方(ほう)が、好(す)きです。（比起纖瘦的女生，我比較喜歡豐滿的女生。） |

● デブ（胖子）／中肉中背（中等身材）／かなり（非常地）／全く（完全）／なさそうです（好像沒有）／ビール腹（啤酒肚）

# 17 身材 比妹妹瘦・近年胖了

## 081

**我比我妹妹瘦。** 私は、妹より痩せています。

| | |
|---|---|
| 相反 | **我比我哥哥重 10 公斤。** 私は、兄より10kg重いです。 |
| 衍生 | **我和（姊姊／妹妹）身材差不多。**<br>私と（姉／妹）は、同じようなプロポーションをしています。 |
| 衍生 | **我是兄弟姊妹裡最（胖／瘦）的。**<br>私は、兄弟姉妹の中で、一番（太って／痩せて）います。 |
| 單字 | **【重い】重的**<br>重いものを持って、腰を痛めました。（拿重物傷到腰。） |

## 081

**3 年來我胖了 20 公斤。** 私はこの３年で、２０kg太りました。

| | |
|---|---|
| 相似 | **我懷孕胖了 12 公斤。**<br>私は妊娠して、１２kg太りました。 |
| 衍生 | **10 年來，你的身材一點都沒變。**<br>この10年、あなたの体型は、少しも変わっていません。 |
| Q | **你是不是又胖了？**<br>あなたは、また太ったんじゃないですか。 |
| Q | **你胖了幾公斤？** あなたは、何キロ太りましたか。 |

● 同じような（一樣的…）／プロポーション（身形比例）／少しも…ない（一點也不…）／また（又…）／何キロ（幾公斤）

## 082

**上班族容易下半身肥胖。** サラリーマンは、下半身肥満になりやすいです。

**相似** **久坐會導致下半身肥胖。**
一日中座っている人は、下半身肥満になりやすいです。

**衍生** **有些人胖胖的，可是身材很勻稱。**
太っている人の中には、スタイルの均整がとれている人もいます。

**Q** **你有局部肥胖的困擾嗎？** 部分的肥満に悩んでいませんか。

**單字** **【均整がとれる】勻稱**
男性は、運動をしないと、均整がとれた体にはなりません。
（男人不運動，身材就不勻稱。）

## 082

**伸展台的模特兒大多過瘦。** ステージのモデルのほとんどは、痩せすぎです。

**衍生** **有些模特兒因為厭食症而死亡。**
拒食症になって、この世を去るモデルもいます。

**衍生** **過瘦的模特兒被稱為「紙片人」。**
痩せすぎのモデルのことを、「紙切れ人間」と言います。

**Q** **難道你得了厭食症？**
あなたはまさか、拒食症ではありませんよね。

● サラリーマン（上班族）／…やすい（容易…）／ステージ（舞台）／モデル（模特兒）／ほとんど（幾乎）／この世を去る（過世）／まさか（該不會、難道）

# 18 皮膚 黃種人・皮膚白皙

## 083

**我是黃種人。** 私（わたし）は、黄色人種（おうしょくじんしゅ）です。

| | |
|---|---|
| 替換 | **【黄色人種】黃種人，可換成**<br>白人（はくじん）（白種人）／黒人（こくじん）（黑人） |
| 衍生 | **東方人大多是黃種人。**<br>東洋人（とうようじん）のほとんどは、黄色人種（おうしょくじんしゅ）です。 |
| 衍生 | **西方人大多是白種人。**<br>西洋人（せいようじん）のほとんどは、白人（はくじん）です。 |
| Q | **你覺得現在仍有種族歧視嗎？**<br>今（いま）でも人種差別（じんしゅさべつ）が残（のこ）っていると思（おも）いますか。 |

## 083

**我的皮膚白皙。** 私（わたし）の肌（はだ）は、白（しろ）くて透（す）き通（とお）っています。

| | |
|---|---|
| 衍生 | **我有小麥色的肌膚。**<br>私（わたし）は、小麦色（こむぎいろ）の肌（はだ）をしています。 |
| 衍生 | **我的臉色蒼白。** 私（わたし）の顔（かお）は、青白（あおじろ）いです。 |
| 衍生 | **我一向不容易曬黑。**<br>私（わたし）は昔（むかし）から、日焼（ひや）けしにくいです。 |
| 單字 | **【透き通る】透明、清澈**<br>この付近（ふきん）の海域（かいいき）は、水（みず）が透（す）き通（とお）っています。<br>（這附近海域，水質清澈。） |

● 東洋人（東方人）／ほとんど（幾乎）／残る（遺留、殘存）／青白い（蒼白）／日焼けする（曬黑）／…にくい（不容易…）

## 084

**我曬黑了。** 私(わたし)は、日焼(ひや)けしました。

| | |
|---|---|
| 相反 | **我變白了。**<br>私(わたし)は、色白(いろじろ)になりました。 |
| 衍生 | **我很容易曬黑。**<br>私(わたし)は、日焼(ひや)けしやすいです。 |
| 衍生 | **我喜歡古銅色的肌膚。**<br>私(わたし)は、ブロンズ色(いろ)の肌(はだ)が好(す)きです。 |
| Q | **你打算曬成古銅色嗎？**<br>あなたは、日焼(ひや)けしてブロンズ色(いろ)の肌(はだ)になろうと思(おも)っていますか。 |

## 084

**我是油性肌膚。** 私(わたし)は、油肌(あぶらはだ)です。

| | |
|---|---|
| 替換 | **【油肌】油性肌膚，可換成**<br>乾燥肌(かんそうはだ)（乾性肌膚）／混合肌(こんごうはだ)（混合性肌膚） |
| 衍生 | **我的臉部 T 字部位很容易出油。**<br>私(わたし)は、T(ティー)ゾーンが、油(あぶら)っぽくなりやすいです。 |
| 衍生 | **我容易長痘痘。** 私(わたし)は、にきびができやすいです。 |
| Q | **你常用吸油面紙嗎？**<br>あなたは、脂(あぶら)とり紙(がみ)を、頻繁(ひんぱん)に使(つか)いますか。 |

● 色白（皮膚白）／ブロンズ色（古銅色）／Tゾーン（T字部位）／油っぽい（油膩膩的）／なりやすい（容易變成…）／にきび（青春痘）／できやすい（容易產生…）／脂とり紙（吸油面紙）

# 18 皮膚 有雀斑・臉色紅潤

## 085

**我的臉上有雀斑。** 私(わたし)は、顔(かお)にそばかすがあります。

| | |
|---|---|
| 替換 | **【そばかす】雀斑，可換成**<br>小(こ)じわ（小細紋）／傷痕(きずあと)（疤痕）／<br>生(う)まれつきのあざ（胎記） |
| 衍生 | **曬太陽臉上容易產生斑點。**<br>日(ひ)に焼(や)けると、よく斑点(はんてん)が出(で)ます。 |
| 衍生 | **我打算進行雷射除斑。**<br>私(わたし)は、しみ取(と)りレーザー治療(ちりょう)を、受(う)けるつもりです。 |
| 衍生 | **你完全沒有皺紋。** あなたは、全(まった)くしわが、ありません。 |

## 085

**我的臉色紅潤有光澤。** 私(わたし)の顔(かお)は、血色(けっしょく)がよく、つやつやしています。

| | |
|---|---|
| 衍生 | **我一熬夜就臉色暗沈。**<br>私(わたし)は、夜更(よふ)かしをすると、すぐ顔色(かおいろ)がくすみます。 |
| 衍生 | **你的臉色很蒼白。** あなたの顔(かお)は、青白(あおじろ)いです。 |
| Q | **你怎麼臉色發白？**<br>血色(けっしょく)がよくないですね。どうしたんですか。 |
| 單字 | **【つやつや】產生光澤、發亮**<br>彼女(かのじょ)の髪(かみ)は、黒(くろ)くてつやつやしています。<br>（她的頭髮黑得發亮。） |

● 日に焼ける（曬太陽）／よく（容易）／しみ取りレーザー（雷射除斑）／しわ（皺紋）／夜更かしをする（熬夜）／くすむ（暗沈）／血色がよくない（臉色發白）

## 086

**我的皮膚容易過敏。** 私の肌は、アレルギーを、起こしやすいです。

| | |
|---|---|
| 相似 | **我的皮膚容易起小疹子。**<br>私は、湿疹ができやすいです。 |
| 衍生 | **冬天我經常脫皮。** 冬には、よく皮がむけます。 |
| Q | **你的皮膚容易過敏嗎？**<br>あなたの肌は、アレルギーを起こしやすいですか。 |
| 單字 | **【起こす】引起**<br>私は、てんぷらを食べると、胸焼けを起こします。<br>（我吃天婦羅，就會引起胃灼熱。） |

## 086

**我的膚質很好。** 私は、肌がいいです。

| | |
|---|---|
| 相似 | **我的膚質很光滑。** 私の肌は、とてもすべすべしています。 |
| 相反 | **我的皮膚不是很有光澤。**<br>私の肌は、あまり光沢がありません。 |
| 衍生 | **我的膚質（容易／不容易）上妝。**<br>私の肌は、化粧ののりが（いい／悪い）です。 |
| 單字 | **【すべすべ】光滑**<br>ハンドクリームを塗ると、手がすべすべになります。<br>（塗護手霜，手變得光滑柔嫩。） |

● アレルギーを起こす（引發過敏）／皮がむける（脫皮）／てんぷら（天婦羅）／化粧ののり（上妝）／ハンドクリーム（護手霜）

# 18 皮膚 黑眼圈・你皮膚好

## 087

**我有黑眼圈。** 私（わたし）は、目（め）の下（した）にクマがあります。

衍生 **我必須靠化妝蓋住黑眼圈。**
私（わたし）は、化粧（けしょう）でクマを隠（かく）すしかありません。

衍生 **我睡眠不足就有黑眼圈。**
私（わたし）は、寝不足（ねぶそく）になると、クマができます。

Q **你怎麼有黑眼圈？**
あなたは、どうして目（め）の下（した）にクマがあるのですか。

單字 **【クマ】黑眼圈** 私（わたし）は、クマができやすくて、困（こま）っています。（我很困擾容易有黑眼圈。）

## 087

**你的皮膚真好！** あなたは、肌（はだ）が本当（ほんとう）にいいです。

相似 **你的皮膚又白又漂亮。** あなたの肌（はだ）は、白（しろ）くてきれいです。

相似 **你的皮膚白裡透紅。**
あなたの肌（はだ）は、白（しろ）く血色（けっしょく）がいいです。

衍生 **你的皮膚越來越好了。**
あなたの肌（はだ）は、どんどんきれいになってきましたね。

單字 **【どんどん】越來越…**
うちの子（こ）は、最近（さいきん）英語（えいご）の成績（せいせき）が、どんどん下（さ）がっています。（最近我的小孩英文成績越來越退步。）

● クマ（黑眼圈）／しかありません（只能…）／寝不足（睡眠不足）／クマができやすい（容易產生黑眼圈）／きれい（漂亮）／下がる（降低、下降）

# 女生愛白・保養重清潔　皮膚 18

## 088

**女生都希望皮膚白皙。** 女(おんな)の人(ひと)はみんな、肌(はだ)が白(しろ)くなりたいと思(おも)っています。

| | |
|---|---|
| 相反 | **「黑美人」也漸漸成為流行。**<br>ブラック・ビューティーも、流行(りゅうこう)しつつあります。 |
| 衍生 | **男生大多喜歡皮膚白皙的女生。**<br>ほとんどの男性(だんせい)は、白(しろ)くて透(す)き通(とお)った肌(はだ)の女性(じょせい)が、好(す)きです。 |
| 衍生 | **許多人認為「白就是美」。**<br>多(おお)くの人(ひと)は、「色(いろ)が白(しろ)いイコール美(うつく)しい」と思(おも)っています。 |
| Q | **你希望肌膚白皙嗎？** あなたは、色白(いろじろ)になりたいですか。 |

## 088

**皮膚保養首重清潔。** スキンケアで一番大切(いちばんたいせつ)なことは、清潔(せいけつ)に保(たも)つことです。

| | |
|---|---|
| 衍生 | **徹底卸妝很重要。** メークをきれいに落(お)とすことが、大切(たいせつ)です。 |
| 衍生 | **你得好好保養你的皮膚。**<br>あなたは、しっかりとお肌(はだ)の手入(てい)れをするべきです。 |
| 單字 | **【清潔】清潔、乾淨**<br>うちのトイレは、とても清潔(せいけつ)です。（我家廁所很乾淨。） |
| 單字 | **【手入れ】修整**<br>長(なが)い間(あいだ)、庭(にわ)の手入(てい)れをしなかったので、雑草(ざっそう)だらけになりました。（庭院很久沒有整理，滿是雜草。） |

● …つつある（持續進行中…）／ほとんど（幾乎）／イコール（等於）／スキンケア（肌膚保養）／メークを落とす（卸妝）／きれいに（徹底地）／しっかり（確實地）

# 19 臉蛋 圓臉・臉型漂亮

## 089

わたし　まるがお
**我是圓臉。** 私は丸顔です。

| | |
|---|---|
| 替換 | **【丸顔】圓臉，可換成**<br>しかくがお　おもなが　ぎゃくさんかくがお<br>四角顔（方形臉）／面長（長臉）／逆三角顔（倒三角形臉） |
| 衍生 | **大家都說我的圓臉很有親和力。**<br>わたし　まるがお　しんせつ　い<br>みんな、私は丸顔で、とても親切そうだと言います。 |
| 衍生 | **鵝蛋臉是標準的美女。**<br>いっぱんてき　うりざねがお　びじょ　じょうけん<br>一般的に、瓜実顔は、美女の条件です。 |
| 單字 | **【美女】美女**<br>ふたり　びじょ　やじゅう　い<br>あの2人は、「美女と野獣」と言われています。<br>（大家開玩笑說這兩人是「美女與野獸」的組合。） |

## 089

かお　かたち
**你的臉型很漂亮。** あなたは、顔の形がとてもきれいです。

| | |
|---|---|
| 衍生 | **你圓圓的臉很可愛。**<br>まるがお　かわい<br>あなたは丸顔で、とても可愛いです。 |
| 衍生 | **你的臉型比較方正。** あなたの顔は、正方形です。<br>（かお　せいほうけい） |
| 衍生 | **越來越多人動手術改變臉型。**<br>しゅじゅつ　かお　かたち　か　ひと　ふ<br>手術で顔の形を変える人が、増えています。 |
| 單字 | **【形】形狀**<br>わたし　はな　かたち　わる<br>私は、鼻の形が悪いです。（我的鼻子長得不好看。） |

● とても（非常）／きれい（漂亮的）

# 巴掌臉・娃娃臉　臉蛋 19

## 090

**我的臉比我的手掌還小。** 私(わたし)の顔(かお)は、自分(じぶん)の手(て)のひらより、小(ちい)さいです。

| | |
|---|---|
| 相似 | **你的臉好小。** あなたの顔(かお)は、とても小(ちい)さいです。 |
| 衍生 | **我的臉（大／小）。**<br>私(わたし)の顔(かお)は、（大(おお)きい／小(ちい)さい）です。 |
| 衍生 | **你的臉變小了。** あなたの顔(かお)は、小(ちい)さくなりました。 |
| 單字 | **【手のひら】手掌**<br>最近(さいきん)、手(て)のひらサイズのコンピューターが、流行(りゅうこう)しています。（最近流行像手掌大小般的電腦。） |

## 090

**我是娃娃臉。** 私(わたし)は、童顔(どうがん)です。

| | |
|---|---|
| 相似 | **你有一張娃娃臉。** あなたは、童顔(どうがん)です。 |
| 衍生 | **娃娃臉讓你看起來更年輕。**<br>童顔(どうがん)なので、あなたは若(わか)く見(み)えます。 |
| 單字 | **【見える】看起來**<br>彼(かれ)は、怖(こわ)そうに見(み)えますが、実(じつ)は優(やさ)しい人(ひと)です。<br>（他看起來兇，但其實是個溫柔的人。） |
| 單字 | **【若い】年輕** 彼(かれ)は、若(わか)いころは、不良少年(ふりょうしょうねん)でした。<br>（他年輕時是個不良少年。） |

● …より（比起…）／小さくなる（變小）／サイズ（尺寸）／コンピューター（電腦）／童顔（娃娃臉）／優しい（溫柔的）

# 19 臉蛋 臉型像爸爸・面貌姣好

## 091

**我的臉型像爸爸。** 私は、顔の形は父に似ています。

| | |
|---|---|
| 替換 | **【父】爸爸，可換成** 母（媽媽）／祖父（爺爺） |
| 衍生 | **你跟你家人的臉型完全不同。** あなたは、家族と顔の形が全然違います。 |
| 衍生 | **光看臉型就知道我們是一家人。** 顔の形を見れば、私たちが家族であることは、すぐにわかります。 |
| Q | **你的臉型遺傳誰？** あなたの顔の形は、誰に似たんですか。<br>★★★這裡的「似る」表示「遺傳的結果像誰」，而不是長得像某些沒有血緣關係的人的意思。 |

## 091

**我的面貌姣好。** 私の顔は、整っています。

★★★直譯的日文是「私の顔は美しいです」。但其實沒有日本人會說自己很美（這也算是一種文化差異），如果婉轉一點，用上面的說法就還好。

| | |
|---|---|
| 相反 | **我的長相普通。** 私は、顔は普通です。 |
| 相似 | **你長得很甜美。** あなたは、美しい顔をしています。 |
| 衍生 | **他對自己的長相感到自卑。** 私は、自分の顔に、劣等感を持っています。 |
| 單字 | **【普通】一般、普遍** 私は、どこにでもいる普通のＯＬです。（我就是非常一般的基層女性上班族。） |

● すぐ（馬上）／わかる（知道）／似る（長得像，遺傳自…）／整う（勻稱）／どこにでもいる（到處都有）

## 092

**我的臉頰肉肉的。** 私（わたし）の頬（ほお）は、ぽっちゃりしています。

| | |
|---|---|
| 相反 | **你的臉頰很削瘦。** あなたの頬（ほお）は、こけています。 |
| 相似 | **你的臉頰很豐滿。**<br>あなたの頬（ほお）はふっくらとしています。 |
| 單字 | **【ぽっちゃり】豐滿、肉多**<br>私（わたし）は、ぽっちゃりした女性（じょせい）が、好（この）みです。<br>（我喜歡體型豐滿的女性。） |
| 單字 | **【ふっくら】鼓脹**<br>ふっくら焼（や）けたホットケーキは、おいしそうです。<br>（烤到蓬鬆的鬆餅看起來很好吃。） |

## 092

**我有雙下巴。** 私（わたし）は、二重（にじゅう）あごです。

| | |
|---|---|
| 相反 | **我的下巴尖尖的。** 私（わたし）のあごは、尖（とが）っています。 |
| 衍生 | **我的下巴很圓潤。** 私（わたし）のあごは、円（まる）いです。 |
| 單字 | **【二重】兩層、雙重**<br>彼（かれ）は、二重人格（にじゅうじんかく）だと言（い）われています。<br>（大家說他有雙重人格。） |
| 單字 | **【尖る】尖銳**<br>このナイフは、先（さき）が尖（とが）っています。（這刀子前端尖銳。） |

● こける（削瘦）／焼ける（烘烤）／ホットケーキ（鬆餅）／あご（下巴）／ナイフ（刀子）／先（前端）

# 19 臉蛋 顴骨突出・笑臉迎人

## 093

**我的顴骨突出。** 私（わたし）は、頬骨（ほおぼね）が張（は）っています。

**衍生** **我的額頭很（高／低）。**
私（わたし）の額（ひたい）は、とても（広（ひろ）い／狭（せま）い）です。

**衍生** **他的髮線很高。**
私（わたし）は、額（ひたい）が後退（こうたい）しています。

**單字** **【張る】突出、腫脹**
おなかにガスがたまり、張（は）っています。
（肚子裡有很多廢氣，脹脹的。）

**單字** **【広い】寬廣**
私（わたし）の上司（じょうし）は、心（こころ）が広（ひろ）いです。（我的主管心胸寬大。）

## 093

**我總是笑臉迎人。** 私（わたし）はいつも、笑顔（えがお）で人（ひと）に接（せっ）します。

**相反** **我不愛笑。** 私（わたし）はあまり、笑（わら）いません。

**衍生** **你的笑容很迷人。**
あなたは、笑顔（えがお）が素敵（すてき）です。

**Q** **你為什麼不喜歡笑？**
あなたはなぜ、笑（わら）うのが、好（す）きではないんですか。

**單字** **【接する】接待、對待**
私（わたし）は、人（ひと）に接（せっ）することが多（おお）い仕事（しごと）をしています。
（我從事的工作常會與人接觸。）

● 額が後退する（髮線高）／ガス（氣體）／たまる（堆積）／いつも（總是）／素敵（漂亮）／なぜ（為什麼）

## 094

**我的五官很立體。** 私(わたし)は、目鼻立(めはなだ)ちが、はっきりしています。

| | |
|---|---|
| 相反 | **我的五官不夠立體（我希望我的五官再立體一點）。**<br>私(わたし)は、目鼻立(めはなだ)ちがもう少(すこ)しはっきりしていれば、と思(おも)います。 |
| 相似 | **我的鼻子很挺。** 私(わたし)は、鼻筋(はなすじ)が通(とお)っています。 |
| 相似 | **他的眼睛很深邃。** 私(わたし)は、彫(ほ)りの深(ふか)い目(め)をしています。 |
| 單字 | **【はっきり】清楚、鮮明**<br>私(わたし)は、はっきりした二重(ふたえ)まぶたです。<br>（我的雙眼皮很明顯。） |

## 094

**我的輪廓很深。** 私(わたし)は、顔(かお)の彫(ほ)りが深(ふか)いです。

| | |
|---|---|
| 相似 | **他的輪廓很深，看起來像外國人。**<br>彼(かれ)は、外国人(がいこくじん)のように、顔(かお)の彫(ほ)りが深(ふか)いです。 |
| 衍生 | **台灣原住民的臉部輪廓很深。**<br>台湾(たいわん)の先住民(せんじゅうみん)は、顔(かお)の彫(ほ)りが深(ふか)いです。 |
| 單字 | **【彫り】如雕刻般的凹凸**<br>彼(かれ)は、彫(ほ)りが浅(あさ)い顔(かお)をしています。（他臉部的輪廓不深。） |
| 單字 | **【深い】深的**<br>母(はは)の子(こ)に対(たい)する愛情(あいじょう)は、とても深(ふか)いものです。<br>（一般來說，母親對小孩的愛是非常深刻的情感。） |

● 目鼻立ち（五官）／鼻筋が通る（鼻子挺）／彫りが深い（輪廓深）／二重まぶた（雙眼皮）／もの（事物）

# 20 五官 眼睛像媽媽・眼睛小

## 095

**我的眼睛像媽媽。** 私は、目は母に似ています。

| | |
|---|---|
| 相似 | **我的五官像爸爸。** 私は、目鼻立ちは父に似ています。 |
| 相似 | **你的鼻子像你爸爸。** あなたは、鼻はお父さんに似ています。 |
| Q | **你的五官像爸爸？還是媽媽？**<br>あなたは、目鼻立ちはお父さんに似ていますか。それとも、お母さんに似ていますか。 |
| 單字 | **【似る】相似**<br>あの2人は、顔も性格も、よく似ています。<br>（那兩人的臉和個性都很相像。） |

## 095

**我的眼睛很小。** 私は、目がとても小さいです。

| | |
|---|---|
| 相似 | **你是典型的瞇瞇眼。**<br>あなたは、細目の典型みたいな顔です。 |
| 相反 | **你有雙水汪汪的大眼睛。**<br>あなたは、ぱっちりとした大きな目をしています。 |
| 單字 | **【ぱっちり】水汪汪的**<br>彼女は、ぱっちりした猫のような目をしています。<br>（她有雙像貓一樣水汪汪的眼睛。） |
| 單字 | **【大きな】大的**<br>彼は、大きなお腹をしています。（他肚子很大。） |

● それとも（還是）／とても（非常）／細目（小眼睛）

## 096

**別人常說我雙眼無神。** 私は人によく、魂が抜けているようだと言われます。

| | |
|---|---|
| 相反 | **你的雙眼炯炯有神。**<br>あなたの目は、きらきら輝いています。 |
| 相反 | **你的眼神很銳利。** あなたは、目つきがすごく鋭いです。 |
| 單字 | **【抜ける】脫落、掉落**<br>最近、髪がたくさん抜けます。（最近掉很多頭髮。） |
| 單字 | **【きらきら】閃耀**<br>星が、きらきら輝いています。（星星閃耀著光芒。） |

## 096

**我是（單／雙）眼皮。** 私は、（一重／二重）まぶたです。

| | |
|---|---|
| 衍生 | **我的眼皮浮腫。** 私のまぶたは、むくんでいます。 |
| Q | **你是（單／雙）眼皮嗎？**<br>あなたは、（一重／二重）まぶたですか。 |
| 單字 | **【一重】一層、單層** 私は、一重まぶたの女性が好みです。<br>（我喜歡單眼皮的女生。） |
| 單字 | **【むくむ】浮腫**<br>立ち仕事なので、よく足がむくみます。<br>（因為我的工作需要站著，腳容易浮腫。） |

● 魂が抜ける（無神）／目つき（眼神）／たくさん（很多）／まぶた（眼皮）／よく（容易）

# 20 五官 黑眼珠・牙齒不整齊

## 097

**我的眼珠是黑色的。** 私(わたし)の瞳(ひとみ)の色(いろ)は、黒(くろ)です。

| | |
|---|---|
| 替換 | **【黑】黑色，可換成**<br>茶褐色(ちゃかっしょく)（深棕色）／青(あお)（藍色） |
| 衍生 | **你的藍色眼珠很美。**<br>あなたの瞳(ひとみ)は、青(あお)くてとても美(うつく)しいです。 |
| 衍生 | **西方人多半是藍眼珠。**<br>西洋人(せいようじん)は、ほとんどが青(あお)い瞳(ひとみ)をしています。 |
| 衍生 | **東方人多半是黑眼珠。**<br>東洋人(とうようじん)は、ほとんどが黒(くろ)い瞳(ひとみ)をしています。 |

## 097

**我的牙齒不太整齊。** 私(わたし)は、歯並(はなら)びが、あまりよくありません。

| | |
|---|---|
| 相反 | **你的牙齒很整齊。** 私(わたし)は、歯並(はなら)びがいいです。 |
| 衍生 | **我正在矯正牙齒。**<br>私(わたし)は、歯列矯正(しれつきょうせい)をしています。 |
| 衍生 | **我的牙齒（潔白／泛黃）。**<br>私(わたし)の歯(は)は、（白(しろ)いです／黄(き)ばんでいます）。 |
| 單字 | **【あまりよくありません】不太好**<br>彼女(かのじょ)は、美人(びじん)ですが、性格(せいかく)があまりよくありません。<br>（她雖然是個美女，但個性不太好。） |

●瞳（眼珠）／とても（非常）／ほとんど（幾乎）／歯並び（牙齒排列）／黄ばむ（泛黃）

## 098

**我（有／沒有）酒窩。** 私（わたし）は、えくぼが（あります／ありません）。

| | |
|---|---|
| 相似 | **我只有一邊有酒窩。** 私（わたし）は、片方（かたほう）だけ、えくぼがあります。 |
| 衍生 | **你的酒窩很可愛！** あなたのえくぼは、とても可愛（かわい）いです。 |
| 衍生 | **我喜歡有酒窩的女生。**<br>私（わたし）は、えくぼがある女性（じょせい）が、好（す）きです。 |
| Q | **你們全家人都有酒窩嗎？**<br>あなたの家族（かぞく）は、みんなえくぼがありますか。 |

## 098

**鼻子整型是熱門整型手術之一。** 鼻（はな）の整形（せいけい）は、人気（にんき）のある整形手術（せいけいしゅじゅつ）の1つです。

| | |
|---|---|
| 衍生 | **她利用整型手術讓自己變成雙眼皮。**<br>彼女（かのじょ）は、整形手術（せいけいしゅじゅつ）を受（う）けて、二重（ふたえ）まぶたになりました。 |
| 衍生 | **目前非常流行不用動手術的「微整型」。**<br>最近（さいきん）は、手術（しゅじゅつ）をしない「プチ整形（せいけい）」というものが、流行（はや）っています。 |
| Q | **你動過整型手術嗎？**<br>あなたは、整形手術（せいけいしゅじゅつ）を受（う）けたことが、ありますか。 |
| 單字 | **【人気のある】受歡迎**<br>今（いま）、一番（いちばん）人気（にんき）のあるアイドルは、誰（だれ）ですか。<br>（目前最受歡迎的偶像是誰？） |

● えくぼ（酒窩）／片方（單邊）／だけ（只有）／二重まぶた（雙眼皮）／流行る（流行）／アイドル（偶像）

# 21 頭髮 長髮・黑髮

## 099

**我是長髮。** 私（わたし）は、ロングヘアです。

| | |
|---|---|
| 替換 | **【ロングヘア】長髮，可換成**<br>ショートヘア（短髮）／ミディアムヘア（中長髮）／ストレートヘア（直髮）／パーマヘア（捲髮） |
| 衍生 | **我的髮長及（肩／腰）。** 私（わたし）の髪（かみ）は、（肩（かた）／腰（こし））まで届（とど）きます。 |
| Q | **你打算留長頭髮嗎？** あなたは、髪（かみ）を伸（の）ばすつもりですか。 |
| 單字 | **【届く】到達…**<br>上（うえ）の棚（たな）の本（ほん）を取（と）りたいのに、手（て）が届（とど）きません。<br>（想拿書櫃上方的書，但手卻構不到。） |

## 099

**我是黑髮。** 私（わたし）は、黒髪（くろかみ）です。

| | |
|---|---|
| 相似 | **我有一頭金髮。** 私（わたし）は、金髪（きんぱつ）です。 |
| 衍生 | **我從沒染過頭髮。** 私（わたし）は、髪（かみ）を染（そ）めたことがありません。 |
| 衍生 | **大家對東方人的印象是黑眼睛、黑頭髮的黃種人。**<br>東洋人（とうようじん）というと、普通（ふつう）は、黒（くろ）い瞳（ひとみ）で黒（くろ）い髪（かみ）の黄色人種（おうしょくじんしゅ）を思（おも）い浮（う）かべます。 |
| 單字 | **【髪を染める】染頭髮**<br>父（ちち）は、白髪（しらが）が目立（めだ）つので、髪（かみ）を染（そ）めています。<br>（父親因白髮太明顯而染髮。） |

● 髪を伸ばす（留長頭髮）／つもり（打算）／棚（架子）／取る（拿取）／思い浮かぶ（腦中浮現、想起來）／目立つ（顯眼）

100

**我將頭髮分向（右邊／左邊）。** 私（わたし）は、髪（かみ）を（左側（ひだりがわ）／右側（みぎがわ））で分（わ）けています。

★★★「髪を左側で分けています」意思是「在左眼上方分髮線，將頭髮分向右邊」。

衍生 **我的頭髮不分邊。** 私（わたし）は、髪（かみ）に分（わ）け目（め）をつけていません。

衍生 **我的髮型（旁分／中分）。**
私（わたし）は、髪（かみ）を（横（よこ）で分（わ）けて／真（ま）ん中（なか）で分（わ）けて）います。

Q **你都將頭髮分哪一邊？**
あなたはいつも、髪（かみ）をどちらで分（わ）けますか。

單字 **【分ける】分隔開** お菓子（かし）を、兄弟（きょうだい）3人（さんにん）で分（わ）けて食（た）べました。（三兄弟分吃餅乾。）

100

**我的頭髮自然捲。** 私（わたし）の髪（かみ）は、天然（てんねん）パーマです。

衍生 **我的頭髮容易打結。** 私（わたし）の髪（かみ）は、絡（から）まりやすいです。

衍生 **我羨慕直髮的人。**
私（わたし）は、ストレートヘアの人（ひと）が、うらやましいです。

單字 **【天然】自然、天然的** 私（わたし）は、天然素材（てんねんそざい）のシャンプーを使（つか）っています。（我用天然的洗髮精。）

單字 **【パーマ】捲髮** 最近（さいきん）、まつ毛（げ）のパーマが流行（りゅうこう）しています。（最近流行燙睫毛。）

● 分け目（分界線）／つける（做出…）／真ん中（正中央）／ストレートヘア（直髮）／うらやましい（羨慕的）／絡まる（糾纏）／シャンプー（洗髮精）

# 21 頭髮 髮質好壞・剛燙頭髮

## 101

**我的髮質很（好／糟）。** 私（わたし）の髪質（かみしつ）は、とても（いい／悪（わる）い）です。

| | |
|---|---|
| 衍生 | **我的頭髮又細又軟。** 私（わたし）の髪（かみ）は、細（ほそ）くて軟（やわ）らかいです。 |
| 衍生 | **我的頭髮又硬又粗。** 私（わたし）の髪（かみ）は、固（かた）くて太（ふと）いです。 |
| 衍生 | **你的頭髮真美！** あなたの髪（かみ）は、本当（ほんとう）にきれいですね。 |
| Q | **你如何保養頭髮？** 髪（かみ）は、どうやってお手入（てい）れするんですか。 |

## 101

**我剛燙了頭髮。** 私（わたし）は、パーマをかけたばかりです。

| | |
|---|---|
| 衍生 | **捲髮讓你更有女人味。** あなたは、パーマをかけてから、女（おんな）らしさが増（ま）しました。 |
| 衍生 | **我燙離子燙，把頭髮燙直。** 私（わたし）は、ストレートパーマをかけて、髪（かみ）をまっすぐにしました。 |
| 單字 | **【女らしさ】女人味** ハイヒールを履（は）いて、女（おんな）らしさを強調（きょうちょう）します。（穿高跟鞋強調女人味。） |
| 單字 | **【まっすぐ】直的** 髪（かみ）がまっすぐになるまで、ドライヤーでブローします。（用吹風機將頭髮吹直。） |

● きれい（漂亮的）／手入れ（修整、保養）／パーマをかける（燙頭髮）／ストレートパーマ（離子燙）／ハイヒール（高跟鞋）／ドライヤー（吹風機）／ブローする（吹整）

102

**我染頭髮了。** 私（わたし）は、髪（かみ）を染（そ）めました。

| | |
|---|---|
| 相似 | **我將頭髮染成紅色。** 私（わたし）は、髪（かみ）を赤（あか）く染（そ）めました。 |
| 衍生 | **何不大膽嘗試染個金髮？**<br>思（おも）い切（き）って、金髪（きんぱつ）にしてみませんか。 |
| Q | **你染了頭髮嗎？** あなたは、髪（かみ）を染（そ）めましたか。 |
| 單字 | **【思い切る】勇敢、大膽地做…**<br>思（おも）い切（き）って、片思（かたおも）いの相手（あいて）を、食事（しょくじ）に誘（さそ）ってみました。（鼓起勇氣，邀請暗戀對象吃飯。） |

102

**我每天洗頭。** 私（わたし）は、毎日髪（まいにちかみ）を洗（あら）います。

| | |
|---|---|
| 衍生 | **我每兩天洗頭一次。** 私（わたし）は、2日（ふつか）に1回髪（いっかいかみ）を洗（あら）います。 |
| Q | **你每天洗頭嗎？** あなたは、毎日髪（まいにちかみ）を洗（あら）いますか。 |
| Q | **你有在護髮嗎？**<br>あなたは、ヘアトリートメントをしていますか。 |
| 單字 | **【トリートメント】護髮**<br>シャンプーをした後（あと）に、トリートメントをすると、髪（かみ）が柔（やわ）らかくなります。<br>（洗髮後再護髮，頭髮變得很柔順。） |

● …してみませんか（不試著做…嗎）／片思い（單戀）／誘う（邀請）／ヘアトリートメント（護髮）

# 21 頭髮 常換髮型・喜歡新髮型

**103**

**我經常改變髮型。** 私は、よく髪型を変えます。

| | |
|---|---|
| 相反 | **你的髮型數十年不變。**<br>あなたの髪型は、数十年変わっていません。 |
| 衍生 | **我每星期上一次美容院。**<br>私は週に1回、美容室に行きます。 |
| Q | **你每天花多少時間整理頭髮？** あなたは毎日、髪のセットに、どのくらいの時間をかけますか。 |
| 單字 | **【セット】整理** 髪をセットしてから、出かけます。（整理好頭髮，再出門。） |

**103**

**我很喜歡我的新髮型。** 私は、新しい髪形を、とても気に入っています。

| | |
|---|---|
| 衍生 | **你的新髮型很適合你。**<br>その新しい髪形、とても似合っていますね。 |
| 衍生 | **紅髮讓你感覺年輕。** 髪を赤く染めると、若く見えますね。 |
| 衍生 | **我覺得你適合（短／長）髮。**<br>あなたは、（ショート／ロング）ヘアが似合うと思います。 |
| Q | **你什麼時候把頭髮剪掉的？**<br>あなたは、いつ髪を切りましたか。 |

● どのくらい（多久）／時間をかける（花時間）／気に入る（喜歡）／似合う（合適的）／若い（年輕的）／いつ（什麼時候）

## 104

**我常綁辮子。** 私（わたし）はよく、お下（さ）げにします。

| | |
|---|---|
| 替換 | **【お下げ】辮子，可換成**<br>ポニーテール（馬尾）／おだんごヘア（包包頭） |
| 相反 | **我喜歡讓長髮自然垂放下來。**<br>私（わたし）は、長（なが）い髪（かみ）を自然（しぜん）に下（お）ろすのが、好（す）きです。 |
| Q | **你會自己綁辮子嗎？**<br>あなたは、自分（じぶん）で、お下（さ）げが結（ゆ）えますか。 |
| 單字 | **【結う】梳、綁**<br>着物（きもの）を着（き）て、日本髪（にほんがみ）を結（ゆ）います。（穿和服，綁日式髮型。） |

## 104

**我有瀏海。** 私（わたし）は前髪（まえがみ）を下（お）ろしています。

| | |
|---|---|
| 相反 | **我不喜歡頭髮蓋住額頭。**<br>私（わたし）は、前髪（まえがみ）を額（ひたい）に下（お）ろすのが、いやです。 |
| 衍生 | **我將前額的頭髮用髮夾夾起來。**<br>前髪（まえがみ）を、パンプスクリップで留（と）めます。 |
| Q | **你喜歡瀏海嗎？** 前髪（まえがみ）を揃（そろ）えるのが、好（す）きですか。 |
| 單字 | **【下ろす】取下、放下**<br>髪（かみ）を下（お）ろすと、女学生（じょがくせい）みたいで、かわいいですね。<br>（你把頭髮放下來看起來就像女學生，很可愛。） |

● おだんご（丸子）／着物を着る（穿和服）／前髪（瀏海）／いや（討厭）／パンプスクリップ（髮夾）／留める（固定）／…を揃える（弄齊…）

# 21 頭髮 髮量多寡・有白頭髮

## 105

**我的髮量（多／少）。**

わたし　かみ　おお　すく
私は、髪が（多い／少ない）です。

**衍生**　我經常掉髮。

わたし　ぬ　げ　おお
私は、抜け毛が多いです。

**衍生**　我的頭髮越來越少。

わたし　かみ　へ
私は、髪が減っています。

**衍生**　他快變成禿頭了。

わたし　は
私は、もうすぐ禿げそうです。

**單字**　【禿げる】禿

だいがくじゅけん　は
大学受験のストレスで、禿げてしまいました。
（因為考大學壓力大而禿頭了。）

## 105

**我有白頭髮了。**

わたし　しらが
私は、白髪があります。

**相似**　我的白頭髮越來越多。

わたし　しらが　ふ
私は、白髪が増えてきました。

**衍生**　我幫媽媽拔白頭髮。

わたし　はは　しらが　ぬ
私は、母の白髪を抜いてあげます。

**衍生**　他的頭髮全白了

かれ　しらがあたま
彼は、白髪頭になりました。

**衍生**　他是所謂的「少年白」。

かれ　わかしらが
彼は、若白髪があります。

● 抜け毛（掉髮）／もうすぐ…そうです（好像快要…）／…てきました（越來越…）／抜く（拔掉）／…てあげます（幫某人做…，尊敬語氣）

## 106

**我穿套裝上班。** 私は、スーツを着て、出勤します。

| | |
|---|---|
| 替換 | **【スーツ】套裝，可換成** 背広（西裝）／制服（制服） |
| 相反 | **我們公司允許員工隨興打扮。**<br>私たちの会社は、従業員が好きな格好をすることを、認めています。 |
| Q | **你上班要穿制服嗎？** あなたは、仕事で制服を着ますか。 |
| 單字 | **【格好】裝扮、打扮** 彼女はいつも、大人っぽい格好をしています。（她常打扮像個大人。） |

## 106

**假日時我穿得很休閒。** 休みの日は、私はカジュアルなものを着ます。

| | |
|---|---|
| 衍生 | **我看場合穿衣服。**<br>私は、それぞれのシーンによって、服を使い分けます。 |
| 衍生 | **出席宴會我會穿上小禮服。**<br>正式なパーティーに出席する時、私はドレスを着ます。 |
| Q | **平常你都怎麼穿？**<br>普段の生活では、どんな服装をしていますか。 |
| 單字 | **【カジュアル】非正式的、輕鬆的** カジュアルなかばんが、ほしいです。（我想要個輕便的背包。） |

● 認める（准許）／大人っぽい（像大人的）／それぞれ（個別的）／シーン（場面）／…によって（依據…）／使い分ける（區分使用）／パーティー（宴會派對）／ドレス（小禮服）

# 22 穿著妝扮 喜歡穿高跟鞋・喜歡合身衣服

## 107

**我喜歡穿高跟鞋。** 私(わたし)は、ハイヒールを履(は)くのが、好(す)きです。

**替換** 【ハイヒール】高跟鞋，可換成

パンプス（平底鞋）／スニーカー（球鞋）／革靴(かわぐつ)（皮鞋）／長靴(ながぐつ)（馬靴）／スリッパ（拖鞋）

**衍生** 一穿高跟鞋我就不會走路。

私(わたし)は、ハイヒールを履(は)くと、歩(ある)けません。

**Q** 你想嘗試穿高跟鞋嗎？

あなたは、ハイヒールを履(は)いてみたいですか。

**單字** 【履く】穿著 一度(いちど)でいいので、下駄(げた)を履(は)いてみたいです。（一次也好，我想穿看看木屐。）

## 107

**我喜歡合身的衣服。** 私(わたし)は、ぴったりした服(ふく)が、好(す)きです。

**相反** 我喜歡寬鬆的衣服。 私(わたし)は、ゆったりした服(ふく)が、好(す)きです。

**衍生** 合身的衣服可以突顯你的好身材。 あなたは、ぴったりした服(ふく)を着(き)ると、スタイルのよさが際立(きわだ)ちます。

**單字** 【ゆったり】寬鬆舒適的 ゆったりしたズボンは、はき心地(ごこち)がいいです。（寬鬆的褲子穿起來很舒服。）

**單字** 【際立つ】突顯、與眾不同 チームの中(なか)で、彼(かれ)の活躍(かつやく)は際立(きわだ)っています。（球隊當中，他的表現最為亮眼。）

● 下駄（木屐）／ぴったり（合身）／スタイル（身材）／よさ（優點）／ズボン（褲子）／はき心地（穿起來的感覺）／チーム（球隊）

108

**我最愛T恤及牛仔褲。** 私は、Tシャツとジーンズが、一番好きです。

| | |
|---|---|
| 衍生 | **我有各種款式的牛仔褲。** 私は、いろんなタイプのジーンズを、持っています。 |
| 衍生 | **牛仔褲永遠不褪流行。** ジーンズは、永遠の定番です。 |
| 單字 | **【持つ】擁有** この色のTシャツは、持っていません。（我沒有這種顏色的T恤。） |
| 單字 | **【定番】必備的** キャンプの定番メニューは、カレーライスです。（露營時，日本人一定會吃的是咖哩飯。） |

108

**我每月治裝費約5000元。** 私の毎月の服代は、約5000元です。

| | |
|---|---|
| 衍生 | **你的治裝費一定很可觀。** あなたはきっと、服にかなりのお金を使っているんでしょう。 |
| 衍生 | **女人的衣服永遠少一件。** 女性は常に服を買い求め、満足することがありません。 |
| 單字 | **【かなりの＋名詞】相當的…** 彼は地元では、かなりの有名人です。（他在當地是個相當有名的人。） |
| 單字 | **【買い求める】購買** 私は旅先で、この靴を買い求めました。（我在旅行當地買了這雙鞋。） |

● Tシャツ（T恤）／ジーンズ（牛仔褲）／いろんなタイプ（各種款式）／キャンプ（露營）／カレーライス（咖哩飯）／お金を使う（花錢）／地元（當地）

# 22 穿著妝扮 參考雜誌・為了穿搭而苦惱

109

**我會參考雜誌模特兒的穿著。** 私は、雑誌モデルの着こなしを、参考にします。

Q **你會注意當季的流行資訊嗎？**

あなたは、そのシーズンの流行に、気を配りますか。

單字 **【着こなし】穿搭方式** 彼女の着こなしは、まるで芸能人のようです。（她的穿搭方式宛如藝人。）

單字 **【参考にする】參考** 私は、芸能人の髪型を、参考にしています。（我參考藝人的髮型。）

單字 **【気を配る】注意** 私は、栄養のバランスに、気を配っています。（我會注意營養均衡。）

109

**我總煩惱穿搭。** 私はいつも、服の合わせ方に、あれこれ悩みます。

相似 **我不擅長搭配衣服。**

私は、服を合わせるのが、得意ではありません。

衍生 **同事常說我的服裝配色怪怪的。**

私は、服の色合わせが下手だと、同僚に言われます。

單字 **【悩む】煩惱** 私は、姑と性格が合わず、悩んでいます。（我煩惱和婆婆的個性不合。）

單字 **【色合わせ】配色** 私は、ファンデーションと口紅の色合わせが、下手です。（我不擅長粉底和口紅的配色。）

● モデル（模特兒）／シーズン（季節）／まるで…のようです（就像…一樣）／バランス（平衡）／性格が合わず（個性不合）／ファンデーション（粉底）

## 110

**我從不戴任何飾品。** 私はこれまで、アクセサリーをつけたことが、ありません。

| | |
|---|---|
| 相反 | **我喜歡利用配件讓自己更出色。**<br>私は、小物を利用して、自分を素敵に見せるのが、好きです。 |
| 相反 | **我喜歡戴（耳環／項鍊）。**<br>私は、（イヤリング／ネックレス）をつけるのが、好きです。 |
| 衍生 | **我只戴我的結婚戒指。** 私は、結婚指輪しか、つけません。 |
| 單字 | **【つける】戴…東西**<br>最近は、高校生でも、ピアスをつけている人がいます。<br>（最近也有高中生戴耳環。） |

## 110

**我戴隱形眼鏡。** 私は、コンタクトレンズを、つけています。

| | |
|---|---|
| 相似 | **我戴眼鏡。** 私は、眼鏡をかけています。 |
| 衍生 | **我不喜歡戴眼鏡。** 私は、眼鏡をかけるのが、嫌いです。 |
| 衍生 | **你的太陽眼鏡很時髦。**<br>あなたのサングラスは、とてもおしゃれです。 |
| Q | **你戴隱形眼鏡嗎？**<br>あなたは、コンタクトレンズをつけていますか。 |

● アクセサリー（飾品）／素敵（漂亮的）／コンタクトレンズ（隱形眼鏡）／サングラス（太陽眼鏡）／おしゃれ（時髦）

# 22 穿著妝扮 天生衣架子・穿衣服有品味

## 111

**你真是天生衣架子。** あなたは、どんな洋服(ようふく)でも、似合(にあ)いますね。

| | |
|---|---|
| 衍生 | **你很適合這個顏色的衣服。**<br>あなたは、この色(いろ)の服(ふく)が、とても似合(にあ)います。 |
| 衍生 | **你今天穿的衣服很適合你。**<br>あなたが今日(きょう)着(き)ている服(ふく)は、よく似合(にあ)っています。 |
| 衍生 | **你很會搭配衣服。**<br>あなたは、服(ふく)を合(あ)わせるのが、本当(ほんとう)に上手(じょうず)です。 |
| 單字 | **【合わせる】搭配** この服(ふく)には、どんなズボンを合(あ)わせればいいのか、よくわかりません。<br>（我不知道這件衣服要搭什麼褲子才好。） |

## 111

**你穿衣服很有品味。** あなたは、服(ふく)の趣味(しゅみ)がいいですね。

| | |
|---|---|
| 相似 | **你的穿著非常有個人風格。**<br>あなたの着(き)こなしは、とても個性的(こせいてき)ですね。 |
| 衍生 | **看得出來你不盲從流行。** あなたは、流行(りゅうこう)に流(なが)されませんね。 |
| 單字 | **【個性的】有個人風格** 彼(かれ)は、とても個性的(こせいてき)な髪型(かみがた)をしています。（他剪了一個很有個性的髮型。） |
| 單字 | **【流される】被影響、跟著流行走**<br>流行(りゅうこう)に流(なが)されて、iPhone(アイフォーン)を買(か)ってみました。<br>（跟著流行，買iPhone來看看。） |

● 似合う（適合）／どんな（什麼樣的）／ズボン（褲子）／わかる（知道）／趣味（品味）

112

**我想學化妝。** 私は、お化粧を習いたいと、思っています。

| | |
|---|---|
| 衍生 | **我是從網路學會化妝的。**<br>私は、ウェブサイトで、化粧を習いました。 |
| 衍生 | **專櫃小姐會教我怎麼使用化妝品。**<br>化粧品売り場のお姉さんが、化粧品の使い方を、教えてくれました。 |
| Q | **你怎麼學會化妝的？**<br>あなたは、どうやって、化粧を覚えましたか。 |
| Q | **你可以教我化妝嗎？** 私に、化粧を教えてくれますか。 |

112

**我大學時開始化妝。** 私は大学のとき、化粧を始めました。

| | |
|---|---|
| 衍生 | **我不知道怎麼化妝。**<br>私は、化粧のしかたが、わかりません。 |
| 衍生 | **越來越多的年輕女生開始化妝。**<br>化粧をする若い女の子が、増えています。 |
| Q | **你幾歲開始化妝？**<br>あなたは何歳で、化粧を始めましたか。 |
| 單字 | **【始める】開始**<br>私は最近、日本語の勉強を始めました。<br>（我最近開始學日文。） |

● ウェブサイト（網路）／どうやって（如何）／とき（…時候）／しかた（方法）／わかる（知道）

# 22 穿著妝扮 彩妝自然・氣色不好會上妝

## 113

**你的彩妝很自然。** あなたの化粧（けしょう）は、とても自然（しぜん）です。

| | |
|---|---|
| 相反 | **你今天的妝很勁爆（很濃）。**<br>あなたの今日（きょう）の化粧（けしょう）は、濃（こ）いです。 |
| 衍生 | **擦口紅讓你比較有精神。**<br>口紅（くちべに）を塗（ぬ）ったほうが、元気（げんき）に見（み）えます。 |
| 衍生 | **哇！睫毛膏讓你的眼睛猛放電。**<br>うわ！マスカラを塗（ぬ）ると、目力（めぢから）が違（ちが）いますね。 |
| 衍生 | **這個顏色的眼影很適合你。**<br>あなたは、この色（いろ）のアイシャドーが似合（にあ）っています。 |

## 113

**氣色不好時我會上妝。** 顔色（かおいろ）が悪（わる）いとき、私（わたし）は化粧（けしょう）をします。

| | |
|---|---|
| 相反 | **我一向懶得化妝。**<br>私（わたし）は昔（むかし）から、化粧（けしょう）をするのが億劫（おっくう）です。 |
| 衍生 | **我的皮膚容易過敏，不能化妝。**<br>私（わたし）はアレルギー体質（たいしつ）なので、化粧（けしょう）はできません。 |
| Q | **你每天化妝嗎？**<br>あなたは、毎日（まいにち）化粧（けしょう）をしますか。 |
| Q | **你出門一定會化妝嗎？**<br>出（で）かけるときには、必（かなら）ず化粧（けしょう）をしますか。 |

● 元気（有精神）／マスカラ（睫毛膏）／目力（眼睛給人的印象）／違う（不同）／アイシャドー（眼影）／アレルギー体質（過敏體質）／億劫（懶得…、感覺麻煩）／出かける（外出）

114

**大家都說我上妝前後判若兩人。** みんな、化粧(けしょう)前(まえ)と後(あと)の私(わたし)は、まるで別人(べつじん)のようだと言(い)います。

| | |
|---|---|
| 相似 | **許多女生不敢以素顏見人。** すっぴんで人(ひと)に会(あ)うのが恥(は)ずかしい女性(じょせい)も、たくさんいます。 |
| 相似 | **她化妝後我根本認不出來。**<br>彼女(かのじょ)が化粧(けしょう)をすると、誰(だれ)なのかわかりません。 |
| 衍生 | **你有沒有化妝都一樣漂亮。**<br>あなたは、化粧(けしょう)をしてもしなくても、きれいです。 |
| Q | **你覺得自己卸妝後差很多嗎？**<br>あなたは、化粧(けしょう)を落(お)とすと、全(まった)く変(か)わると思(おも)いますか。 |

114

**適度化妝可以為自己加分。** 適度(てきど)な化粧(けしょう)は、プラスになります。

| | |
|---|---|
| 相似 | **有時候化妝是一種禮貌。**<br>化粧(けしょう)をすることは、時(とき)にはエチケットでもあります。 |
| 衍生 | **面試時不適合濃妝。**<br>面接(めんせつ)を受(う)けるときには、厚化粧(あつげしょう)は不適切(ふてきせつ)です。 |
| 單字 | **【プラス】加分的、有助益的** 彼(かれ)は、私(わたし)にとってプラスになる友人(ゆうじん)です。（他對我來說，是個益友。） |
| 單字 | **【面接】面試** 明日(あした)、アルバイトの面接(めんせつ)を受(う)けに行(い)きます。（明天要去面試應徵工讀生。） |

● 別人（別人、另外一個人）／まるで…のようです（像…的樣子）／すっぴん（素顏）／恥ずかしい（丟臉）／エチケット（禮貌）／アルバイト（打工）

# 23 公司／職務 上班族・工程師

115

**我是個上班族。** 私(わたし)は、サラリーマンです。

| | |
|---|---|
| 衍生 | **我是朝九晚五的上班族。**<br>私(わたし)は、朝(あさ)9時(くじ)から午後(ごご)5時(ごじ)まで仕事(しごと)をしている、サラリーマンです。 |
| 衍生 | **我還在唸書。** 私(わたし)はまだ、学生(がくせい)です。 |
| 衍生 | **我是在家工作的 SOHO 族。**<br>私(わたし)は、在宅勤務(ざいたくきんむ)のSOHO族(ソーホーぞく)です。 |
| Q | **你在哪一間公司上班？**<br>あなたは、どこの会社(かいしゃ)で働(はたら)いていますか。 |

115

**我是工程師。** 私(わたし)は、エンジニアです。

| | |
|---|---|
| 替換 | **【エンジニア】工程師，可換成**<br>公務員(こうむいん)（公務員）／医者(いしゃ)（醫生）／看護師(かんごし)（護士）／弁護士(べんごし)（律師）／教師(きょうし)（老師）／店員(てんいん)（服務生）／カスタマーサービススタッフ（客服人員）／ガイド（導遊）／マネージャー（專業經理人）／軍人(ぐんじん)（軍人）／芸能人(げいのうじん)（藝人） |
| Q | **你從事什麼工作？** あなたは、何(なん)の仕事(しごと)をしていますか。 |
| 單字 | **【マネージャー】專業經理人**<br>私(わたし)は、レストランのマネージャーをしています。<br>（我擔任餐廳的專業經理人。） |

● サラリーマン（上班族）／レストラン（餐廳）

116

**我創業當老闆。** 私(わたし)は、事業(じぎょう)を興(おこ)し、社長(しゃちょう)になりました。

相似 **我和朋友經營一間（店／咖啡廳）。**
私(わたし)は友達(ともだち)と、（店(みせ)／コーヒーショップ）を経営(けいえい)しています。

Q **你自己創業嗎？** あなたは、自分(じぶん)で事業(じぎょう)を興(おこ)しましたか。

Q **你和朋友共同創業嗎？** あなたは、友達(ともだち)と事業(じぎょう)を興(おこ)しましたか。

單字 **【興す】開創**
私(わたし)は、３０歳(さんじゅっさい)で会社(かいしゃ)を興(おこ)しました。（我 30 歲開公司。）

116

**我從事服務業。** 私(わたし)は、サービス業(ぎょう)に従事(じゅうじ)しています。

替換 **【サービス業】服務業，可換成**
放送関係(ほうそうかんけい)（傳播業）／金融業(きんゆうぎょう)（金融業）／
建設業(けんせつぎょう)（營造業）／貿易業(ぼうえきぎょう)（進出口業）／
製造業(せいぞうぎょう)（製造業）／自由業(じゆうぎょう)（自由業）

Q **你從事哪一個行業？**
あなたは、どんな業種(ぎょうしゅ)の仕事(しごと)をしていますか。

單字 **【従事する】工作**
私(わたし)たちは、プロ意識(いしき)を持(も)って、日々(ひび)の業務(ぎょうむ)に従事(じゅうじ)しています。（我們用專業的態度，處理每天的工作。）

單字 **【放送】播放** その番組(ばんぐみ)は、今晩(こんばん)10時(じゅうじ)から放送(ほうそう)されます。（這個節目是今天晚上十點開始播。）

● 仕事をする（工作）／プロ意識（專業態度）／持つ（具備）／番組（電視節目）

# 23 公司／職務 傳統產業・家族企業

117

**我們公司是傳統產業。** 私（わたし）は、伝統産業（でんとうさんぎょう）に従事（じゅうじ）しています。

★★★如果直譯為「私（わたし）の会社（かいしゃ）は、伝統産業（でんとうさんぎょう）です」、「私（わたし）の仕事（しごと）は、伝統産業（でんとうさんぎょう）です」是奇怪的日文，上面的說法最自然。

替換 **【伝統産業】傳統產業，可換成**

ハイテク産業（さんぎょう）（高科技業）／ＩＴ産業（アイティーさんぎょう）（網際網路相關產業）

衍生 **有人說我們是夕陽工業。**

私（わたし）の従事（じゅうじ）している産業（さんぎょう）は、斜陽産業（しゃようさんぎょう）と言（い）われています。

Q **你們公司是做什麼的？**

あなたの会社（かいしゃ）は、どんなことをしていますか。

單字 **【IT 産業】IT 產業**

ＩＴ産業（アイティーさんぎょう）とは、情報（じょうほう）や通信技術（つうしんぎじゅつ）に関（かん）する産業（さんぎょう）の総称（そうしょう）です。（「IT產業」是資訊和通訊科技相關的產業總稱。）

117

**我們公司是家族企業。** 私（わたし）の会社（かいしゃ）は、同属企業（どうぞくきぎょう）です。

衍生 **我們公司是跨國企業。** 私（わたし）の会社（かいしゃ）は、多国籍企業（たこくせききぎょう）です。

衍生 **我們公司是台灣的本土企業。** 私（わたし）の会社（かいしゃ）は、台湾（たいわん）の企業（きぎょう）です。

衍生 **我們公司是股票上市公司。** 私（わたし）の会社（かいしゃ）は、上場企業（じょうじょうきぎょう）です。

單字 **【多国籍企業】跨國企業**

多国籍企業（たこくせききぎょう）に勤（つと）めている友達（ともだち）が、海外転勤（かいがいてんきん）になりました。（在跨國企業上班的朋友，轉調國外工作。）

● 情報（資訊）／通信技術（通訊科技）／勤める（工作）／海外転勤（轉調國外）／上場企業（股票上市公司）

## 118

**我在外商公司上班。** 私は、外資系企業で働いています。

| | |
|---|---|
| 替換 | **【外資系企業】外商公司，可換成**<br>出版社（出版社）／貿易会社（貿易公司）／<br>テレビ局（電視台） |
| 衍生 | **我在私人企業上班。** 私は、一般企業で働いています。 |
| 衍生 | **我在公家機關上班。** 私は、公的機関で働いています。 |
| 單字 | **【働く】工作**<br>私は、大学を卒業したら、東京に出て働くつもりです。（我打算大學一畢業，到東京工作。） |

## 118

**我們公司有5個部門。** 私の会社には、5つの部署があります。

| | |
|---|---|
| 衍生 | **我屬於企劃部。**<br>私は、企画部に所属しています。 |
| 替換 | **上一句的【企画部】企劃部，可換成**<br>マーケティング部（行銷部）／営業部（業務部）／<br>会計部（會計部）／総務部（總務部） |
| Q | **你們公司有幾個部門？**<br>あなたの会社には、いくつの部署がありますか。 |
| Q | **你屬於哪一個部門？**<br>あなたは、どの部署に所属していますか。 |

●つもり（打算）／部署（部門）／いくつ（幾個）／ある（有）

# 23 公司／職務 50名員工・位於台北市中心

### 119

**我們公司有50名員工。** 私の会社には、５０人の社員がいます。

| | |
|---|---|
| 相反 | **我們是9人以下的小型公司。**<br>私の会社は、従業員９人以下の零細企業です。 |
| 衍生 | **我們公司是超過300人的大公司。**<br>私の会社は、従業員３００人を超える、大企業です。 |
| Q | **你們公司有多少名員工？**<br>あなたの会社には、何人の従業員がいますか。 |
| 單字 | **【大企業】大公司**<br>大企業は、給料が安定しています。<br>（大公司的薪資穩定有保障。） |

### 119

**我們公司在台北市中心。** 私の会社は、台北市の中心部にあります。

| | |
|---|---|
| 衍生 | **我們公司在科學園區。**<br>私の会社は、サイエンスパークにあります。 |
| 衍生 | **我們總公司在日本。**<br>私の会社は、本社は日本にあります。 |
| 衍生 | **我們公司設廠在大陸。**<br>私の会社は、中国大陸に工場を持っています。 |
| Q | **你們公司位於哪裡？** あなたの会社は、どこにありますか。 |

● 零細企業（9 人以下的小型企業）／給料（薪資）／安定する（穩定）／サイエンスパーク（科學園區）／本社（總公司）

## 120

**我的職稱是助理。** 私(わたし)の肩書(かたが)きは、アシスタントです。

| | |
|---|---|
| 替換 | **【アシスタント】助理，可換成**<br>総裁(そうさい)（總裁）／社長(しゃちょう)（總經理）／部長(ぶちょう)（經理）／主任(しゅにん)（主任）／会計(かいけい)（會計）／秘書(ひしょ)（秘書）／営業(えいぎょう)（業務員）／職員(しょくいん)（職員） |
| 衍生 | **我是經理的助理。** 私(わたし)は、部長(ぶちょう)のアシスタントです。 |
| Q | **你的職稱是什麼？** あなたの肩書(かたが)きは、何(なん)ですか。 |
| 單字 | **【肩書き】職位、職稱** 彼女(かのじょ)は、肩書(かたが)きのいい男性(だんせい)と、結婚(けっこん)したいようです。（她好像想和頭銜高的男性結婚。） |

## 120

**我們公司的福利很好。** 私(わたし)の会社(かいしゃ)は、福利厚生(ふくりこうせい)がとてもいいです。

| | |
|---|---|
| 替換 | **【とてもいいです】很好，可換成** よくありません（不好） |
| 相反 | **我們公司的福利不完善。**<br>私(わたし)の会社(かいしゃ)は、福利厚生(ふくりこうせい)が整(ととの)っていません。 |
| Q | **你們公司的福利完善嗎？**<br>あなたの会社(かいしゃ)の福利厚生(ふくりこうせい)は整(ととの)っていますか。 |
| 單字 | **【整う】完整、完善** 教育制度(きょういくせいど)が整(ととの)っていない会社(かいしゃ)なので、勉強(べんきょう)は自費(じひ)でしなければなりません。（公司的進修制度不完善，進修必須自費。） |

● 福利厚生（福利制度）／…しなければなりません（必須要…）

# 23 公司／職務 兩個月年終獎金・招募人才

## 121

**我們固定有兩個月年終獎金。** 私たちは、固定の2ヶ月ボーナスが支給されます。

| | |
|---|---|
| 衍生 | **我們公司有（旅遊／生育）津貼。**<br>私の会社は、（旅行／育児）手当があります。 |
| 衍生 | **我們公司有年終分紅。**<br>私の会社は、年末の利益配当があります。 |
| 衍生 | **我們公司有員工配股。**<br>私の会社は、社員への株式分配があります。 |
| 單字 | **【ボーナス】獎金** この夏は、会社の収益が悪化したので、ボーナスは出ませんでした。（這個夏季因為公司營收下滑，不發獎金。） |

## 121

**我們公司正在招募人才。** 私の会社は今、人材募集中です。

| | |
|---|---|
| 相反 | **目前我們公司是寧缺不補。** 私の会社は、人材は足りていませんが、募集はしません。 |
| 衍生 | **進入我們公司須經過面試和筆試。**<br>面接と筆記試験を通った人が、私の会社に入れます。 |
| Q | **你們公司打算徵人嗎？**<br>あなたの会社は、人員を募集する予定ですか。 |
| 單字 | **【募集】招募** あのコンビニは今、アルバイトを募集しています。（這間便利商店目前正招募工讀生。） |

● 手当（津貼）／利益配当（分紅）／株式分配（配股）／足りる（足夠）

## 122

**我嘗試過很多不同的工作。** 私(わたし)は、いろいろな仕事(しごと)に、挑戦(ちょうせん)したことがあります。

| | |
|---|---|
| 相反 | **這是我的第一份工作。**<br>この会社(かいしゃ)は、私(わたし)が初(はじ)めて就職(しゅうしょく)した会社(かいしゃ)です。<br>★★★如果說「この仕事(しごと)は、私(わたし)の初(はじ)めての仕事(しごと)です」，意思是「這是我的第一份案子。」。 |
| 相反 | **我畢業後就一直從事這個工作。**<br>私(わたし)は、卒業(そつぎょう)してから、ずっとこの仕事(しごと)をしています。 |
| Q | **這是你第幾個工作？** 今(いま)の会社(かいしゃ)は、いくつ目(め)の会社(かいしゃ)ですか。 |
| 單字 | **【挑戦する】嘗試**　学生(がくせい)のころは、いろんなアルバイトに挑戦(ちょうせん)しました。（學生時代，我嘗試過各種工讀工作。） |

## 122

**我同時兼差好幾份工作。** 私(わたし)は、正社員(せいしゃいん)の仕事(しごと)のほかに、たくさんの副業(ふくぎょう)を持(も)っています。

| | |
|---|---|
| 相反 | **我沒有兼差。** 私(わたし)は、副業(ふくぎょう)は、していません。 |
| 衍生 | **我們公司禁止兼差。** 私(わたし)の会社(かいしゃ)は、副業(ふくぎょう)は禁止(きんし)しています。 |
| Q | **你有其他兼職工作嗎？** あなたは、他(ほか)に副業(ふくぎょう)がありますか。 |
| 單字 | **【正社員】正職員工**　私(わたし)は、正社員(せいしゃいん)ではなく、契約社員(けいやくしゃいん)です。（我不是正職員工，是約聘員工。） |

● …たことがあります（曾做過…）／…てから（…之後）／ずっと（一直）／副業を持つ（兼差）／ほか（其他）／アルバイト（工讀工作）／たくさん（很多）

# 23 公司／職務 熱門行業・學非所用

123

**我的工作是目前最熱門的行業。** 私の仕事は、今一番人気のある業種です。

| | |
|---|---|
| 相反 | **我從事的工作很冷門。**<br>私の仕事は、とても人気のない仕事です。 |
| 衍生 | **很多人擠破頭想進你們公司。** たくさんの人が、何としてでもあなたの会社に入りたいと思っています。 |
| 衍生 | **你們公司的知名度很高。**<br>あなたの会社は、とても知名度が高いです。 |

123

**我的工作完全與所學無關。** 私の仕事は、自分が習ったことと、全く関係ありません。

| | |
|---|---|
| 相反 | **我是相關科系畢業的。** 私は、関連学科を卒業しています。 |
| 衍生 | **現在很多人都是「學非所用」。** 今の社会では、たくさんの人が、習ったことを役立てることができません。 |
| Q | **你的工作跟所學相關嗎？** あなたの仕事は、自分が習ったことと、関係がありますか。 |
| 單字 | **【全く】完全**<br>とても専門的な書類なので、私には、全くわかりません。（因為是非常專業的資料，所以我完全看不懂。） |

● 人気のない（冷門的）／何としてでも（無論如何）／人気のある（熱門的）／役立てる（使…派上用場）／わかる（了解、懂）

# 從基層做起・簡單文書處理　工作內容 24

## 124

**我在公司從基層做起。**　私(わたし)は会社(かいしゃ)で平社員(ひらしゃいん)から始(はじ)めました。

| | |
|---|---|
| 相似 | **熬了 15 年，我才到目前的職位。**<br>１５年(じゅうごねん)がんばって、やっと今(いま)の地位(ちい)に就(つ)けました。 |
| 衍生 | **他是從別的公司空降來的主管。**　彼(かれ)は、他(ほか)の会社(かいしゃ)からヘッドハンティングされてきた主任(しゅにん)です。 |
| Q | **你在公司從基層做起嗎？**<br>あなたは会社(かいしゃ)で平社員(ひらしゃいん)から始(はじ)めましたか。 |
| 單字 | **【平社員】基層上班族**　私(わたし)は、まだ平社員(ひらしゃいん)なので、給料(きゅうりょう)も安(やす)いです。（在公司我還是基層人員，所以薪水很少。） |

## 124

**我只是做些簡單的文書處理工作。**　私(わたし)の仕事(しごと)は、簡単(かんたん)な文書処理(ぶんしょしょり)をするだけです。

| | |
|---|---|
| 衍生 | **接聽電話是我的工作之一。**<br>電話応対(でんわおうたい)は、私(わたし)の仕事(しごと)の一(ひと)つです。 |
| 衍生 | **我的工作包括傳真、影印及接待客人。**<br>私(わたし)の仕事(しごと)には、ファックス、コピーとお客様(きゃくさま)の応対(おうたい)も、含(ふく)まれています。 |
| Q | **你的工作內容是什麼？**　あなたの仕事(しごと)の内容(ないよう)は、何(なん)ですか。 |
| 單字 | **【含む】包含**　表示価格(ひょうじかかく)には、消費税(しょうひぜい)も含(ふく)まれていますか。（所標示的價格是含稅的嗎？） |

● がんばる（拼命努力）／やっと（終於）／ヘッドハンティングされる（被挖角）／まだ（還是）／だけ（只是）

# 24 工作內容 工作繁瑣・一成不變

## 125

**我的工作很繁瑣。** 私(わたし)の仕事(しごと)は、とても面倒(めんどう)です。

| | |
|---|---|
| 替換 | **【面倒】繁瑣，可換成**<br>つまらない（無聊）／面白(おもしろ)くない（無趣） |
| Q | **你必須公司大小事一手包嗎？**<br>あなたは、大(おお)きいことから小(ちい)さいことまで、全(すべ)てを任(まか)されていますか。（任す的被動形—任される） |
| 單字 | **【面倒】繁雜、棘手**　ヘッドフォンの線(せん)が絡(から)まって、解(ほど)くのが面倒(めんどう)です。（耳機線纏住，很難解開。） |
| 單字 | **【任す的使役形—任せる】要某人去做…**　この案件(あんけん)は、部下(ぶか)に全(すべ)て任(まか)せています。（這個案件全交給部屬處理。） |

## 125

**我的工作內容一成不變。** 私(わたし)の仕事内容(しごとないよう)は、まったく変化(へんか)がありません。

| | |
|---|---|
| 替換 | **【まったく変化がありません】一成不變，可換成**<br>よく変(か)わります（非常多變） |
| Q | **你的工作有趣嗎？** あなたの仕事内容(しごとないよう)は、面白(おもしろ)いですか。 |
| Q | **你的工作一成不變嗎？**<br>あなたの仕事(しごと)は、全(まった)く変化(へんか)がありませんか。 |
| 單字 | **【変化】改變**　私(わたし)は毎日(まいにち)、変化(へんか)のない日々(ひび)を、過(す)ごしています。（我每天過著一成不變的日子。） |

● …から…まで（從…到…）／ヘッドフォン（耳機線）／絡まる（纏住）／まったく（完全）／面白い（有趣）／変化のない（沒有變化）

## 充滿挑戰性・整天開會　工作內容 24

### 126

**我的工作充滿挑戰性。** 私の仕事は、挑戦しがいがあります。

| | |
|---|---|
| 相反 | **我覺得我的工作缺乏挑戰性。**<br>私の仕事は、挑戦しがいがありません。 |
| 衍生 | **我的工作對我造成極大的壓力。**<br>私は、自分の仕事に、強いストレスを感じます。 |
| Q | **你的工作具有挑戰性嗎？**<br>あなたの仕事は、挑戦しがいがある仕事ですか。 |
| 單字 | **【動詞ます形＋がい】有意義、價值的**<br>この仕事は、働きがいがあります。（這項工作值得做。） |

### 126

**我常常一整天都在開會。** 私はよく、一日中会議に出ています。

| | |
|---|---|
| 相似 | **我今天有 5 個會要開。**<br>私は今日、5つの会議に出なければなりません。 |
| 衍生 | **開會時，我經常要做簡報。**<br>会議ではいつも、私がプレゼンをしなければなりません。 |
| Q | **你有開不完的會嗎？**<br>あなたは、会議が多いですか。 |
| 單字 | **【会議に出る】開會**<br>あなたは、今日の午後の会議に出ますか。<br>（你今天下午要開會嗎？） |

● 挑戦しがい（挑戰性）／ストレス（壓力）／働きがい（工作價值）／いつも（經常）／プレゼンをする（做簡報）／…なければなりません（必須…）

# 24 工作內容 介紹產品・協助上司

## 127

**我必須向客戶介紹新產品。** 私は顧客に、新製品の紹介をしなければなりません。

| | |
|---|---|
| 衍生 | **我要負責開發新客戶。** 私は、顧客開発を、担当しています。 |
| 衍生 | **我必須不定期的去拜訪客戶。**<br>私は、不定期的に、顧客を訪問しなければなりません。 |
| 衍生 | **我負責解決客戶的所有問題。**<br>私は、顧客のあらゆる問題を、解決する責任があります。 |
| Q | **你必須經常拜訪客戶嗎？**<br>あなたはよく、顧客を訪問しなければなりませんか。 |

## 127

**我的工作是負責協助我的上司。** 私の仕事は、上司をサポートすることです。

| | |
|---|---|
| 衍生 | **他是個稱職的助理。** 彼は、有能なアシスタントです。 |
| Q | **你有直屬主管？還是直接向老闆負責？**<br>あなたは、直属の上司がいますか。それとも、直接社長から、指示を受けますか。 |
| 單字 | **【サポートする】協助** 課長をサポートするのが、私の仕事です。（協助課長是我的工作。） |
| 單字 | **【社長】老闆** 私の会社の社長は、とてもワンマンな人です。（我公司老闆總是自己做決定、不聽別人的。） |

● …なければなりません（必須…）／あらゆる（所有）／よく（經常）／ワンマン（自己做決定、不聽別人的話）

## 128

**我的工作需要長時間盯著電腦螢幕。** 私(わたし)の仕事(しごと)は、パソコンの画面(がめん)を、長時間(ちょうじかん)見(み)なければなりません。

**相似**　**沒有電腦我根本無法工作。**

パソコンがなければ、私(わたし)は仕事(しごと)ができません。

**Q**　**你的工作必須用電腦嗎？**

あなたの仕事(しごと)は、パソコンを使(つか)わなければなりませんか。

**Q**　**你用（E-mail／MSN）和客戶聯絡嗎？** あなたは、（E-mail(イーメール)／MSN(エムエスエヌ)メッセンジャー）で、顧客(こきゃく)と連絡(れんらく)を取(と)りますか。

## 128

**我的工作常要運用英文。** 私(わたし)の仕事(しごと)は、よく英語(えいご)を使(つか)います。

**相似**　**我必須用日文和客戶溝通。**

私(わたし)は、日本語(にほんご)で、顧客(こきゃく)と話(はな)さなければなりません。

★★★雖然中文是「溝通」，但在這個句子用「コミュニケーション」（溝通）這個字很不自然，用「話す」比較好。

**衍生**　**我常要接待國外客戶。**

私(わたし)はよく、外国(がいこく)からのお客(きゃく)の接待(せったい)を、しなければなりません。

**衍生**　**我需要打電話連絡國外廠商。**

私(わたし)は、海外(かいがい)のメーカーに、電話(でんわ)をしなければなりません。

**Q**　**你的工作必須運用英文嗎？**

あなたの仕事(しごと)は、英語(えいご)を使(つか)わなければなりませんか。

● パソコン（電腦）／海外のメーカー（國外廠商）

# 24 工作內容 負責人事管理．負責行銷企劃

## 129

**我負責公司的人事管理。** 私(わたし)は、会社(かいしゃ)の人事管理(じんじかんり)担当(たんとう)です。

| | |
|---|---|
| 衍生 | **我要負責公司的員工招募事務。**<br>私(わたし)は、人材採用業務(じんざいさいようぎょうむ)を担当(たんとう)しています。 |
| 衍生 | **我要負責新進人員的教育訓練。**<br>私(わたし)は、新入社員教育(しんにゅうしゃいんきょういく)を担当(たんとう)しています。 |
| 衍生 | **我要負責公司的人力資源評估。**<br>私(わたし)は、人材(じんざい)アセスメントを担当(たんとう)しています。 |
| 單字 | **【担当】負責**<br>私(わたし)は、顧客管理(こきゃくかんり)を担当(たんとう)しています。（我負責顧客管理。） |

## 129

**我負責行銷企劃的工作。** 私(わたし)は、マーケティング企画(きかく)の仕事(しごと)を担当(たんとう)しています。

| | |
|---|---|
| 相似 | **我每天的工作就是寫企劃案。**<br>企画提案(きかくていあん)を書(か)くのが、私(わたし)の毎日(まいにち)の仕事(しごと)です。 |
| 衍生 | **提案、被退件要求重寫，是家常便飯。** 企画提案(きかくていあん)を拒否(きょひ)され、書(か)き直(なお)しになるのは、いつものことです。 |
| Q | **你的提案常遭到否決嗎？**<br>あなたの提案(ていあん)は、よく拒否(きょひ)されますか。 |
| 單字 | **【マーケティング】行銷** 私(わたし)は、マーケティング部(ぶ)で、働(はたら)いています。（我目前在行銷部門工作。） |

● 人材アセスメント（人力資源評估）／書き直し（重寫）／いつものこと（常有的事）／働く（工作）

## 130

**我負責研發新產品。** 私は、新製品の研究開発を担当しています。

| | |
|---|---|
| 衍生 | **我必須隨時注意市場脈動。** 私は常に、市場動向に注意していなければ、なりません。 |
| 衍生 | **我必須了解競爭對手的商品特質。** 私は、ライバル企業の製品を、熟知していなければなりません。 |
| 衍生 | **這是我們這一季的暢銷商品。** これは、私たちの、今期の売れ筋製品です。 |
| 單字 | **【熟知】詳細、深入了解** 彼は、日本の法律を、熟知しています。（他十分了解日本法律。） |

## 130

**我必須控管產品的品質。** 製品の品質管理は、私の仕事です。

| | |
|---|---|
| 衍生 | **我必須掌控交貨期限。** 納期管理は、私の仕事です。<br>★★★直譯為「私は、納期管理をしなければなりません」是很奇怪的日語。 |
| 衍生 | **我負責控制成本。** 私は、コストの管理を、担当しています。 |
| 單字 | **【納期】交貨** 納期の遅延は、信用を失墜させます。（延遲交貨，導致信譽掃地。） |
| 單字 | **【コスト】成本** わが社は、いろんな方法で、コスト削減を図っています。（我們公司想盡各種辦法降低成本。） |

● ライバル（競爭對手）／売れ筋製品（暢銷商品）／担当する（負責）／わが社（我們公司）／いろん（各種）／図る（想辦法）

# 24 工作內容 聯繫上游供應商・聯繫下游出貨商

## 131

**我必須聯繫上游供應商。** サプライヤーとの連絡(れんらく)は、私(わたし)の仕事(しごと)です。

衍生 **我必須確保原料供應無虞。** 原料供給(げんりょうきょうきゅう)に不足(ふそく)が生(しょう)じないよう努(つと)めるのは、私(わたし)の仕事(しごと)です。

衍生 **我必須控管原料的採購單價。**
原料(げんりょう)の購買価格(こうばいかかく)を管理(かんり)するのは、私(わたし)の仕事(しごと)です。

單字 **【原料】原物料、尚未加工前的材料**
原料(げんりょう)の価格(かかく)が高騰(こうとう)しています。（原物料價格高漲。）

單字 **【管理】管理** 私(わたし)は、品質管理(ひんしつかんり)の仕事(しごと)を任(まか)されています。（我負責控管產品品質。）

## 131

**我必須聯繫下游出貨商。** ベンダーと連絡(れんらく)するのは、私(わたし)の仕事(しごと)です。

衍生 **我必須聯繫物流出貨。**
物流(ぶつりゅう)センターに出荷(しゅっか)オーダーをするのは、私(わたし)の仕事(しごと)です。

衍生 **我必須確認商品的配送。**
製品(せいひん)の配送確認(はいそうかくにん)をするのは、私(わたし)の仕事(しごと)です。

單字 **【物流センター】物流中心** 物流(ぶつりゅう)センターでの仕事(しごと)は、重(おも)いものを運(はこ)んでばかりで、きついです。（在物流中心工作，做的都是搬運重物、費力的工作。）

● サプライヤー（原料供應者）／ベンダー（商品銷售者）／出荷オーダー（要求出貨）／ばかり（盡是）

# 時間不固定・上早／夜班　工作時間 25

**132**

**我的工作時間不固定。**　私の勤務時間は、決まっていません。

| | |
|---|---|
| 衍生 | **我的休假時間也不固定。**<br>私の休暇日は、決まっていません。 |
| 衍生 | **我們公司每個月月初排班。**<br>私の会社は、月始めにシフトを決めます。 |
| Q | **你的工作時間固定嗎？**<br>あなたの勤務時間は、決まっていますか。 |
| 單字 | **【決まる】固定**<br>うちの犬は、いつも決まった時間になると、吠え始めます。（我家的狗一到固定時間，就開始吠叫。） |

**132**

**我上（早班／夜班）。**　私は、（日勤／夜勤）です。

| | |
|---|---|
| 衍生 | **我們公司採輪班制。**<br>私の会社は、シフト制を採用しています。 |
| 衍生 | **我們公司有三班制。**<br>私の会社は、三交替制です。 |
| Q | **你們要輪班嗎？**<br>あなたの仕事は、シフト制ですか。 |
| Q | **你上早班？還是夜班？**<br>あなたは日勤ですか。それとも夜勤ですか。 |

● 勤務時間（工作時間）／月始め（月初）／シフト（輪班）／いつも（總是）／…になると（一到…，就…）／それとも（還是）

# 25 工作時間 工作 8 小時・午休 1 小時

133

**我每天工作 8 小時。** 私は、毎日8時間働きます。

| | |
|---|---|
| 相似 | **我每天 9 點上班，6 點下班。**<br>私は、毎日9時に出勤、6時に退勤しています。 |
| 衍生 | **我每天工作超過 12 小時。**<br>私は毎日、12時間以上働きます。 |
| Q | **你一天工作幾個小時？**<br>あなたは、1日に何時間働きますか。 |
| Q | **你的上班時間是幾點到幾點？**<br>あなたの仕事は、何時から何時までですか。 |

133

**我們公司午休 1 小時。** 私の会社は、お昼休みは1時間です。

| | |
|---|---|
| 相似 | **我們公司的午休時間是 12 點到 1 點。**<br>私の会社は、お昼休みは12時から1時までです。 |
| Q | **你們公司什麼時候午休？**<br>あなたの会社は、いつお昼休みですか。 |
| Q | **你們公司的午休時間多長？**<br>あなたの会社は、お昼休みがどのくらいありますか。 |
| 單字 | **【時間】…個小時**<br>うちから会社までは、1時間かかります。<br>（從家裡到公司要1小時。） |

● 仕事（工作）／いつ（什麼時候）／どのくらい（多久）／…から…まで（從…到…）／かかる（花費）

# 週休二日・7 天年假　工作時間　25

## 134

**我們公司是週休二日。** 私の会社は、週休二日制です。

| | |
|---|---|
| 衍生 | **我們公司是隔週休二日。**<br>私の会社は、隔週休二日制です。 |
| 衍生 | **我們公司一個月輪休 4 天。**<br>私の会社は、月に交替で 4 日休みがあります。 |
| Q | **你們是週休二日嗎？**<br>あなたの会社は、週休二日制ですか。 |
| 單字 | **【交替】輪流、換班**<br>あと 1 時間で、交替の時間ですから、がんばってください。（再一小時就換班，請加油。） |

## 134

**我一年有 7 天年假。** 私は、年に 7 日の有給休暇があります。

| | |
|---|---|
| 衍生 | **公司規定請假必須提前申請。** 私の会社は、休暇を取りたいときは、事前に申請しなければなりません。 |
| 衍生 | **請病假會扣一半薪水。**<br>病気休暇を取ると、半日分減給になります。 |
| Q | **你一年有幾天年假？**<br>あなたは、有給休暇が何日ありますか。 |
| 單字 | **【減給】減薪** 彼は、遅刻ばかりしているので、減給になりました。（他老是遲到，所以被減薪。） |

● あと（還有、再）／がんばる（加油）／てください（請…）／有給休暇（年假）／休暇を取る（請假）／…なければなりません（必須…）

# 25 工作時間　來公司5年・上下班須打卡

135

**我來公司5年了。** 私は、この会社に入社して、5年になりました。

**相似**　**我已經工作15年了。**
私は、仕事を始めて、15年になりました。

**相反**　**我來公司不到一個月。**
私は、この会社に入社して、まだ1ヶ月にもなりません。

**Q**　**你在這間公司多久了？**
あなたは、この会社で何年働いていますか。

**Q**　**你工作幾年了？** あなたは、仕事を始めて、何年になりますか。

135

**我們公司上下班要打卡。** 私の会社は、出勤時と退勤時に、タイムカードを押さなければなりません。

**相反**　**我們公司是責任制，不打卡。**
私の会社は、年俸制なので、タイムカードはありません。

**衍生**　**我常拜託同事幫我打卡。**
私はよく、同僚に頼んで、タイムカードを押してもらいます。

**Q**　**你們公司要打卡嗎？**
あなたの会社は、タイムカードを押さなければなりませんか。

**單字**　**【押す】壓、按**
ここに、印鑑を押してください。（請在這裡蓋章。）

● …になりました（時間到了…時候）／働く（工作）／タイムカードを押す（打卡）／年俸制（責任制）／頼む（拜託）／てもらう（要求、請求）

## 136

**我從不遲到早退。** 私(わたし)は、遅刻(ちこく)、早退(そうたい)をしたことがありません。

| | |
|---|---|
| 相反 | **我經常請假。** 私(わたし)はよく、休暇(きゅうか)を取(と)ります。 |
| Q | **你經常遲到嗎？**<br>あなたはよく、遅刻(ちこく)をしますか。 |
| Q | **你經常請假嗎？** あなたはよく、休(やす)みますか。 |
| 單字 | **【休暇を取る】請假**<br>私(わたし)は、寝坊(ねぼう)したときは、病気(びょうき)休暇(きゅうか)を取(と)ります。<br>（我睡過頭時，就請病假。） |

## 136

**我習慣提早到公司。** 私(わたし)は、早(はや)く出勤(しゅっきん)するのが、習慣(しゅうかん)です。

| | |
|---|---|
| Q | **你幾點到公司？**<br>あなたは、何時(なんじ)に会社(かいしゃ)に着(つ)きますか。 |
| Q | **你幾點離開公司？**<br>あなたは、何時(なんじ)に会社(かいしゃ)を出(で)ますか。 |
| 單字 | **【着く】抵達**<br>私(わたし)が会社(かいしゃ)に着(つ)いたとき、会議(かいぎ)はすでに始(はじ)まっていました。（我到公司時，會議已經開始了。） |
| 單字 | **【出る】離開**<br>今日(きょう)は雨(あめ)なので、少(すこ)し早(はや)くうちを出(で)ます。<br>（今天下雨，所以提早出門。） |

●…たことがありません（不曾有過…）／よく（經常）／寝坊する（睡太晚）／すでに（已經）／始まる（開始）／うちを出る（出門）

# 26 工作心得 工作狂・以工作為榮

## 137

**我是個工作狂。** 私は、仕事人間です。

| | |
|---|---|
| 相似 | **我一天工作將近15個小時。**<br>私は、1日に15時間近く、働きます。 |
| 衍生 | **我熱愛我的工作。**<br>私は、自分の仕事を、とても愛しています。 |
| Q | **你是工作狂嗎？** あなたは、仕事人間ですか。 |
| Q | **你喜歡你的工作嗎？** あなたは、自分の仕事が好きですか。 |

## 137

**我以我的工作為榮。** 私は、自分の仕事に、誇りを持っています。

| | |
|---|---|
| 相反 | **我不喜歡這份工作。** 私は、この仕事が嫌いです。 |
| 相反 | **我不認同公司的做法。**<br>私は、会社のやり方に、納得できません。 |
| Q | **你以你的工作為榮嗎？**<br>あなたは、自分の仕事に、誇りを持っていますか。<br>★★★中文是「以…為榮」，但日語不用「光栄」這個字。「光栄」意指完成偉大的事而獲得榮譽，例如奧運得冠軍等。在這裡用「誇り」（類似中文的「自豪」）較恰當。 |
| 單字 | **【誇り】驕傲、榮耀** 私は、自分が台湾人であることに、誇りを持っています。（我以身為台灣人為榮。） |

● 働く（工作）／とても（非常）／持つ（擁有）／やり方（做法）／納得（能理解並接受）／台湾人である（是台灣人）

## 138

**我的工作可以讓我一展所長。** この仕事（しごと）は、自分（じぶん）の才能（さいのう）を、存分（ぞんぶん）に発揮（はっき）できます。

**相反** **我覺得自己不適合這份工作。**
私（わたし）は、この仕事（しごと）に向（む）いていないと思（おも）います。

**衍生** **這份工作對我來說游刃有餘。**
私（わたし）は、この仕事（しごと）に、熟練（じゅくれん）しています。

**Q** **你的工作能讓你一展長才嗎？**
あなたの仕事（しごと）は、才能（さいのう）を、存分（ぞんぶん）に発揮（はっき）できますか。

**Q** **你的工作讓你學以致用嗎？**
あなたの仕事（しごと）は、習（なら）ってきたことを、生（い）かせる仕事（しごと）ですか。

## 138

**我從工作學到很多東西。** 私（わたし）は、仕事（しごと）から、多（おお）くのことを学（まな）びました。

**相似** **工作中我獲得許多成就感。**
私（わたし）は、仕事（しごと）から、大（おお）きな達成感（たっせいかん）を得（え）られます。

**相反** **工作裡沒有我可以學的東西。**
私（わたし）は、仕事（しごと）からは、何（なに）も学（まな）ぶものが、ありません。

★★★如果說「私は、仕事から、何も学ぶことができません」，意思則是「工作裡我學不到什麼東西」。

**Q** **你從工作學到什麼？** あなたは、仕事（しごと）から、何（なに）を学（まな）びましたか。

**單字** **【学ぶ】學習** 私（わたし）は、上司（じょうし）から、仕事（しごと）のしかたを学（まな）びました。（我從主管身上學做事方法。）

● 存分（充分）／生かせる（使其活用）／得られる（能夠獲得）／しかた（做法）

# 26 工作心得 認識很多朋友・壓力很大

139

**工作使我認識很多朋友。** 仕事を通じて、多くの友達に出会えました。

相反 **我和許多人僅限於工作上的關係。**
仕事の上だけの関係の人も、たくさんいます。

相似 **工作使我接觸許多傑出的人。**
仕事を通じて、すばらしい人に、たくさん出会えました。

Q **工作中你會接觸不同行業的人嗎？** あなたは、仕事で、他の業界の人と、接することがありますか。

單字 **【出会う】遇見、相逢** 私は、大学で、人生の伴侶と出会いました。（我在大學時期遇見我人生另一半。）

139

**我的工作壓力很大。** 私は、仕事に、強いストレスを感じます。

衍生 **我總有忙不完的工作。**
私は、常に忙しくて、仕事が終わりません。

Q **你覺得工作壓力大嗎？**
あなたは、仕事に、強いストレスを感じますか。

Q **你能負荷工作量嗎？** あなたは、これだけの仕事量を、こなすことができますか。

單字 **【感じる】感到、覺得** この仕事をしていると、1日が、とても長く感じます。（做這項工作的時候，感覺一天很漫長。）

● 通じる（透過）／だけ（只有）／たくさん（很多）／います（有）／すばらしい（優秀的）／ストレス（壓力）／こなす（做完）／できますか（能夠…嗎）

140

**我對工作喪失熱忱。** 私（わたし）は、仕事（しごと）への情熱（じょうねつ）が、なくなりました。

| | |
|---|---|
| 相似 | **我無法從工作獲得成就感。**<br>私（わたし）は、仕事（しごと）から、達成感（たっせいかん）を得（え）られません。 |
| 相似 | **我上班只是為了薪水。**<br>私（わたし）は、給料（きゅうりょう）のためだけに、仕事（しごと）をしています。 |
| Q | **你對工作充滿幹勁嗎？**<br>あなたは、やる気満々（きまんまん）で、仕事（しごと）をしていますか。 |
| 單字 | **【やる気】幹勁** 社長（しゃちょう）は、やる気（き）がない社員（しゃいん）は首（くび）にするといいました。（老闆說要開除沒有幹勁的員工。） |

140

**我覺得我不適合這份工作。** 私（わたし）は、この仕事（しごと）に向（む）いていないと思（おも）います。

| | |
|---|---|
| 衍生 | **我每天上班都不開心。** 私（わたし）は、毎日（まいにち）の仕事（しごと）が、辛（つら）いです。 |
| 衍生 | **我每天都不想上班。** 私（わたし）は毎日（まいにち）、仕事（しごと）に嫌気（いやけ）を感（かん）じます。<br>★★★直譯為「私は毎日、仕事をしたくないと思います」是很奇怪的日語。 |
| Q | **你覺得自己適合這份工作嗎？**<br>あなたは、この仕事（しごと）が、自分（じぶん）に向（む）いていると思（おも）いますか。 |
| 單字 | **【向く】適合** あなたは、よく話（はな）すので、営業員（えいぎょういん）に向（む）いています。（你很愛講話，適合當業務員。） |

● 情熱（熱忱）／なくなる（消失）／得られる（能夠得到）／…のため（為了…）／首にする（開除）／辛い（痛苦）／嫌気（厭煩）

# 26 工作心得 試著提高效率・成為傑出職場人

## 141

**我試著提高我的工作效率。** 私(わたし)は、仕事(しごと)の能率(のうりつ)を上(あ)げるよう、努力(どりょく)しています。

| | |
|---|---|
| 相似 | **我一直調整我的工作方法。** 私(わたし)はいつも、仕事(しごと)のやり方(かた)を、改善(かいぜん)しています。 |
| Q | **你曾試著改變工作方法嗎？** あなたは、仕事(しごと)のやり方(かた)を改善(かいぜん)しようと、努力(どりょく)したことがありますか。 |
| Q | **你曾試著提高工作效率嗎？** あなたは、仕事(しごと)の能率(のうりつ)を上(あ)げようと、努力(どりょく)したことがありますか。 |
| 單字 | **【上げる】提高、提升** 私(わたし)は、数学(すうがく)の成績(せいせき)を上(あ)げようと、努力(どりょく)しています。（我努力提升數學成績。） |

## 141

**我希望成為傑出的職場人。** 私(わたし)は、優(すぐ)れた人材(じんざい)になりたいです。

| | |
|---|---|
| 相似 | **我希望自己不斷成長。** 私(わたし)は、成長(せいちょう)し続(つづ)けたいです。 |
| Q | **你希望成為一個怎麼樣的職場人？** あなたは、どんな社会人(しゃかいじん)になりたいですか。 |
| Q | **你覺得自己不斷進步嗎？** あなたは、自分(じぶん)が常(つね)に進歩(しんぽ)していると思(おも)いますか。 |
| 單字 | **【社会人】社會人士** 私(わたし)は、高校(こうこう)を出(で)てすぐに、社会人(しゃかいじん)になりました。（我高中畢業就馬上出社會。） |

● やり方（做法）／…ようと、努力しています（想要…而努力）／…になりたい（想成為…）／続ける（持續）／高校を出る（高中畢業）／すぐに（馬上）

## 142

**我剛到新公司報到。**

わたし　あたら　かいしゃ
私は、新しい会社の、オリエンテーションに行ったばかりです。
い

**相似**　**今天是我第一天上班。**

きょう　あたら　かいしゃ　はつしゅっきん
今日は、新しい会社に、初出勤しました。

**衍生**　**我正在接受新人的教育訓練。**

わたし　いま　しんじん　きょういく　う　も
私は今、新人の教育を、受け持っています。

**衍生**　**我還不熟悉工作內容。**

わたし　しごと　ないよう
私はまだ、仕事の内容が、つかめません。

**單字**　**【オリエンテーション】新生、新進員工報到說明會**

きょう　しんにゅうせい
今日は、新入生のオリエンテーションでした。
（今天是新生報到說明會。）

## 142

**我剛通過試用期。**

わたし　しようきかん　す
私は、試用期間を過ぎたばかりです。

**相反**　**我沒有通過試用期。**

わたし　しようきかんちゅう　かいこ
私は、試用期間中に、解雇されました。

**衍生**　**我們公司的新人試用期是 3 個月。**

わたし　かいしゃ　しようきかん　さんかげつ
私の会社の試用期間は、3ヶ月です。

**Q**　**你通過試用期了嗎？**

しようきかん　す
あなたは試用期間を過ぎましたか。

**單字**　**【動詞た形＋ばかり】剛剛才…**

わたし　かいしゃ　や
私は、会社を辞めたばかりです。（我才剛辭職。）

● 受け持つ（接受）／つかむ（掌握重點）／辞める（辭職）

# 27 工作異動 加薪／減薪・升職／降職

## 143

**我被（加薪／減薪）了。** 私(わたし)は、（昇給(しょうきゅう)しました／減給(げんきゅう)になりました）。

| | |
|---|---|
| 衍生 | **我們公司今年沒有調薪。**<br>私(わたし)の会社(かいしゃ)は、今年(ことし)は昇給(しょうきゅう)がありません。 |
| Q | **聽說你加薪了？** あなたは、昇給(しょうきゅう)したそうですね。 |
| Q | **你們公司今年有調薪嗎？**<br>あなたの会社(かいしゃ)は今年(ことし)、昇給(しょうきゅう)がありましたか。 |
| 單字 | **【減給になる】減薪**<br>彼(かれ)は、大(おお)きな案件(あんけん)で失敗(しっぱい)したので、減給(げんきゅう)になりました。<br>（他因為重要案子沒有成功而減薪。） |

## 143

**我被（升職／降職）了。** 私(わたし)は、（昇進(しょうしん)しました／降格(こうかく)になりました）。

| | |
|---|---|
| 衍生 | **我從職員變成主管。**<br>私(わたし)は、平社員(ひらしゃいん)から主任(しゅにん)になりました。 |
| Q | **聽說你升官了？** あなたは、昇進(しょうしん)したそうですね。 |
| 單字 | **【昇進する】升職**<br>私(わたし)は、管理職(かんりしょく)に昇進しました。（我升為管理職。） |
| 單字 | **【降格になる】降職** 彼(かれ)は、仕事(しごと)で大(おお)きなミスをして、降格(こうかく)になりました。（他因為工作出了大紕漏而降職。） |

● ありません（沒有）／…そうです（聽說…）／ので（因為）／…から…になる（從…變成…）／大きなミス（大失誤）

# 調到其他部門・派往海外　工作異動 27

## 144

**我被調到其他部門。** 私は、違う部署に、配属になりました。

| | |
|---|---|
| 衍生 | **我將被調職到（總公司／分公司）。**<br>私は、（本社／支社）に転属が決まりました。<br>★★★直譯為「私は、（本社／支社）に転属になります」是不自然的日語，較好的是「…が決まりました」。 |
| 衍生 | **我換辦公室了。** 私は、仕事先が変わりました。 |
| 單字 | **【部署】工作崗位、部門** 彼は、他の部署への異動を、命じられました。（他被指派到其他部門。） |
| 單字 | **【配属】分配** 地方に配属され、一人暮らしをしています。（被調到鄉下，一個人住。） |

## 144

**我將被派往海外。** 私は、海外駐在が決まりました。

| | |
|---|---|
| Q | **你要被派往哪裡？** あなたは、どこに派遣されますか。 |
| Q | **你要被外派多久？**<br>あなたは、どのくらいの間、派遣されますか。 |
| 單字 | **【駐在】駐守**<br>弟は、貿易会社に入り、ドイツに駐在しています。<br>（我弟弟在貿易公司上班，目前駐派在德國。） |
| 單字 | **【派遣する】派遣、派出** 会社は、優秀な人を、アメリカに派遣しました。（公司派優秀員工到美國。） |

● 違う（不同）／転属（調職）／決まる（決定）／命じる（任命）／仕事先（上班地點）／どのくらいの間（多久）／ドイツ（德國）／アメリカ（美國）

# 27 工作異動 有新主管・公司要裁員…

## 145

**我有了一個新主管。** 新しい主任が、派遣されて来ました。

★★★「私は新しい主任ができました」是錯誤日語，沒有這種說法。

| | |
|---|---|
| 衍生 | **我還在摸索新主管的做法。**<br>新しい主任のやり方を、探っているところです。 |
| 衍生 | **聽說新主管是老闆的親戚。**<br>新しい主任は、社長の親戚らしいです。 |
| Q | **你習慣你的新主管了嗎？** 新しい上司には、慣れましたか。 |
| 單字 | **【慣れる】習慣** 新しい仕事に慣れるには、最低3ヶ月かかります。（起碼花三個月才能習慣新工作。） |

## 145

**聽說公司要裁員。** 会社は、リストラを始めるそうです。

| | |
|---|---|
| 衍生 | **公司打算裁撤我那個部門。**<br>会社は、私の部署を廃止するつもりです。 |
| Q | **你們公司打算精簡人事嗎？**<br>あなたの会社は人員の削減を予定していますか。 |
| 單字 | **【廃止】廢除、停止**<br>1ヶ月前に航空券を予約すると割引になる制度は、廃止になりました。（廢除一個月前預約機票有折扣的制度。） |
| 單字 | **【削減】縮減** 製品を安く作るためには、コストを削減しなければなりません。（為了便宜做商品，必須降低成本。） |

● …らしい（聽說好像是…）／かかる（花費）／リストラ（裁員）／…そうです（聽說…）／つもり（打算）／コスト（成本）／…なければなりません（必須…）

146

**我被裁員了。** 私は、リストラされました。

相似　**我失業了。** 私は、失業しました。

相似　**我們公司大幅精簡人事。**
私の会社は、人員を大幅に削減しました。

衍生　**第一波裁員名單公佈了。**
一回目のリストラ・リストが、発表されました。

單字　**【リストラ】裁員**
友達のお父さんが、リストラに遭いました。
（朋友的爸爸被裁員了。）

146

**我們公司要結束營業。** 私の会社は、業務を終了します。

★★★「私の会社は、営業を終了します」是錯誤日語，沒有這種說法。

相似　**我們公司要結束在台灣的業務。**
私の会社は、台湾での業務を終了します。

Q　**你們公司面臨財務危機嗎？**
あなたの会社は、財務危機に直面していますか。

單字　**【終了する】結束**　新入生歓迎会は、もう終了しました。（新生歡迎會已經結束了。）

單字　**【直面する】面臨、面對**　友達の両親は今、離婚の危機に直面しています。（朋友的父母親現在面臨離婚的危機。）

● 一回目（第一次）／リストラ・リスト（裁員名單）／遭う（遭遇到）／もう（已經）

# 27 工作異動 我換工作・不斷換工作

## 147

**我換工作了。** 私(わたし)は、仕事(しごと)を変(か)わりました。

| | |
|---|---|
| 相似 | **我打算換工作。**<br>私(わたし)は、仕事(しごと)を変(か)わるつもりです。 |
| Q | **你想換工作嗎？** あなたは、仕事(しごと)を変(か)えたいですか。 |
| Q | **你為什麼離職？** あなたはなぜ、退職(たいしょく)するんですか。 |
| Q | **你什麼時候遞辭呈的？**<br>あなたはいつ、退職届(たいしょくとどけ)を出(だ)しましたか。 |

## 147

**我總是不斷換工作。** 私(わたし)はいつも、仕事(しごと)を変(か)えています。

| | |
|---|---|
| 相似 | **畢業後我不斷換工作。**<br>学校(がっこう)を卒業(そつぎょう)してから、私(わたし)は仕事(しごと)を変(か)え続(つづ)けています。 |
| 衍生 | **一個工作，我從沒做超過兩年。** 私(わたし)は、1つ(ひと)の仕事(しごと)を、2年(にねん)以上(いじょう)続(つづ)けたことがありません。 |
| 衍生 | **公司通常不喜歡任用不斷換工作的人。**<br>会社(かいしゃ)は普通(ふつう)、仕事(しごと)をころころと変(か)わる人(ひと)を、雇(やと)いたがりません。 |
| 單字 | **【ころころと】不斷變化的**<br>彼(かれ)は、言(い)うことがころころと変(か)わるので、誰(だれ)にも信用(しんよう)されていません。（他說話反反覆覆，誰都不相信他。） |

● 退職届（辭呈）／いつも（總是）／変え続ける（一直換）／…てから（…之後）／…たことがありません（不曾有…的經驗）／…たがりません（不希望…）

# 打算創業・明年退休　工作異動 27

## 148

**我打算自行創業。**　私（わたし）は、起業（きぎょう）するつもりです。

| | |
|---|---|
| 衍生 | **我打算在網路開店。**<br>私（わたし）は、ネット起業（きぎょう）するつもりです。 |
| 衍生 | **我打算跳槽到其他行業。**<br>私（わたし）は、他（ほか）の業種（ぎょうしゅ）に転職（てんしょく）しようと思（おも）っています。 |
| 衍生 | **我打算明年要回家繼承家業。**<br>私（わたし）は、来年（らいねん）うちに帰（かえ）って、家業（かぎょう）を継（つ）ぐつもりです。 |
| Q | **離職後，你打算做什麼？**<br>退職後（たいしょくご）は、何（なに）をするつもりですか。 |

## 148

**我明年退休。**　私（わたし）は来年（らいねん）、定年退職（ていねんたいしょく）です。

| | |
|---|---|
| 相反 | **我還不打算提前退休。**<br>私（わたし）はまだ、退職（たいしょく）するつもりはありません。 |
| 衍生 | **我已經可以提前退休了。**<br>私（わたし）はもう、退職（たいしょく）できる状況（じょうきょう）が整（ととの）っています。 |
| 衍生 | **滿 65 歲就能退休。**<br>６５歳（ろくじゅうごさい）になると、定年退職（ていねんたいしょく）できます。 |
| Q | **你什麼時候退休？**<br>あなたは、いつ定年退職（ていねんたいしょく）ですか。 |

● つもり（打算）／ネット（網路）／…ようと思っている（正想要做…）／まだ（還未）／もう（已經）／整う（準備好）／…になると（一到…）／いつ（何時）

# 27 工作異動 被開除・被挖角

## 149

**他被公司開除了。** 彼は、会社をクビになりました。

| | |
|---|---|
| 衍生 | **我因為個人操守問題被開除。**<br>私は、素行の悪さから、クビになりました。 |
| 衍生 | **我因為曠職太多而被開除。**<br>私は、何日も無断欠勤をして、クビになりました。 |
| Q | **你為什麼被炒魷魚？**<br>あなたはなぜ、クビになったのですか。 |
| 單字 | **【素行】品行** 彼は学校での素行が悪いので、大学の推薦入試は受けられませんでした。（因為他在學校的品行差，無法參加大學推甄。） |

## 149

**聽說他是被挖角的。** 彼は、ヘッドハンティングされたそうです。

| | |
|---|---|
| 衍生 | **聽說他是被高薪聘請來的。**<br>彼は、高給で呼び寄せられたそうです。 |
| 衍生 | **聽說他是老闆特別找來的人材。**<br>彼は、社長が探し回って見つけた人材です。 |
| Q | **你是不是被挖角了？**<br>あなたは、ヘッドハンティングされたんですか。 |
| 單字 | **【高給】高薪** 将来は、高給をもらえる仕事に、就きたいです。（將來我想從事高薪工作。） |

● クビになる（被開除）／無断欠勤（無故曠職）／受ける（參加）／ヘッドハンティング（挖角）／呼び寄せる（請來）／探し回る（到處尋找）／もらえる（能獲得）

## 150

**我只想在家當少奶奶。** 私（わたし）は、セレブな主婦（しゅふ）になりたいです。

| | |
|---|---|
| 衍生 | **我想當全職的媽媽。** 私（わたし）は、専業主婦（せんぎょうしゅふ）になりたいです。 |
| 衍生 | **我只想當家庭主婦。** 私（わたし）は、主婦（しゅふ）になりたいです。 |
| Q | **你曾想過不要工作嗎？**<br>あなたは、仕事（しごと）をしたくないと思（おも）ったことがありますか。 |
| 單字 | **【なりたい】想成為…**<br>私（わたし）は、アイドルのように、可愛（かわい）くなりたいです。<br>（我想要像偶像明星一樣可愛。） |

## 150

**我希望工作與學校所學相關。** 私（わたし）は、学校（がっこう）で習（なら）ったことを生（い）かせる仕事（しごと）が、したいです。

| | |
|---|---|
| 衍生 | **我想做自己有興趣的工作。**<br>私（わたし）は、自分（じぶん）の興味（きょうみ）のある仕事（しごと）をしたいです。 |
| Q | **你希望從事哪一行？**<br>あなたは、どんな業界（ぎょうかい）で働（はたら）きたいですか。 |
| Q | **你希望工作與所學相關嗎？**<br>あなたは、習（なら）ったことを生（い）かせる仕事（しごと）が、したいですか。 |
| 單字 | **【習う】學習**<br>私（わたし）は高校（こうこう）のとき、簿記（ぼき）を習（なら）いました。<br>（高中的時候，我學過簿記。） |

● セレブ（富有）／…たことがあります（曾有過…的經驗）／…のように（像…一樣）／アイドル（偶像）／生かせる（使其活用）／…したい（想做…）

# 28 想從事的工作 自己創業・當公務員

151

**我希望自己創業。** 私（わたし）は、起業（きぎょう）したいです。

| | |
|---|---|
| 衍生 | **我想開一間店。**<br>私（わたし）は、店（みせ）を開（ひら）きたいです。 |
| Q | **你希望自己創業嗎？**<br>あなたは、起業（きぎょう）したいですか。 |
| Q | **你希望擁有一間小店嗎？**<br>あなたは、小（ちい）さな店（みせ）を持（も）ちたいですか。 |
| 單字 | **【開く】開張、開業**<br>彼（かれ）は、独立（どくりつ）して、自分（じぶん）のレストランを開（ひら）きました。<br>（他獨立開間自己的餐廳。） |

151

**我想當公務員。** 私（わたし）は、公務員（こうむいん）になりたいです。

| | |
|---|---|
| 替換 | **【公務員】公務員，可換成**<br>政治家（せいじか）（政治家）／弁護士（べんごし）（律師）／教師（きょうし）（老師） |
| 相似 | **我打算考公職。**<br>私（わたし）は、公務員試験（こうむいんしけん）を受（う）けるつもりです。 |
| 衍生 | **我覺得公職的工作最安定。**<br>公務員（こうむいん）は、一番安定（いちばんあんてい）した仕事（しごと）だと思（おも）います。 |
| 單字 | **【安定】穩定**<br>彼女（かのじょ）は最近（さいきん）、精神的（せいしんてき）に不安定（ふあんてい）です。（她最近情緒不穩。） |

● レストラン（餐廳）／公務員試験を受ける（考公職）／つもり（打算）

## 152

**我想從事媒體相關的工作。** 私は、マスコミ関連の仕事に、従事したいです。

| | |
|---|---|
| 替換 | **【マスコミ関連】媒體相關，可換成**<br>教育関連（教育相關）／飲食関連（餐飲相關） |
| 相似 | **我想當（新聞主播／電視台記者）。**<br>私は、（アナウンサー／テレビの記者）になりたいです。 |
| Q | **你想朝傳播業發展嗎？**<br>あなたは、放送業界に進もうと思っていますか。 |
| 單字 | **【進む】前進、進展**<br>あなたは、大学を卒業したら、どんな業界に**進みたい**ですか。（你大學畢業後，想從事什麼行業？） |

## 152

**我想從事與人接觸的工作。** 私は、人と触れ合う仕事に、従事したいです。

| | |
|---|---|
| 替換 | **【人と触れ合う】與人接觸，可換成** 動物と触れ合う（與動物接觸）／大自然と触れ合う（與大自然接觸） |
| 相反 | **我喜歡一個人獨自研究的工作。**<br>私は、一人で研究に没頭できる仕事が好きです。 |
| 單字 | **【触れ合う】接觸**<br>休みの日には、山に行って、自然と**触れ合う**のもいいでしょう。（假日到山上接觸大自然也很不錯吧。） |

● 研究に没頭する（專心於研究）／人と接する（和人接觸）

# 28 想從事的工作 從事高科技業・從事服務業

## 153

**我想從事高科技業。** 私は、ハイテク産業に従事したいです。

| | |
|---|---|
| 衍生 | **高科技業薪資、福利比一般行業好。**<br>ハイテク産業は、他の産業よりも、給料、福利厚生がいいです。 |
| 衍生 | **高科技業有員工配股。**<br>ハイテク産業は、社員への株式分配があります。 |
| Q | **你對高科技產業有興趣嗎？**<br>あなたは、ハイテク産業に、興味はありますか。 |
| 單字 | **【興味】興趣** 私は、金融業に、興味があります。<br>（我對金融業有興趣。） |

## 153

**我想從事服務業。** 私は、サービス業に従事したいです。

| | |
|---|---|
| 替換 | **【サービス業】服務業，可換成**<br>飲食業（餐飲業）／旅行業（旅遊業）／旅館業（旅館業） |
| 衍生 | **服務業最重視待客之道。**<br>サービス業で一番大切なのは、接客マナーです。 |
| Q | **你對服務業有興趣嗎？**<br>あなたは、サービス業に、興味はありますか。 |
| 單字 | **【従事する】從事** 私は、不動産業に従事しています。<br>（我目前從事房地產業。） |

● ハイテク（高科技）／サービス（服務）／株式分配（配股）／大切（重要）／接客マナー（待客禮儀）

# 到國外工作・到外商公司上班　想從事的工作　28

## 154

**我想到國外工作。**　私は、海外で仕事をしたいです。

| | |
|---|---|
| 相反 | **我並不想到國外工作。**<br>私は特に、海外で仕事をしたいとは、思っていません。 |
| Q | **你想到國外工作嗎？** あなたは、海外で仕事をしたいですか。 |
| Q | **你想到哪一個國家工作？**<br>あなたは、どこの国で、仕事をしたいですか。 |
| 單字 | **【海外】國外**　私は子供のころ、海外に住んでいました。（我小時候住國外。） |

## 154

**我一直想到外商公司上班。**　私はずっと、外資系企業で働きたいと思っています。

| | |
|---|---|
| 衍生 | **我覺得外商公司的福利好。**<br>外資系企業は、福利厚生がいいと思います。 |
| 衍生 | **聽說外商公司的壓力很大。**<br>外資系企業の仕事は、ストレスが溜まるそうです。 |
| Q | **你希望到外商公司上班嗎？**<br>あなたは、外資系企業で働きたいですか。 |
| 單字 | **【ずっと】一直**　私は子供のころからずっと、電車の運転手になりたいと思っていました。（我小的時候，就一直很想當電車司機。） |

● どこ（哪裡）／子供のころ（孩提時代）／働く（工作）／福利厚生がいい（福利好）／ストレスが溜まる（累積壓力）／…そうです（聽說…）

# 29 喜歡的工作環境 錢多事少・準時下班

## 155

**我希望錢多事少。** 私（わたし）は、給料（きゅうりょう）が多（おお）くて暇（ひま）な仕事（しごと）が、いいです。

**衍生** **我希望公司離家近。** 私（わたし）は、うちから近（ちか）い会社（かいしゃ）が、いいです。

★★★表達「想要什麼工作」時，用「希望（きぼう）します」是很奇怪的日語。別人問「你想要什麼樣的工作」時，通常回答「…がいいです」。

**衍生** **我只想找個輕鬆的工作。**
私（わたし）は、楽（らく）な仕事（しごと）であれば、何（なん）でもいいです。

**衍生** **我想從事沒有業績壓力的工作。**
私（わたし）は、ノルマのない仕事（しごと）が、したいです。

**單字** **【暇】空閒的** 仕事（しごと）が暇（ひま）なときは、こっそりインターネットをしています。（工作空檔時，偷偷上網。）

## 155

**我希望可以準時下班。** 私（わたし）は、時間通（じかんどお）りに帰（かえ）れる仕事（しごと）が、いいです。

**相似** **我想做個規律上下班的上班族。** 私（わたし）は、時間通（じかんどお）りに出勤退勤（しゅっきんたいきん）できるサラリーマンに、なりたいです。

**Q** **你希望幾點（上班／下班）？**
あなたは、何時（なんじ）に（出勤（しゅっきん）／退勤（たいきん））したいですか。

**單字** **【時間通り】準時** 彼女（かのじょ）は、時間通（じかんどお）りに、待（ま）ち合（あ）わせの場所（ばしょ）に来（き）ました。（她準時到約會地點。）

● …であれば（只要…）／何でもいい（什麼都好）／こっそり（偷偷地）／インターネットをする（上網）／サラリーマン（上班族）／待ち合わせ（約定）

156

**我希望（薪資／獎金）優渥。** 私（わたし）は、（給料（きゅうりょう）／ボーナス）が多（おお）い仕事（しごと）が、いいです。

衍生 **我希望公司能每年調薪。**
私（わたし）は、毎年昇給（まいとししょうきゅう）がある会社（かいしゃ）が、いいです。

Q **你希望薪水多少？** 給料（きゅうりょう）は、どのくらいあれば、いいですか。

Q **你希望公司有分紅配股嗎？**
社員（しゃいん）への株式分配（かぶしきぶんぱい）のある会社（かいしゃ）が、いいですか。

單字 **【株式】股票**
私（わたし）は、株式（かぶしき）投資初心者（とうししょしんしゃ）です。（我是股票投資新手。）

156

**我希望有豐厚的年終獎金。** 私（わたし）は、冬（ふゆ）のボーナスがしっかりもらえる会社（かいしゃ）が、いいです。

衍生 **我希望有高抽成佣金（每賣一個都有獎金）的工作。**
私（わたし）は、売上（うりあげ）に応（おう）じたコミッションがある仕事（しごと）が、いいです。

Q **你希望年終幾個月？** 冬（ふゆ）のボーナスは、何（なん）ヶ月分（かげつぶん）ほしいですか。

單字 **【しっかり】很多** 私（わたし）は、会社（かいしゃ）から、残業手当（ざんぎょうてあて）をしっかりもらっています。（公司給我很多加班費。）

單字 **【もらえる】能夠獲得** 出張（しゅっちょう）の交通費（こうつうひ）は、会社（かいしゃ）からもらえます。（可以向公司請領差旅費。）

● 売上に応じる（依據銷售金額）／コミッション（佣金）／冬のボーナス（年終獎金）／ほしい（希望）／残業手当（加班費）

# 29 喜歡的工作環境 升遷制度完善・福利好

## 157

**我想進入升遷制度完善的公司。** 私は、昇進制度がしっかりした会社に、入りたいです。

**衍生** **我想進入重視員工培訓的公司。**
私は、社員教育がしっかりしている会社に入りたいです。

**Q** **你希望多久調薪一次？**
どのくらいに一度、昇給があれば、いいですか。

**Q** **你希望公司有完善的升遷制度嗎？**
昇進制度がしっかりした会社が、いいですか。

**單字** **【しっかり】完善** 経営基盤がしっかりしていない会社には、入らないほうがいいです。（最好別進經營不穩的公司。）

## 157

**我想進福利好的公司。** 私は、福利厚生がいい会社に、入りたいです。

**衍生** **我希望公司有員工旅遊。**
私は、社員旅行のある会社が、いいです。

**衍生** **我希望公司有托嬰服務。**
私は、託児所のある会社が、いいです。

**衍生** **我希望公司有交通車。** 私は、送迎バスのある会社が、いいです。

**Q** **你希望公司提供哪些福利？**
どんな福利厚生がある会社が、いいですか。

● …に入りたい（想進入…）／どのくらい（多久）／あれば（如果有…的話）／昇給（加薪）／…ほうがいい（…比較好）／福利厚生（福利制度）

## 158

**我希望變年輕。** 若々しくなりたいです。

| | |
|---|---|
| 替換 | **【若々しく】年輕，可換成**<br>きれいに（漂亮）／かっこよく（帥） |
| Q | **你希望自己更年輕嗎？**<br>もっと若々しくなりたいですか。 |
| Q | **你希望自己看起來比同年齡的人年輕嗎？**<br>同年齢の人より若く見えるように、なりたいですか。 |
| 單字 | **【かっこいい】真棒、真帥**<br>その髪型、なかなかかっこいいですね。<br>（那髮型很帥呢。） |

## 158

**我努力減少細紋。** しわが減るよう、努力しています。

| | |
|---|---|
| 衍生 | **眼睛四周最容易長細紋。**<br>一番しわが出やすいのは、目の周りです。 |
| Q | **你希望減少細紋嗎？**しわが減ってほしいですか。 |
| 單字 | **【減る】減少**<br>父は最近、髪が減りました。（父親最近髮量變少。） |
| 單字 | **【…てほしい】希望**<br>もっと背が伸びてほしいです。（希望再長高點。） |

● なりたい（想變成…）／もっと（更加）／…より（比起…）／…ように（像…那樣）／なかなか（非常地）／しわ（皺紋）／背が伸びる（長高）

# 30 希望外表… 羨慕別人膚色白・想曬成古銅色

## 159

**我羨慕膚色白皙的人。** 色白の人が、うらやましいです。

| | |
|---|---|
| 衍生 | **我希望皮膚完美無瑕。** 完璧な肌になりたいです。 |
| Q | **你希望皮膚變白嗎？** 肌が白くなりたいですか。 |
| 單字 | **【うらやましい】羨慕**<br>いくら食べても太らない人が、うらやましいです。<br>（真羨慕那些不管吃再多都不會胖的人。） |
| 單字 | **【完璧】完美**<br>今日の着こなしは、完璧ですね。（今天的裝扮完美。） |

## 159

**我想曬成古銅色。** ブロンズ色に日焼けしたいです。

| | |
|---|---|
| 衍生 | **古銅色的肌膚感覺很健美。**<br>ブロンズ色の肌は、健康美を感じさせます。 |
| 衍生 | **他擁有一身健康的膚色。**<br>彼の肌は、健康的な色をしています。 |
| Q | **你打算曬成古銅色嗎？**<br>ブロンズ色に日焼けしたいですか。 |
| 單字 | **【日焼けする】曬黑**<br>日焼けサロンで日焼けする人も、います。<br>（也有人到「室內助曬美容中心」曬黑。） |

● いくら…ても（無論怎麼…也）／太らない（不胖）／着こなし（穿著打扮）／ブロンズ色（古銅色）／日焼けサロン（室內助曬美容中心）

## 160

**我希望眼睛再大一點。** 目(め)がもう少(すこ)し大(おお)きいと、いいんですが。

★★★「…んですが」意指「希望…，但事實卻非如此」。

| | |
|---|---|
| 衍生 | **我希望變成（雙／單）眼皮。**<br>（二重(ふたえ)／一重(ひとえ)）まぶたに、なりたいです。 |
| 衍生 | **我想要又長又翹的眼睫毛。**<br>私(わたし)は、長(なが)くてカールしたまつげに、なりたいです。 |
| 單字 | **【もう少し】再一點** 背(せ)がもう少(すこ)し高(たか)いと、いいんですが。（我希望再長高一點。） |
| 單字 | **【カール】使…捲曲**<br>パーマをかけて、髪(かみ)をカールさせてみました。<br>（燙頭髮，試看看捲髮。） |

## 160

**我希望鼻子變挺。** ぴんとした鼻(はな)だと、いいんですが。

| | |
|---|---|
| 相似 | **我想去整型墊高鼻子。** 整形手術(せいけいしゅじゅつ)で、鼻(はな)を高(たか)くしたいです。 |
| Q | **你打算做整型手術嗎？** 整形手術(せいけいしゅじゅつ)をするつもりですか。 |
| Q | **你最不滿意的五官是什麼？**<br>顔立(かおだ)ちの中(なか)で、一番満足(いちばんまんぞく)していないのは、どこですか。 |
| 單字 | **【ぴん】直挺挺的**<br>背筋(せすじ)をぴんと伸(の)ばして、立(た)ってください。<br>（請站好，把背挺直。） |

● まつげ（眼睫毛）／パーマをかける（燙頭髮）／つもり（打算）／顔立ち（容貌五官）／背筋を伸ばす（把背挺直）

# 30 希望外表… 雀斑變少・想要性感豐唇

161

**我希望雀斑變少。** そばかすが減(へ)ってほしいです。

| | |
|---|---|
| 替換 | **【そばかす】雀斑，可換成**<br>にきび（痘痘）／白髪(しらが)（白頭髮） |
| 衍生 | **膚色白皙的人容易長雀斑。**<br>色白(いろじろ)の人(ひと)は、そばかすが出(で)やすいです。 |
| Q | **你打算利用雷射除斑嗎？**<br>レーザー治療(ちりょう)で、そばかすを取(と)ろうと思(おも)っていますか。 |
| 單字 | **【取る】去除** 鼻(はな)の黒(くろ)ずみが、なかなか取(と)れません。<br>（鼻頭粉刺怎麼也清不掉。） |

161

**我想要性感渾厚的嘴唇。** セクシーな厚(あつ)い唇(くちびる)だと、いいんですが。

| | |
|---|---|
| 衍生 | **豐唇也是熱門的整型手術之一。**<br>唇(くちびる)を厚(あつ)くする手術(しゅじゅつ)も、人気(にんき)があります。 |
| 衍生 | **我覺得（豐厚的／薄薄的）嘴唇比較性感。**<br>（厚(あつ)い／薄(うす)い）唇(くちびる)は、セクシーだと思(おも)います。 |
| Q | **你覺得哪一位藝人的唇型最美？**<br>芸能人(げいのうじん)では、誰(だれ)の唇(くちびる)がセクシーだと思(おも)いますか。 |
| 單字 | **【セクシー】性感**<br>今年(ことし)の「最(もっと)もセクシーな男性(だんせい)」に選(えら)ばれたのは、木村拓哉(きむらたくや)です。（今年被票選為「最性感的男人」是木村拓哉。） |

● …やすい（容易…）／レーザー治療（雷射手術）／黒ずみ（黑頭粉刺）／なかなか（怎麼樣也）／取れません（清不掉）／人気がある（受歡迎）／選ぶ（選擇）

162

**我想要改變（髮色／髮型）。** （髪の色／髪型）を変えたいです。

| | |
|---|---|
| Q | **你想要改變（髮色／髮型）嗎？**<br>（髪の色／髪型）を変えたいですか。 |
| Q | **你想留長髮增加女人味嗎？**<br>髪を伸ばして、もっと女っぽくなりたいですか。 |
| 單字 | **【伸ばす】伸長**<br>私は最近、ひげを伸ばしています。（我最近留鬍子。） |
| 單字 | **【女っぽい】有女人味的**<br>今日はデートなので、女っぽい服装をします。<br>（今天要去約會，所以穿得比較有女人味。） |

162

**我很滿意自己現在的長相。** 私は、自分の顔に、満足しています。

| | |
|---|---|
| 相反 | **我羨慕別人的小臉。** 私は、小顔の人が、うらやましいです。 |
| Q | **你滿意自己的長相嗎？** 自分の顔に、満足していますか。 |
| 單字 | **【うらやましい】羨慕**<br>私は、足が長い人が、うらやましいです。<br>（我羨慕腳長的人。） |
| 單字 | **【満足】滿意** 私は、自分のスタイルに、満足しています。（我對自己的身材感到滿意。） |

● 変えたい（想改變）／ひげを伸ばす（留鬍子）／デート（約會）／スタイル（身材）

# 30 希望外表… 成為目光焦點・永遠笑臉迎人

## 163

**我希望自己是眾人目光的焦點。** みんなの注目の的に、なりたいです。

| | |
|---|---|
| 衍生 | **我希望自己是時尚派對的焦點。**<br>パーティーのヒロインに、なりたいです。 |
| Q | **你希望永遠迷人嗎？** いつまでも、すてきな人でいたいですか。 |
| 單字 | **【的】目標、標的**<br>この服を着て街を歩くと、みんなの注目の的になります。（穿這衣服走在路上，立刻成為眾人目光的焦點。） |
| 單字 | **【すてき】漂亮的** すてきなかばんですね。どこで買ったんですか。（這皮包真漂亮，在哪買的？） |

## 163

**我希望永遠笑臉迎人。** いつまでも、にこにこ顔でいたいです。

| | |
|---|---|
| 衍生 | **我希望自己看起來有自信。** 自信ありそうな人でいたいです。 |
| Q | **你希望給別人什麼樣的印象？**<br>あなたは人に、どんな印象を持ってほしいですか。 |
| Q | **你希望自己看起來充滿信心嗎？**<br>自信満々に見えるように、なりたいですか。 |
| 單字 | **【にこにこ】笑咪咪的樣子**<br>彼女は、いつもにこにこしていますが、怒るとけっこう怖いです。（她平常總是笑臉迎人，但一生氣起來相當恐怖。） |

● みんな（大家）ヒロイン（女主角）／／いつまでも（無論何時都…）／…になる（成為…）／かばん（皮包）／いたい（希望自己是…）／けっこう（相當地）

保持好身材・希望身材更完美

# 希望身材 31

## 164

**我希望永遠保持好身材。** いつまでも、いいスタイルでいたいです。

| | |
|---|---|
| 相似 | **我希望維持目前的體重。** 今(いま)の体重(たいじゅう)を維持(いじ)したいです。 |
| 衍生 | **我希望身材更完美。**<br>もっと完璧(かんぺき)なスタイルに、なりたいです。 |
| Q | **你希望找回 20 歲的窈窕嗎？**<br>20歳(はたち)の美(うつく)しさを、取(と)り戻(もど)したいですか。 |
| 單字 | **【取り戻す】恢復**<br>少女(しょうじょ)のころの肌(はだ)を、取(と)り戻(もど)したいです。<br>（我希望能恢復少女時代的肌膚。） |

## 164

**我希望身材更完美。** 完璧(かんぺき)なスタイルに、なりたいです。

| | |
|---|---|
| 相似 | **我希望擁有像模特兒一樣的好身材。**<br>モデルのようなスタイルに、なりたいです。 |
| Q | **你理想中的完美身材是什麼樣子？**<br>理想(りそう)は、どんなスタイルですか。 |
| Q | **誰是你心目中完美身材的代表？**<br>あなたにとって、スタイルが完璧(かんぺき)な人(ひと)は、誰(だれ)ですか。 |
| Q | **你羨慕模特兒的好身材嗎？**<br>モデルのスタイルが、うらやましいと思(おも)いますか。 |

● いつまでも（無論何時都…）／スタイル（身材）／もっと（更…）／少女のころ（少女的時候）／モデル（模特兒）／うらやましい（羨慕）

# 31 希望身材 不滿意自己身材・想減肥

165

**我不滿意自己的身材。** 自分（じぶん）のスタイルに、満足（まんぞく）していません。

| | |
|---|---|
| Q | **你滿意自己的身材嗎？**<br>自分（じぶん）のスタイルに、満足（まんぞく）していますか。 |
| Q | **你為什麼不滿意自己的身材？**<br>なぜ、自分（じぶん）のスタイルに、満足（まんぞく）できないのですか。 |
| Q | **你最不滿意全身哪一個部位？**<br>一番（いちばん）自分（じぶん）で満足（まんぞく）できないのは、体（からだ）のどの部位（ぶい）ですか。 |
| 單字 | **【スタイル】身材**<br>私（わたし）は、スタイルがあまりよくないと思（おも）います。<br>（我覺得自己的身材不是很好。） |

165

**我想減肥。** ダイエットしたいです。

| | |
|---|---|
| 相反 | **我想增胖 5 公斤。** 5キロ太（ふと）りたいです。 |
| 衍生 | **我希望身上毫無贅肉。**<br>贅肉（ぜいにく）を無（な）くしたいです。 |
| Q | **你希望瘦一點嗎？** 痩（や）せたいですか。 |
| 單字 | **【無くす】喪失、丟失**<br>最近（さいきん）、自分（じぶん）のスタイルに、自信（じしん）を無（な）くしてしまいました。（最近我對自己身材失去信心。） |

● 満足できない（不滿意）／あまりよくない（不是很好）／ダイエット（減肥）／…てしまいました（發生某事而無法挽救的語氣）

# 希望再瘦‧瘦到標準體重　希望身材 31

## 166

**我希望再瘦一點。** すこし痩(や)せたいです。

**衍生** **你不該用模特兒的標準來要求自己。**
モデル並(な)みのレベルを、自分(じぶん)に求(もと)めるべきではありません。

**Q** **你希望自己的體重多少公斤？** 体重何(たいじゅうなん)キロになりたいですか。

**單字** **【並み】和…同樣** 彼女(かのじょ)は、アイドル並(な)みに可愛(かわい)いです。（她和偶像明星一樣可愛。）

**單字** **【求める】追求、要求** あなたが、結婚相手(けっこんあいて)に求(もと)めるものは、何(なん)ですか。（你對於結婚對象注重的條件是什麼？）

## 166

**我計畫要瘦到標準體重。** 私(わたし)は、標準体重(ひょうじゅんたいじゅう)まで落(お)とす計画(けいかく)を、立(た)てています。

**衍生** **有人說身高減 115 是女生的標準體重。** 身長(しんちょう)から１１５を引(ひ)いたものが、女性(じょせい)の標準体重(ひょうじゅんたいじゅう)だそうです。

**衍生** **身體質量指數（BMI 值）是衡量肥胖的標準。**
ＢＭＩ指数(ビーエムアイしすう)とは、肥満度(ひまんど)を表(あらわ)す指数(しすう)です。

**Q** **你覺得自己的體重標準嗎？**
自分(じぶん)の体重(たいじゅう)は、標準的(ひょうじゅんてき)だと思(おも)いますか。

**單字** **【標準的】標準的** 彼女(かのじょ)は、体脂肪率(たいしぼうりつ)は、標準的(ひょうじゅんてき)ですが、スタイルが悪(わる)いです。（她體脂肪率標準，但身材差。）

● すこし（稍微）／レベル（標準）／…べきではありません（不應該…）／アイドル（偶像明星）／計画を立てています（已訂定計畫）／引く（減去、扣除）

# 31 希望身材 降低體脂肪率・改善下半身肥胖

## 167

**我得降低體脂肪率。** 私は、体脂肪率を、下げなければなりません。

| | |
|---|---|
| 衍生 | **醫生說我的體脂肪率（過高／過低）。**<br>私は医者に、体脂肪率が（高すぎる／低すぎる）と、言われました。 |
| 衍生 | **體脂肪率不能過高或過低。**<br>体脂肪率は、高すぎても低すぎても、よくないです。 |
| 衍生 | **有些瘦子的體脂肪率過高。**<br>痩せているのに体脂肪率が高い人も、います。 |
| 單字 | **【痩せる】瘦**<br>痩せている男性は、好きですか。（你喜歡瘦的男人嗎？） |

## 167

**我想改善下半身肥胖。** 私は、下半身肥満を、改善したいです。

| | |
|---|---|
| 衍生 | **我希望消除小腹。** 私は、下腹を無くしたいです。 |
| 衍生 | **我希望臀部小而翹。**<br>私は、小さく上を向いたお尻になりたいです。 |
| Q | **你有下半身肥胖的煩惱嗎？**<br>あなたは、下半身肥満に悩んでいますか。 |
| 單字 | **【向く】朝著…方向**<br>私はいつも、横を向いて寝ます。（我平常都是側睡。） |

● …なければなりません（必須…）／…ても…ても（不論…不論…）／よくない（不好）／…のに（…卻）／お尻（屁股）／いつも（總是）／横（側面）

168

**我希望雙腿纖細修長。** 細くて長い足に、なりたいです。

相似 **我希望有雙美腿。** 美脚になりたいです。

相似 **希望小腿更細一點。**

ふくらはぎが、もう少し細くなってほしいです。

相似 **希望大腿的線條更美。**

太もものラインが、もう少しきれいになってほしいです。

單字 **【細くて長い】纖細修長**

彼女の指は、細くて長いです。（她的手指纖細修長。）

168

**我希望全身每個部位都很完美。** 私は、体の一つ一つの部位が、全て完璧だったら、と思います。

衍生 **我希望手臂結實。** がっちりした腕に、なりたいです。

衍生 **我想要小蠻腰。**

私は、きゅっと締まったウエストに、なりたいです。

單字 **【きゅっと＋締まる】緊實（きゅっと通常接動詞締まる）**

モデルのように、きゅっと締まったヒップに、なりたいです。（我想要和模特兒一樣的緊實翹臀。）

單字 **【締まる】結實、緊實**

この夏は、しっかりエクササイズして、締まった体を手に入れたいです。（這個夏天，想好好健身將身體練結實。）

●ふくらはぎ（小腿）／ライン（線條）／…だったら（如果…的話就好了）／ウエスト（腰圍）／エクササイズする（健身）／手に入れたい（想獲得）

# 31 希望身材 胸部豐滿／小一點・長高

169

**我希望胸部（豐滿／小一點）。** 胸(むね)が（大(おお)きく／小(ちい)さく）なりたいです。

衍生 **我覺得胸圍適中就好。**
胸(むね)の大(おお)きさは、中(ちゅう)くらいがいいと思(おも)います。

衍生 **胸圍（過大／過小）有挑選衣服的煩惱。** 胸(むね)が（大(おお)きすぎる／小(ちい)さすぎる）と、服(ふく)の選択(せんたく)の幅(はば)が狭(せば)まります。

★★★後半如直譯為「…と、服の選択に困ります」是奇怪的日語。

衍生 **很多胸部豐滿的女生，不吝於展現自己的好身材。**
豊満(ほうまん)な胸(むね)をした女性(じょせい)は、そのすばらしいボディを、惜(お)しげもなく見(み)せたがります。

單字 **【すばらしいボディ】好身材（指胸、腹部）**
さすが、水泳(すいえい)をしているだけあって、すばらしいボディですね。（你身材真好，真不愧是天天游泳的。）

169

**我希望長高。** 背(せ)が高(たか)くなりたいです。

相反 **我希望不要再長高。** これ以上(いじょう)、背(せ)が伸(の)びないでほしいです。

相似 **我希望再長高 10 公分。** 背(せ)が後(あと)10(じゅっ)センチあれば、と思(おも)います。

Q **你希望身高多少公分？**
身長(しんちょう)が、何(なん)センチあれば、いいと思(おも)いますか。

● 中くらい（中等程度）／幅が狭まる（範圍變窄）／さすが…だけあって（真不愧是…）／惜しげもなく（不吝嗇）／見せたがる（想給人看）／センチ（公分）

未來有很多計畫．走一步算一步

# 生涯規畫 32

## 170

**我對未來有很多計畫。** 私（わたし）は、将来（しょうらい）の計画（けいかく）が、たくさんあります。

| | |
|---|---|
| 相反 | **我對未來沒有任何想法。**<br>将来（しょうらい）について、何（なに）も考（かんが）えていません。 |
| Q | **你想過你的未來嗎？**<br>自分（じぶん）の将来（しょうらい）について、考（かんが）えたことがありますか。 |
| Q | **你希望成為怎麼樣的人？**<br>あなたは、どんな人（ひと）になりたいと思（おも）いますか。 |
| Q | **10 年後，你希望自己變成什麼樣子？**<br>あなたは、10年後（じゅうねんご）にどうなっていたいですか。 |

## 170

**我只想走一步算一步。** 私（わたし）は、流（なが）れに任（まか）せたいと思（おも）います。

| | |
|---|---|
| 相似 | **我對未來沒有期望。** 私（わたし）は、将来（しょうらい）に期待（きたい）していません。 |
| 衍生 | **我不想好高騖遠想太多。**<br>私（わたし）は、多（おお）くを望（のぞ）みたくありません。 |
| 單字 | **【流れ】事情的自然變化**<br>私（わたし）はただ、流（なが）れに身（み）を任（まか）せて生（い）きています。<br>（我只是順勢生活。） |
| 單字 | **【任せる】託付給…**<br>女（おんな）の子（こ）が産（う）まれるか、男（おとこ）の子（こ）が産（う）まれるかは、運（うん）に任（まか）せるしかありません。（生男生女只能靠運氣。） |

● たくさん（很多）／…について（關於…）／…になりたい（想成為…）／望みたくありません（不希望…）／ただ（只是）／運に任せる（靠運氣）／…しかありません（只能…）

# 32 生涯規畫 出國留學・開創事業

## 171

**我打算出國留學。** 海外に留学するつもりです。

| | |
|---|---|
| 相似 | **我要在兩年內取得（碩士／博士）學位。**<br>私は、2年以内に（修士号／博士号）を取ります。 |
| 衍生 | **我考上公費留學了。**<br>私は、公費留学生に選ばれました。 |
| 衍生 | **我計畫到日本遊學 3 個月。**<br>私は、日本に3ヶ月、語学留学する予定です。 |
| Q | **你打算出國留學嗎？**<br>海外に留学するつもりが、ありますか。 |

## 171

**我希望闖出一番事業。** 私は、事業を始めようと思います。

| | |
|---|---|
| 衍生 | **我計畫 5 年後創業。**<br>私は、5年後に起業するつもりです。 |
| 衍生 | **30 歲後我想開一間店。**<br>３０歳を過ぎたら店を出したいと思います。 |
| Q | **你打算創業嗎？**<br>あなたは起業するつもりですか。 |
| 單字 | **【過ぎる】超過一點點**<br>私は、３５歳を過ぎてから結婚したいです。<br>（我想過 35 歲後結婚。） |

● つもり（打算）／ありますか（有…嗎）／店を出す（開店）／…てから（…之後）

## 172

**我希望找到生命中的靈魂伴侶。** 私（わたし）は、人生（じんせい）の伴侶（はんりょ）に、出会（であ）いたいです。

| | |
|---|---|
| 衍生 | **我希望找到興趣相投的伴侶。**<br>私（わたし）は、趣味（しゅみ）の合（あ）う仲間（なかま）に、出会（であ）いたいです。 |
| 衍生 | **我希望經歷天長地久的愛情。**<br>いつまでも変（か）わらない愛（あい）を、感（かん）じてみたいです。 |
| Q | **你希望找什麼樣的人生伴侶？**<br>あなたは、どんな人生（じんせい）の伴侶（はんりょ）に、出会（であ）いたいですか。 |
| 單字 | **【出会う】遇見、相逢**<br>合（ごう）コンで、素敵（すてき）な男性（だんせい）と、出会（であ）いました。<br>（在聯誼中，遇見很棒的男生。） |

## 172

**我沒有結婚的打算。** 私（わたし）は、結婚（けっこん）する気（き）はありません。

| | |
|---|---|
| 替換 | **【結婚する】結婚，可換成** 子供（こども）を作（つく）る（生小孩） |
| 衍生 | **現在不婚的人越來越多。**<br>現代社会（げんだいしゃかい）では、結婚（けっこん）しない人（ひと）が増（ふ）えています。 |
| Q | **你打算一輩子單身嗎？**<br>あなたは、一生独身（いっしょうどくしん）でいるつもりですか。 |
| 單字 | **【独身】單身。** 私（わたし）は、独身生活（どくしんせいかつ）を楽（たの）しんでいます。<br>（我很享受單身生活。） |

● 仲間（朋友）／いつまでも（無論如何都…）／変わらない（不改變）／合コン（聯誼）／素敵（很棒）／気はありません（不打算）／つもり（打算）

# 32 生涯規畫 27歲前結婚・30歲前生小孩

## 173

**我希望27歲前結婚。** 私(わたし)は、２　７歳(にじゅうななさい)までに結婚(けっこん)したいです。

| | |
|---|---|
| 相似 | **我希望有經濟基礎再結婚。**<br>私(わたし)は、経済的(けいざいてき)に安定(あんてい)したら、結婚(けっこん)したいと思(おも)います。 |
| 相似 | **我打算（一畢業／一退伍）就結婚。** 私(わたし)は、（卒業(そつぎょう)したら／兵役(へいえき)が終(お)わったら）結婚(けっこん)しようと思(おも)います。 |
| Q | **你計畫幾歲結婚？** 何歳(なんさい)で結婚(けっこん)するつもりですか。 |
| 單字 | **【安定】穩定**<br>息子(むすこ)は最近(さいきん)、反抗期(はんこうき)で、精神的(せいしんてき)に安定(あんてい)していません。<br>（最近兒子因處於叛逆期而情緒不穩。） |

## 173

**我希望30歲前生小孩。** 私(わたし)は、３　０歳(さんじゅっさい)までに子供(こども)を産(う)みたいと思(おも)います。

| | |
|---|---|
| 相似 | **我打算生兩個小孩。** 私(わたし)は、子供(こども)を2人(ふたり)産(う)むつもりです。 |
| 相反 | **我想當「頂客族」（雙薪、不生小孩）。**<br>私(わたし)と夫(おっと)は、子供(こども)を作(つく)らないで、働(はたら)きたいと思(おも)っています。 |
| Q | **你有計畫要生小孩嗎？**<br>あなたは、子供(こども)を産(う)むつもりがありますか。 |
| Q | **你計畫生幾個小孩？**<br>あなたは、子供(こども)を何人(なんにん)産(う)むつもりですか。 |

● まで（到…時候）／子供を産む（女人生小孩）／子供を作らない（指夫妻不生小孩）／つもり（打算）

## 174

**我計畫 60 歲退休。** 私(わたし)は、６０歳(ろくじゅっさい)で定年退職(ていねんたいしょく)する予定(よてい)です。

| | |
|---|---|
| 衍生 | **我希望 50 歲後就不用工作。**<br>私(わたし)は、５０歳(ごじゅっさい)で退職(たいしょく)したいです。 |
| 衍生 | **有些人會提前退休，享受人生。**<br>早(はや)く退職(たいしょく)して、人生(じんせい)を楽(たの)しむ人(ひと)たちもいます。 |
| Q | **你計畫幾歲退休？**<br>あなたは、何歳(なんさい)で退職(たいしょく)するつもりですか。 |
| 單字 | **【定年退職】屆法定年齡退休**<br>父(ちち)は、今年(ことし)定年退職(ていねんたいしょく)です。（爸爸今年會退休。） |

## 174

**退休後我打算投身公益。** 退職後(たいしょくご)は、社会福祉活動(しゃかいふくしかつどう)に、打(う)ち込(こ)むつもりです。

| | |
|---|---|
| 衍生 | **退休後，我要遠離城市居住。**<br>退職後(たいしょくご)は、都会(とかい)を離(はな)れるつもりです。 |
| 衍生 | **我希望將來是個天天健康快樂的銀髮族。**<br>将来(しょうらい)は、毎日(まいにち)を元気(げんき)に楽(たの)しく過(す)ごすシニアになりたいです。 |
| Q | **退休後你想做什麼？** あなたは退職後(たいしょくご)、何(なに)をしたいですか。 |
| 單字 | **【離れる】離開** 彼(かれ)は、大学(だいがく)を卒業後(そつぎょうご)、東京(とうきょう)を離(はな)れました。（他大學畢業後，就離開東京了。） |

● つもり（打算）／社会福祉活動（社會公益）／打ち込む（投入、熱衷）／シニア（年長者）／…になりたい（想成為…）

# 32 生涯規畫 擁有房子和車子・環遊世界

## 175

**我希望擁有自己的房子和車子。** 私は、マイホームとマイカーを持ちたいと思います。

| | |
|---|---|
| 相似 | **我不想一直跟父母同住。**<br>私は、いつまでも両親と一緒に住んでいたくないです。 |
| 相似 | **我不想當無殼蝸牛。** 私は、賃貸族をやめたいです。 |
| 衍生 | **有自己的房子，讓我有安定感。**<br>マイホームがあると、安心感が持てます。 |
| Q | **你想跟父母同住嗎？** あなたは、両親と同居したいですか。 |

## 175

**一生中我一定要環遊世界一次。** 一生に一度は、世界一周旅行をしてみたいです。

| | |
|---|---|
| 相似 | **旅行是我的人生中非常重要的事。**<br>旅行は、私の人生で、特別な意味のあることです。 |
| 衍生 | **我希望體驗不同國家的多元文化。**<br>外国で、異文化を体験してみたいです。 |
| 衍生 | **有人騎單車環遊世界。**<br>自転車で、世界を一周する人もいます。 |
| 單字 | **【特別な意味のある】有特殊意義的**<br>結婚記念日は、夫婦にとって、特別な意味のある日です。<br>（結婚紀念日對夫妻來說，是具有特殊意義的一天。） |

● マイホーム（自己的房子）／マイカー（自己的車子）／いつまでも（無論如何都…）／賃貸族（租房一族）／やめたい（想要脫離）／…にとって（對…來說）

## 176

**每月薪水的三分之一我會存起來。** 私は毎月、給料の3分の1を貯金しています。

| | |
|---|---|
| 衍生 | **一半的薪水我要繳貸款。**<br>給料の半分は、ローンの返済に充てなければなりません。 |
| 衍生 | **薪水的四分之一是我的零用錢。**<br>給料の4分の1が、私のお小遣いになります。 |
| Q | **你如何運用薪水？**<br>あなたは、給料をどのように使いますか。 |
| 單字 | **【貯金】儲蓄**<br>私は、貯金がほとんどありません。（我幾乎沒有存款。） |

## 176

**我每個月儲蓄 5000 元。** 私は毎月、5000元貯金しています。

| | |
|---|---|
| 相似 | **我每個月最少儲蓄 8000 元。**<br>私は毎月、8000元は貯金しています。 |
| Q | **你有定存嗎？** あなたは、定期預金をしていますか。 |
| Q | **你一個月存多少錢？**<br>あなたは毎月、いくら貯金していますか。 |
| 單字 | **【定期預金】定存**<br>私は、車を買うために、定期預金を解約しました。<br>（為了買車，我取消銀行定存。） |

● 給料（薪水）／ローンの返済（償還貸款）／充てる（安排）／…なければなりません（必須…）／お小遣い（零用錢）／ほとんど（幾乎）

# 33 理財規畫 投資股票・不懂理財

## 177

**我投資股票。** 私は、株に投資しています。

| | |
|---|---|
| 替換 | **【株】股票，可換成**<br>投資信託（基金）／不動産（房地產） |
| 衍生 | **我做期貨買賣。**<br>私は、先物売買をしています。 |
| 衍生 | **我跟會。**<br>私は、互助会に入っています。 |
| Q | **你做什麼投資？**<br>あなたは、何に投資していますか。 |

## 177

**我完全不懂理財。** 私は、資産運用が、全く分かりません。

| | |
|---|---|
| 相似 | **我只有儲蓄，沒做其他投資。**<br>私は、貯金はしていますが、投資はしません。 |
| 相反 | **我大學就開始投資股票。**<br>私は、大学生のときから、株を始めました。 |
| Q | **你如何理財？**<br>あなたは、資産をどのように運用していますか。 |
| 單字 | **【資産運用】理財**<br>一番おすすめの資産運用は、何ですか。<br>（你最推薦的理財規畫是什麼？） |

● 互助会に入る（跟會）／分かる（了解）／のとき（…的時候）／…から（從…）／おすすめ（推薦）

## 吸收理財資訊・不隨便花錢　理財規畫　33

### 178

**我強迫自己吸收理財資訊。** 私(わたし)は、資産運用情報(しさんうんようじょうほう)に、注意(ちゅうい)するようにしています。

**衍生**　**我相信「你不理財，財不理你」。**

私(わたし)は、「あなたが資産(しさん)を相手(あいて)にしなければ、富(とみ)はあなたを相手(あいて)にしてくれない」という言葉(ことば)を、信(しん)じています。

**衍生**　**理財資訊幫助我做正確的投資。**

私(わたし)は、資産運用情報(しさんうんようじょうほう)を見(み)て、投資判断(とうしはんだん)をしています。

**Q**　**你看理財雜誌嗎？** あなたは、資産運用雑誌(しさんうんようざっし)を読(よ)みますか。

**單字**　**【相手にする】理會**

私(わたし)は、彼女(かのじょ)に何度(なんど)も気持(きも)ちを告白(こくはく)しましたが、彼女(かのじょ)は相手(あいて)にしてくれません。（我跟她告白了好幾次，但她都不理我。）

### 178

**我不隨便花錢。** 私(わたし)は、無駄遣(むだづか)いをしません。

**相反**　**我花錢完全不做規畫。**

私(わたし)は、計画(けいかく)を全(まった)く立(た)てずに、お金(かね)を使(つか)います。

**Q**　**你用錢有計畫嗎？** あなたは、計画的(けいかくてき)にお金(かね)を使(つか)っていますか。

**單字**　**【お金を使う】花錢**　お金(かね)を使(つか)うのは簡単(かんたん)ですが、お金(かね)をためるのは難(むずか)しいです。（花錢容易，存錢難。）

**單字**　**【計画を立てる】規劃**　私(わたし)は、夏休(なつやす)みに台湾(たいわん)を旅行(りょこう)する計画(けいかく)を、立(た)てています。（我規劃暑假到台灣旅遊。）

● …ようにしている（努力、試著…）／気持ち（心情）／無駄遣い（亂花錢）／計画を立てず（不規畫）／お金をためる（存錢）

# 33 理財規畫 依收入規劃支出・每天記帳

## 179

**我根據收入規劃支出。** 私は、収入に見合った支出をします。

| | |
|---|---|
| 相似 | **我絕不會刷爆卡片。** 私は、クレジットカードを限度額まで使ってしまうことは、ありません。 |
| 相似 | **我只做理性的消費。** 私は、よく考えてお金を使います。<br>★★★沒有「私は理性を持って出費します」這樣的表達法。 |
| 單字 | **【収入】收入** 私は、失業中で、収入がありません。（我待業中沒有收入。） |
| 單字 | **【支出】支出** 私は、家計簿をつけて、支出を抑えています。（我記帳控制支出。） |

## 179

**我每天記帳。** 私は、毎日家計簿をつけています。

| | |
|---|---|
| 衍生 | **我很清楚自己花了多少錢。** 私は、自分がいついくら使ったかを、完全に把握しています。 |
| Q | **你每天記帳嗎？** あなたは、毎日家計簿をつけていますか。 |
| Q | **你很清楚錢花到哪裡去了嗎？** あなたは、どんなことにお金を使ったか、はっきりわかりますか。 |
| 單字 | **【はっきり】清楚** あなたは、はっきりとした自分の将来像が、ありますか。（你清楚知道將來要做什麼嗎？） |

● 収入に見合う（和收入平衡）／クレジットカード（信用卡）／家計簿をつける（記帳）／いつ（什麼時候）／いくら（多少錢）／どんなこと（什麼事情）

## 180

**我為自己買保險。** 私(わたし)は、自分(じぶん)に保険(ほけん)をかけています。

**衍生** **保險的理賠金是一種保障。**
保険(ほけん)によって、人生(じんせい)の保障(ほしょう)が得(え)られます。

★★★直譯為「保険金は、一種の保障です」是非常奇怪的日語。

**衍生** **家人可以因為你的保險而受惠。**
家族(かぞく)があなたの保険(ほけん)の恩恵(おんけい)を得(え)ることも、あります。

**Q** **你有買任何保險嗎？** 任意保険(にんいほけん)に加入(かにゅう)していますか。

**單字** **【保険をかける】買保險** 私(わたし)は、美術品(びじゅつひん)に、保険(ほけん)をかけています。（我幫美術品保險。）

## 180

**我把錢全存在銀行。** 私(わたし)は、お金(かね)を銀行(ぎんこう)に預(あず)けています。

**相似** **我把錢存銀行定存。**
私(わたし)は、お金(かね)を定期預金(ていきよきん)で預(あず)けています。

**衍生** **我希望 25 歲能擁有第一個 100 萬元。**
私(わたし)は、２５歳(にじゅうごさい)までに、100万元(ひゃくまんげん)を貯(た)めたいです。

**單字** **【預ける】存款、存放**
私(わたし)は毎月(まいつき)、給料(きゅうりょう)の半分(はんぶん)を、銀行(ぎんこう)に預(あず)けています。
（我每個月將一半薪資存進銀行。）

**單字** **【貯める】儲存**
私(わたし)は、小銭(こぜに)を貯金箱(ちょきんばこ)に貯(た)めています。
（我把零錢存進存錢筒。）

● …によって（依靠、依據…）／…まで（到…時候）／小銭（零錢）

# 33 理財規畫 賺很多錢後退休・不斷想賺錢方法

## 181

**我希望能賺很多錢後退休。** 私（わたし）は、たくさん稼（かせ）いでから、退職（たいしょく）したいです。

| | |
|---|---|
| 衍生 | **我希望靠樂透一夕致富。**<br>私（わたし）は、宝（たから）くじでの一攫千金（いっかくせんきん）を、夢見（ゆめみ）ています。 |
| Q | **你希望（提前）退休時有多少現金？** あなたは、退職（たいしょく）するときに、お金（かね）をどのくらい持（も）っていればいいと思（おも）いますか。 |
| 單字 | **【宝くじ】樂透** 彼（かれ）は、宝（たから）くじで、1000万円（いっせんまんえん）を当（あ）てました。（他中樂透 1000 萬日幣。） |
| 單字 | **【夢見る】做夢、幻想** 私（わたし）は、子供（こども）のころから、歌手（かしゅ）になることを夢見（ゆめみ）ていました。（我從小就夢想當歌手。） |

## 181

**我不斷在想賺錢的好方法。** 私（わたし）はいつも、お金（かね）を儲（もう）けるいい方法（ほうほう）がないかと考（かんが）えています。

| | |
|---|---|
| 相似 | **我希望存款不斷增加。** 私（わたし）は、貯金（ちょきん）をどんどん増（ふ）やしたいです。 |
| 相似 | **「以錢滾錢」才能增加財富。**<br>「金（かね）が金（かね）を産（う）む」状態（じょうたい）にならないと、財産（ざいさん）は増（ふ）えません。 |
| Q | **你有什麼賺錢的好方法嗎？**<br>何（なに）か、お金（かね）を稼（かせ）ぐいい方法（ほうほう）がありますか。 |
| 單字 | **【お金を稼ぐ】賺錢** 私（わたし）は、息子（むすこ）が早（はや）くお金（かね）を稼（かせ）ぐようになってほしいです。（我希望兒子能夠早點獨立賺錢。） |

●…でから（…之後）／一攫千金（一夕致富）／当てる（中獎）／どんどん（不斷）／…にならないと（如果不變成…）／…ようになってほしい（希望變成…）

# 我雙手贊成・我同意了　賛成 34

## 182

**我舉雙手贊成。**　私（わたし）は、両手（りょうて）を挙（あ）げて賛成（さんせい）します。

| | |
|---|---|
| 相似 | **也算我一份！** 私（わたし）も賛成（さんせい）です。 |
| 相似 | **我再同意不過了！** 強（つよ）く同意（どうい）します。 |
| Q | **你贊成嗎？** あなたは賛成（さんせい）ですか。 |
| 單字 | **【挙げる】舉起**<br>賛成（さんせい）の人（ひと）は、手（て）を挙（あ）げてください。（贊成的人請舉手。） |

## 182

**你得到我的同意了。**　私（わたし）は、あなたに同意（どうい）しました。

★★★直譯為「（あなたは）私の同意を得ました。」是非常奇怪的日語。

| | |
|---|---|
| 相似 | **我投你一票。** あなたに一票（いっぴょう）入（い）れます。 |
| 相似 | **就照你說的做吧！**<br>じゃ、あなたの言（い）う通（とお）りにやりましょう。 |
| 單字 | **【入れる】放入、投入**<br>今回（こんかい）の選挙（せんきょ）、どの候補（こうほ）に票（ひょう）を入（い）れますか。<br>（這次選舉你投哪位候選人？） |
| 單字 | **【言う通り】如…所說**<br>先生（せんせい）の言（い）う通（とお）りにやっていれば、間違（まちが）いはないですよ。<br>（照老師說的話做，準沒錯的。） |

● 手を挙げる（舉手）／…てください（請…）／候補（候選人）／間違いはない（沒有錯）

# 34 贊成 當然好・我全力支持

## 183

**當然好啊！** もちろん、いいですよ。

| | |
|---|---|
| 相似 | **漂亮！**<br>素晴らしいです。 |
| 相似 | **就是這樣！**<br>まさに、その通りです。 |
| 相似 | **這真是太棒了！**<br>大変すばらしいです。 |
| Q | **你覺得這樣做好嗎？**<br>こういうやり方で、いいと思いますか。 |

## 183

**我全力支持你。** 私は、あなたを全力で応援します。

| | |
|---|---|
| 相似 | **我會幫你拉票。**<br>私は、あなたの票を、取りまとめます。 |
| 相似 | **我永遠站在你這邊。**<br>私はいつも、あなたの味方です。 |
| Q | **你同意我說的嗎？**<br>私の言う事に、同意できますか。 |
| 單字 | **【味方】夥伴、朋友**<br>あの先生はいつも、弱い者の味方です。<br>（那老師總是幫助弱者。） |

● もちろん（當然）／まさに（的確）／こういう（這樣的）／やり方（做法）／取りまとめる（匯集、聚集）

## 184

**就聽你的！** あなたに従（したが）います。

**相似** **我沒意見。** 私（わたし）は、特（とく）に意見（いけん）はありません。

**相似** **放手做吧！** 躊躇（ちゅうちょ）しないでやってください。

**單字** **【従う】遵從** 社長（しゃちょう）の意見（いけん）には、従（したが）ったほうがいいです。
（最好遵從老闆的建議比較好。）

**單字** **【躊躇】猶豫** 私（わたし）は、彼女（かのじょ）との結婚（けっこん）に、躊躇（ちゅうちょ）しています。
（我正猶豫要不要和她結婚。）

## 184

**這個計畫真完美！** この計画（けいかく）は、本当（ほんとう）に完璧（かんぺき）です。

**相似** **真是超乎我想像的好。**
私（わたし）の想像（そうぞう）をはるかに超（こ）える素晴（すば）らしさです。

**Q** **你覺得這個主意如何？**
あなたは、この考（かんが）えをどう思（おも）いますか。

**單字** **【はるかに】遠遠超過…**
この会社（かいしゃ）は、あの会社（かいしゃ）よりはるかに大（おお）きいです。
（這間公司遠比那間公司大得多。）

**單字** **【超える】超越**
今（いま）のところ、彼（かれ）を超（こ）える投手（とうしゅ）はいません。
（到現在，沒有一位投手能超越他。）

● やってください（請做）／…たほうがいい（最好…比較好）／本当（真的）／完璧（完美）／考え（想法）

# 34 贊成 我沒問題・希望你支持我

## 185

**我這邊完全沒問題。** 私の方は、何も問題ありません。

| | |
|---|---|
| 衍生 | **我一定會全力配合。** 私は、全力で協力します。 |
| Q | **這樣是代表你默許了嗎？**<br>これは、あなたは黙認していると取ってもいいですか。 |
| 單字 | **【何も＋動詞否定形】什麼都不…**<br>このことについては、私は何も知りません。<br>（關於這件事情，我什麼都不知道。） |
| 單字 | **【黙認】默認**<br>私は髪を染めていますが、学校は黙認しています。<br>（我雖然染頭髮，但學校默認、沒有糾正我。） |

## 185

**我希望你能支持我。** あなたが（私を）応援してくれる事を、願います。

| | |
|---|---|
| 相似 | **我希望可以得到你的許可。**<br>あなたが許可してくれる事を、願います。 |
| 相似 | **你贊成我就立刻進行。** あなたが賛成なら、すぐに進めます。 |
| 單字 | **【応援】支持** あなたは、どちらのチームを、応援していますか。（你支持哪一支球隊？） |
| 單字 | **【進める】進行。** 私の会社は、ヨーロッパ進出計画を進めています。（我們公司計畫進入歐洲市場發展。） |

● 願う（希望）／…と取ってもいい（即使理解成…也可以）／このこと（這件事）／…について（關於…）／すぐ（馬上）／チーム（球隊）／ヨーロッパ（歐洲）

**186**

**拜託你點個頭嘛！** 頼(たの)むから、「うん」と言(い)ってくださいよ。

相似 **你就將就一點嘛！** 少(すこ)しは我慢(がまん)してくださいよ。

相似 **大家都說好，你就答應了吧！**
みんないいって言(い)っているし、あなたもいいと言(い)ってくださいよ。

單字 **【頼む】拜託** 頼(たの)むから、授業中(じゅぎょうちゅう)にそばで話(はな)さないでよ。
（拜託你，上課的時候不要在旁邊講話。）

單字 **【我慢】忍耐** 病気(びょうき)が治(なお)るまでは、お酒(さけ)は我慢(がまん)してください。
（為了治病，請你不要喝酒。）

**186**

**你應該會覺得不錯。** あなたはいいと思(おも)うでしょう。

相似 **我相信你會喜歡的。**
あなたが気(き)に入(い)ってくれる自信(じしん)があります。

相似 **我想你會同意的。**
あなたは、同意(どうい)してくれると思(おも)います。

Q **你有什麼看法？** あなたは、どんな意見(いけん)がありますか。

單字 **【意見】建議**
このことについて、第三者(だいさんしゃ)の意見(いけん)が聞(き)きたいです。
（關於這件事，我想聽聽第三個人的意見。）

● うん（點頭的意思）／言ってください（請說）／いい（好）／って言っている（說…前述內容）／そば（旁邊）／話さないで（不要說話）／気に入る（喜歡）

# 35 反對 反對・無法認同

## 187

**我反對。** 私は、反対です。

| | |
|---|---|
| 相似 | **我不會答應的。**<br>承諾する事は、できません。 |
| Q | **你反對嗎？** 反対ですか。 |
| Q | **你為什麼反對？** なぜ反対なんですか。 |
| 單字 | **【承諾する】答應、接受**<br>私は、彼のプロポーズを、承諾しました。<br>（我答應他的求婚了。） |

## 187

**我無法認同。** 私は、同意することはできません。

| | |
|---|---|
| 相似 | **門兒都沒有！** 考えるだけ無駄だよ。 |
| 相似 | **省省力氣吧！**<br>いくらやっても、無理なものは無理なんだよ。 |
| 單字 | **【同意】同意**<br>課長は、私の案に、同意してくれません。<br>（課長不同意我的草案。） |
| 單字 | **【無駄】白費力氣、沒用**<br>あの子に、いくら勉強しろと言っても、無駄です。<br>（不管怎麼叫那孩子讀書，都是白費力氣。） |

● できません（無法）／なぜ（為什麼）／プロポーズ（求婚）／…だけ無駄だ（就算…也是沒用的）／いくらやっても（不管怎麼做）／無理なものは無理なんだ（不可能就是不可能）／…てくれません（不幫我做…事情）

## 188

**我不覺得這是個好點子。** いいアイデアとは思(おも)えません。

| | |
|---|---|
| 相似 | **這個提議真是糟透了！** これは、最高(さいこう)にひどい提案(ていあん)です。 |
| Q | **你不覺得這個點子很棒嗎？**<br>このアイデアは、最高(さいこう)だと思(おも)いませんか。 |
| 單字 | **【最高】很棒、很…**<br>昨日(きのう)のライブは、最高(さいこう)でした。（昨天的演唱會超棒的。） |
| 單字 | **【ひどい】糟糕** あの映画(えいが)は、予想以上(よそういじょう)にひどかったです。（那部電影比想像中糟糕。） |

## 188

**我不想再聽你說下去。** もうこれ以上(いじょう)、あなたの話(はなし)を聞(き)きたくありません。

| | |
|---|---|
| 衍生 | **我不想支持你。** あなたを応援(おうえん)する気(き)は、ありません。 |
| 衍生 | **別想從我這兒得到支持票。**<br>私(わたし)から支持(しじ)を得(え)られると、思(おも)わないでください。 |
| 單字 | **【これ以上】再繼續…** お腹(なか)いっぱいで、これ以上(いじょう)食(た)べられません。（肚子很飽，再也吃不下了。） |
| 單字 | **【気】意願**<br>あまりおいしそうじゃないので、食(た)べる気(き)になりません。（看起來不太好吃，有點不想吃。） |

● アイデア（點子）／ライブ（演唱會）／聞きたくありません（不想聽）／応援する（支持）／得られる（能獲得）／お腹いっぱい（肚子很飽）／あまり（不太…）／おいしそうじゃない（看起來不好吃）

# 35 反對 我怎麼可能答應・你竟然反對？

189

**這種事我怎麼可能會答應呢？** 私（わたし）が、こんな事（こと）を、承知（しょうち）するわけがないでしょう。

| | |
|---|---|
| Q | **難道你不再考慮一下？** 考（かんが）え直（なお）す気（き）は、ないんですか。 |
| 單字 | **【承知する】答應**<br>上司（じょうし）は、「病気（びょうき）になったので2週間（にしゅうかん）休（やす）ませてください」というお願（ねが）いを、承知（しょうち）してくれました。（「我生病了，請讓我休假兩個禮拜」，主管答應我這樣的請求。） |
| 單字 | **【…わけがない】不可能…** 彼（かれ）が、東京大学（とうきょうだいがく）に入（はい）れるわけがありません。（他不可能上得了東京大學。） |
| 單字 | **【考え直す】重新考慮**<br>もともとは、離婚（りこん）しようと思（おも）っていましたが、考（かんが）え直（なお）しました。（本來想離婚，後來又重新考慮了。） |

189

**我不敢相信你竟然反對？** あなたが急（きゅう）に反対（はんたい）するなんて、信（しん）じられません。

| | |
|---|---|
| Q | **你一定要這麼堅持嗎？** そんなに固執（こしつ）する必要（ひつよう）が、あるんですか。 |
| 單字 | **【急に】突然間** さっきまで晴（は）れていたのに、急（きゅう）に雨（あめ）が降（ふ）り始（はじ）めました。（明明剛剛還放晴，突然間開始下雨了。） |
| 單字 | **【固執する】堅持** うちの社長（しゃちょう）はなぜ、新人（しんじん）を採用（さいよう）するときに、高学歴（こうがくれき）に固執（こしつ）するんですか。（為什麼我們老闆堅持用高學歷的新人？） |

● お願い（請求）／…ようと思っている（一直想要…）／信じる（相信）／さっきまで（到剛剛為止）／降り始める（開始下雨）／なぜ（為什麼）

## 190

**我很難過你不認同我。**（あなたが）私に同意してくれないなんて、悲しいです。

| | |
|---|---|
| Q | **你不支持我嗎？** 私を支持してくれないのですか。 |
| Q | **你上回不是贊成嗎？**<br>この前は、賛成じゃありませんでしたか。 |
| Q | **你不喜歡這個提議嗎？** この提案が、気に入らないんですか。 |
| 單字 | **【この前】前一陣子** この前貸した5000円、返してください。（前一陣子借你的五千日幣，請還給我。） |

## 190

**我想你是不會同意的。** あなたは絶対に同意しないと思います。

| | |
|---|---|
| 相似 | **我沒期望能獲得你的支持。**<br>あなたが応援してくれるとは、思っていません。 |
| 衍生 | **你有權說「不」。**<br>あなたには、「No」と言う権利があります。 |
| 單字 | **【権利】權利** 人は皆、生きる権利があります。<br>（每個人都有其生存的權利。） |
| 單字 | **【…てくれる】幫我做…事** 来週の引越しを手伝ってくれる人を、探しています。（我正在找人下禮拜幫我搬家。） |

● 悲しい（難過）／賛成じゃありませんでしたか（之前不是贊成嗎）／気に入らない（不喜歡）／貸す（借）／思っていません（不認為）／返してください（請歸還）／生きる（生存）／引越しを手伝ってくれる（能幫我搬家）／探す（尋找）

# 35 反對 為了反對而反對．反對沒道理

### 191

**請別為反對而反對。** 反対するために反対するのは、めてください。

**衍生** **請給我一個合理的理由。**

もっともな理由を一つ、聞かせてください。

**衍生** **請不要這麼快就說“不”。**

そんなにすぐ、「No」と言わないでください。

**單字** **【もっとも】合理、理所當然** この件では、彼が怒るのも、もっともだと思います。（這件事他會生氣也很合理。）

**單字** **【聞かせる】讓我聽聽…** あなたの意見を、聞かせてください。（請讓我聽聽你的看法。）

### 191

**你的反對完全沒有道理！** あなたが反対するのは、全く筋が通っていません。

**相反** **你的反對有道理。** あなたが反対するのは筋が通っています。

**相似** **你反對的理由很奇怪。** あなたが反対する理由は、変です。

**單字** **【筋】道理** あの先生は、生徒に遅刻するなと言って、自分が遅刻するなんて、全く筋が通っていません。（那位老師叫學生別遲到，自己卻遲到，真是完全沒道理。）

**單字** **【通る】直通、筆直** 彼は、鼻筋が通っていて、とてもハンサムです。（他的鼻子直挺，很帥。）

● ために（為了…）／やめてください（請不要…）／すぐ（馬上）／筋が通る（有道理）／遅刻するな（不准遲到）／鼻筋が通る（鼻子挺）／ハンサム（帥）

## 192

**我有個提議。** 私（わたし）は、提案（ていあん）があります。

| | |
|---|---|
| 相反 | **我沒什麼意見。**<br>特（とく）に、意見（いけん）はありません。 |
| 相似 | **我可以提個意見嗎？** 意見（いけん）を言（い）ってもいいですか。 |
| Q | **你有什麼好建議嗎？** 何（なに）かいい提案（ていあん）がありますか。 |
| 單字 | **【提案】提議、提出意見**<br>社員旅行（しゃいんりょこう）のプランを、提案（ていあん）してください。<br>（有關員工旅遊的行程，請提出自己的意見。） |

## 192

**我想到一個很棒的點子。** 最高（さいこう）のアイデアを、思（おも）いつきました。

| | |
|---|---|
| 相反 | **我想不出什麼好建議。**<br>何（なに）もいいアドバイスを、思（おも）いつきません。 |
| 相似 | **我想這麼做是不是比較好？**<br>こうした方（ほう）がいいと思（おも）うんですが。 |
| Q | **你覺得這個主意如何？**<br>あなたは、この考（かんが）えについて、どう思（おも）いますか。 |
| 單字 | **【思いつく】想到、想出來**<br>この問題（もんだい）のいい解決策（かいけつさく）を、思（おも）いつきました。<br>（我想到好方法來解決這個問題了。） |

● …てもいいですか（可以…嗎）／旅行のプラン（旅遊行程）／最高（很棒）／アイデア（點子）／アドバイス（建議）／この考えについて（關於這個主意）／解決策（解決方法）

# 36 建議 也許行得通・我的意見應該不錯

## 193

**也許這樣行得通。** これなら、いいかもしれません。

| | |
|---|---|
| 相似 | **也許這是最好的辦法。** この方法が、一番いいかもしれません。 |
| 相似 | **何不試試看？** なぜ、やってみないんですか。 |
| Q | **你認為這樣行得通嗎？** これでいいと思っているんですか。 |
| 單字 | **【やってみる】試著去做**<br>できるかできないかは、やってみないと、わかりません。<br>（行不行得通，不試著做看看也不知道。） |

## 193

**我想我的意見應該不錯。** 私の意見は、我ながら、なかなかいいと思います。

| | |
|---|---|
| 相似 | **我等不及要告訴你我的意見。**<br>私は、早くあなたに意見を言いたくて、うずうずしています。 |
| Q | **大家要不要參考一下？**<br>皆さん、参考にしてみてはいかがですか。 |
| 單字 | **【なかなかいい】不錯、相當好**<br>このカメラは、とても安いですが、なかなかいいです。<br>（這台相機雖然很便宜，不過還不錯。） |
| 單字 | **【うずうず】等不及去做…**<br>新しいカメラを買ったので、写真を撮りたくて、うずうずしています。（買了新相機，等不及要去照相。） |

● …かもしれません（也許…）／わかりません（不知道）／我ながら（自己覺得…，表示謙虛的語氣）／いかがですか（如何）／カメラ（相機）／写真を撮りたい（想拍照）

194

**我建議大家先冷靜下來。** 皆さん、まず、冷静になってください。

| | |
|---|---|
| 衍生 | **我建議我們重新規劃。**<br>計画をもう一度立て直すのが、いいと思います。 |
| 衍生 | **我建議先找出失敗的原因。**<br>まず、失敗の原因を分析するのが、大事だと思います。<br>★★★直譯為「原因を見つける」、「原因を探す」都不是很好的日語。 |
| 單字 | **【まず】首先** 私は、うちに帰ったら、まず手を洗います。（我回到家後，先洗手。） |

194

**我想聽聽大家的意見。** みんなの意見を、聞かせてください。

| | |
|---|---|
| 相似 | **大家一起腦力激盪吧！**<br>みんなで、ブレインストーミングをしましょう。 |
| 相似 | **我希望大家都發表意見。**<br>私は、全員が意見を発表してほしいです。 |
| 單字 | **【全員】所有人** 私は、あのバンドの全員のサインを、持っています。（我有那樂團所有人的簽名。） |
| 單字 | **【ブレインストーミング】腦力激盪**<br>ブレインストーミングをして、それぞれが自由に意見を出し合います。（腦力激盪一下，自由提出意見。） |

● もう一度立て直す（再重新計畫一次）／大事（重要）／バンド（樂團）／サイン（簽名）／意見を出し合う（互相提出意見）

# 36 建議 好提議．指出我忽略的問題

## 195

**你的提議真好！** あなたの提案(ていあん)は、素晴(すば)らしいです。

| | |
|---|---|
| 相似 | **你的意見很具體。** あなたの提案(ていあん)は、とても具体的(ぐたいてき)です。 |
| 相似 | **你的建議很有可行性。** あなたの提案(ていあん)には実行性(じっこうせい)があります。 |
| 衍生 | **你的建議解決了大家的難題。**<br>あなたの提案(ていあん)によって、みんなの難題(なんだい)が解決(かいけつ)されました。 |

## 195

**你指出了我忽略的問題。** あなたは、私(わたし)が見落(みお)としていた問題(もんだい)を、指摘(してき)してくれました。

| | |
|---|---|
| 相似 | **你指出了問題的關鍵。**<br>あなたが指摘(してき)したことは、この問題(もんだい)の鍵(かぎ)と言(い)えます。<br>★★★直譯為「あなたは、問題の鍵を指摘しました」是非常奇怪的中式日語。 |
| 單字 | **【見落とし：見落とす的名詞】忽略、疏忽** この品質検査員(ひんしつけんさいん)は、見落(みお)としが多(おお)いです。（那位品管員，紕漏很多。） |
| 單字 | **【指摘する】指出問題**<br>お客(きゃく)に指摘(してき)されて、初(はじ)めてその問題(もんだい)に気(き)がつきました。<br>（直到被顧客指出來，才發現那個問題。） |
| 單字 | **【鍵】關鍵點** 彼(かれ)が、事件解決(じけんかいけつ)の鍵(かぎ)を握(にぎ)っています。<br>（他掌握解決事情的關鍵。） |

● 素晴らしい（很好）／実行性（可行性）／によって（因為）／もっと（更）／…て、初めて（直到…才）／気がつく（發現到）／握る（握有）

## 196

**何不換個方向思考？** 方向(ほうこう)を変(か)えて考(かんが)えてみては、いかがですか。

| | |
|---|---|
| 衍生 | **或許該多聽別人的意見。** もっとたくさんの人(ひと)の意見(いけん)を、聞(き)いた方(ほう)がいいかもしれません。 |
| 衍生 | **找個局外人來問問他的意見，如何？** 第三者(だいさんしゃ)の意見(いけん)を聞(き)いてみるのは、どうでしょうか。 |
| 單字 | **【第三者】局外人** 私(わたし)が間違(まちが)っているのか、相手(あいて)が間違(まちが)っているのか、第三者(だいさんしゃ)の意見(いけん)が聞(き)いてみたいです。（是我弄錯，還是對方弄錯，想聽聽局外人的意見。） |

## 196

**我想我們各做各的好了。** 各自(かくじ)それぞれでやってみるのがいいと思(おも)います。

| | |
|---|---|
| 相反 | **我覺得我們應該分工合作。** 仕事(しごと)を分担(ぶんたん)して、みんなでやるのがいいと思(おも)います。 |
| 衍生 | **我覺得我們最好分頭進行。** みんなで手分(てわ)けしてやるのが、いいと思(おも)います。 |
| 單字 | **【それぞれ】各自** 彼(かれ)らは、それぞれ得意分野(とくいぶんや)を持(も)っています。（那個團隊的隊員每人都有各自拿手的領域。） |
| 單字 | **【得意分野】拿手領域** 彼(かれ)の得意分野(とくいぶんや)は、金融工学(きんゆうこうがく)です。（他拿手的領域是金融工程學。） |

● いかがですか（如何）／…た方がいいかもしれません（…也許比較好）／間違う（弄錯）／聞いてみたい（想聽聽看）／手分けしてやる（分工合作）

# 37 求援／協助 我有麻煩·求求你

## 197

**我有麻煩了！** 面倒(めんどう)な事(こと)が起(お)こりました。

| | |
|---|---|
| 衍生 | **誰來救我！** 誰(だれ)か、助(たす)けてください。 |
| Q | **需要幫忙嗎？** 手伝(てつだ)いましょうか。 |
| 單字 | **【起こる】發生**<br>起(お)こってはならないことが、ついに起(お)こってしまいました。（不該發生的事，最後還是發生了。） |
| 單字 | **【助ける】幫助**<br>彼(かれ)は、暴行(ぼうこう)されている人(ひと)を、助(たす)けました。<br>（他幫助受虐者。） |

## 197

**求求你嘛！** 頼(たの)みますよ。

| | |
|---|---|
| 相似 | **拜託了！** お願(ねが)いします。 |
| 相似 | **我需要有人拉我一把。**<br>私(わたし)を手伝(てつだ)ってくれる人(ひと)が、必要(ひつよう)です。 |
| 單字 | **【頼む】拜託**<br>ちょっと出(で)かけるので、留守番(るすばん)頼(たの)むよ。<br>（我要外出，請你看家囉。） |
| 單字 | **【お願いする】拜託**<br>部屋(へや)の掃除(そうじ)を、お願(ねが)いしてもいい？<br>（可以拜託你幫我打掃房間嗎？） |

● 面倒な事（麻煩事）／手伝う（幫忙）／暴行されている人（受虐者）／出かける（出門）／留守番（看家）／部屋（房間）

## 198

**如果你能幫忙，我會非常感激。** 手伝ってくれるのなら、とても感謝します。

| | |
|---|---|
| Q | **我幫得上忙嗎？** 私で、お役に立てますか。 |
| 單字 | **【手伝う】幫忙** 工場の人手が足らないので、手伝ってくれませんか。（工廠人手不足，你可以幫我嗎？） |
| 單字 | **【感謝する】感謝** あなたは、同僚の好意に、感謝するべきです。（你應該要感謝同事的好意。） |
| 單字 | **【お役に立つ】幫別人的忙** 私でお役に立てるのなら、手伝いますよ。（如果我能夠幫上忙的話，很樂意幫忙。） |

## 198

**我真的走投無路了。** 私は、本当に行き場がありません。

| | |
|---|---|
| 相似 | **我已經絕望了。** 私は、すでに絶望しています。 |
| 衍生 | **你是唯一能幫我的人。** 私を助けてくれる人は、あなただけです。 |
| 單字 | **【行き場】可以採取的方法、去處** 不景気で、大学を卒業する人の5分の1が、行き場がありません。（因為不景氣，五分之一的大學畢業生找不到工作，無處可去。） |
| 單字 | **【助けてくれる】幫助我** 困ったときは、いつも彼が助けてくれます。（有困難的時候，他總會幫助我。） |

● 足らない（不足）／同僚（同事）／…べきです（應該要…）／すでに（已經）／卒業する（畢業）／困る（困難、困擾）／いつも（總是）

# 37 求援／協助 樂意幫忙・能幫忙是我的榮幸

## 199

**我很樂意幫忙。** 喜んでお手伝いします。

| | |
|---|---|
| 相似 | **我可以為你做什麼嗎？** あなたの為に、何か出来ますか。 |
| 相似 | **我想我可以幫得上忙。** 私にも、何か手伝えると思います。 |
| 單字 | **【喜ぶ】樂意** 困ったときは、喜んでお手伝いしますよ。（有困難的話，我很樂意幫忙唷。） |
| 單字 | **【手伝える】能幫忙** 私に手伝えることがあれば、言ってください。（我能幫上忙的話，請儘管說。） |

## 199

**能幫忙是我的榮幸。** 私は、お手伝いができて、光栄に思っています。

| | |
|---|---|
| 相反 | **我不能解決你的問題。** 私には、あなたの問題を解決することは、出来ません。 |
| 衍生 | **我想你會需要這個。** あなたは、これが必要になると思います。 |
| Q | **你願意接受我的幫助嗎？** 私の助けを受けたいと思いますか。 |
| 單字 | **【受ける】接受** うちはお金がないので、親戚の助けを受けて、大学に進学しました。（家裡經濟拮据，所以接受親戚幫忙，進大學讀書。） |

● …為に（為了…）／困る（困難、困擾）／光栄に思っている（感到榮幸）／出来ません（無法）／助け（幫助）／進学する（升學）

## 200

**我不知道該如何幫你。** 私（わたし）は、どのように、あなたを手助（てだす）けすればいいのか、わかりません。

| | |
|---|---|
| 衍生 | **我不覺得你需要我的幫助。**<br>あなたが私（わたし）の助（たす）けを必要（ひつよう）としているとは、思（おも）えません。 |
| 衍生 | **你必須清楚告訴我你的問題。**<br>どんな問題（もんだい）なのか、私（わたし）に教（おし）えてください。 |
| 單字 | **【どのように】該如何…**<br>私（わたし）は、どのように日本語（にほんご）を勉強（べんきょう）すればいいのか、わかりません。（我不知道該如何學好日文。） |

## 200

**請告訴我你的需求。** あなたが何（なに）を求（もと）めているのか、私（わたし）に教（おし）えてください。

| | |
|---|---|
| 相似 | **需要什麼幫助，記得告訴我。**<br>何（なに）か手助（てだす）けが必要（ひつよう）なときは、私（わたし）に言（い）ってください。 |
| 衍生 | **你說什麼我都會盡力而為。**<br>あなたが言（い）う事（こと）なら、何（なん）でも全力（ぜんりょく）を尽（つ）くしてやります。 |
| 單字 | **【求める】要求**　私（わたし）が結婚相手（けっこんあいて）に求（もと）めるものは、やさしさです。（我對結婚對象的要求，就是溫柔。） |
| 單字 | **【尽くす】竭盡**<br>今回（こんかい）の試合（しあい）では、全力（ぜんりょく）を尽（つ）くすことができたので、後悔（こうかい）はありません。（這次比賽盡了全力，所以沒有遺憾。） |

● わかりません（不知道）／思えません（不認為）／教えてください（請說出來）／やさしさ（溫柔）

# 38 決定／決心 無法決定・受影響而改變決定

## 201

**我無法決定。** 私は、決められません。

| | |
|---|---|
| 相似 | **我做不了主！** 私の一存で決めることは、できません。 |
| 衍生 | **交給你決定就行了。** あなたが決めてくれませんか。 |
| Q | **誰能幫我做決定？**<br>誰か、私に代わって、決めてくれますか。 |
| 單字 | **【代わる】代替** 部長に代わって、課長が会議に出席します。（課長將代替經理出席會議。） |

## 201

**我常受別人的影響改變決定。** 私はよく、人の影響を受けて、決定を変えます。

| | |
|---|---|
| 衍生 | **你也太優柔寡斷了。** あなただって、優柔不断ですよ。 |
| 衍生 | **你不該受別人影響而改變決定。** あなたは、人の影響を受けて、決定を変えるべきではありません。 |
| 單字 | **【受ける】接受** 彼の音楽は、ビートルズの影響を受けています。（他的音樂受披頭四影響。） |
| 單字 | **【あなただって】你也…**<br>人のせいにしないでください。あなただって、賛成したじゃないですか。（請不要怪別人，你也贊成的，不是嗎？） |

● 一存（自己個人的意見）／できません（無法）／ビートルズ（披頭四）／人のせいにする（歸咎他人）／…ないでください（請不要…）

需要時間考慮・匆促決定 **決定／決心** **38**

## 202

**我需要時間考慮。** 私は、考える時間が必要です。

| | |
|---|---|
| 相反 | **我連想都不用想就能決定。**<br>私は、考えないでも、すぐに決められます。 |
| Q | **你做出決定了嗎？** 決断を下せますか。 |
| 單字 | **【決断】決定** 彼はついに、離婚を決断しました。<br>（他終於決定要離婚了。） |
| 單字 | **【下す】給予…**<br>裁判所は、彼に、有罪の判決を下しました。<br>（法院判決他有罪。） |

## 202

**你不要匆促下決定。** 慌てて決めないでください。

| | |
|---|---|
| 衍生 | **你還真是速戰速決！** あなたは、本当に速戦即決ですね。 |
| 衍生 | **你的決定太冒險了。** あなたの決断は、危険すぎます。 |
| 單字 | **【慌てる】匆促、趕忙**<br>犯人は、警察を見て、慌てて逃げ出しました。<br>（犯人一見到警察，趕忙逃走了。） |
| 單字 | **【危険】冒險的**<br>この年齢で転職するのは、危険な決断です。<br>（這個年紀轉行，是個很冒險的決定。） |

● 考える（思考）／すぐに決められる（能馬上決定）／決断を下す（做決定）／ついに（終於）／判決を下す（下判決）／逃げ出す（逃走）／転職する（轉行）

# 38 決定／決心 心意已決・說定了

## 203

**我的心意已決。** 私（わたし）の心（こころ）は、もう決（き）まっています。

| | |
|---|---|
| 衍生 | **沒得商量了！** 討論（とうろん）の余地（よち）は、ありません。 |
| 衍生 | **這就是我的決定！** これは、私（わたし）の決定（けってい）です。 |
| Q | **你要不要再考慮一下？**<br>もう少（すこ）し考（かんが）えてみては、いかがですか。 |
| 單字 | **【余地】餘地**<br>私（わたし）は、1校（いっこう）しか受（う）からなかったので、選択（せんたく）の余地（よち）は、ありませんでした。<br>（我只考上一間學校，沒有選擇的餘地。） |

## 203

**就這麼說定了！** 私（わたし）は、こう断言（だんげん）します。

| | |
|---|---|
| 衍生 | **這是我仔細考慮後的決定。**<br>これは、私（わたし）がじっくり考（かんが）えた上（うえ）での決定（けってい）です。 |
| Q | **你確定嗎？** 確（たし）かですか。 |
| 單字 | **【断言】斷言、斷定**<br>彼（かれ）は犯人（はんにん）ではないと、断言（だんげん）できます。<br>（可以斷定他不是犯人。） |
| 單字 | **【動詞た形＋上で】做…之後**<br>彼（かれ）は、家族（かぞく）と話（はな）し合（あ）った上（うえ）で、退学（たいがく）を決（き）めました。<br>（和家人討論後，他決定要休學。） |

● もう（已經）／もう少し（再…一點）／いかがですか（如何）／選択（選擇）／じっくり（仔細地）／確か（確定）／話し合う（討論）／退学（休學）

# 堅持決定・不會後悔　決定／決心　38

## 204

**我會堅持我的決定。** 私(わたし)は、自分(じぶん)の決断(けつだん)を、あくまでも貫(つらぬ)きます。

| | |
|---|---|
| 相似 | **誰都不能改變我的決定！**<br>誰(だれ)も、私(わたし)の決定(けってい)を変(か)えることは、出来(でき)ません。 |
| Q | **你有可能改變決定嗎？** 決定(けってい)を変(か)える可能性(かのうせい)は、ありますか。 |
| 單字 | **【あくまでも】徹底地**　彼(かれ)は、あくまでも、主張(しゅちょう)を貫(つらぬ)きました。（他徹底貫徹自己的主張。） |
| 單字 | **【貫く】貫徹**　彼(かれ)は意志(いし)が強(つよ)い人(ひと)なので、人(ひと)に何(なん)と言(い)われようと、自分(じぶん)の考(かんが)えを貫(つらぬ)きます。（他意志堅定，不管別人說什麼，都會貫徹自己的想法。） |

## 204

**我不會後悔的！**　後悔(こうかい)はしません。

| | |
|---|---|
| 相反 | **我不夠堅持我的想法。**<br>私(わたし)は、自分(じぶん)の考(かんが)えを、通(とお)し切(き)れませんでした。 |
| 衍生 | **看來似乎你心意堅定。**<br>あなたの心(こころ)は、決(き)まっているようですね。 |
| Q | **你不會後悔嗎？** 後悔(こうかい)しませんか。 |
| 單字 | **【通す】堅持**　部長(ぶちょう)は、自分(じぶん)の考(かんが)えを通(とお)してばかりで、他(ほか)の人(ひと)の考(かんが)えには、耳(みみ)を傾(かたむ)けません。（經理只堅持自己的想法，對其他人的意見充耳不聞。） |

● 人に何と言われようと（不管別人說什麼）／心は決まっている（心意堅定）／…ようです（好像…）／ばかり（只…）／耳を傾けません（充耳不聞）

# 39 疑惑／說明 我不懂・想都想不透

205

**我不懂。** わかりません。

| | |
|---|---|
| 相似 | **我不瞭解你在說什麼。**<br>あなたが言っていることが、理解できません。 |
| 相似 | **我真的不明白！**<br>本当にわかりません。 |
| 相似 | **我怎麼都聽不懂？**<br>まったくわからないんだけど。 |
| Q | **你懂嗎？** わかりますか。 |

205

**我怎麼想都想不透。** どう考えても、理解できません。

| | |
|---|---|
| 相似 | **真是難懂！**<br>本当にわかりにくいです。 |
| 衍生 | **我一點頭緒也沒有。**<br>少しも見当がつきません。 |
| Q | **可以告訴我你的問題點嗎？**<br>問題点を、教えてもらえますか。 |
| 單字 | **【見当がつく】有頭緒**<br>病院を開業したいんですが、お金がどのくらい必要か、見当がつきません。<br>（雖然想開一家醫院，但需要多少資本，完全沒有頭緒。） |

● わかりません（不懂）／どう考えても（怎麼想都…）／まったく（完全）／教えてもらえますか（可以告訴我嗎）／病院（醫院）／どのくらい（多少）

## 需要翻譯・誰能說明一下　疑惑／說明 39

### 206

**我想我需要人翻譯。**　通訳が必要だと思います。

| | |
|---|---|
| 相似 | **請用（中文／英文／日文）說明。**<br>（中国語／英語／日本語）で説明してください。 |
| 相似 | **請找會說（中文／英文／日文）的人來。**（中国語／英語／日本語）ができる人を、連れてきてもらえませんか。 |
| Q | **你需要人翻譯嗎？**通訳が必要ですか。 |
| 單字 | **【通訳】口譯**　私は日本語がわからないので、通訳してもらえませんか。（我不懂日文，可以幫我翻譯嗎？） |

### 206

**有誰能說明一下嗎？**　誰か、説明できる人は、いませんか。

| | |
|---|---|
| 相似 | **誰能好心解釋給我聽？**<br>誰か、私に説明してくれる親切な人は、いませんか。 |
| Q | **你希望我怎麼解釋？**どのように説明すれば、いいですか。 |
| 單字 | **【誰か】不確定是否有人**<br>誰か、明日の大掃除を、手伝ってくれる人は、いませんか。（有沒有人明天大掃除可以來幫忙？） |
| 單字 | **【親切】熱心助人**　重い荷物を持って階段を上っていると、親切な人が、手伝ってくれました。（提重物上樓時，有人熱心幫我。） |

● 連れてきてもらえませんか（能找…來嗎）／わからない（不懂）／説明してくれる（幫我說明）／どのように（如何）／手伝ってくれる（幫我忙）／荷物を持つ（提行李）／階段を上る（上樓梯）

# 39 疑惑／說明 太複雜・解釋清楚

207

**怎麼那麼複雜？** 本当(ほんとう)に複雑(ふくざつ)ですね。

| | |
|---|---|
| 衍生 | **我得仔細想想。** 私(わたし)は、じっくり考(かんが)えてみないといけません。 |
| 衍生 | **我想這輩子我都不會明白的！** 私(わたし)は、一生(いっしょう)理解(りかい)できないと思(おも)います。 |
| 衍生 | **你再說一百次我還是不懂！** あなたが100回(ひゃっかい)言(い)ったとしても、私(わたし)はそれでもわからないでしょう。 |
| 單字 | **【じっくり】仔細地** 私(わたし)は、将来(しょうらい)どんな仕事(しごと)をするか、じっくり考(かんが)えてみるつもりです。（我打算仔細試著想想，將來做什麼工作。） |

207

**可以再解釋清楚一點嗎？** もう一度(いちど)、わかりやすく説明(せつめい)してもらえませんか。

| | |
|---|---|
| 相似 | **請你再從頭說明一次。** もう一度(いちど)、説明(せつめい)してもらえませんか。 |
| Q | **我該怎麼說明你才會懂？** どう説明(せつめい)すれば、わかってくれますか。 |
| Q | **我所說的你完全明白了嗎？** 私(わたし)の言(い)っている事(こと)は、よくわかりましたか。 |
| 單字 | **【もう一度】再一次** 明日(あした)もう一度(いちど)、その顧客(こきゃく)のところに行(い)かなければ、なりません。（明天必須再去一次顧客那裡。） |

● …ないといけません（一定得…）／それでも（儘管如此）／わからない（不懂）／どんな仕事（什麼樣的工作）／つもり（打算）／わかりやすく（淺顯易懂地）／よく（完全）／行かなければなりません（必須要去）

## 208

**我想我們有代溝。** 私達(わたしたち)の間(あいだ)には、ジェネレーションギャップがあるように感(かん)じます。

| | |
|---|---|
| 衍生 | **我以為你都懂了！**<br>あなたは全部(ぜんぶ)わかっていると思(おも)っていました。 |
| 衍生 | **我以為我已經說得夠簡單了！**<br>私(わたし)は、自分(じぶん)の説明(せつめい)は、十分易(じゅうぶんやさ)しいと思(おも)っていました。 |
| 衍生 | **我換個方式講好了。** 言(い)い方(かた)を変(か)えて話(はな)します。 |
| 單字 | **【易しい】簡單、易懂**<br>この参考書(さんこうしょ)は、説明(せつめい)が易(やさ)しいので、おすすめです。<br>（這本參考書的講解易懂，推薦給你。） |

## 208

**要不要我再說一次？** もう一度言(いちどい)いましょうか。

| | |
|---|---|
| 衍生 | **我再加些補充好嗎？** 補足(ほそく)を付(つ)け加(くわ)えてもいいですか。 |
| 衍生 | **需要我把它簡化嗎？**<br>私(わたし)がそれを、簡略化(かんりゃくか)しなければ、なりませんか。 |
| 衍生 | **我再說最後一次！** これで、言(い)うのは最後(さいご)ですからね。 |
| 單字 | **【付け加える】補充** 説明(せつめい)が足(た)らないので、もう少(すこ)し付(つ)け加(くわ)えてください。（說明不夠，請再補充一點。） |

● ジェネレーションギャップ（代溝）／…ように感じる（覺得…）／わかっている（早就知道了）／言い方（說話方式）／補足（補充說明）／…しなければなりませんか（必須要…嗎）／足らない（不夠）

# 40 起床 7點起床・習慣早起

## 209

**我通常 7 點起床。** 私は普段、7時に起きます。

**相似** **我通常在 8 點到 8 點半之間起床。**
私は普段、8時から8時半の間に起きます。

**衍生** **我必須 6 點起床才能來得及上班。**
私は、6時に起きないと、始業時間に間に合いません。

★★★後半段直接譯為「仕事に間に合いません」不太好，日語應該用上述的說法。

**Q** **你通常幾點起床？** あなたは普段、何時に起きますか。

**單字** **【間に合いません】來不及**
そんなにゆっくりやっていたら、納期に間に合いませんよ。（做那麼慢的話，會趕不及交貨期限唷。）

## 209

**我習慣早起。** 私はいつも、早起きです。

**相反** **我習慣晚起。** 私はいつも、遅く起きます。

**相反** **我習慣睡到自然醒。** 自然に目が覚めるまで眠ります。

**Q** **你一向早起嗎？你一向晚起嗎？** あなたはいつも、早起きですか。あなたはいつも、遅く起きますか。

**單字** **【目が覚める】醒來** 今朝は、悪夢で目が覚めました。（今天早上因為噩夢而醒來。）

● 起きる（起床）／普段（通常）／始業時間（上班時間）／納期（交貨期限）／いつも（一向）／…まで眠る（睡覺睡到…）

210

**我喜歡賴床。** 私は、ベッドでだらだらするのが好きです。

| | |
|---|---|
| 相似 | **我常因為賴床而遲到。** 私はいつも、起きるまでベッドでだらだらしているので、遅刻します。 |
| Q | **你會賴床嗎？** あなたは、ベッドでだらだらしますか。 |
| 單字 | **【ベッド】西式床鋪**<br>私は、ベッドは使わず、畳の上に布団を敷いて寝ます。（我不睡床，在榻榻米上鋪被子睡覺。） |
| 單字 | **【だらだらする】磨蹭、鬼混** 毎日うちでだらだらしていると、夏休みはあっという間に過ぎてしまいますよ。（每天在家鬼混的話，暑假一眨眼就過去了唷。） |

210

**我早上都會自己醒來。** 私は朝、自然に目が覚めます。

| | |
|---|---|
| 相反 | **我一定要別人叫我起床。**<br>私は、人に起こしてもらわないと、起きられません。 |
| Q | **你早上會自己醒來嗎？** あなたは、朝自分で起きられますか。 |
| Q | **家人會叫你起床嗎？**<br>家家族が、あなたを起こしてくれますか。 |
| 單字 | **【起こす】叫…起床**<br>すみませんが、朝の8時に起こしてもらえませんか。（不好意思，可以請你明天早上八點叫我起床嗎？） |

● 遅刻する（遲到）／畳（榻榻米）／布団を敷く（鋪被子）／ちゃんと（好好地）／夏休み（暑假）／あっという間に（一眨眼的時間）／起きられません（起不來）

# 40 起床 需要鬧鐘・被吵醒

## 211

**我需要鬧鐘叫我起床。** 私は、起きるのに、目覚まし時計が必要です。

| | |
|---|---|
| 衍生 | **早上我都用手機鬧鐘叫我起床。**<br>私は毎朝、携帯のアラームで起きます。 |
| 衍生 | **鬧鐘根本叫不醒我。**<br>私は、目覚まし時計のアラームでは絶対に起きられません。 |
| 單字 | **【目覚まし時計】鬧鐘**<br>妹は、目覚まし時計が鳴ると、止めてまた寝てしまいます。（鬧鐘一響，妹妹按掉後又繼續睡。） |
| 單字 | **【アラーム】鈴聲**<br>目覚まし時計をセットしていたのに、アラームが鳴りませんでした。（明明有設鬧鐘，可是鈴聲沒有響。） |

## 211

**我常被隔壁鄰居吵醒。** 隣の部屋の人がうるさくて、いつも目が覚めてしまいます。

| | |
|---|---|
| 相反 | **我一覺到天亮。** 私は、夜が明けるまでぐっすり眠ります。 |
| 衍生 | **夏天我通常是被熱醒的。** 夏は、暑くていつも目が覚めます。 |
| Q | **你常被吵醒嗎？** あなたはよく、物音で起きますか。 |
| 單字 | **【覚める】醒來** 夜中に目が覚めてしまい、寝られなくなることが、よくあります。（半夜醒來後，常變得睡不著。） |

● …のに（明明…）／携帯（手機）／起きられません（起不來）／また（又）／セット（設定）／夜が明ける（天亮）／よくある（常常有）

# 誰都叫不醒・睡到很晚　起床　40

## 212

**我一睡著誰都叫不醒我。** 私(わたし)が寝(ね)てしまうと、誰(だれ)も起(お)こすことは出来(でき)ません。

| | |
|---|---|
| 衍生 | **你應該多準備幾個鬧鐘。**<br>あなたは、目覚(めざ)まし時計(どけい)を何個(なんこ)も置(お)いておいたほうが、いいですね。 |
| Q | **你用鬧鐘嗎？** あなたは、目覚(めざ)まし時計(どけい)を使(つか)っていますか。 |
| Q | **你沒聽到鬧鐘響嗎？**<br>目覚(めざ)まし時計(どけい)の音(おと)が、聞(き)こえませんでしたか。 |
| Q | **鬧鐘叫得醒你嗎？**<br>あなたは、目覚(めざ)まし時計(どけい)の音(おと)で、起(お)きられますか。 |

## 212

**假日我睡到很晚。** 休(やす)みの日(ひ)は、遅(おそ)くまで寝(ね)ています。

| | |
|---|---|
| 相反 | **有時候，假日反而比平常早起。**<br>休(やす)みの日(ひ)のほうが、早(はや)く目(め)が覚(さ)めることもあります。 |
| 相似 | **假日我晚睡晚起。** 休(やす)みの日(ひ)は、遅(おそ)く寝(ね)て、遅(おそ)く起(お)きます。 |
| Q | **假日你都睡到自然醒嗎？**<br>休(やす)みの日(ひ)は、自然(しぜん)に目(め)が覚(さ)めるまで寝(ね)ていますか。 |
| Q | **你都睡到這麼晚嗎？**<br>いつも、こんなに遅(おそ)くまで寝(ね)ているんですか。 |

● 起こす（叫…起床）／出来ません（無法）／何個も（好幾個）／置いておいたほうがいいです（準備…比較好）／聞こえません（沒聽見）／休みの日（假日）／遅くまで寝ている（睡到很晚）／いつも（一向）

# 40 起床 必須早起・不折被子

## 213

**我明天必須早起。** 明日は、早く起きなければなりません。

**相反**

**我明天可以睡晚一點。**

明日は、そんなに早く起きなくてもいいです。

★★★如果譯為「私は、明日は遅くまで寝ていられます」意思變成「我明天可以睡到很晚」。如果譯為「私は、明日はすこし遅くまで寝ていられます」是很奇怪的日語。

**相似**

**我明天必須提早 20 分鐘起床。**

明日は、２０分ぐらい早く起きなければなりません。

**Q**

**你要我叫你起床嗎？** 明日、私が起こしましょうか。

**單字**

**【動詞ます形＋しましょうか】做…好嗎** お金がないのでしたら、私が貸しましょうか。（沒錢的話，要我借你嗎？）

## 213

**我從不折被子。** 私は、布団を畳んだことがありません。

**相似**

**我覺得根本不需要折被子。**

私は、布団を畳む必要はないと思います。

**衍生**

**我的床鋪總是一團亂。** 私の寝床は、ぐちゃぐちゃです。

**Q**

**你每天折被子嗎？** あなたは、毎日布団を畳みますか。

**單字**

**【畳む】折** Ｔシャツを、畳んでタンスにしまいます。（把 T 恤折好收進衣櫃裡。）

● …なければなりません（必須要…）／…なくてもいいです（不用…也沒關係）／ぐらい（大約）／布団（被子）／寝床（床鋪）／ぐちゃぐちゃ（一團亂）／Tシャツ（Ｔ恤）／タンスにしまう（收進衣櫃裡）

# 10點就寢・睡足8小時 睡眠 41

## 214

**我晚上10點就寢。** 私は夜、10時に寢ます。

| | |
|---|---|
| 衍生 | **我晚上盡量不超過12點睡覺。**<br>私は、なるべく12時より前に寝るようにしています。 |
| 衍生 | **我習慣（晚睡／早睡）。**<br>私はいつも、（夜更かしします／早く寝ます）。 |
| Q | **你通常幾點睡覺？** あなたは普段、何時に寝ますか。 |
| 單字 | **【夜更かし】晚睡**<br>夏休みなので、夜更かしばかりしています。<br>（因為是暑假，幾乎都很晚睡。） |

## 214

**我每天睡足8小時。** 私は毎日、8時間以上寝ています。

| | |
|---|---|
| 相反 | **我每天睡不到5個小時。**<br>私は毎日、睡眠時間は5時間以下です。 |
| 衍生 | **沒事的話我可以睡一整天。**<br>用事がなければ、私は一日中寝ていることもあります。 |
| Q | **你一天睡幾個小時？** あなたは、1日何時間寝ますか。 |
| 單字 | **【用事】有事**<br>今日は用事があるので、早く帰ってもいいですか。<br>（我今天有事，可以早點回家嗎？） |

● 12時より前（12 點之前）／寝る（睡覺）／なるべく…ようにしている（努力做到…）／…ばかりしている（幾乎都…）／…てもいいですか（可以…嗎）

# 41 睡眠 睡前喝牛奶・經常失眠

## 215

**我睡前會喝杯牛奶。** 私（わたし）は寝（ね）る前（まえ）に、牛乳（ぎゅうにゅう）を飲（の）みます。

| | |
|---|---|
| 替換 | **【牛乳】牛奶，可換成**<br>ぬるま湯（ゆ）（溫開水）／オートミール（麥片） |
| 相反 | **我睡前從不吃東西。**<br>私（わたし）は、寝（ね）る前（まえ）には、決（けっ）して何（なに）も食（た）べません。 |
| 衍生 | **我習慣聽音樂幫助入睡。**<br>私（わたし）はいつも、音楽（おんがく）を聴（き）きながら寝（ね）ます。 |
| 單字 | **【飲む】喝**<br>私（わたし）は毎朝（まいあさ）、欠（か）かさず牛乳（ぎゅうにゅう）を飲（の）みます。<br>（我每天一定都會喝牛奶。） |

## 215

**我經常失眠。** 私（わたし）は、不眠症（ふみんしょう）です。

| | |
|---|---|
| 相反 | **我不曾失眠。** 私（わたし）は、眠（ねむ）れないことがありません。 |
| Q | **你為了失眠而煩惱嗎？**<br>あなたは、不眠（ふみん）に悩（なや）んでいますか。 |
| Q | **你習慣吃安眠藥入眠嗎？**<br>あなたは、睡眠薬（すいみんやく）を常用（じょうよう）していますか。 |
| 單字 | **【…に悩む】為了…而煩惱**<br>私（わたし）は、慢性頭痛（まんせいずつう）に悩（なや）んでいます。<br>（我有慢性頭痛的毛病。） |

● 決して…ません（絕對不…）／音楽を聴きながら（一邊聽音樂）／欠かさず（一定）／眠れない（睡不著）／不眠（失眠）／睡眠薬（安眠藥）

## 容易入睡・常作夢　睡眠　41

### 216

**我很容易入睡。**　私(わたし)は、寝(ね)つきがいいです。

| | |
|---|---|
| 衍生 | **我的睡眠品質（很好／不好）。**<br>私(わたし)はいつも、眠(ねむ)りが（深(ふか)い／浅(あさ)い）です。 |
| Q | **你的睡眠品質好嗎？**<br>あなたはいつも、眠(ねむ)りが深(ふか)いですか。 |
| Q | **你容易入睡嗎？**<br>あなたは、寝(ね)つきがいいですか。 |
| 單字 | **【寝つき】入睡**<br>私(わたし)は、寝(ね)つきが悪(わる)くて、困(こま)っています。<br>（我不容易入睡，很困擾。） |

### 216

**我睡覺常作夢。**　私(わたし)はいつも、眠(ねむ)っているときに夢(ゆめ)を見(み)ます。

| | |
|---|---|
| 相反 | **我不常作夢。**<br>私(わたし)は、眠(ねむ)っているときに、あまり夢(ゆめ)を見(み)ません。 |
| 衍生 | **我最近常做惡夢。**<br>私(わたし)はこのごろ、よく悪夢(あくむ)を見(み)ます。 |
| Q | **你常作夢嗎？**　あなたは、よく夢(ゆめ)を見(み)ますか。 |
| 單字 | **【夢を見る】作夢**<br>私(わたし)は、怖(こわ)い夢(ゆめ)を見(み)たとき、必(かなら)ず目(め)が覚(さ)めます。<br>（我一作惡夢，一定都被嚇醒。） |

● 寝つきが悪い（不容易入睡）／困っている（覺得困擾）／あまり…ません（不太…）／このごろ（最近）／よく（經常）／目が覚める（醒來）

# 41 睡眠 容易被吵醒・打鼾

## 217

**我很容易被吵醒。** 私は、物音ですぐ起きます。

| | |
|---|---|
| 相反 | **我都是一覺到天亮。** 私は、朝までぐっすり眠れます。 |
| Q | **你容易被吵醒嗎？**<br>あなたは、少しの物音でも起きてしまいますか。 |
| 單字 | **【ぐっすり】睡得很熟**<br>昨日は、ぐっすり眠れました。（我昨天睡得很熟。） |
| 單字 | **【少しの】一點點的**<br>この２つの製品は、性能的には少しの違いしかありません。（這兩項產品，功能上只有些許差異。） |

## 217

**我睡覺會打鼾。** 私は、寝ているときに、いびきをかきます。

| | |
|---|---|
| 衍生 | **我不知道我睡覺會不會打鼾。** 私は、寝ているときに、いびきをかいているのかどうか、わかりません。 |
| 衍生 | **我的睡相不好看。** 私は、寝相が悪いです。 |
| Q | **你睡覺會打鼾嗎？** あなたは、いびきをかきますか。 |
| 單字 | **【いびきをかく】打鼾**<br>私は、いびきをかくので、社員旅行に行くのが、恥かしいです。<br>（因為我會打鼾，去員工旅遊的話，會覺得不好意思。） |

● すぐ（馬上）／少しの物音でも…（連一點點的聲音都…）／起きてしまう（醒來）／少しの違いしかありません（只有些許差異）／…かどうか、わかりません（不知道會不會…）／寝相が悪い（睡相差）／恥かしい（害羞、不好意思）

## 218

**我習慣裸睡。** 私(わたし)はいつも、裸(はだか)で寝(ね)ます。

| | |
|---|---|
| 相反 | **我不習慣裸睡。**<br>私(わたし)は、裸(はだか)で寝(ね)ることに、違和感(いわかん)があります。 |
| 衍生 | **聽說裸睡較健康。**<br>裸(はだか)で寝(ね)るのは、健康(けんこう)にいいそうです。 |
| Q | **你會裸睡嗎？** あなたは、裸(はだか)で寝(ね)ますか。 |
| 單字 | **【裸】裸體** 火事(かじ)になったので、裸(はだか)のまま逃(に)げました。<br>（失火了，所以就光著身子逃出來。） |

## 218

**我習慣開著燈睡覺。** 私(わたし)はいつも、電気(でんき)をつけたまま寝(ね)ます。

| | |
|---|---|
| 相反 | **我睡覺完全不開燈。**<br>私(わたし)は、部屋(へや)を真(ま)っ暗(くら)にして寝(ね)ます。 |
| 相似 | **我開夜燈睡覺。**<br>私(わたし)は、ナイトライトをつけて寝(ね)ます。 |
| Q | **你開著燈睡覺嗎？** あなたは、電気(でんき)をつけたまま寝(ね)ますか。 |
| 單字 | **【電気】電燈**<br>電気(でんき)を消(け)すのを忘(わす)れて外出(がいしゅつ)しました。<br>（忘記關電燈就出門了。） |

● 違和感がある（不適應、不協調的感覺）／…そうです（聽說…）／火事になった（失火）／真っ暗（一片黑暗）／ナイトライト（夜燈）／電気をつける（開燈）／電気を消す（關燈）

# 41 睡眠 經常熬夜・嚴重睡眠不足

## 219

**我經常熬夜。** 私（わたし）はよく、徹夜（てつや）します。

| | |
|---|---|
| 相反 | **我從不熬夜。**<br>私（わたし）は決（けっ）して、徹夜（てつや）はしません。 |
| 衍生 | **我這陣子經常熬夜。**<br>私（わたし）はこのごろ、よく徹夜（てつや）します。 |
| 衍生 | **我一熬夜，隔天精神就不好。**<br>私（わたし）は、徹夜明（てつやあ）けは、元気（げんき）が出（で）ません。 |
| Q | **你常熬夜嗎？**<br>あなたはよく、徹夜（てつや）しますか。 |

## 219

**我嚴重睡眠不足。** 私（わたし）は、ひどい睡眠不足（すいみんぶそく）です。

| | |
|---|---|
| 相似 | **我忙到沒時間睡覺。**<br>私（わたし）は、忙（いそが）しくて、寝（ね）る時間（じかん）がありません。 |
| 衍生 | **白天我經常打瞌睡。**<br>私（わたし）はよく、昼間（ひるま）に居眠（いねむ）りします。 |
| Q | **你睡眠不足嗎？** あなたは、睡眠不足（すいみんぶそく）ですか。 |
| 單字 | **【ひどい】嚴重地**<br>ひどい頭痛（ずつう）がするので、早退（そうたい）してもいいですか。<br>（我的頭很痛，可以讓我提早走嗎？） |

● 徹夜（熬夜）／決して…ません（絕對不…）／徹夜明け（熬夜後的隔天）／元気が出ません（沒精神）／居眠りする（打瞌睡）／…てもいいですか（可以…嗎）

220

**我重視肌膚保養。** 私は、スキンケアに力を入れています。

衍生 **我重視保養品的成分。**
私は、スキンケア用品の成分を、とても気にします。

Q **你怎麼保養皮膚？**
あなたは、どうやって、スキンケアをしますか。

單字 **【力を入れる】重視**
あの高校では、英語の教育に力を入れています。
（那所高中重視英文教育。）

單字 **【気にする】在意、重視**
彼はいつも、髪型を気にします。
（他一向在意自己的髮型。）

220

**我每週用面膜敷臉。** 私は毎週、美顔パックをします。

衍生 **我自製美容面膜。** 私は、自分で美顔パックを作ります。

衍生 **我定期做皮膚去角質。**
私は定期的に、肌の角質除去をしています。

Q **你定期敷臉嗎？** あなたは、定期的にパックをしますか。

單字 **【パック】面膜**
私は、鼻パックで毛穴の黒ずみを取り除きます。
（我用妙鼻貼去除粉刺。）

● スキンケア（皮膚保養）／とても（非常）／いつも（一向）／角質除去をする（去角質）／毛穴の黒ずみ（粉刺）／取り除く（去除）

# 42 美容 出門一定防曬・加強保濕

## 221

**夏天出門一定要做好防曬。** 夏(なつ)は、外出(がいしゅつ)するときに、UV(ユーブイ)ケアが必要(ひつよう)です。

相似　**夏天出門我一定擦防曬乳。** 夏(なつ)は、外出(がいしゅつ)するときに、必(かなら)ず日焼(ひや)け止(ど)めを塗(ぬ)って出(で)かけます。

衍生　**紫外線會造成皮膚老化。** 紫外線(しがいせん)は、肌(はだ)を老化(ろうか)させます。

衍生　**紫外線也會導致皮膚癌。**
紫外線(しがいせん)は、皮膚(ひふ)がんを引(ひ)き起(お)こすこともあります。

單字　**【日焼け止め】防曬乳**　日焼(ひや)け止(ど)めは、2時間ごとに、塗(ぬ)りなおさなければなりません。（防曬乳每兩小時就得補擦。）

## 221

**冬天我會加強皮膚保濕。** 冬(ふゆ)は、肌(はだ)の保湿(ほしつ)を心(こころ)がけます。

衍生　**冬天時，皮膚容易乾燥脫皮。**
冬(ふゆ)は、肌(はだ)が乾燥(かんそう)して、皮(かわ)が剥(む)けやすいです。

衍生　**冬天時，我擦護唇膏避免嘴唇乾裂。**
冬(ふゆ)は、リップクリームを塗(ぬ)って、唇(くちびる)の乾燥(かんそう)を防(ふせ)ぎます。

單字　**【心がける】注意**　私(わたし)たちの店(みせ)では、丁寧(ていねい)な接客(せっきゃく)を心(こころ)がけています。（我們店裡重視有禮貌的服務態度。）

單字　**【接客】對待客人**　モスバーガーは、接客態度(せっきゃくたいど)がなかなかいいです。（摩斯漢堡的服務相當好。）

● UVケア（防曬）／塗る（塗抹）／皮膚がんを引き起こす（導致皮膚癌）／…ごとに（每…）／塗りなおさなければなりません（一定要補擦）／皮が剥けやすい（容易脫皮）／リップクリーム（護唇膏）／丁寧な（禮貌的）

## 222

**我很喜歡做 SPA。** 私は、ビューティースパがとても好きです。

| | |
|---|---|
| 衍生 | **SPA 是一種新興的美容療程。** ビューティースパとは、最近になって現れた、新しいタイプの美容コースのことです。 |
| 衍生 | **SPA 有全身療程與局部療程。** ビューティースパには、全身コースと、部分コースがあります。 |
| Q | **你做過 SPA 嗎？** あなたは、ビューティースパに行ったことがありますか。 |
| 單字 | **【こと】指前述的事情** ＥＴＣとは、高速道路で料金を自動的に支払いできるシステムのことです。（ETC是一種能夠在高速公路上自動繳過路費的系統。） |

## 222

**我每天徹底卸妝。** 私は毎日、徹底的に化粧を落とします。

| | |
|---|---|
| 相反 | **我覺得卸妝是件非常麻煩的事。** 化粧を落とすのは、とても面倒なことだと思います。 |
| 衍生 | **臉上殘留彩妝，非常傷害皮膚。** 化粧が残っていると、肌にとても悪いです。 |
| Q | **你如何卸妝？** あなたは、どうやって化粧を落としますか。 |
| 單字 | **【落とす】清除** 服に付いた油汚れは、落とすのが大変です。（清除衣服上的油垢不容易。） |

● ビューティースパ（SPA）／現れる（出現）／タイプ（類型）／コース（療程）／支払いできる（能夠支付）／システム（系統）／…に付く（附著於…）／大変（麻煩）

# 42 美容 早晚洗臉・每天喝水 3000c.c

## 223

**我早晚洗臉一次。** 私(わたし)は、朝(あさ)と晩(ばん)に顔(かお)を洗(あら)っています。

衍生 **避免毛孔粗大，我只用冷水洗臉。**
毛穴(けあな)が開(ひら)かないよう、私(わたし)は冷(つめ)たい水(みず)で顔(かお)を洗(あら)います。

衍生 **你應該用溫水或冷水洗臉。**
あなたは、ぬるま湯(ゆ)か水(みず)で顔(かお)を洗(あら)うほうがいいでしょう。

單字 **【開く】張開** お風呂(ふろ)に入(はい)ると、毛穴(けあな)が開(ひら)きます。
（洗澡時，毛細孔會張開。）

單字 **【ぬるま湯】溫水**
薬(くすり)を飲(の)みたいので、ぬるま湯(ゆ)をください。
（我想吃藥，請給我一杯溫水。）

## 223

**為了美容，我每天喝水3000c.c。** 私(わたし)は、美容(びよう)のために、毎日3000ＣＣ(まいにちさんぜんシーシー)の水(みず)を飲(の)みます。

替換 **【水】水，可換成** 絞(しぼ)りたてのジュース（現榨的果汁）

衍生 **為了美容，我不熬夜不抽煙。**
私(わたし)は美容(びよう)のために、徹夜(てつや)や喫煙(きつえん)はしません。

衍生 **抽煙會導致皮膚老化。** 喫煙(きつえん)は、肌(はだ)の老化(ろうか)を促進(そくしん)します。

衍生 **熬夜是美容大敵。** 夜更(よふ)かしは、美容(びよう)の大敵(たいてき)です。

● 毛穴（毛細孔）／開かないよう（避免張開）／…ほうがいいでしょう（最好…比較好吧）／お風呂に入る（洗澡）／薬を飲みたい（想吃藥）／…ください（請給我…）／…ために（為了…）／徹夜（徹夜未眠）／夜更かし（晚上很晚睡）

## 224

**我挑選適合自己膚質的保養品。** 私は、自分の肌に合ったスキンケア用品を、選んでいます。

| | |
|---|---|
| 衍生 | **我沒有固定用哪一個品牌的保養品。** 私は、特定の愛用しているスキンケア用品ブランドは、ありません。 |
| 衍生 | **選擇適合自己的保養品最重要。** 自分に適したスキンケア用品を選ぶことが、一番大切です。 |
| Q | **你用哪一個品牌的保養品？** あなたは、どのブランドのスキンケア用品を、使っていますか。 |
| 單字 | **【…に合う】適合…** この化粧品は、私の肌に合わないようです。（我的皮膚不適合用這化妝品。） |

## 224

**我用瘦身霜減肥。** 私は、ダイエットクリームで、ダイエットしています。

| | |
|---|---|
| 衍生 | **聽說瘦身霜根本沒有減肥功效。** ダイエットクリームは、まったく効果がないそうです。 |
| 衍生 | **某一位知名藝人替瘦身霜代言。** ある芸能人が、ダイエットクリームのイメージガールをしています。 |
| 單字 | **【効果】效果** いろいろなダイエットを試してみましたが、あまり効果がありませんでした。（各種減肥方式都試過了，但都沒什麼效果。） |

● ブランド（品牌）／ダイエットクリーム（瘦身霜）／ダイエットする（減肥）／まったく（完全）／…そうです（聽說…）／イメージガールをする（當產品代言人）

# 42 美容 美容門診生意興隆・微整形流行

225

**最近，皮膚科的美容門診生意興隆。** 最近、美容皮膚科が大人気のようです。

衍生 **有些皮膚科醫師會向病患推銷美容保養品。** 美容スキンケア用品を患者に売りつける皮膚科の医師も、います。

單字 **【売りつける】推銷** 私は、訪問販売員に、英語の教材を売りつけられました。（到府銷售員強迫推銷我英語教材。）

單字 **【改善】改善** 食事に気をつけていたら、貧血がだんだん改善されました。（我注意飲食後，貧血漸漸改善。）

225

**現在非常流行「微整形」。** 最近は、プチ整形がはやっています。

相似 **許多人藉由小手術改變外貌。** ちょっとした手術を受けて、顔を変えてしまう人も、たくさんいます。

衍生 **每個人都希望更美更年輕。**

だれもが、もっと美しく、もっと若くなりたいです。

單字 **【顔を変える】改變外貌** 親からもらった顔を変えることに、抵抗がある人も、たくさんいます。（對於改變父母所給予的外貌這件事，許多人是抗拒的。）

● スキンケア用品（保養品）／プチ整形（微整形）／はやっている（正在流行）／ちょっとした手術（小手術）

## 226

**我每天運動。** 私(わたし)は、毎日運動(まいにちうんどう)をします。

| | |
|---|---|
| 相反 | **我很少運動。** 私(わたし)は、運動(うんどう)をほとんどしません。 |
| 衍生 | **我每週運動 3 次。** 私(わたし)は、週(しゅう)に3回運動(さんかいうんどう)します。 |
| Q | **你每週運動幾次？**<br>あなたは、週(しゅう)に何回運動(なんかいうんどう)をしますか。 |
| 單字 | **【ほとんど】大部分**<br>私(わたし)は、予習復習(よしゅうふくしゅう)をほとんどしません。<br>（我很少預習跟複習作業。） |

## 226

**我（喜歡／討厭）運動。** 私(わたし)は、運動(うんどう)が（好(す)き／嫌(きら)い）です。

| | |
|---|---|
| 衍生 | **我天天（慢跑／游泳）。**<br>私(わたし)は、毎日(まいにち)（ジョギング／水泳(すいえい)）をします。 |
| 衍生 | **游泳是我最喜歡的運動。**<br>水泳(すいえい)は、私(わたし)が最(もっと)も好(す)きなスポーツです。 |
| Q | **你喜歡運動嗎？**<br>あなたは、スポーツが好(す)きですか。 |
| Q | **你喜歡慢跑嗎？**<br>あなたは、ジョギングが好(す)きですか。 |

● 週に 3 回（每週 3 次）／ほとんど…ません（很少…）／スポーツ（運動）

# 43 運動 運動神經發達・球類是強項

## 227

**我的運動神經很發達。** 私(わたし)は、運動神経(うんどうしんけい)が非常(ひじょう)にいいです。

| | |
|---|---|
| 相反 | **我是個運動白癡。**<br>私(わたし)は、運動神経(うんどうしんけい)が悪(わる)いです。 |
| Q | **你的運動神經好嗎？**<br>あなたは、運動神経(うんどうしんけい)がいいですか。 |
| Q | **你以前是田徑隊嗎？**<br>あなたは昔(むかし)、陸上部員(りくじょうぶいん)でしたか。 |
| 單字 | **【…部員】…社的社員**<br>私(わたし)は昔(むかし)、水泳部員(すいえいぶいん)でした。（我以前是游泳社社員。） |

## 227

**球類運動是我的強項。** 私(わたし)は、球技(きゅうぎ)が得意(とくい)です。

| | |
|---|---|
| 衍生 | **我喜歡各種球類運動。**<br>私(わたし)は、いろいろな球技(きゅうぎ)が好(す)きです。 |
| 衍生 | **我偶爾打（羽毛球／保齡球）。**<br>私(わたし)はときどき、（バドミントン／ボウリング）をします。 |
| Q | **你喜歡球類運動嗎？**<br>あなたは、球技(きゅうぎ)が好(す)きですか。 |
| Q | **你喜歡看球類比賽嗎？**<br>あなたは、球技(きゅうぎ)を見(み)ますか。 |

● 悪い（不好）／陸上部員（田徑隊隊員）／水泳（游泳）／球技（球類運動）／得意（擅長的項目）／いろいろな（各種的）

# 最常健走・迷上瑜珈　運動 43

**228**

**健走是我最常做的運動。** 私が最もよくする運動は、ウォーキングです。

| | |
|---|---|
| 衍生 | **我把爬樓梯當運動。**<br>私は、運動するつもりで、階段を登っています。 |
| 衍生 | **做家事就是我的運動。** 家事は、私の運動です。 |
| Q | **你常做什麼運動？**<br>あなたはいつも、どんなスポーツをしますか。 |
| 單字 | **【最も】最…** 私が最も好きな音楽は、ジャズです。（我最喜歡的音樂是爵士樂。） |

**228**

**我最近迷上瑜珈。** 私は最近、ヨガにはまっています。

| | |
|---|---|
| 替換 | **【ヨガ】瑜珈，可換成**<br>登山（爬山）／ボディコンバット（拳擊有氧） |
| 衍生 | **我很難對一種運動持之以恆。** 私は、同じ運動を、毎日根気よく続けることができません。 |
| 衍生 | **我做很多運動，但都不精通。** 私は、いろいろなスポーツをしますが、どれも上手ではありません。 |
| 單字 | **【はまる】熱衷於…** 私は最近、イタリア映画にはまっています。（我最近迷上義大利電影。） |

● よくする運動（常做的運動）／ウォーキング（健走）／つもり（打算）／階段を登る（爬樓梯）／スポーツ（運動）／ジャズ（爵士樂）／根気よく（持之以恆地）／上手（精通）

# 43 運動 定期上健身房・專業教練指導

229

**我定期上健身房。** 私は、定期的にジムに通っています。

| | |
|---|---|
| 相反 | **我不喜歡健身房那樣的室內運動。** 私は、ジムでのエクササイズのような室内運動は、好きじゃありません。 |
| 衍生 | **我繳了健身房一年的會費。** 私は、ジムの会費を、1年分先払いしました。 |
| 單字 | **【通う】往返某地方** 私は、隣の市にある高校に通っています。（我讀隔壁市區的高中。） |

229

**健身房有專業教練指導你運動。** ジムのプロのトレーナーが、あなたを指導してくれます。

| | |
|---|---|
| 衍生 | **健身房有各種健身課程。** ジムには、いろいろなエクササイズプログラムがあります。 |
| 衍生 | **不同的健身器材可以雕塑不同部位的肌肉。** 鍛えられる部位は、トレーニングマシンによって、違います。 |
| 衍生 | **有名的健身教練會吸引很多學員。** 有名なトレーナーは、会員を引きつけます。 |
| 單字 | **【引きつける】吸引** 彼の作品は、見る者を引きつけます。（他的作品引人注目。） |

● ジム（健身房）／エクササイズのような（像體能訓練那樣的）／先払いする（預繳）／プロのトレーナー（專業的健身教練）／エクササイズプログラム（健身課程）／鍛える（鍛鍊）／トレーニングマシン（健身器材）／…によって、違う（依照…而有所不同）

# 滿身大汗・讓我更健康　運動 43

## 230

**運動完我滿身大汗。** 運動を終えると、全身汗でびっしょりになります。

| | |
|---|---|
| 衍生 | **運動完我立即補充水分。**<br>私は運動後、すぐに水分を補給します。 |
| 衍生 | **運動後我的食欲特別好。** 運動をすると、食欲が湧きます。 |
| 單字 | **【びっしょり】汗如雨下** 走ると、汗びっしょりになりました。（跑步後，汗如雨下。） |
| 單字 | **【食欲】食慾** 昨日は、食欲がなかったので、夕食を食べませんでした。（昨天因為沒有食慾，沒吃晚餐。） |

## 230

**運動讓我更健康。** 運動は、健康を増進させます。

| | |
|---|---|
| 相似 | **運動絕對有益健康。**<br>運動は、確実に健康にプラスになります。 |
| 衍生 | **你應該養成運動的好習慣。**<br>あなたは、運動する習慣をつけるべきです。 |
| 單字 | **【プラス】有益…** 若いときによく勉強しておくと、将来あなたにとってプラスになります。（年輕時多讀一點書，將來對你有益。） |
| 單字 | **【習慣をつける】養成習慣** あなたは、早起きの習慣をつけたほうがいいと思います。（你最好養成早睡的習慣。） |

● 終える（做完）／食欲が湧く（產生食慾）／夕食（晚餐）／…べきです（應該…）／よく勉強しておく（先多讀一點書）／…たほうがいい（最好…比較好）

# 43 運動 延緩老化・增強心肺功能

## 231

**據說運動可以延緩老化。** 運動をすると、老化が遅くなるそうです。

相似　**「少吃多動」是健康的秘訣。** 「食べる量を減らして、運動量を増やす」のが、健康の秘訣です。

衍生　**常運動的人身體較靈活。**
いつも運動している人は、体が軽いです。

單字　**【老化】老化**　頭を使うのが好きな人は、老化が遅いそうです。（據說喜歡動腦的人，不容易老化。）

單字　**【秘訣】秘訣**　毎日楽しく過ごすことが、長生きの秘訣です。（每天過得快樂，就是長壽的秘訣。）

## 231

**有氧運動可以增強心肺功能。** 有酸素運動は、心肺機能を強化します。

衍生　**有氧運動至少要持續進行 30 分鐘。** 有酸素運動は、３０分は続けないと、十分な効果が出ません。

衍生　**有氧運動是減肥的首選運動。**
ダイエットに最適な運動は、有酸素運動です。

衍生　**運動可以讓曲線更緊實。**
運動をすると、曲線がもっと美しくなります。

● 楽しく過ごす（過得開心）／有酸素運動（有氧運動）／心肺機能（心肺功能）／続けないと（不持續的話）／ダイエット（減肥）

## 232

**我（有養寵物／沒養寵物）。** 私は、（ペットを飼っています／ペットは飼っていません）。

| | |
|---|---|
| 相似 | **我飼養（狗／貓／魚／兔子／鳥）。**<br>私は、（犬／猫／魚／うさぎ／鳥）を飼っています。 |
| Q | **你有飼養寵物嗎？**<br>あなたは、ペットを飼っていますか。 |
| Q | **你養什麼寵物？**<br>あなたは、どんなペットを飼っていますか。 |
| 單字 | **【飼う】飼養**<br>私は、亀を飼っています。（我飼養烏龜。） |

## 232

**我喜歡養寵物。** 私は、ペットを飼うのが好きです。

| | |
|---|---|
| 相反 | **我不喜歡養寵物。**<br>私は、ペットを飼うのは、好きではありません。 |
| 相反 | **我從沒飼養過寵物。**<br>私は、ペットを飼ったことがありません。 |
| Q | **你想養寵物嗎？**<br>あなたは、ペットを飼いたいですか。 |
| Q | **你喜歡養寵物嗎？**<br>あなたは、ペットを飼うのが好きですか。 |

● ペット（寵物）／…たことがありません（從來沒有…經驗）

# 44 寵物 寵物撿到的・寵物很老

## 233

**我的寵物是撿到的。** 私(わたし)のペットは、拾(ひろ)ったものです。

**替換** 【拾った】撿到的，可換成

買(か)った（買的）／もらった（領養的）

**相似** 我的（狗狗／貓咪）是朋友送的。

私(わたし)の（犬(いぬ)／猫(ねこ)）は、友達(ともだち)にもらいました。

**Q** 你的寵物是你買的嗎？還是別人送的？

あなたのペットは、自分(じぶん)で買(か)ったんですか。それとも誰(だれ)かがくれたんですか。

**單字** 【拾う】撿到

1000円(せんえん)拾(ひろ)ったので、交番(こうばん)に持(も)って行(い)きました。
（撿到了一千日幣，拿去派出所了。）

## 233

**我們家的（狗／貓）已經很老了。** 我(わ)が家(や)の（犬(いぬ)／猫(ねこ)）は、すでに年老(としお)いています。

**衍生** 牠是（幼犬／成犬）。うちの犬(いぬ)は、（子犬(こいぬ)／成犬(せいけん)）です。

**衍生** 我的寵物目前３歲。うちのペットは、３歳(さんさい)です。

**Q** 牠多大了？牠幾歲？ あなたのペットは、何歳(なんさい)ですか。

**單字** 【年老いる】上年紀

うちの犬(いぬ)は最近(さいきん)、年老(としお)いて、毛並(けな)みが悪(わる)くなりました。
（我家的狗最近上了年紀，毛變得不順。）

● 友達にもらう（朋友送的）／それとも（還是）／誰かがくれる（別人送的）／交番（派出所）／すでに（已經）／毛並みが悪くなる（毛變得不順）

## 234

**這是我的第一隻寵物。** これは、私(わたし)の初(はじ)めてのペットです。

| | |
|---|---|
| 替換 | **【初めての】第一隻，可換成**<br>2匹目(にひきめ)の（第二隻）／3匹目(さんびきめ)の（第三隻） |
| 衍生 | **我目前養一隻狗、一隻貓。**<br>私(わたし)は、猫(ねこ)と犬(いぬ)、それぞれ1匹(いっぴき)を飼(か)っています。 |
| 衍生 | **我最多養了三隻狗。**<br>私(わたし)は、犬(いぬ)を3匹(さんびき)飼(か)っていたこともあります。 |
| 單字 | **【初めての】第一個的…**<br>これは、私(わたし)の初(はじ)めてのノートパソコンです。<br>（這是我的第一台筆記型電腦。） |

## 234

**我已經養牠7年了。** もうすでに、今(いま)のペットを、7年(ななねん)も飼(か)っています。

| | |
|---|---|
| 衍生 | **我剛開始養牠。**<br>私(わたし)は、今(いま)のペットを、飼(か)い始(はじ)めたばかりです。 |
| 衍生 | **牠是我們全家的寶貝。** ペットは、我(わ)が家(や)の宝(たから)です。 |
| Q | **你的寵物養多久了？** あなたのペットは、飼(か)って何年(なんねん)ですか。 |
| 單字 | **【宝】寶貝、珍貴的東西**<br>このラジコンカーは、息子(むすこ)の宝(たから)です。<br>（這台遙控車是我兒子的寶貝。） |

● それぞれ（各別）／…たこともある（曾經有過…經驗）／ノートパソコン（筆記型電腦）／飼い始めたばかり（剛開始養）／ラジコンカー（遙控車）

# 44 寵物 一星期洗一次澡・餵飼料

## 235

**我的狗狗一星期洗一次澡。** 私の犬は、一週間に1回体を洗います。

**衍生** 我還送牠去寵物美容。 私は、ペットを、ペット美容院にも連れて行ったりもします。

**Q** 牠幾天洗一次澡？ 何日に1回、ペットを洗いますか。

**Q** 你會送牠去寵物美容嗎？ あなたは、ペットを、ペット美容院に連れて行きますか。

**單字** 【連れる】帶 父は、警察署に保護されていた私を、連れて帰りました。（爸爸把留置在警局的我帶回家了。）

## 235

**由我餵牠吃飼料。** ペットに餌をやるのは、私です。

**衍生** 牠吃人所吃的食物。 うちのペットは、人間の食べ物を食べます。

**Q** 牠吃飼料？還是人的食物？ あなたのペットは、ペットフードを食べますか。それとも、人間の食べ物を食べますか。

**Q** 你一個月要花多少錢的飼料費？ あなたのペットは、1ヶ月のペットフード代が、いくらかかりますか。

**單字** 【ペット】寵物 最近は、イグアナなどの変わったペットを飼う人もいます。（最近，也有人養鬣蜥蜴這樣奇特的寵物。）

● 餌をやる（餵飼料）／ペットフード（寵物飼料）／いくらかかりますか（花多少錢）／イグアナ（鬣蜥蜴）／変わった（奇特的）

# 很貪吃・愛撒嬌 寵物 44

## 236

**牠很貪吃。** うちのペットは、食(く)いしん坊(ぼう)です。

| | |
|---|---|
| 衍生 | **牠的食量（很大／很小）。** うちのペットは、（たくさん食(た)べます／あまり食(た)べません）。 |
| Q | **牠的食量大嗎？**<br>あなたのペットは、たくさん食(た)べますか。 |
| Q | **你都餵牠吃什麼？**<br>あなたはペットに、何(なに)を食(た)べさせていますか。 |
| 單字 | **【AにBを食べさせる】餵A吃B**<br>私(わたし)は猫(ねこ)に、焼魚(やきざかな)を食(た)べさせています。<br>（我都餵貓咪吃烤魚。） |

## 236

**牠很會撒嬌。** うちのペットは、甘(あま)えん坊(ぼう)です。

| | |
|---|---|
| 衍生 | **牠很聽話。**<br>うちのペットは、いい子(こ)です。 |
| Q | **牠會跟你撒嬌嗎？**<br>ペットは、あなたに甘(あま)えますか。 |
| 單字 | **【甘えん坊】很會撒嬌的人**<br>うちの弟(おとうと)は、甘(あま)えん坊(ぼう)です。（我弟弟很會撒嬌。） |
| 單字 | **【甘える】撒嬌**<br>妹(いもうと)は、いつも私(わたし)に甘(あま)えます。（妹妹總是向我撒嬌。） |

● 食いしん坊（貪吃鬼）／あまり…ません（不太…）／焼魚（烤魚）／いい子（乖孩子）

# 44 寵物 叫牠「小白」・牠是男生／女生

237

**我們都叫牠「小白」。** 私たちは、うちのペットを、「シロ」と呼んでいます。

| | |
|---|---|
| 相似 | **因為牠的毛是白色的，所以叫“小白”。**<br>うちのペットの毛は白いので、「シロ」と呼んでいます。 |
| 相似 | **因為牠圓圓胖胖的，所以叫“球球”。**<br>うちのペットはまるまると太っているので、「タマ」と呼んでいます。 |
| Q | **你的寵物叫什麼名字？**<br>あなたのペットは、何という名前ですか。 |
| Q | **為什麼幫牠取這個名字？**<br>なぜ、ペットにその名前をつけたんですか。 |

237

**牠是（男生／女生）。** うちのペットは、（雄／雌）です。

| | |
|---|---|
| 衍生 | **牠懷孕了。** うちのペットは、妊娠しています。 |
| 衍生 | **牠目前是發情期。** うちのペットは今、発情期です。 |
| Q | **牠是（男生／女生）嗎？**<br>あなたのペットは、（雄／雌）ですか。 |
| Q | **你打算讓牠生小狗嗎？**<br>あなたは、ペットに子供を生ませたいですか。 |

● ペット（寵物）／…と呼んでいる（叫做…）／まるまると太っている（圓圓胖胖的）／何という名前（叫什麼名字）／なぜ（為什麼）／名前をつける（取名字）／妊娠する（懷孕）／子供を生ませたい（想讓牠生小孩）

238

**我每天帶狗狗去散步。** 私(わたし)は毎日(まいにち)、犬(いぬ)を散歩(さんぽ)に連(つ)れて行(い)きます。

衍生 **散步時我會處理好牠的排泄物。** 私(わたし)は、犬(いぬ)の散歩(さんぽ)をしているとき、犬(いぬ)の糞(ふん)をちゃんと処理(しょり)します。

衍生 **處理寵物排泄物是應有的公德心。**
犬(いぬ)の糞(ふん)を始末(しまつ)するのは、当(あ)たり前(まえ)のマナーです。

單字 **【マナー】禮節** 日本(にほん)では、電車(でんしゃ)の中(なか)では静(しず)かにするのがマナーです。（在日本，電車裡保持安靜是基本禮貌。）

238

**有些人和寵物形影不離。** 何(なに)をするのもどこに行(い)くのもペットと一緒(いっしょ)、という人(ひと)もいます。

衍生 **有些人帶寵物上餐館。**
レストランにペットを連(つ)れてくる人(ひと)もいます。

衍生 **有些餐廳禁止攜帶寵物。** ペットを連(つ)れての利用(りよう)を禁止(きんし)しているレストランも、あります。

單字 **【どこに行くのも】不管去哪都…** 由紀子(ゆきこ)さんは、どこに行(い)くのも彼氏(かれし)と一緒(いっしょ)です。（由紀子總和男友形影不離。）

單字 **【禁止する】禁止** 日本(にほん)では、ほとんどの銭湯(せんとう)は、刺青(いれずみ)のある人(ひと)の利用(りよう)を、禁止(きんし)しています。（在日本，大部分澡堂都禁止有刺青的人入內。）

● …に連れて行く（帶去…）／ちゃんと（好好地）／始末する（處理）／当たり前（理所當然）／レストラン（餐廳）／ほとんど（幾乎）

# 45 交通工具 有／沒有車・汽車駕照

**239**

**我（有／沒有）車。** 私は、車を（持っています／持っていません）。

| | |
|---|---|
| 衍生 | **我剛貸款買車。** 私は、ローンで車を買ったばかりです。 |
| Q | **你有車嗎？** あなたは、車を持っていますか。 |
| Q | **這是你剛買的車嗎？** これが、買ったばかりの車ですか。 |
| 單字 | **【持つ】擁有**<br>私は、別荘を持っています。（我有一棟別墅。） |

**239**

**我（有／沒有）汽車駕照。** 私は、自動車の免許を（持っています／持っていません）。

| | |
|---|---|
| 替換 | **【自動車】汽車，可換成**<br>バイク（機車）／トラック（卡車） |
| 衍生 | **我有駕照，卻不敢開車上路。**<br>私は免許を持っていますが、道路での運転は、自信がないのでできません。 |
| 衍生 | **在日本，無照駕駛會被逮捕、拘留。**<br>日本では、無免許運転で捕まれば、逮捕されて留置されます。 |
| Q | **你有（汽車／機車）駕照嗎？**<br>あなたは、（自動車／バイク）の免許を持っていますか。 |

● ローン（貸款）／買ったばかり（剛買的）／別荘（別墅）／免許（證照）／無免許運転（無照駕駛）／捕まる（被抓到）／留置する（拘留）

## 240

**我打算換車。** 私（わたし）は、車（くるま）を買（か）い換（か）えるつもりです。

| | |
|---|---|
| 衍生 | **我打算換一部空間較大的車。**<br>私（わたし）は、大（おお）きい車（くるま）に、買（か）い換（か）えるつもりです。 |
| 衍生 | **我的車子再修理就不划算了。**<br>私（わたし）の車（くるま）は、これ以上（いじょう）修理（しゅうり）しても、割（わり）に合（あ）いません。 |
| Q | **你打算換車嗎？**<br>あなたは、車（くるま）を買（か）い換（か）えるつもりですか。 |
| 單字 | **【買い換える】買新的，淘汰舊的**<br>私（わたし）は最近（さいきん）、冷蔵庫（れいぞうこ）を買（か）い換（か）えました。<br>（我最近換了新冰箱。） |

## 240

**我喜歡休旅車。** 私（わたし）は、ＲＶ（アールブイ）が好（す）きです。

| | |
|---|---|
| 替換 | **【RV】休旅車，可換成**<br>セダン（轎車）／スポーツカー（跑車） |
| 衍生 | **休旅車較耗油。** ＲＶ（アールブイ）は、燃費（ねんぴ）が悪（わる）いです。 |
| 衍生 | **有一陣子大家流行開休旅車。**<br>少（すこ）し前（まえ）に、ＲＶ（アールブイ）がはやりました。 |
| 單字 | **【燃費】燃料費** 最近（さいきん）のバイクは、燃費（ねんぴ）がいいです。<br>（最近的摩托車都很省油。） |

● つもり（打算）／割に合いません（不划算）／冷蔵庫（冰箱）／RV（休旅車）／燃費が悪い（耗油）／少し前（前陣子）／はやる（流行）／バイク（摩托車）／燃費がいい（省油）

# 45 交通工具 買二手車・油錢可觀

241

**我買了一部二手車。** 私（わたし）は、中古車（ちゅうこしゃ）を買（か）いました。

| | |
|---|---|
| 衍生 | **買二手車最好找有信譽的車商。** 中古車（ちゅうこしゃ）を買（か）うなら、信用（しんよう）があるお店（みせ）で買（か）ったほうがいいです。 |
| 衍生 | **有些二手車外表看來漂亮，其實零件很糟。** 外見（がいけん）はきれいでも、中（なか）の部品（ぶひん）は傷（いた）んでいる中古車（ちゅうこしゃ）もあります。 |
| 單字 | **【傷む】損傷** この車（くるま）は、エンジンが傷（いた）んでますよ。（這部車的引擎有瑕疵唷。） |
| 單字 | **【信用】信譽** あのお店（みせ）は、信用（しんよう）がないので、行（い）かないほうがいいですよ。（那家店沒有信譽，最好不要去。） |

241

**我的油錢很可觀。** 私（わたし）は、かなりガソリン代（だい）を使（つか）います。

| | |
|---|---|
| 衍生 | **我打算換一部較省油的車。** 私（わたし）は、燃費（ねんぴ）のいい自動車（じどうしゃ）に、買（か）い換（か）えたいです。 |
| 衍生 | **油價調漲時，加油站都大排長龍。** ガソリン値上（ねあ）げの前（まえ）には、ガソリンスタンドに、行列（ぎょうれつ）ができます。 |
| Q | **你一個月的油錢有多少？** あなたは1ヶ月（いっかげつ）に、ガソリン代（だい）をいくら使（つか）いますか。 |
| 單字 | **【…代】…費** 私（わたし）はコンビニで、携帯（けいたい）の電話代（でんわだい）を払いました。（我在便利商店付手機通話費。） |

● 外見（外表）／エンジン（引擎）／買い換えたい（想買新的）／値上げ（漲價）／行列ができる（大排長龍）／ガソリンスタン（加油站）／コンビニ（便利商店）／携帯（手機）

開車兜風・定期保養愛車 **交通工具** **45**

## 242

**假日我常開車兜風。** 私は休日に、ドライブに行きます。

| | |
|---|---|
| 衍生 | **假日開車出門經常遇到塞車。**<br>休日に車で出かけると、いつも渋滞に巻き込まれます。 |
| 衍生 | **我喜歡開車走蜿蜒的山路。**<br>私は、曲がりくねった山道を車で走るのが、好きです。 |
| Q | **你喜歡開車兜風嗎？**<br>あなたは、ドライブに行くのが好きですか。 |
| 單字 | **【渋滞】塞車** 渋滞に巻き込まれて、会議に遅れました。（遇到塞車，所以開會遲到。） |

## 242

**我定期保養愛車。** 私は定期的に、愛車のお手入れをしています。

| | |
|---|---|
| 衍生 | **我覺得汽車真的是消耗品。**<br>私は、車は消耗品だと思います。 |
| 衍生 | **汽車每年都會折舊。**<br>車は、資産価値が年々下がるものです。 |
| Q | **你多久保養一次愛車？**<br>あなたはどのくらいに一度、愛車のお手入れをしますか。 |
| 單字 | **【お手入れ】保養** 革靴は、たまにはお手入れしたほうがいいですよ。（皮鞋偶爾保養一下比較好唷。） |

● ドライブ（開車兜風）／渋滞に巻き込まれる（遇到塞車）／曲がりくねった（蜿蜒的）／下がる（下降）／どのくらいに一度（多久一次）／たまに（偶爾）

# 45 交通工具 發生車禍．收到罰單

## 243

**我曾開車發生嚴重車禍。** 私は、車で大きな事故を起こしたことがあります。

| | |
|---|---|
| 衍生 | **去年高速公路發生嚴重的連環車禍。**<br>去年高速道路で、大規模な玉突き衝突事故がありました。 |
| Q | **你出過車禍嗎？**<br>あなたは、車で事故を起こした事がありますか。 |
| 單字 | **【事故】意外** 彼は、横断歩道を渡っていて、事故に巻き込まれたそうです。（聽說他在過斑馬線時被事故波及。） |

## 243

**上個月我收到三張罰單。** 私は先月、交通違反切符を３枚切られました。

| | |
|---|---|
| 衍生 | **這是我這個月的第二張罰單。**<br>私はこれで、交通違反切符は、今月2枚目です。 |
| Q | **你常被開罰單嗎？**<br>あなたはしょっちゅう、交通違反切符を切られますか。 |
| 單字 | **【切符】罰單** 私は、駐車違反で、警察に切符を切られました。（我因為違反停車規則，被警察開罰單。） |
| 單字 | **【しょっちゅう】經常** 彼はしょっちゅう、授業に遅刻して、先生に叱られます。（他常因為上課遲到被老師罵。） |

● 玉突き衝突事故（連環車禍）／横断歩道を渡る（過斑馬線）／巻き込まれる（被捲進、被波及）／切符を切られる（被開罰單）／先生に叱られる（被老師罵）

244

**電話叫計程車很方便。** タクシーは、電話一本で呼べるので、便利です。

| | |
|---|---|
| 相似 | **電話叫計程車比較安全。**<br>タクシーは、電話で呼ぶほうが安全です。 |
| 衍生 | **我偶爾搭計程車。** 私はたまに、タクシーに乗ります。 |
| Q | **你害怕晚上搭計程車嗎？**<br>あなたは、夜タクシーに乗るのが怖いですか。 |
| 單字 | **【一本】一通（電話）**<br>日本のモスバーガーは、電話一本で、デリバリーもしてくれます。（日本的摩斯漢堡，一通電話就能外送到府。） |

244

**我搭捷運上班。** 私は、ＭＲＴで出勤します。

| | |
|---|---|
| 替換 | **【MRTで】搭捷運，可換成**<br>車で（開車）／徒歩で（走路）／電車で（搭火車） |
| 衍生 | **我（騎機車／騎腳踏車）上學。**<br>私は、（スクーターで／自転車で）通学しています。 |
| Q | **你怎麼去上班？** あなたは、どうやって出勤しますか。 |
| 單字 | **【出勤する】上班** 明日は用事があるので、昼から出勤します。（明天有事，中午才去上班。） |

● タクシー（計程車）／…ほうが安全です（…比較安全）／タクシーに乗る（搭計程車）／怖い（害怕）／モスバーガー（摩斯漢堡）／デリバリー（食物外送）／どうやって（如何）／昼（中午）

# 45 交通工具 捷運轉搭公車・上下班時間擁擠

245

**我搭捷運再轉搭公車。** 私（わたし）は、ＭＲＴ（エムアールティー）に乗（の）ってから、バスに乗（の）り換（か）えます。

衍生 **我用悠遊卡搭（捷運／公車）。** 私（わたし）は、「悠遊（ゆうゆう）カード」を使（つか）って、（ＭＲＴ（エムアールティー）／バス）に乗（の）ります。

衍生 **目前台北和高雄都有捷運。** 台北（タイペイ）と高雄（たかお）に、ＭＲＴ（エムアールティー）があります。

Q **你搭捷運（上班／上學）嗎？**
あなたは、ＭＲＴ（エムアールティー）で（出勤（しゅっきん）／登校（とうこう））しますか。

245

**上下班時間捷運非常擁擠。** サラリーマンが出勤（しゅっきん）・退勤（たいきん）する時間（じかん）は、ＭＲＴ（エムアールティー）の車内（しゃない）はとても混雑（こんざつ）します。

衍生 **捷運的尖峰時間和離峰時間班距不同。** ＭＲＴ（エムアールティー）は、ラッシュアワーとそうでない時間（じかん）で、運行間隔（うんこうかんかく）が違（ちが）います。

衍生 **假日或特別活動，捷運會延長營業時間。**
休日（きゅうじつ）や、大（おお）きなイベントがあるときは、ＭＲＴ（エムアールティー）の最終（さいしゅう）便（びん）の時間（じかん）が繰（く）り下（さ）げになります。

單字 **【ラッシュアワー】尖峰時間**
ラッシュアワーの電車（でんしゃ）では、座（すわ）れることはほとんどありません。（尖峰時間的電車幾乎沒有座位。）

● サラリーマン（上班族）／そうでない時間（其他時間）／運行間隔が違う（班距不同）／イベント（活動）／繰り下げ（延長）／ほとんどありません（幾乎沒有）

**246**

**捷運帶動了週邊商家的繁榮。** ＭＲＴが開通したら、沿線の商業活性化につながります。

| | |
|---|---|
| 衍生 | **捷運沿線的房價都飆漲。**<br>ＭＲＴ沿線の不動産価格が、高騰しています。 |
| Q | **你希望住的地方靠近捷運站嗎？**<br>ＭＲＴの駅に近いところに、住みたいですか。 |
| 單字 | **【高騰】飆漲**　このごろ、ガソリンの価格が高騰しています。（這陣子油價持續飆漲。） |

**246**

**目前仍有幾線的捷運仍在施工中。** ＭＲＴのいくつかの路線が、今も建設中です。

| | |
|---|---|
| 衍生 | **捷運試乘階段都會發現許多問題。** ＭＲＴの開業前試運転では、いろいろな問題点が、見つかりました。 |
| 衍生 | **高雄捷運的營運好像不如預期。** 高雄のＭＲＴは、予想していたほど収益が上がっていないようです。 |
| 單字 | **【上がる】上升**　企業としては、収益が上がらない事業からは、早く撤退したいです。（以企業來說，無法獲利的事業會想早點收手。） |

● つながる（與…相關）／ガソリン（汽油）／見つかる（發現）／予想していたほど…（比預期…）／…ようです（好像…）／収益が上がらない（無法獲利）

# 46 網路&手機 上網・搜尋資料

247

**我喜歡上網。** 私(わたし)は、インターネットが好(す)きです。

| | |
|---|---|
| 相反 | **我對上網沒興趣。**<br>私(わたし)は、インターネットに興味(きょうみ)がありません。 |
| 相似 | **我幾乎每天上網。**<br>私(わたし)はほとんど毎日(まいにち)、インターネットをします。 |
| 衍生 | **我覺得網路很方便。**<br>私(わたし)は、インターネットはとても便利(べんり)だと思(おも)います。 |
| Q | **你常上網嗎？** あなたはいつも、インターネットをしますか。 |

247

**我常用網路搜尋資料。** 私(わたし)はいつも、インターネットで情報(じょうほう)を調(しら)べます。

| | |
|---|---|
| 相似 | **我最常使用（Google／Yahoo）搜尋。** 私(わたし)は、（Google(グーグル)／Yahoo(ヤフー)）の検索(けんさく)エンジンを、一番(いちばん)よく使(つか)います。 |
| 衍生 | **現代人什麼事都上網搜尋。**<br>現代人(げんだいじん)は、何(なん)でもインターネットで検索(けんさく)します。 |
| 衍生 | **網路上的資料未必是正確的。** インターネット上(じょう)の情報(じょうほう)は、どれも正(ただ)しいとは限(かぎ)りません。 |
| Q | **你會上網找資料嗎？**<br>あなたは、インターネットで情報(じょうほう)の検索(けんさく)をしますか。 |

● インターネット（網際網路）／興味がありません（沒興趣）／ほとんど（幾乎）／いつも（一向、經常）／情報を探す（搜尋資料）／検索エンジン（搜尋引擎）／よく（經常）／正しいとは限りません（未必正確）

## 248

**我從網路下載東西。** 私（わたし）は、インターネットで、必要（ひつよう）なものをダウンロードします。

**相似** **我從網路下載試用軟體。** 私（わたし）は、インターネットで、無料体験版（むりょうたいけんばん）のソフトをダウンロードします。

**衍生** **許多人從網路下載（盜版影片／盜版 MP3）。**
インターネットで（海賊版映画（かいぞくばんえいが）／海賊版ＭＰ３（かいぞくばんエムピースリー））をダウンロードする人（ひと）も、たくさんいます。

**衍生** **我曾因為下載不明檔案而中毒。**
私（わたし）は、怪（あや）しいファイルをダウンロードして、コンピューターウイルスに感染（かんせん）したことがあります。

## 248

**我偶爾網購。** 私（わたし）はときどき、インターネットでショッピングをします。

**衍生** **網路上什麼東西都買得到。**
どんなものでも、インターネットで買（か）えます。

**衍生** **網路購物可以在超商取件。** インターネットでショッピングをして、コンビニで商品（しょうひん）を受（う）け取（と）ることもできます。

**衍生** **我覺得網路購物未必比較便宜。** インターネットでのショッピングが、安（やす）いとは限（かぎ）らないと思（おも）います。

**單字** **【限らない】未必** 値段（ねだん）の高（たか）い靴（くつ）が、履（は）き心地（ごこち）がいいとは限（かぎ）りません。（高單價的鞋子穿起來未必舒適。）

● ソフト（軟體）／ファイル（檔案）／コンピューターウイルス（電腦病毒）／ショッピング（購物）／コンビニ（超商）／履き心地がいい（穿起來舒適）

# 46 網路&手機 收發電子郵件・上過色情網站

## 249

**我每天收發電子郵件。** 私は毎日、E-mailをやり取りします。

| | |
|---|---|
| 相似 | **我有兩個電子郵件信箱。**<br>私は、メールアドレスを2つ持っています。 |
| Q | **你的電子信箱帳號是什麼？**<br>あなたのメールアドレスを、教えてください。 |
| 單字 | **【やりとり】收發、交換** 私は、海外にいる友達と、よく手紙のやり取りをしています。（我經常和國外朋友通信。） |

## 249

**我不小心上過色情網站。** 私は、不注意から、いかがわしいサイトを開いてしまったことがあります。

| | |
|---|---|
| 衍生 | **父母親會擔心孩子上色情網站。** 親は、子供がいかがわしいサイトを見るのではないかと、心配します。 |
| Q | **你上過色情網站嗎？**<br>あなたは、いかがわしいサイトに行ったことがありますか。 |
| 單字 | **【不注意】不小心** 私は、不注意で、車を壁にぶつけてしまいました。（我不小心開車撞牆。） |
| 單字 | **【いかがわしい】猥褻的**<br>父は、自分の部屋でこっそり、いかがわしいＤＶＤを見ています。（爸爸偷偷地在自己房間裡看色情影片。） |

● メールアドレス（電子郵件信箱）／手紙（信件）／サイトを見る（特意瀏覽網站）／ぶつける（撞上）／こっそり（偷偷地）

## 250

**我用 MSN 和朋友保持聯絡。** 私は、MSNメッセンジャーで、友達と連絡を取り合っています。

**衍生** **MSN 能夠即時傳遞訊息或檔案。** MSNメッセンジャーを使えば、メッセージやファイルを送ることができます。

**衍生** **MSN 也有視訊及交談功能。** MSNメッセンジャーを使えば、映像チャットや音声チャットをすることもできます。

**單字** **【映像チャット】視訊聊天**

MSNメッセンジャーの映像チャット機能を使えば、遠くにいる人と、顔を見ながら話ができます。

（利用 MSN 視訊，也能和遠方朋友面對面聊天。）

## 250

**我經常改變 MSN 的暱稱。** 私は、MSNメッセンジャーの表示名を、よく変えます。

**替換** **【表示名】暱稱，可換成** 表示アイコン（顯示照片）／公開表示メッセージ（分享訊息）

**衍生** **從分享訊息可以瞭解對方的近況或心情。**

MSNメッセンジャーの公開表示メッセージから、相手の近況や気持ちがわかります。

**單字** **【公開表示メッセージ】MSN 分享訊息**

私は、その日の気分によって、公開表示メッセージを変えます。（我會依照當天心情而改變分享訊息。）

● ファイル（檔案）／遠くにいる人（在遠方的人）／…によって（依照…）

# 46 網路&手機 變更 MSN 狀態・加入為 MSN 連絡人

## 251

**我變更 MSN 的狀態為「離開」。** 私(わたし)は、ＭＳＮ(エムエスエヌ)メッセンジャーのオンライン状態(じょうたい)の表示(ひょうじ)を、「退席中(たいせきちゅう)」にしました。

**替換** 【退席中】離開，可換成 オンライン（線上）／取(と)り込(こ)み中(ちゅう)（忙碌）／オフライン（離線）

**衍生** 我偶爾用離線登入MSN。 私(わたし)はたまに、オフライン状態(じょうたい)で、ＭＳＮ(エムエスエヌ)メッセンジャーにログインします。

**單字** 【表示】圖示 携帯電話(けいたいでんわ)の画面(がめん)のこの表示(ひょうじ)を見(み)れば、電波(でんぱ)の受信状態(じゅしんじょうたい)がわかります。（看手機畫面的這個圖示，就能知道收訊狀態。）

## 251

**我把他加入為 MSN 連絡人。** 私(わたし)は彼(かれ)を、ＭＳＮ(エムエスエヌ)メッセンジャーのアドレス帳(ちょう)に登録(とうろく)しました。

**相反** 我拒絕加入他為 MSN 連絡人。 私(わたし)は彼(かれ)を、ＭＳＮ(エムエスエヌ)メッセンジャーのアドレス帳(ちょう)には登録(とうろく)しません。

**衍生** 我的 MSN 中有 50 個連絡人。 私(わたし)のＭＳＮ(エムエスエヌ)メッセンジャーには、５０人(ごじゅうにん)が登録(とうろく)されています。

**單字** 【登録】登錄、加入為成員 私(わたし)は、楽天(らくてん)のサイトに、会員(かいいん)登録(とうろく)しました。（我註冊成為樂天網站的會員。）

● 電波の受信状態（收訊狀態）／ログインする（登入）／アドレス帳（聯絡簿）／ほとんど（幾乎）

252

**網路堪稱是近代最偉大的發明。** インターネットは、現代（げんだい）の最（もっと）も偉大（いだい）な発明（はつめい）とまで言（い）われています。

衍生 **網路造就了許多新的商業模式。** インターネットは、いろいろな新（あたら）しいビジネスモデルを生（う）みました。

衍生 **網路創業者大多十分年輕。** ネット起業（きぎょう）する人（ひと）は、若（わか）い人（ひと）が多（おお）いです。

單字 **【ビジネスモデル】商業模式** あの会社（かいしゃ）は、今（いま）までにないビジネスモデルで、有名（ゆうめい）になりました。（那家公司因創新的商業模式而成名。）

252

**網路造就了許多喜歡窩在家裡的宅男宅女。** インターネットは、たくさんの「引（ひ）きこもり族（ぞく）」を生（う）みました。

衍生 **許多的消費行為都轉到網路上。** 最近（さいきん）は、消費者（しょうひしゃ）のインターネットによる取引（とりひき）が増（ふ）えています。

衍生 **網路購物的營業額逐年攀升。** オンラインショッピングの収益性（しゅうえきせい）は、年々（ねんねん）高（たか）まっています。

單字 **【取引】交易** 我社（わがしゃ）は、あの会社（かいしゃ）と取引（とりひき）があります。（我們公司與那家公司有往來。）

單字 **【収益性】營業額** このビジネスは収益性（しゅうえきせい）が高（たか）いので、我社（わがしゃ）も参入（さんにゅう）する計画（けいかく）を立（た）てています。（這項事業因為高獲利，我們公司也正計畫參與。）

● 今までにない（前所未有的）／引きこもり族（窩在家不出門的人）／高まる（攀升）

# 46 網路&手機 捧紅部落客・網友搞笑作品令人噴飯

## 253

**網路捧紅許多部落客。** インターネットで有名になったブロガーも、たくさんいます。

| | |
|---|---|
| 衍生 | **許多部落客出書成為暢銷作家。**<br>本を出して有名になったブロガーも、たくさんいます。 |
| 衍生 | **人氣部落格會累積上百萬的瀏覽人次。** 人気ブログは、アクセス件数が100万件を超えることもあります。 |
| 單字 | **【本を出す】出書** あのアイドルは、最近本を出しました。（那個偶像最近出書了。） |
| 單字 | **【アクセス】點閱瀏覽** このブログには、海外からのアクセスもあります。（連海外的人也會點閱那個部落格。） |

## 253

**網友的搞笑作品常令人噴飯。** ブロガーの傑作を見ていると、大笑いしてしまいます。

| | |
|---|---|
| 衍生 | **網友人肉搜尋的效果很驚人。** インターネットで、他の人の経験などを検索すると、とても役に立ちます。 |
| 衍生 | **政客等過份的言論會引發網友串連撻伐。**<br>政治家などのひどい言葉が、インターネット上で大規模に批判されることもあります。 |
| 單字 | **【検索】搜尋** 「木村拓哉」で検索すると、関連のある情報がたくさん出てきます。（搜尋「木村拓哉」，會有很多相關資料。） |

● ブロガー（部落客）／アクセス件数（瀏覽人次）／役に立つ（派上用場）

# 犯罪的溫床・人手一機　網路&手機　46

◎ 254

**網路也是犯罪的溫床。** インターネットは、犯罪の温床でもあります。

| | |
|---|---|
| 衍生 | **網路暗藏許多（詐騙／色情）陷阱。** インターネットには、（詐欺師／性犯罪）の罠がたくさん潜んでいます。 |
| 衍生 | **居心不良的人利用網路散佈不實言論或照片。** 悪質な者が、インターネットで誹謗・中傷やプライベートな写真などをばら撒いたりすることもあります。 |
| 單字 | **【潜む】暗藏、躲起來** 逃亡中の犯人は、山の中に潜んでいるようです。（逃亡的犯人好像躲進山裡了。） |
| 單字 | **【ばら撒く】散播** インフルエンザ感染者が、あちこちでウイルスをばら撒きました。（新流感患者到處散播病毒。） |

◎ 254

**現在都「人手一機」。** 携帯電話は、今や、1人に1台の時代です。

| | |
|---|---|
| 衍生 | **有些人有 2 支手機，2 個門號。** 携帯電話を2台持っていて、番号を2つ持っている人もいます。 |
| Q | **你有幾個手機門號？** あなたは、携帯電話の番号を、いくつ持っていますか。 |
| 單字 | **【今や】現在已經** 今や、携帯電話でテレビを見る時代です。（現在已經是用手機看電視的時代。） |

● 罠（陷阱）／プライベート（私密、隱私）／…ようです（好像…）／インフルエンザ（新流感）／あちこち（到處）／ウイルス（病毒）／テレビ（電視）

# 46 網路&手機 手機內建功能・廣告簡訊

## 255

**手機有許多內建的功能。** 携帯電話(けいたいでんわ)には、いろいろな機能(きのう)が付(つ)いています。

| | |
|---|---|
| 衍生 | **大部分的手機都能拍照及上網。** ほとんどの携帯電話(けいたいでんわ)には、カメラと、インターネットができる機能(きのう)が付(つ)いています。 |
| 衍生 | **有些手機還有衛星導航。** ＧＰＳ(ジーピーエス)が付(つ)いている携帯電話(けいたいでんわ)もあります。 |
| 衍生 | **很多手機的內建功能根本不常用。** 携帯電話(けいたいでんわ)には、使(つか)わない機能(きのう)がたくさん付(つ)いています。 |
| 單字 | **【付いている】有、附加** 私(わたし)の自動車(じどうしゃ)には、ＧＰＳ(ジーピーエス)が付(つ)いています。（我的車有衛星導航。） |

## 255

**手機簡訊會收到許多廣告。** 携帯電話(けいたいでんわ)のメールボックスに、迷惑(めいわく)メールがたくさん入(はい)ってきます。

| | |
|---|---|
| 衍生 | **過年時許多人用手機簡訊拜年。** 携帯(けいたい)メールで新年(しんねん)の挨拶(あいさつ)をする人(ひと)も、たくさんいます。 |
| 衍生 | **手機簡訊也成為行銷工具之一。** 携帯電話(けいたいでんわ)のメールは、今(いま)やマーケティングのツールとなっています。 |
| Q | **你經常傳手機簡訊嗎？** あなたは、携帯電話(けいたいでんわ)のメールを、よく使(つか)いますか。 |

● 機能（功能）／カメラ（相機）／インターネット（上網）／メールボックス（信件匣）／迷惑メール（廣告簡訊）／携帯メール（手機簡訊）／新年の挨拶をする（拜年）／今や（現在已經）／マーケティングのツール（行銷工具）

## 256

**手機通話費仍貴。** 携帯電話の通話料は、相変わらず高いです。

| | |
|---|---|
| 衍生 | **手機國際漫遊的費用相當高。** 携帯電話の国際ローミングサービスの通話料は、とても高いです。 |
| 衍生 | **手機上網的傳輸費用也不便宜。** 携帯電話のインターネットのパケット料金は、とても高いです。 |
| 衍生 | **許多人採用「月租費吃到飽」的方式。** 「パケット定額制」を利用する人も多いです。 |

## 256

**新型的手機都是觸控式螢幕操作。** 最新型の携帯電話は、タッチパネルで操作するようになっています。

| | |
|---|---|
| 衍生 | **新型的手機的螢幕越來越大。** 最近の携帯電話は、ディスプレイがだんだん大きくなっています。 |
| 衍生 | **iPhone手機剛上市時引起搶購熱潮。** iPhoneが発売されると、iPhone購入ブームが起こりました。 |
| Q | **你買了觸控式手機嗎？** あなたは、スマートフォンを、もう持っていますか。 |
| 單字 | **【ブーム】熱潮** 台湾では最近、自転車ブームが起こっています。（台灣最近興起自行車的熱潮。） |

● 国際ローミングサービス（國際漫遊）／相変わらず（依舊）／パケット（網路傳輸費用）／タッチパネル（觸控式介面）／ディスプレイ（螢幕）／だんだん（漸漸地）／スマートフォン（觸控智慧型手機）

# 47 便利商店（超商） 附近很多超商・買報紙

## 257

**我家附近有很多超商。** 私のうちの近くには、コンビニがたくさんあります。

| | |
|---|---|
| 相反 | **我家離超商很遠。**<br>私のうちは、コンビニから遠いです。 |
| 衍生 | **在台灣，超商隨處可見。**<br>台湾では、コンビニはどこにでもあります。 |
| Q | **你家附近有超商嗎？**<br>あなたのうちの近くには、コンビニがありますか。 |
| 單字 | **【遠い】遠** 会社が遠いので、通勤が大変です。<br>（公司很遠，通勤很辛苦。） |

## 257

**我每天到超商買報紙。** 私は毎日、コンビニで新聞を買います。

| | |
|---|---|
| 替換 | **【新聞】報紙，可換成**<br>朝ご飯（早餐）／飲み物（飲料） |
| 相反 | **我很少去超商。**<br>私は、コンビニにはあまり行きません。 |
| 相似 | **我常到超商買東西。**<br>私は、いつもコンビニで買い物をします。 |
| Q | **你常去超商嗎？**<br>あなたは、いつもコンビニに行きますか。 |

● コンビニ（超商）／どこにでもあります（隨處可見）／大変（辛苦）／いつも（經常）

## 258

**我利用超商繳費。** 私は、コンビニで公共料金を支払います。

| | |
|---|---|
| 替換 | **【公共料金】生活雜費，可換成** 携帯電話の料金（手機費）／水道代（水費）／電気代（電費） |
| 衍生 | **在超商繳款不能超過兩萬元。** コンビニでの料金支払いは、2万元までしかできません。 |
| Q | **你利用超商繳費嗎？** あなたは、コンビニで公共料金を支払いますか。 |
| 單字 | **【支払う】支付、繳費** 携帯電話の料金を、2ヶ月支払っていません。（手機的通話費已經 2 個月沒付了。） |

## 258

**我會到超商（影印／傳真）。** 私は、コンビニで（コピー機／FAX）を利用します。

| | |
|---|---|
| 衍生 | **在超商傳真很貴。** コンビニのFAX使用料は、高いです。 |
| 衍生 | **在超商影印時可以請店員幫忙。** コンビニでコピー機を利用するとき、店員にお願いすれば、コピーしてもらえます。 |
| Q | **你到超商（影印／傳真）嗎？** あなたは、コンビニで（コピー機／FAX）を利用しますか。 |
| 單字 | **【利用】利用、使用** 私はよく、チャイナエアラインを利用します。（我常坐中華航空的飛機。） |

● …までしかできません（只能到…）／店員にお願いする（請店員幫忙）／コピーしてもらえます（會幫你影印）／チャイナエアライン（中華航空）

# 47 便利商店（超商） 利用超商提款機・預訂蛋糕

## 259

**我常利用超商的提款機。** 私はいつも、コンビニのＡＴＭを利用します。

**衍生** **現在幾乎市區的每一間超商都有提款機。**
今では、どのコンビニにも、ＡＴＭが設置されています。

**衍生** **有提款機的超商，店外都有 ATM 的標示。** ＡＴＭが設置されているコンビニには、ＡＴＭ設置の表示があります。

**單字** **【下ろす】提（款）** さっき銀行で、１万円を下ろしました。（我剛剛在銀行提了一萬日幣。）

## 259

**母親節我到超商預訂蛋糕。** 私は母の日に、コンビニでケーキを予約しました。

**相似** **過年時，我訂超商的年菜。**
年の暮れには、コンビニでおせち料理を注文します。

**單字** **【予約する】預約**
私はコンビニで、高速バスの乗車券を予約しました。（我在超商預訂了客運巴士的車票。）

**單字** **【おせち料理】年菜**
日本では、１月１日の朝に、おせち料理を食べるのが習慣です。（日本習慣在 1 月 1 日早上吃年菜。）

● ケーキ（蛋糕）／年の暮れ（年底）／注文する（訂購）／高速バス（客運巴士）

# 便利商店（超商） 47

260

**我會利用超商的宅配寄東西。** 私は、コンビニの宅配便サービスを利用します。

衍生 **超商也提供低溫宅配。**
コンビニでも、クール宅配便を利用することができます。

衍生 **超商宅配最快當天能送達。** コンビニで宅配便を出した場合、場所によっては、当日中に配達されます。

單字 **【宅配便】宅配** 今日宅配便で送れば、明日の夕方には着きます。（今天用宅配寄送的話，最晚明天傍晚到達。）

260

**超商也回收光碟片及電池。** コンビニでは、光ディスクと電池の回収も行っています。

替換 **【光ディスク】光碟片，可換成** 使わなくなった携帯電話（廢手機）／使わなくなったノートパソコン（廢筆電）

衍生 **在超商可用回收的東西折抵現金。** コンビニで、回収報奨金を、買い物の代金に充てることができます。

單字 **【回収】回收商品** 当社では、製造不良のお菓子を回収しています。（本公司正在回收瑕疵的和菓子。）

單字 **【充てる】把…當作** ボーナスを、住宅ローンの返済に充てます。（我把獎金拿去繳房貸。）

● サービス（服務）／クール宅配便（低溫宅配）／…によっては（依照…）／…たことがある（曾經有過…經驗）／住宅ローンの返済（繳房貸）

# 47 便利商店（超商） 折價券．網路購物超商取貨

261

**超商有各種折價券。** コンビニには、いろいろな割引クーポンがあります。

| | |
|---|---|
| 衍生 | **在超商購物能獲得點券。**<br>コンビニで買い物すると、ポイントカードがもらえます。 |
| 衍生 | **超商的點券可以換購商品。** コンビニのポイントカードを集めると、商品に交換できます。 |
| 單字 | **【交換】交換** このカードを３枚集めると、100元の商品に交換できます。（集這種卡片三張，能換 100 元的商品。） |

261

**網路購物能在超商取貨。** インターネットでショッピングして、コンビニで受け取ることもできます。

| | |
|---|---|
| 衍生 | **網路訂票，也能在超商取票。** インターネットでチケットを予約して、コンビニで受け取ることもできます。 |
| 衍生 | **在網路書店購書，能在超商取貨。** ネット書店で本を予約して、コンビニで受け取ることが出来ます。 |
| 單字 | **【ネット書店】網路書店** ネット書店では、本の中身を全部見ることはできないので、不安を感じる人もいます。（有些人因為無法看到網路書店內的全書內容而感到有疑慮。） |
| 單字 | **【受け取る】收到** アマゾンで本を注文すると、次の日には受け取れます。（在亞馬遜訂書，隔天就能收到。） |

● 割引クーポン（折價券）／ポイントカード（點券）／アマゾン（亞馬遜網路書店）／注文する（訂購）

# 便利商店（超商） 47

## 262

**台灣超商會推出集點換公仔的活動。** 台湾(たいわん)のコンビニでは、フィギュアカードを集(あつ)めると、フィギュアに交換(こうかん)できます。

| | |
|---|---|
| 衍生 | **台灣超商的集點換公仔活動常引發熱潮。** 台湾(たいわん)では、コンビニのフィギュアのキャンペーンが、消費者(しょうひしゃ)にとても受(う)けています。 |
| 衍生 | **前陣子流行小丸子公仔。** 少(すこ)し前(まえ)には、ちび丸子(まるこ)ちゃんのフィギュアが、大人気(だいにんき)でした。 |
| 單字 | **【キャンペーン】活動** ファミリーマートでは今(いま)、弁当(べんとう)を買(か)うとジュースが半額(はんがく)になるキャンペーンを行(おこな)っています。（全家超商正在辦「買便當，果汁半價」的活動。） |

## 262

**超商讓我生活便利。** コンビニは、私(わたし)の生活(せいかつ)を便利(べんり)にしました。

| | |
|---|---|
| 衍生 | **超商也能沖洗相片。** コンビニでも、写真(しゃしん)の現像(げんぞう)が出来(でき)ます。 |
| 衍生 | **很多超商全年無休。** 多(おお)くのコンビニは、年中無休(ねんじゅうむきゅう)です。 |
| 單字 | **【現像】沖洗（相片）** フィルムカメラの写真(しゃしん)は、写真屋(しゃしんや)で現像(げんぞう)してもらわなければならないので、不便(ふべん)です。（傳統相機的底片要到照相館沖洗，很不方便。） |

● フィギュア（公仔）／受ける（受歡迎）／ちび丸子ちゃん（櫻桃小丸子）／大人氣（很受歡迎）／ジュース（果汁）／行う（舉辦）／フィルムカメラ（傳統底片相機）

# 47 便利商店（超商） 逛超商是樂趣・在捷運站旁

263

**我覺得逛超商是種樂趣。** 私（わたし）は、コンビニに行（い）くのが楽（たの）しみです。

| | |
|---|---|
| 衍生 | **我喜歡嘗試超商的新產品。**<br>私（わたし）は、コンビニの新商品（しんしょうひん）を試（ため）してみるのが好（す）きです。 |
| 衍生 | **我常去超商看雜誌。**<br>私（わたし）はいつも、コンビニに雑誌（ざっし）を読（よ）みに行（い）きます。 |
| Q | **你喜歡逛超商嗎？**<br>あなたは、コンビニに行（い）くのが好（す）きですか。 |
| 單字 | **【楽しみ】樂趣**　私（わたし）の楽（たの）しみは、週末（しゅうまつ）のこの番組（ばんぐみ）を見（み）ることです。（週末看這個節目是我的樂趣。） |

263

**很多超商都在捷運站旁邊。** ＭＲＴ（エムアールティー）の駅（えき）の近（ちか）くには、コンビニが集（あつ）まっています。

| | |
|---|---|
| 衍生 | **很多超商都開在轉角處。**<br>コンビニは、曲（ま）がり角（かど）にある場合（ばあい）が多（おお）いです。 |
| 衍生 | **超商都裝潢的明亮舒適。**<br>コンビニの内装（ないそう）は、明（あか）るくて心地（ここち）よさを感（かん）じさせます。 |
| 單字 | **【曲がり角】轉角**　そこの曲（ま）がり角（かど）を曲（ま）がってまっすぐ行（い）くと、公園（こうえん）があります。（在那轉彎後直走，有座公園。） |
| 單字 | **【集まる】聚集在一起**　あの通（とお）りには、商店（しょうてん）が集（あつ）まっています。（那條路上有很多商店。） |

● 試してみる（嘗試看看）／番組（電視節目）／心地よさ（舒適）／感じさせる（讓人感覺）／曲がる（轉彎）／まっすぐ行く（直走）／通り（道路）

264

**7-11 超商有 i-cash 預付儲值卡。** セブンイレブンには、i-cash（アイーキャッシュ）カードというプリペイドカードがあります。

| | |
|---|---|
| 衍生 | **i-cash 可以儲值。**<br>i-cash（アイーキャッシュ）カードに、お金（かね）を入（い）れることができます。 |
| 衍生 | **憑 i-cash 購物有優惠**<br>i-cash（アイーキャッシュ）カードで買（か）い物（もの）すると、特典（とくてん）があります。 |
| 單字 | **【特典】優惠** このCD（シーディー）を、発売前（はつばいまえ）に予約（よやく）したら、特典（とくてん）でポスターが付（つ）いてきました。（預購這張CD，特別加送海報。） |

264

**每個超商都有自己的促銷手法。** どのコンビニにも、それぞれの販売促進（はんばいそくしん）テクニックがあります。

| | |
|---|---|
| 衍生 | **每個超商都有自己的熱門商品。**<br>どのコンビニにも、それぞれの売（う）れ筋（すじ）商品（しょうひん）があります。 |
| 衍生 | **提到「大亨堡」，都知道是超商的食物。**「ビッグホットドッグ」と聞（き）くと、誰（だれ）でもコンビニの商品（しょうひん）だとわかります。 |
| 單字 | **【売れ筋】熱門商品** 最近（さいきん）の売（う）れ筋（すじ）デジカメは、水中（すいちゅう）でも撮影（さつえい）できるこの商品（しょうひん）です。（最近的熱門數位相機，就是能在水中攝影的這一款。） |

● セブンイレブン（7-11）／プリペイドカード（預付卡）／お金を入れる（儲值）／それぞれ（各自）／販売促進テクニック（促銷手法）／デジカメ（數位相機）

# 47 便利商店（超商）提供座位・賣咖啡

265

**最近，台灣越來越多超商提供座位。** 台湾（たいわん）では最近（さいきん）、店内（てんない）にテーブルといすがあるコンビニが増（ふ）えました。

衍生 **可以在超商點咖啡坐著喝。**
コンビニでコーヒーを頼（たの）んで、座（すわ）って飲（の）めます。

單字 **【店内】店内** コンビニの店内（てんない）は、冷房（れいぼう）が効（き）いていて、涼（すず）しいです。（超商有開冷氣，很涼快。）

265

**超商也賣起現泡咖啡了。** コンビニでも、淹（い）れたてのコーヒーを売（う）るようになりました。

衍生 **超商找知名藝人代言咖啡。** コンビニは、コーヒーのＰＲ（ピーアール）に、売（う）れている芸能人（げいのうじん）を起用（きよう）しています。

衍生 **超商的咖啡比知名連鎖咖啡店便宜。**
コンビニの淹（い）れたてコーヒーは、大手（おおて）のコーヒーショップチェーンのものより安（やす）いです。

單字 **【淹れたて】現泡** コーヒーメーカーを買（か）ったので、いつでも淹（い）れたてのコーヒーが飲（の）めます。（因為買了咖啡機，隨時都能喝到現泡咖啡。）

單字 **【大手】規模大的** 彼（かれ）は大学（だいがく）を卒業（そつぎょう）して、大手（おおて）の銀行（ぎんこう）に入（はい）りました。（他大學畢業後進了一家規模很大的銀行。）

● テーブルといす（桌椅）／頼む（點餐）／冷房が効く（有開冷氣）／売るようになる（開始賣）／PR（廣告）／売れている（當紅的）／コーヒーショップチェーン（連鎖咖啡店）／コーヒーメーカー（咖啡機）

## 標準外食族・吃微波食物　三餐 48

### 266

**我是標準的外食族。**　私は、外食族の典型です。

| | |
|---|---|
| 相似 | **我家從不開伙。**　私のうちでは、ご飯は作りません。 |
| 衍生 | **在台灣，外食的花費未必比較貴。**<br>台湾では、外食が自炊よりも高いとは限りません。 |
| 衍生 | **外食時，我最在乎衛生與清潔。**　私は、外で食事を取るとき、衛生的できれいなところを選びます。 |
| 單字 | **【食事を取る】用餐**<br>ちょっと、食事を取ってきます。（我去吃飯一下。） |

### 266

**我常吃微波食物。**　私は、レンジ調理食品を、よく食べます。

| | |
|---|---|
| 相反 | **我從不吃經過加工的食物。**<br>私は、調理済み食品は、食べません。 |
| 衍生 | **我常吃冷凍食品。**　私は、冷凍食品を、よく食べます。 |
| 衍生 | **新鮮烹調的食物較能保有營養素。**<br>調理されたばかりの食べ物は、傷んでいない栄養素を豊富に含んでいます。 |
| 單字 | **【傷む】受損、食物變不新鮮**　このキャベツは、もうすぐ傷みそうなので、早く食べましょう。（這顆高麗菜看起來快不新鮮了，早點吃了吧。） |

● 自炊よりも（跟自己下廚相比）／高いとは限りません（未必比較貴）／きれいなところ（乾淨的地方）／レンジ（微波爐）／よく（經常）／…たばかり（才剛…）

# 48 三餐 三餐定時定量・每天吃早餐

## 267

**我每天三餐定時定量。** 私は、1日3食、欠かさず決まった時間に食べます。

| | |
|---|---|
| 相反 | **我的吃飯時間通常不固定。**<br>私は、食事の時間が不規則です。 |
| 衍生 | **我有時候會少吃一餐。** 私はときどき、1食抜きます。 |
| Q | **你吃（早餐／午餐／晚餐）了嗎？**<br>あなたは、（朝ご飯／昼ご飯／晩ご飯）を食べましたか。 |
| 單字 | **【抜く】省略** 私は、ダイエットのために、夕食を抜いています。（我正為了減肥，不吃晚餐。） |

## 267

**我每天吃早餐。** 私は、毎日ちゃんと朝ご飯を食べます。

| | |
|---|---|
| 相反 | **我從不吃早餐。** 私は昔から、朝ご飯は食べません。 |
| 衍生 | **我常因睡太晚而沒吃早餐。** 私はいつも、遅くまで寝ているので、朝ご飯を食べません。 |
| 衍生 | **我不吃早餐會沒體力。**<br>私は、朝ご飯を食べないと、エネルギーが湧きません。 |
| 單字 | **【湧く】心中湧起…**<br>彼と話していると、生きる希望が湧いてきました。<br>（跟他聊天後，湧起一股活下去的希望。） |

● 欠かさず（一定）／決まった時間（固定時間）／ダイエットのために（為了減肥）／夕食（晚餐）／遅くまで寝ている（睡到很晚）／エネルギー（體力）

268

**我在家裡吃早餐。** 私(わたし)は、うちで朝食(ちょうしょく)をとります。

替換 **【うち】可換成**

朝食屋(ちょうしょくや)(早餐店)/ファーストフードショップ(速食店)/オフィス(辦公室)/学校(がっこう)(學校)/バスの中(なか)(公車上)/車(くるま)の中(なか)(車上)

Q **你常在辦公室吃早餐嗎?**

あなたはいつも、オフィスで朝(あさ)ご飯(はん)を食(た)べますか。

單字 **【とる】攝取** 今朝(けさ)は、マクドナルドで、朝食(ちょうしょく)をとりました。(我今天早上在麥當勞吃早餐。)

268

**我自己做早餐。** 私(わたし)は、自分(じぶん)で朝(あさ)ご飯(はん)を作(つく)ります。

衍生 **我媽媽每天幫我做早餐。**

母(はは)は毎日(まいにち)、朝(あさ)ご飯(はん)を作(つく)ってくれます。

衍生 **我只要花 10 分鐘就能做好早餐。**

私(わたし)は、10分(じゅっぷん)あれば、朝(あさ)ご飯(はん)を作(つく)れます。

Q **你媽媽幫你做早餐嗎?**

あなたのお母(かあ)さんは、朝食(ちょうしょく)を作(つく)ってくれますか。

單字 **【作ってくれます】幫我做…**

私(わたし)の彼女(かのじょ)は、ときどき弁当(べんとう)を作(つく)ってくれます。
(我女朋友有時候會幫我做便當。)

● いつも(經常)/マクドナルド(麥當勞)/ときどき(有時候)

# 48 三餐 早餐豐盛・早上吃吐司夾蛋

## 269

**我的早餐很豐盛。** 私の朝ご飯は、豪勢です。

| | |
|---|---|
| 相反 | **我的早餐很簡單。** 私の朝ご飯は、簡単です。 |
| 衍生 | **我的早餐只（喝一杯水／吃水果）。** 私は朝食には、（水を一杯飲む／果物を食べる）だけです。 |
| 衍生 | **我的早餐（常換花樣／一成不變）。** 私の朝食のメニューは、（いろいろ変わります／いつも同じです）。 |
| Q | **你的早餐很豐盛嗎？** あなたの朝ご飯は、豪勢ですか。 |

## 269

**我每天早上吃吐司夾蛋。** 私は毎朝、食パンに卵をはさんで食べます。

| | |
|---|---|
| 衍生 | **我吃（三明治／漢堡／鬆餅）當早餐。** 私は朝食に、（サンドイッチ／ハンバーガー／ホットケーキ）を食べます。 |
| 衍生 | **我的早餐少不了（優格／牛奶／咖啡）。** 私は、朝ご飯には、（ヨーグルト／牛乳／コーヒー）が欠かせません。 |
| Q | **你的早餐吃什麼？** あなたは、朝食に何を食べますか。 |
| 單字 | **【欠かせません】少不了** 刺身には、わさびが欠かせません。（吃生魚片少不了山葵。） |

● 豪勢（豐盛）／だけ（僅僅、只）／食パン（吐司）／卵（蛋）／はさむ（夾著）／刺身（生魚片）／わさび（山葵）

## 270

**我喜歡（中式／西式）早餐。** 私は、（中華／洋風）の朝食が好きです。

| | |
|---|---|
| 衍生 | **我吃麥當勞早餐。**<br>私は、マクドナルドの朝ご飯を食べます。 |
| 衍生 | **我覺得中式早餐太油膩。**<br>中華の朝食は、油っぽいと思います。 |
| 單字 | **【洋風】西式** 洋風ステーキと和風ステーキ、どちらが好きですか。（西式牛排和日式牛排，你比較喜歡哪個？） |
| 單字 | **【油っぽい】油膩**<br>油っぽいものばかり食べていると、早く老化してしまいますよ。（盡吃些油膩東西的話，會很快老化唷。） |

## 270

**我午餐吃便當。** 私は、お昼にお弁当を食べます。

| | |
|---|---|
| 衍生 | **我中午自己帶便當。**<br>私は昼ご飯に、弁当を持って行きます。 |
| 衍生 | **我偶爾吃商業午餐。**<br>私はときどき、ビジネスランチを食べます。 |
| 衍生 | **我吃學校的營養午餐。** 私は、給食を食べます。 |
| Q | **你的午餐通常吃什麼？**<br>あなたは普段、昼食に何を食べますか。 |

● マクドナルド（麥當勞）／ステーキ（牛排）／お昼（中午）／…ばかり（盡是…）／ときどき（偶爾）／ビジネスランチ（商業午餐）／給食（營養午餐）

# 48 三餐 午餐習慣吃飯／麵・在員工餐廳吃午餐

## 271

**午餐我習慣吃（飯／麵）。** 私はいつも、昼食に（ご飯類／麵類）を食べます。

| | |
|---|---|
| 衍生 | **我的午餐很簡單。** 私は、昼ご飯は簡単に済ませます。 |
| 衍生 | **我的午餐很豐盛。** 私の昼ご飯は、豪勢です。 |
| 衍生 | **中午吃太飽我會想睡覺。**<br>私は、昼ご飯を食べ過ぎると、眠くなります。 |
| 單字 | **【食べ過ぎる】吃太多** 私は、焼肉食べ放題に行くと、いつも食べ過ぎてお腹を壊します。（我去吃燒肉吃到飽，常吃太多而吃壞肚子。） |

## 271

**我在員工餐廳吃午餐。** 私は、会社の食堂でお昼を食べます。

| | |
|---|---|
| 替換 | **【会社の食堂】員工餐廳，可換成**<br>学食（學生餐廳）／大衆食堂（大眾餐廳） |
| 相似 | **我在（公司／學校）附近吃午餐。**<br>私は、（会社／学校）の近くで昼ご飯を食べます。 |
| 衍生 | **我通常會買東西回公司吃。** 私はいつも、会社の近くで食べ物を買って、会社で食べます。 |
| Q | **你們公司供應午餐嗎？**<br>あなたの会社は、昼食を出してくれますか。 |

● 簡単に済ませる（簡單了事）／豪勢（豐盛）／眠くなる（變得想睡覺）／食べ放題（吃到飽）／お腹を壊す（吃壞肚子）／昼食（午餐）

## 272

**我跟（同事／同學）一起吃午餐。**　私は、（同僚／クラスメート）と一緒に昼ご飯を食べます。

| | |
|---|---|
| 衍生 | **我常約客戶吃午餐。**<br>私はよく、顧客を昼ご飯に誘います。 |
| 衍生 | **我習慣自己一個人吃午餐。**<br>私はいつも、昼ご飯は1人で食べます。 |
| Q | **你要一起吃午餐嗎？**　一緒に昼ご飯を食べませんか。 |
| Q | **你通常一個人吃午餐嗎？**<br>あなたはいつも、1人で昼ご飯を食べますか。 |

## 272

**我中午吃得少。**　私は、昼ご飯は少ししか食べません。

| | |
|---|---|
| 相反 | **我中午吃很多。**<br>私は、昼ご飯はたくさん食べます。 |
| 衍生 | **我的午餐只吃（生菜沙拉／水果）。**<br>私は昼食に、（サラダ／果物）しか食べません。 |
| Q | **你的午餐都吃這麼少嗎？**<br>あなたは、昼ご飯は、これだけしか食べないんですか。 |
| 單字 | **【…しか＋動詞否定形】只有…**<br>私は今、500円しか持っていません。（我現在只有 500 元日幣。） |

●誘う（邀約）／いつも（經常）／たくさん（很多）／これだけ（僅僅這樣）

# 48 三餐 忙到沒時間吃午餐・回家吃晚餐

## 273

**我常忙到沒時間吃午餐。** 私(わたし)はいつも、忙(いそが)しくて昼(ひる)ご飯(はん)を食(た)べる暇(ひま)がありません。

衍生 **我通常在下午 2 點前吃完午餐。** 私(わたし)はいつも、午後(ごご)2時(にじ)までには、昼(ひる)ご飯(はん)を食(た)べ終(お)わっています。

Q **你通常忙到幾點吃午餐？** あなたはいつも、何時(なんじ)ごろになって、やっと昼(ひる)ご飯(はん)を食(た)べる暇(ひま)ができますか。

單字 **【忙しい】忙碌** 月曜日(げつようび)はいつも、お客(きゃく)さんが多(おお)くて忙(いそが)しいです。（星期一總是客人很多，很忙。）

單字 **【やっと】終於** おとといから続(つづ)いていた熱(ねつ)が、今日(きょう)になってやっと下(さ)がりました。（前天開始就持續發燒，今天才終於退燒了。）

## 273

**我通常回家吃晚餐。** 私(わたし)はいつも、うちに帰(かえ)って晩(ばん)ご飯(はん)を食(た)べます。

相反 **我很久沒回家吃晚餐了。**

私(わたし)はしばらく、うちで晩(ばん)ご飯(はん)を食(た)べていません。

衍生 **我買晚餐回家吃。**

私(わたし)は、晩(ばん)ご飯(はん)は外(そと)で買(か)ってきて、うちで食(た)べます。

衍生 **週末我回父母家和他們共進晚餐。** 私(わたし)は週末(しゅうまつ)には、実家(じっか)に帰(かえ)って、両親(りょうしん)と一緒(いっしょ)に晩(ばん)ご飯(はん)を食(た)べます。

● 暇（空閒）／2時までに（2 點前）／食べ終わる（吃完）／何時ごろ（大約幾點）／月曜日（星期一）／おとといから（前天開始）／熱が下がる（退燒）／しばらく（一陣子）／実家（父母住的家）

274

**我自己下廚煮晚餐。** 私は、夕食は自炊しています。

| | |
|---|---|
| 衍生 | **我常跟家人上館子吃晚餐。**<br>私はよく、家族と一緒にレストランで夕食を食べます。 |
| 衍生 | **我偶爾在高級餐廳吃晚餐。**<br>私はたまに、高級レストランに行って晚ご飯を食べます。 |
| Q | **你和家人一起吃晚餐嗎？**<br>あなたは、家族と一緒に晚ご飯を食べますか。 |
| 單字 | **【自炊】自己下廚** 自炊をするようになって、食費が大きく下がりました。（開始自己下廚，伙食費也大幅減少。） |

274

**我常跟朋友吃晚餐。** 私はいつも、友達と晚ご飯を食べます。

| | |
|---|---|
| 相似 | **今天晚上朋友請我吃飯。**<br>今晩は、友達が夕食に招待してくれました。 |
| Q | **你晚上常跟朋友聚餐嗎？** あなたはよく、友達みんなで集まって、一緒に晚ご飯を食べますか。 |
| 單字 | **【招待する】邀請、請客** 友達を、ホームパーティーに招待しました。（我邀請朋友參加家庭派對。） |
| 單字 | **【集まる】聚集**<br>昨日は、友達同士で私のうちに集まって、一緒に映画を見ました。（昨天朋友在我家集合，一起去看電影。） |

● 夕食（晚餐）／レストラン（餐廳）／ホームパーティー（家庭派對）

# 49 飲料 流行茶飲料・茶飲料宣稱可去油

## 275

**最近流行各種茶飲料。** 最近、いろいろな茶系飲料が、はやっています。

| | |
|---|---|
| 衍生 | **茶飲料分有糖、無糖、低糖 2 種。** 茶系飲料には、砂糖入り、無糖、微糖の2種類があります。 |
| 衍生 | **一些茶飲料的電視廣告很有趣。** 茶系飲料のテレビコマーシャルには、けっこう面白いものもあります。 |
| 單字 | **【コマーシャル】廣告** 私は、テレビを見ていて、コマーシャルになると、チャンネルを変えます。（看電視時，只要一進廣告我就轉台。） |

## 275

**有些茶飲料宣稱有去油功效。** 茶系飲料には、油を流す作用があると宣伝しているものもあります。

| | |
|---|---|
| 衍生 | **喝茶飲料可以解膩。** 油っぽいものを食べた後に茶系飲料を飲むと、さっぱりします。 |
| 衍生 | **茶飲料好像沒有去油效果。** 茶系飲料には、油を流す作用はないようです。 |
| 單字 | **【さっぱり】清爽** 浴槽から上がって水を浴びると、さっぱりします。（從浴缸出來沖個水，感覺很舒暢。） |
| 單字 | **【作用】功效** この薬には、血圧を下げる作用があります。（這個藥有降血壓的功效。） |

● はやる（流行）／テレビ（電視）／けっこう面白い（蠻有趣）／チャンネル（頻道）／油っぽい（油膩）／…ようです（好像…）／浴びる（沖）

## 276

**我沒喝過提神飲料。** 私（わたし）は、栄養（えいよう）ドリンクを飲（の）んだことがありません。

| | |
|---|---|
| 衍生 | **有些人習慣依賴提神飲料。**<br>いつも栄養（えいよう）ドリンクに頼（たよ）っている人（ひと）もいます。 |
| 衍生 | **提神飲料的電視廣告很搞笑。**<br>栄養（えいよう）ドリンクのテレビコマーシャルは、笑（わら）えます。 |
| 單字 | **【頼る】依賴**　薬（くすり）だけに頼（たよ）るダイエットは、リバウンドしやすいので、あまりよくないです。<br>（單單依靠藥物減肥容易復胖，所以不太好。） |
| 單字 | **【笑える】搞笑**　この番組（ばんぐみ）は、けっこう笑（わら）えます。<br>（這個節目蠻搞笑的。） |

## 276

**我最愛喝可樂。** 私（わたし）は、コーラが大好（だいす）きです。

| | |
|---|---|
| 替換 | **【コーラ】可樂，可換成**　お茶（ちゃ）（茶）／炭酸飲料（たんさんいんりょう）（汽水） |
| 相反 | **我從不喝（冰的飲料／汽水）。**　私（わたし）は昔（むかし）から、（冷（つめ）たい飲み物（もの）／炭酸飲料（たんさんいんりょう））は飲（の）みません。 |
| 衍生 | **我喜歡喝（冷飲／熱飲）。**<br>私（わたし）は、（冷（つめ）たい飲（の）み物（もの）／温（あたた）かい飲（の）み物（もの））が好（す）きです。 |
| Q | **你常喝哪些飲料？**<br>あなたはいつも、どんな飲（の）み物（もの）を飲（の）みますか。 |

● 栄養ドリンク（提神飲料）／…たことがありません（沒有過…經驗）／ダイエット（減肥）／リバウンドしやすい（容易復胖）／番組（節目）／けっこう（蠻…）

# 49 飲料 只喝開水／礦泉水・每天喝水 2000cc

## 277

**我只喝（開水／礦泉水）。** 私（わたし）は、（お湯（ゆ）／ミネラルウォーター）しか飲（の）みません。

| | |
|---|---|
| 相反 | **我經常嘗試各種飲料。**<br>私（わたし）はいつも、いろいろな飲（の）み物（もの）にチャレンジします。 |
| 衍生 | **喝開水是最健康的。** お湯（ゆ）を飲（の）むのが、一番健康的（いちばんけんこうてき）です。 |
| Q | **你每天喝水嗎？** あなたは、毎日水（まいにちみず）を飲（の）みますか。 |
| 單字 | **【お湯】熱開水** お湯（ゆ）を入（い）れて3分（さんぷん）で、でき上（あ）がりです。<br>（倒入熱開水，3分鐘後就完成了。） |

## 277

**我每天至少喝水 2000cc。** 私（わたし）は毎日（まいにち）、少（すく）なくとも2リットルの水（みず）を飲（の）みます。

| | |
|---|---|
| 衍生 | **每人每天必須攝取 2000cc 的水分。**<br>人間（にんげん）は、毎日（まいにち）2リットルの水分（すいぶん）を摂取（せっしゅ）する必要（ひつよう）があります。 |
| Q | **你一天喝多少水？**<br>あなたは、一日（いちにち）に水（みず）をどのくらい飲（の）みますか。 |
| 單字 | **【少なくとも】至少** この車（くるま）を修理（しゅうり）するには、少（すく）なくとも5万元（ごまんげん）はかかります。（修理這台車，至少要花5萬元。） |
| 單字 | **【摂取】攝取** あなたはもっと、植物繊維（しょくぶつせんい）を摂取（せっしゅ）したほうがいいですよ。（你最好多攝取植物性纖維比較好唷。） |

● しか飲みません（只喝）／チャレンジする（嘗試）／でき上がり（完成）／リットル（公升）／…たほうがいいです（最好…比較好）

## 278

**我每天早上喝優酪乳。**　私は毎朝、飲むヨーグルトを飲みます。

| | |
|---|---|
| 替換 | **【飲むヨーグルト】優酪乳，可換成**<br>牛乳（牛奶）／豆乳（豆漿） |
| 衍生 | **優酪乳含大量的乳酸菌。**<br>飲むヨーグルトには、乳酸菌が豊富に含まれています。 |
| 衍生 | **優格和優酪乳是同類型的產品。**<br>ヨーグルトと飲むヨーグルトは、同じ部類の商品です。 |
| 單字 | **【同じ部類】同類型**　ファンタもコーラも同じ部類の飲み物で、どちらも炭酸飲料です。（芬達跟可樂是同類型的飲料，也都是碳酸飲料。） |

## 278

**我每天一定要喝咖啡。**　私は、毎日必ずコーヒーを飲みます。

| | |
|---|---|
| 衍生 | **我喜歡喝（卡布奇諾／拿鐵／黑咖啡）。**<br>私は、（カプチーノ／カフェラッテ／ブラックコーヒー）が好きです。 |
| 衍生 | **我習慣飯後喝一杯咖啡。**<br>私はいつも、食後にコーヒーを一杯飲みます。 |
| Q | **你每天喝咖啡嗎？**　あなたは、毎日コーヒーを飲みますか。 |
| 單字 | **【食後】飯後**<br>私はいつも、食後に散歩します。（我習慣飯後散步。） |

● ヨーグルト（優格）／どちらも（兩個都）／コーヒー（咖啡）

# 49 飲料 喝咖啡／茶提神・喝果汁補充維他命C

279

**我喝（咖啡／茶）提神。** 私（わたし）は、（コーヒー／お茶（ちゃ））を飲（の）んでリフレッシュします。

衍生 **我喝（咖啡／茶）會失眠。**
私（わたし）は、（コーヒー／お茶（ちゃ））を飲（の）むと、眠（ねむ）れなくなります。

衍生 **咖啡和茶含有咖啡因。**
コーヒーやお茶（ちゃ）には、カフェインが含（ふく）まれています。

單字 **【リフレッシュする】恢復精神** 仕事（しごと）で疲（つか）れているので、ゴールデンウィークは、海外旅行（かいがいりょこう）に行（い）って、しっかりリフレッシュしてきます。（工作太累，為了恢復精神，打算趁黃金周去國外旅遊。）

279

**我喝果汁補充維他命C。** 私（わたし）は、ジュースを飲（の）んでビタミンC（シー）を摂（と）ります。

衍生 **我每天喝現榨的果汁。**
私（わたし）は毎日（まいにち）、フレッシュジュースを飲（の）みます。

衍生 **據說果汁中所含的維他命C並不多。** ジュースに含（ふく）まれているビタミンC（シー）は、そんなに多（おお）くないそうです。

單字 **【摂る】攝取** 私（わたし）は貧血（ひんけつ）なので、鉄分（てつぶん）を摂（と）るようにしています。（我容易貧血，所以會盡量補充鐵質。）

單字 **【含まれる】包含** 豆乳（とうにゅう）には、ビタミンB（ビー）が含（ふく）まれています。（豆漿裡含有維他命B。）

● 眠れなくなる（變得睡不著）／カフェイン（咖啡因）／ゴールデンウィーク（黃金周）／しっかり（好好地）／ジュース（果汁）／ビタミンB（維他命B）

# 喜歡喝甜的飲料・不喝酒 飲料 49

## 280

**我喜歡喝甜的飲料。** 私は、甘い飲み物が好きです。

| | |
|---|---|
| 相反 | **我從不喝含糖飲料。** 私は、甘い飲み物は、飲みません。 |
| 衍生 | **含糖飲料熱量都很高。**<br>甘い飲み物は、ほとんどがカロリーが高いです。 |
| 衍生 | **我常買超商的紙盒裝飲料。**<br>私はよく、コンビニで紙パック飲料を買います。 |
| 單字 | **【カロリー】熱量、卡路里**<br>おにぎり1つで、何カロリーぐらいありますか。<br>（一個御飯糰約有多少卡路里呢？） |

## 280

**我不喝酒。** 私は、お酒を飲みません。

| | |
|---|---|
| 相反 | **我偶爾喝酒。**<br>私は、たまにお酒を飲みます。 |
| 相似 | **要開車我絕不喝酒。**<br>私は、車を運転するときは、決してお酒を飲みません。 |
| 衍生 | **我對酒精過敏。**<br>私は、アルコールアレルギーです。 |
| 衍生 | **我戒酒了。**<br>私は、お酒をやめました。 |

● ほとんど（幾乎）／コンビニ（便利商店）／紙パック（紙盒）／おにぎり（御飯糰）／アルコールアレルギー（酒精過敏）／やめる（停止）

# 50 飲食習慣 經常暴飲暴食・食量很大／小

◎ 281

**我經常暴飲暴食。** 私(わたし)はよく、暴飲暴食(ぼういんぼうしょく)をします。

| | |
|---|---|
| 相反 | **我的三餐定時定量。**<br>私(わたし)は3食(さんしょく)、決(き)まった時間(じかん)に決(き)まった量(りょう)を食(た)べます。 |
| 衍生 | **我通常只吃八分飽。**<br>私(わたし)はいつも、腹八分目(はらはちぶんめ)しか食(た)べません。 |
| 單字 | **【決まった】固定的** 私(わたし)はいつも、決(き)まった時間(じかん)に起(お)きます。（我總是在固定時間起床。） |
| 單字 | **【腹八分目】八分飽** 食事(しょくじ)は、腹八分目(はらはちぶんめ)を心(こころ)がけてください。（請吃八分飽就好了。） |

◎ 281

**我（食量很大／食量很小）。** 私(わたし)は、（大食(おおぐ)い／少食(しょうしょく)）です。

| | |
|---|---|
| 衍生 | **我變得（食量大／食量小）。**<br>私(わたし)は、（大食(おおぐ)い／少食(しょうしょく)）になりました。 |
| 衍生 | **我很想參加大胃王比賽。**<br>私(わたし)は、大食(おおぐ)いコンテストに出(で)たいと思(おも)っています。 |
| Q | **你的食量大嗎？** あなたは、たくさん食(た)べますか。<br>★★★如果直譯為「あなたは大食いですか」這樣問對方不太有禮貌，但是「大食い」可以用來形容自己。 |
| 單字 | **【コンテスト】比賽** 私(わたし)は、スピーチコンテストに出(で)たことがあります。（我參加過演講比賽。） |

● 心がける（注意）／たくさん（很多）／スピーチ（演講）／…たことがある（曾經有過…經驗）

## 食慾很好・挑食　飲食習慣 50

### 282

**我的食慾很好。** 私はいつでも、食欲があります。

★★★若譯為「私は食欲があります」，意思是我現在很餓，和上述不同。

| | |
|---|---|
| 相反 | **我沒有胃口。** 私は、食欲がありません。 |
| 衍生 | **心情不好我就吃不下飯。** 気分がふさいでいると、ご飯が喉を通りません。 |
| 單字 | **【ふさぐ】心情低落** 恋愛、勉強、その他すべてがうまく行かなくて、気分がふさいでいます。（戀愛、讀書、以及其他所有事都不順利，現在心情很差。） |
| 單字 | **【通る】通過** 悩み事があり、食事も喉を通りません。（有煩惱所以食不下嚥。） |

### 282

**我挑食。** 私は、好き嫌いがあります。

| | |
|---|---|
| 相反 | **我不挑食。** 私は、好き嫌いがありません。 |
| 衍生 | **我喜歡品嚐沒吃過的食物。** 私は、食べたことがないものにチャレンジするのが好きです。 |
| Q | **你挑食嗎？** あなたは、好き嫌いがありますか。 |
| 單字 | **【好き嫌い】挑食** 子供のころ、好き嫌いをすると、両親に叱られました。（小時候只要一挑食，就被父母罵。） |

● 気分（心情）／すべて（全部）／うまく行かない（進展不順利）／悩み事（煩惱）／チャレンジする（嘗試）／叱る（責罵）

# 50 飲食習慣 重口味・喜歡／不喜歡吃辣

## 283

**我喜歡重口味的食物。** 私は、こってりした食べ物が好きです。

| | |
|---|---|
| 相反 | **我吃得很清淡。** 私は、さっぱりしたものを食べます。 |
| Q | **你都吃這麼（清淡／油膩）嗎？** あなたは、いつもこんなに（さっぱりした／脂っこい）物を食べるんですか。 |
| 單字 | **【こってり】重口味** 私は、こってりしたものを食べた後は、ウーロン茶を飲みます。（我吃完重口味的東西後，都喝烏龍茶。） |
| 單字 | **【さっぱり】清淡** 朝は、さっぱりしたものを食べます。（早上吃清淡的東西。） |

## 283

**我（喜歡／不喜歡）吃辣。** 私は、辛い物が（好きです／好きではありません）。

| | |
|---|---|
| 衍生 | **我常吃麻辣鍋。** 私は、台湾式激辛鍋を食べます。 |
| 衍生 | **我吃東西一定沾辣椒醬。** 私は、何にでもチリソースをかけて食べます。 |
| 衍生 | **點餐時，我通常選擇（大辣／中辣／小辣）。** 料理を頼むとき、私はいつも（激辛／中辛／ピリ辛）のを頼みます。 |
| 單字 | **【激辛】非常辣** あの店の激辛ラーメンを食べると、口から火が出そうになります。（吃那家店的超辣拉麵，嘴巴像要噴火一樣。） |

● ウーロン茶（烏龍茶）／台湾式激辛鍋（麻辣鍋）／チリソースをかける（沾辣椒醬）／頼む（點餐）／ラーメン（拉麵）

284

**我是素食者。** 私（わたし）は、ベジタリアンです。

| | |
|---|---|
| 相似 | **我農曆初一和十五吃素。**<br>私（わたし）は旧暦（きゅうれき）1日（ついたち）と15日（じゅうごにち）は、精進料理（しょうじんりょうり）を食（た）べます。 |
| 衍生 | **吃素的人口越來越多。**<br>最近（さいきん）、ベジタリアンが増（ふ）えています。 |
| 衍生 | **有人說吃素較環保。**<br>ベジタリアンは、環境（かんきょう）にやさしいそうです。 |
| Q | **你吃素嗎？** あなたは、ベジタリアンですか。 |

284

**我不喜歡吃肉類。** 私（わたし）は、肉類（にくるい）が嫌（きら）いです。

★★★如直譯為「肉類が好きじゃありません」，這樣的日文表達沒有錯誤，但較不自然。

| | |
|---|---|
| 相反 | **我每餐一定要吃肉類。**<br>私（わたし）は、毎食（まいしょく）必（かなら）ず肉類（にくるい）を食（た）べます。 |
| 相似 | **我很少吃肉類。** 私（わたし）は、肉類（にくるい）はあまり食（た）べません。 |
| 衍生 | **我喜歡吃（蔬菜／水果／海鮮）。**<br>私（わたし）は、（野菜（やさい）／果物（くだもの）／魚介類（ぎょかいるい））が好（す）きです。 |
| 單字 | **【魚介類】海鮮**<br>私（わたし）は、肉類（にくるい）よりも、魚介類（ぎょかいるい）のほうが好（す）きです。<br>（跟肉類比，我比較喜歡吃海鮮。） |

● ベジタリアン（素食者）／旧暦（農曆）／精進料理（素菜）／環境にやさしい（環保）／あまり…ません（不太…）

# 51 父母親 對我嚴格・不干涉我的生活

## 285

**父母親對我很嚴格。** 両親(りょうしん)は私(わたし)に対(たい)してとても厳(きび)しいです。

| | |
|---|---|
| 衍生 | **我母親比父親嚴格。** 私(わたし)の母(はは)は、父(ちち)より厳(きび)しいです。 |
| 衍生 | **生活中，我父親扮黑臉，母親扮白臉。** 父(ちち)はいつも私(わたし)に厳(きび)しく、母(はは)はいつも私(わたし)に優(やさ)しくしてくれます。 |
| 單字 | **【厳しい】嚴格** 子供(こども)の教育(きょういく)は、厳(きび)しすぎても甘(あま)すぎてもだめです。（對小孩的教育，太嚴格或太放縱都不行。） |
| 單字 | **【甘い】寬容** 妻(つま)は、息子(むすこ)に甘(あま)すぎます。（我太太對兒子太放縱了。） |

## 285

**父母親從不干涉我的生活。** 両親(りょうしん)は昔(むかし)から、私(わたし)の生活(せいかつ)にあれこれうるさくは言(い)いません。

| | |
|---|---|
| 相反 | **（父親／母親）會干涉我的交友狀況。** （父(ちち)／母(はは)）は、私(わたし)の交友関係(こうゆうかんけい)に、あれこれ干渉(かんしょう)してきます。 |
| 相反 | **（父親／母親）會管我什麼時間回家。** （父(ちち)／母(はは)）は、私(わたし)の帰宅時間(きたくじかん)にうるさいです。 |
| Q | **（父親／母親）會干涉你的私生活嗎？** （お父(とう)さん／お母(かあ)さん）は、あなたの私生活(しせいかつ)にあれこれうるさく言(い)いますか。 |
| 單字 | **【うるさく言う】干涉** 妻(つま)は息子(むすこ)に、毎日(まいにち)予習(よしゅう)復習(ふくしゅう)をするように、うるさく言(い)います。（我太太會干涉兒子，叫他每天要預習跟複習作業。） |

● より（比）／…すぎる（太…）／昔から（從以前開始）／あれこれ（各種事情）

## 286

**父母親愛拿我和別人的小孩比較。**

両親(りょうしん)はいつも、私(わたし)をよそのうちの子供(こども)と比(くら)べます。

**相反** **父母親從不拿我和別人小孩比較。**

両親(りょうしん)は、決(けっ)して私(わたし)をよそのうちの子供(こども)と比較(ひかく)しません。

**衍生** **父母親會尊重我的決定。**

両親(りょうしん)は、私(わたし)の考(かんが)えを尊重(そんちょう)してくれます。

**單字** **【よそのうち】別人家** よそのうちに上(あ)がるときは、「お邪魔(じゃま)します」と言(い)うようにしましょう。（進別人家時，都要說「打擾了。」）

**單字** **【尊重】尊重** 先生(せんせい)は、両性(りょうせい)がお互(たが)いを尊重(そんちょう)することが大切(たいせつ)だと言(い)いました。（老師說，兩性互相尊重很重要。）

## 286

**父母親希望我照他們的期望做。**

両親(りょうしん)は、私(わたし)が両親(りょうしん)の思(おも)い通(どお)りにしてほしいです。

**相反** **我不想聽從父母親的決定。**

私(わたし)は、両親(りょうしん)の言(い)うことを聞(き)きたくないです。

**衍生** **有些父母親會希望孩子完成他們未完成的夢想。**

自分(じぶん)ができなかった夢(ゆめ)を、子供(こども)に託(たく)す両親(りょうしん)もいます。

**單字** **【託す】寄託** あなたは子供(こども)に、どんな夢(ゆめ)を託(たく)しますか。（你對自己小孩有什麼期許？）

● よそのうちに上がる（進別人家）／お互い（互相）／大切（重要）／思い通り（心中所想的）／聞きたくない（不想聽從）

# 51 父母親 做決定前和父母商量・催婚

## 287

**做決定前，我會和父母親商量。** 何(なに)かを決(き)める前(まえ)、私(わたし)は両親(りょうしん)に相談(そうだん)します。

| | |
|---|---|
| 相反 | **我對父母親都是「先斬後奏」（先做再說）。**<br>私(わたし)は、何(なに)かをしてから、あとで両親(りょうしん)に話(はな)します。 |
| Q | **你會和父母親商量事情嗎？**<br>あなたは、両親(りょうしん)に悩(なや)み事(ごと)を相談(そうだん)しますか。 |
| 單字 | **【…に相談する】找…商量** 進学(しんがく)のことについて、先生(せんせい)に相談(そうだん)してみようと思(おも)います。（我想找老師商量有關升學的事。） |

## 287

**父母親希望我趕快結婚。** 両親(りょうしん)は、私(わたし)が早(はや)く結婚(けっこん)してほしいと思(おも)っています。

| | |
|---|---|
| 相反 | **父母親不會催我趕快結婚。**<br>両親(りょうしん)は私(わたし)に、早(はや)く結婚(けっこん)しなさいとは言(い)いません。 |
| 衍生 | **我（父親／母親）一直催我們生小孩。** （父(ちち)／母(はは)）は私(わたし)たちに、早(はや)く子供(こども)を作(つく)りなさいと言(い)います。 |
| Q | **父母親會催你趕快結婚嗎？**<br>両親(りょうしん)は、早(はや)く結婚(けっこん)しなさいと言(い)いますか。 |
| 單字 | **【動詞て形＋ほしい】希望對方做…事情** 私(わたし)は、父(ちち)にタバコをやめてほしいと思(おも)っています。（我一直希望爸爸戒菸。） |

● あとで（之後）／悩み事（煩惱）／…について（有關於…）／子供を作る（生小孩）／タバコをやめる（戒菸）

◎ 288

**父母親（贊成／反對）我的工作。** 両親(りょうしん)は、私(わたし)の仕事(しごと)に（賛成(さんせい)／反対(はんたい)）しています。

| | |
|---|---|
| 衍生 | **父母親對我的工作沒有任何意見。** 両親(りょうしん)は、私(わたし)の仕事(しごと)に対(たい)しては、特(とく)に何(なに)も意見(いけん)はありません。 |
| 單字 | **【賛成】贊成** 父(ちち)は、私(わたし)がバンドをすることに、賛成(さんせい)です。（爸爸贊成我組樂團。） |
| 單字 | **【反対】反對** 両親(りょうしん)は、私(わたし)が芸能界(げいのうかい)に入(はい)ることに、反対(はんたい)しています。（父母一直反對我進演藝圈。） |

◎ 288

**我和（父親／母親）有代溝。** 私(わたし)は、（父(ちち)／母(はは)）との間(あいだ)に、ジェネレーションギャップを感(かん)じます。

★★★如直譯為「ジェネレーションギャップがあります」，這樣的日文表達沒有錯誤，但較不自然。

| | |
|---|---|
| 相反 | **我的（父親／母親）像朋友。**<br>私(わたし)にとって、（父(ちち)／母(はは)）は友達(ともだち)みたいです。 |
| 衍生 | **我不太和父母親談自己的事。**<br>私(わたし)は、自分(じぶん)のことを、あまり両親(りょうしん)に話(はな)しません。 |
| Q | **你和（父親／母親）感情好嗎？**<br>あなたは、（お父(とう)さん／お母(かあ)さん）と仲(なか)がいいですか。 |
| 單字 | **【…みたい】像…** 彼(かれ)は、何歳(なんさい)になっても大学生(だいがくせい)みたいです。（他不管幾歲都還是像個大學生。） |

● 仕事（工作）／バンドをする（組樂團）／芸能界に入る（進演藝圈）／ジェネレーションギャップ（代溝）／仲がいい（感情好）

# 51 父母親 身體不好·有自己的工作

## 289

**我父親身體不好。** 父は体が良くないです。

| | |
|---|---|
| 衍生 | **我的（父親／母親）已經過世了。**<br>（父／母）は、すでに亡くなりました。 |
| 衍生 | **大家都說我的父母親看起來很年輕。**<br>みんな、私の両親は若く見えると言います。 |
| Q | **你的（父親／母親）身體健康嗎？**<br>（お父さん／お母さん）は元気ですか。 |
| 單字 | **【亡くなる】過世** 今朝、高校時代の恩師が亡くなったそうです。（聽說我高中的恩師在今天早上過世了。） |

## 289

**我（父親／母親）有自己的工作。** （父／母）は、働いています。

| | |
|---|---|
| 相反 | **我的（父親／母親）已經退休。**<br>（父／母）は、すでに退職しています。 |
| 衍生 | **我母親一直是家庭主婦。**<br>母は、ずっと専業主婦です。 |
| Q | **你的（父親／母親）退休了嗎？**<br>（お父さん／お母さん）は、退職していますか。 |
| 單字 | **【退職】退休** あの教授は、今年退職するそうです。（聽說那個教授今年會申請退休。） |

● すでに（已經）／元気（身體健康）／…そうです（聽說…）／ずっと（一直）／専業主婦（家庭主婦）

## 290

**每月我會給父母親生活費。** 私は毎月、両親に生活費を渡しています。

| | |
|---|---|
| 衍生 | **我必須撫養雙親。** 私は、両親を養わなければなりません。 |
| Q | **你必須撫養父母親嗎？**<br>あなたは、両親を養わなければなりませんか。 |
| 單字 | **【養う】撫養** 私は、必死に働いて一家を養わなければなりません。（我得拼命工作養全家人。） |
| 單字 | **【必死】拼命地** 弟は、必死に勉強して、東京大学に入りました。（弟弟拼命唸書才進東京大學。） |

## 290

**大家都說我長得像（父親／母親）。** みんな、私は（父／母）に似ていると言います。

| | |
|---|---|
| 衍生 | **我的長相是父母親的綜合體。**<br>私は、父にも母にも似ていると言われます。 |
| 衍生 | **我的個性類似（父親／母親）。**<br>私は、性格は（父／母）に似ています。 |
| Q | **你長得像父親？還是母親？** あなたは、お父さん似ですか。それとも、お母さん似ですか。 |
| 單字 | **【お母さん似】像媽媽**<br>この子は、お母さん似なので、将来美人になると思います。（那小孩長得像媽媽，將來一定是個美人。） |

● 渡す（交）／…なければなりません（一定要…）／勉強する（讀書）

# 52 兄弟姊妹 獨生子／女・雙胞胎

## 291

**我是（獨生子／獨生女）。** 私は（一人っ子／一人娘）です。

相反 **我家是大家庭，我有很多兄弟姊妹。**
私の家は、大家族です。兄弟姉妹がたくさんいます。

衍生 **我很希望有個（哥哥／姊姊／弟弟／妹妹）。**
私は、（兄／姉／弟／妹）がとても欲しいです。

Q **你有哥哥嗎？** あなたは、お兄さんがいますか。

單字 **【一人っ子】獨生子** 彼は、一人っ子の典型で、わがままな性格です。（他是典型的獨生子，個性很驕縱。）

## 291

**我和（姊姊／哥哥）是雙胞胎。** 私と（姉／兄）は、双子です。

衍生 **有人說雙胞胎有心電感應。**
双子は心が通じ合っているという人もいます。

衍生 **有些雙胞胎太像了，根本分不出誰是誰。**
そっくりで見分けがつかない双子もいます。

單字 **【双子】雙胞胎**
私には、双子の兄がいます。（我有一個雙胞胎哥哥。）

單字 **【見分ける】分清楚** この種類の蟻とこの種類の蟻を見分けるのは、素人には難しいです。（要分清楚這種螞蟻跟那種螞蟻，對外行人來說很難。）

● 欲しい（想要有）／わがままな（驕縱的）／心が通じ合っている（心靈相通）／そっくり（相像）／見分けがつかない（分不清楚）／素人（外行人）

連我共兩個小孩．長得不像 **兄弟姊妹** 52

## 292

**包括我，我家有兩個小孩。** 私(わたし)のうちには、私(わたし)を含(ふく)めて子供(こども)が2人(ふたり)います。

| | |
|---|---|
| 衍生 | **我有兩個姊姊和一個弟弟。**<br>私(わたし)は、姉(あね)が2人(ふたり)、弟(おとうと)が1人(ひとり)います。 |
| 衍生 | **我只有一個（哥哥／姊姊／弟弟／妹妹）。**<br>私(わたし)は、（兄(あに)／姉(あね)／弟(おとうと)／妹(いもうと)）が1人(ひとり)いるだけです。 |
| Q | **你有幾個姊姊？** あなたは、お姉(ねえ)さんが何人(なんにん)いますか。 |
| 單字 | **【含める】包含** 明日(あした)の会議(かいぎ)に出(で)る人(ひと)は、私(わたし)を含(ふく)めて何人(なんにん)いますか。（明天出席會議的人，包含我有幾個人？） |

## 292

**我們家小孩長得都不像。** うちの子供(こども)は、みんな似(に)ていません。

| | |
|---|---|
| 衍生 | **我們家小孩的喜好都不同。**<br>うちの子供(こども)は、みんな好(この)みが違(ちが)います。 |
| 衍生 | **我和弟弟的性格截然不同。**<br>私(わたし)は、弟(おとうと)とは全(まった)く性格(せいかく)が違(ちが)います。 |
| Q | **你和妹妹長得像嗎？**<br>あなたは、妹(いもうと)さんと似(に)ていますか。 |
| 單字 | **【似る】相像** この子(こ)は、夫(おっと)に似(に)て頑固(がんこ)です。<br>（這孩子像我先生，個性固執。） |

● だけ（只有）／会議に出る（出席會議）／好み（喜好）／違う（不同）

# 52 兄弟姊妹 排行第幾・感情好

## 293

**我排行（老二／老三）。** 私は、（二番目／三番目）です。

| | |
|---|---|
| 衍生 | **我排行（老大／老么）。**<br>私は、（一番上／一番下）です。 |
| Q | **你排行第幾？** あなたは、何番目の子供ですか。 |
| Q | **你是（老大／老么）嗎？**<br>あなたは、（一番上／一番下）ですか。 |
| 單字 | **【一番上】家中排行第一的小孩**<br>私は、一番上なので、家業を継がなければなりません。（我是老大，所以一定要繼承家業。） |

## 293

**我和姊姊感情很好。** 私は、姉ととても仲がいいです。

| | |
|---|---|
| 相反 | **我和妹妹常吵架。**<br>私はいつも、妹と喧嘩します。 |
| Q | **你和妹妹的感情好嗎？**<br>あなたは、妹さんと仲がいいですか。 |
| 單字 | **【仲】感情** 隣の夫婦は、最近仲が悪いようです。（隔壁夫妻好像最近感情不好。） |
| 單字 | **【喧嘩する】吵架** 昨日、つまらないことで、妻と喧嘩してしまいました。（昨天因為小事跟我太太吵架。） |

● 家業を継ぐ（繼承家業）／…なければなりません（一定要…）／隣（隔壁）／つまらない（無意義、微不足道）

## 294

**我和妹妹無話不談。** 私は、妹と何でも話します。

| | |
|---|---|
| 相反 | **我和哥哥沒有共同的話題。** 私は、兄とは話す話題がありません。 |
| Q | **你和姊姊經常聯絡嗎？** あなたは、お姉さんとよく連絡を取り合っていますか。 |
| 單字 | **【動詞ます形＋合う】互相做…** あの2人はいつも、お互いに批判し合っています。（那兩人總是互相批評。） |

## 294

**我和姊姊經常互相幫忙。** 私と姉は、いつもお互いに助け合っています。

| | |
|---|---|
| Q | **你和妹妹會互相幫忙嗎？** あなたと妹さんは、お互いに助け合っていますか。 |
| Q | **哥哥姊姊很照顧你嗎？** お兄さんとお姉さんは、よくあなたの面倒をみてくれますか。 |
| 單字 | **【助け合う】互相幫助** 夫婦は、困ったときには助け合うべきです。（夫妻之間有困難應該互相幫助。） |
| 單字 | **【面倒をみる】照顧** 私が忙しいときは、祖母が子供の面倒をみてくれます。（我很忙時，奶奶會幫我照顧小孩。） |

● あまり…ません（不太…）／お互い（互相）／よく（經常）／…べきです（應該…）／…てくれます（幫我…）

# 52 兄弟姊妹 好哥哥／好姊姊・弟妹還在唸書

## 295

**我覺得自己是個好（哥哥／姊姊）。** 私は、いい（兄／姉）だと思います。

**相反** **我對弟弟妹妹非常沒耐性。**
私は弟と妹に対しては、気が短いです。

**相似** **我非常關心弟弟妹妹。**
私はいつも、弟と妹のことを気にかけています。

**Q** **你會照顧弟弟妹妹嗎？**
あなたは、弟と妹の面倒をみますか。

**單字** **【面倒をみる】照顧** 祖母は病気なので、母は毎日病院に行って、祖母の面倒をみています。（因為奶奶生病，媽媽現在每天都去醫院照顧她。）

## 295

**我的弟弟妹妹還在唸書。** 弟と妹は、まだ学生です。

**衍生** **我們從事不同的行業。**
私たちは、それぞれ違う職業に就いています。

**單字** **【まだ】仍然** 弟は、まだ未成年なので、お酒は飲めません。（弟弟還未成年，不能喝酒。）

**單字** **【就く】從事** 将来は、建築関係の仕事に就きたいと思っています。（我將來想從事建築相關的工作。）

● …に対して（對於…）／気が短い（沒耐心）／気にかける（掛心）／病気（生病）／病院（醫院）

## 296

**我妹妹是全家最受寵的。** 妹(いもうと)は、家族(かぞく)で一番可愛(いちばんかわい)がられています。

| | |
|---|---|
| 替換 | 【妹】妹妹，可換成<br>弟(おとうと)（弟弟）／一番下(いちばんした)の妹(いもうと)（最小的妹妹） |
| 衍生 | 我妹妹很會撒嬌。 妹(いもうと)は、甘(あま)えん坊(ぼう)です。 |
| 衍生 | 我覺得爸媽過份溺愛妹妹。<br>両親(りょうしん)は、妹(いもうと)を甘(あま)やかしすぎです。 |
| 單字 | 【可愛がる】寵愛 彼女(かのじょ)は、妹(いもうと)をとても可愛(かわい)がっています。（她特別寵愛她妹妹。） |

## 296

**我覺得爸媽偏心弟弟。** 両親(りょうしん)は、弟(おとうと)をえこひいきしていると思(おも)います。

| | |
|---|---|
| 衍生 | 我覺得我爸媽重男輕女。<br>両親(りょうしん)は、男尊女卑的(だんそんじょひてき)な考(かんが)え方(かた)を持(も)っています。 |
| 衍生 | 爸媽常要我禮讓（弟弟／妹妹）。 両親(りょうしん)はいつも、私(わたし)が（弟(おとうと)／妹(いもうと)）に譲(ゆず)るように言(い)います。 |
| Q | 你覺得父母親偏心嗎？<br>両親(りょうしん)は、片方(かたほう)をえこひいきしていると思(おも)いますか。 |
| 單字 | 【えこひいき】偏心 あの先生(せんせい)は、可愛(かわい)い女(おんな)の子(こ)をえこひいきしています。（那個老師對可愛的女生特別偏心。） |

● 甘えん坊（很會撒嬌的人）／甘やかしすぎ（過分溺愛）／考え方（想法）／先生（老師）

# 53 情人／另一半 交往5年・一見鍾情

## 297

**我和女友交往5年。** 私は、彼女と付き合って5年です。

| | |
|---|---|
| 衍生 | **我和（男友／女友）正是熱戀期。**<br>わたしと（彼氏／彼女）は、アツアツです。 |
| Q | **你和（他／他）交往多久了？**<br>あなたと（彼／彼女）は、付き合ってどれくらいですか。 |
| 單字 | **【付き合う】交往** 彼女があの先輩と付き合っているといううわさを聞きました。（我聽說她正跟那學長交往。） |
| 單字 | **【アツアツ】甜蜜** 私と夫も10年前は、アツアツの新婚カップルでした。（我跟我先生10年前也是甜蜜新婚夫妻。） |

## 297

**我對男友一見鍾情。** 私は、彼氏に一目ぼれしました。

| | |
|---|---|
| 衍生 | **我和（男友／女友）是朋友介紹認識的。**<br>私は、友達の紹介で、（彼氏／彼女）と知り合いました。 |
| Q | **你和（他／他）怎麼認識的？**<br>あなたと（彼／彼女）は、どのように知り合ったんですか。 |
| 單字 | **【一目ぼれ】一見鍾情**<br>私は、転校してきた女の子に、一目ぼれしてしまいました。（我對那個轉來的女生一見鍾情。） |
| 單字 | **【知り合う】認識** あなたは、彼女とどこで知り合いましたか。（你跟你女朋友在哪裡認識的？） |

● どれくらい（多久）／カップル（一對）／どのように（如何）／転校（轉學）

## 298

**我深愛我的女友。** 私（わたし）は、彼女（かのじょ）をとても愛（あい）しています。

**替換** 【彼女】女友，可換成

彼氏（かれし）（男友）／主人（しゅじん）（老公）／家内（かない）（老婆）

**衍生** 你和（他／他）一定很相愛。

あなたと（彼（かれ）／彼女（かのじょ））は、深（ふか）く愛（あい）し合（あ）っているようですね。

★★★中文「一定是…」的語氣，日文只用「…ようです（好像…）」。

**單字** 【愛し合う】相愛　あの映画（えいが）は、愛（あい）し合（あ）う男女（だんじょ）の気持（きも）ちを描（えが）いています。（那部電影描繪出相愛男女的心情。）

## 298

**（男友／女友）和我家人感情融洽。** 私（わたし）の（彼氏（かれし）／彼女（かのじょ））は私（わたし）の家族（かぞく）と仲（なか）がいいです。

**衍生** 我的（男友／女友）是個萬人迷。

私（わたし）の（彼氏（かれし）／彼女（かのじょ））は、人気者（にんきもの）です。

**衍生** 我（男友／女友）的 EQ（情緒智商）很高。

私（わたし）の（彼氏（かれし）／彼女（かのじょ））は、ＥＱ（イーキュー）が高（たか）いです。

**Q** 你和（他／她）感情好嗎？

あなたは、（彼（かれ）／彼女（かのじょ））とうまく行（い）っていますか。

**單字** 【人気者】萬人迷　うちの犬（いぬ）は、近所（きんじょ）の人気者（にんきもの）です。（我家的狗是這附近的萬人迷。）

● 描く（描寫）／仲がいい（感情好）／うまく行く（進展順利）／近所（附近）

# 53 情人／另一半 很體貼・每天黏在一起

## 299

**我男友很體貼。** 私の彼氏は、とても優しいです。

| | |
|---|---|
| 替換 | **【優しいです】體貼，可換成** 細かい気配りができます（細心）／ユーモアがあります（幽默） |
| 衍生 | **我（男友／女友）有很多優點。** 私の（彼氏／彼女）には、いいところがたくさんあります。 |
| Q | **你（男友／女友）的什麼特質吸引你？**<br>あなたは、（彼氏／彼女）のどんなところが好きですか。 |
| 單字 | **【細かい気配りができる】細心**<br>あの人は、細かい気配りができるので、みんなに好かれています。（那個人很細心，大家都喜歡他。） |

## 299

**我和（男友／女友）每天黏在一起。** 私と（彼氏／彼女）は、毎日どこに行くのも一緒です。

| | |
|---|---|
| 衍生 | **我和（男友／女友）平常通電話，假日才見面。** 私と（彼氏／彼女）は、普段は電話だけで、休日にだけ会います。 |
| Q | **你和（男友／女友）每天黏在一起嗎？**<br>あなたと（彼氏／彼女）は、毎日一緒にいますか。 |
| 單字 | **【どこに行くのも】不管去哪都…**<br>母は、どこに行くのもペットの子犬と一緒です。<br>（我媽媽去哪都帶我們家養的小狗。） |

● いいところ（優點）／たくさん（很多）／好かれる（受喜愛）／だけ（只）／ペット（寵物）／レストラン（餐廳）

## 300

**我和（男友／女友）是遠距離戀愛。** 私と（彼氏／彼女）は、遠距離恋愛です。

| | | |
|---|---|---|
| 衍生 | **談遠距離戀愛很辛苦。** 遠距離恋愛は、とてもつらいです。 | |
| 衍生 | **我和（老公／老婆）分居。**<br>私と（主人／家内）は、別居しています。 | |
| Q | **你談過遠距離戀愛嗎？** 遠距離恋愛をしたことが、ありますか。 | |
| 單字 | **【別居】分居** 父と母は、半年前から別居しています。（我父母半年前分居。） | |

## 300

**我的（男友／女友）神經很大條。** 私の（彼氏／彼女）は、肝っ玉がすわっています。

| | |
|---|---|
| 衍生 | **我的（男友／女友）總是忘記約好的事。**<br>私の（彼氏／彼女）は、いつも約束したことを忘れます。 |
| 衍生 | **我（男友／女友）缺點不少，可是我就是愛他。**<br>私の（彼氏／彼女）は、悪いところもけっこうあるけど、私は愛しています。 |
| 單字 | **【肝っ玉がすわる】神經大條** 彼女は、肝っ玉がすわっているので、少々のことでは動じません。（我女友很粗線條，對小事情都沒感覺。） |

● つらい（辛苦）／約束したこと（約好的事）／けっこうあるけど（雖然很多）／気が短い（容易生氣）

# 53 情人／另一半 醋罈子．目前沒有男友／女友

301

**我（男友／女友）是個醋罈子。** 私の（彼氏／彼女）は、やきもち焼きです。

| | |
|---|---|
| 衍生 | **我（男友／女友）常因為一些小事生氣。**<br>私の（彼氏／彼女）はよく、小さなことで怒ります。 |
| Q | **你最受不了你（男友／女友）哪一點？**<br>（彼氏／彼女）のどんなところが一番許せないですか。 |
| 單字 | **【やきもち】嫉妬** 私が他の女の子と話したら、彼女がすぐにやきもちを焼きます。（我只要跟別的女生講話，女友就會馬上吃醋。） |
| 單字 | **【許せる】能原諒** 私は、彼女が私にしたことを、許せません。（我無法原諒女友對我做的事。） |

301

**我目前沒（男友／女友）。** 私は今、（彼氏／彼女）がいません。

| | |
|---|---|
| 相似 | **我單身好幾年了。** 私はもう何年も、恋人がいません。 |
| Q | **你有（男友／女友）嗎？**<br>あなたは、（彼氏／彼女）がいますか。 |
| Q | **你有喜歡的對象嗎？** あなたは、好きな人がいますか。 |
| 單字 | **【恋人】戀人** 昨日、娘の恋人が遊びに来ました。（昨天女兒的男朋友來玩。） |

● 怒る（生氣）／他の女の子（其他的女孩子）／やきもちを焼く（吃醋）／私にしたこと（對我做的事）

剛分手・劈腿　**情人／另一半　53**

## 302

**我跟（男友／女友）剛分手。** 私(わたし)は、（彼氏(かれし)／彼女(かのじょ)）と別(わか)れたばかりです。

| | |
|---|---|
| 衍生 | **我們因為（個性不合／金錢問題）而分手。** 私(わたし)は、（性格(せいかく)が合(あ)わないので／金銭問題(きんせんもんだい)で）、恋人(こいびと)と別(わか)れました。 |
| Q | **你們為什麼分手？**<br>あなたは、どうして恋人(こいびと)と別(わか)れたんですか。 |
| 單字 | **【動詞た形＋ばかり】剛…**<br>私(わたし)は、大学生(だいがくせい)になったばかりです。（我剛成為大學生。） |

## 302

**我（男友／女友）劈腿。** 私(わたし)は、（彼氏(かれし)／彼女(かのじょ)）に浮気(うわき)されました。

| | |
|---|---|
| 衍生 | **他同時追求兩個女生。** 彼(かれ)は、二人(ふたり)の女性(じょせい)に二股(ふたまた)をかけて、両方(りょうほう)にアプローチしています。 |
| Q | **你可以原諒（老公／老婆）感情出軌嗎？**<br>あなたは、（夫(おっと)／妻(つま)）の浮気(うわき)を許(ゆる)せますか。 |
| 單字 | **【浮気】劈腿、外遇**　彼(かれ)は、妻(つま)に浮気(うわき)がばれて、離婚(りこん)されました。（他因為外遇被老婆發現而離婚。） |
| 單字 | **【二股をかける】同時追求兩個人**　私(わたし)は、あの男(おとこ)に、二股(ふたまた)をかけられました。（那個男的同時追我和另一個女生。） |

● 別れる（分手）／アプローチ（追求）／ばれる（被發現）／許せる（能原諒）

# 53 情人／另一半 趕快找另一半・有位好配偶

## 303

**我希望快找個女伴。** 私(わたし)は、すぐに彼女(かのじょ)を作(つく)りたいです。

| | |
|---|---|
| 衍生 | **我不急著找伴。** 私(わたし)は、焦(あせ)らず恋人(こいびと)を見(み)つけます。 |
| 衍生 | **我覺得順其自然就好。**<br>私(わたし)は、時(どき)が来(く)れば自然(しぜん)に恋人(こいびと)ができると思(おも)います。 |
| Q | **你喜歡什麼類型的對象？**<br>あなたの好(この)みのタイプは、どんな人(ひと)ですか。 |
| 單字 | **【タイプ】類型** 私(わたし)の好(この)みのタイプは、赤西仁(あかにしじん)のような人(ひと)です。（我喜歡的類型，是像赤西仁那樣的人。） |

## 303

**我很幸運有位好（老公／老婆）。** 私(わたし)は、（夫(おっと)／妻(つま)）に巡(めぐ)り会(あ)えて、幸(しあわ)せです。

| | |
|---|---|
| 衍生 | **真羨慕你有個好（老公／老婆）。** あなたには、とてもすてきな（ご主人(しゅじん)／奥(おく)さん）がいて、羨(うらや)ましいです。 |
| Q | **你最喜歡你（老公／老婆）哪一點？**<br>（ご主人(しゅじん)／奥(おく)さん）のどんなところが一番(いちばん)好(す)きですか。 |
| 單字 | **【ご主人】稱呼別人的丈夫** ご主人(しゅじん)は、やさしくしてくれますか。（你丈夫對你很溫柔嗎？） |
| 單字 | **【奥さん】稱呼別人的太太** あなたは、奥(おく)さんとどこで出(で)会(あ)いましたか。（你跟你太太當初在哪裡相遇的？） |

● 焦らず（不著急）／時が来れば（時候到的話）／…のような（像…那樣的）／巡り会う（邂逅）／やさしい（溫柔）／出会う（相遇）

304

**（老公／老婆）是我的初戀情人。** （主人／家内）は、私が初めて付き合った人です。

| | |
|---|---|
| 衍生 | **我（男友／女友）是我同事。**<br>私の（彼氏／彼女）は同僚です。 |
| 衍生 | **我和（男友／女友）是青梅竹馬。**<br>私の（彼氏／彼女）は幼馴染です。 |
| 衍生 | **我和（男友／女友）是大學同學。**<br>私の（彼氏／彼女）は、大学のクラスメートです。 |
| 單字 | **【付き合う】交往** あの2人は、付き合っているんですか。（那兩個人正在交往嗎？） |

304

**老公每天接我上下班。** 夫は毎日、私を仕事場まで送り迎えしてくれます。

| | |
|---|---|
| 衍生 | **老公會分擔家務、幫忙帶小孩。**<br>夫は、家事や育児を手伝ってくれます。 |
| Q | **老公幫你做家事嗎？** ご主人は家事を手伝ってくれますか。 |
| 單字 | **【送り迎え】接送** 私は毎日、子供を学校まで送り迎えします。（我每天接送小孩上下學。） |
| 單字 | **【手伝う】幫忙** 私は、家業を手伝っています。（我幫忙做家裡的生意。） |

● 初めて（第一次）／同僚（同事）／幼馴染（青梅竹馬）／クラスメート（同班同學）／仕事場（工作地點）／家業（家裡的生意）

# 53 情人／另一半 經常口角・辦公室戀情壓力大

## 305

**我跟（老公／老婆）經常口角。** 私はよく、（夫／妻）と口げんかをします。

| | |
|---|---|
| Q | **你們吵架通常是誰先低頭？** あなたと（ご主人／奥さん）がけんかしたとき、どちらが先に折れますか。 |
| 單字 | **【口げんか】口角** 昨日は、つまらないことで、彼と口げんかしました。（昨天因為小事跟男友起口角。） |
| 單字 | **【折れる】低頭、退讓** 今回のけんかは、私が先に折れました。（這次吵架，是我先退讓的。） |

## 305

**我覺得辦公室戀情的壓力很大。** 私は、職場恋愛は、神経を使うと思います。

| | |
|---|---|
| 衍生 | **許多辦公室戀情是偷偷進行的。**<br>みんなにばれないように職場恋愛をする人も多いです。 |
| 衍生 | **公開辦公室戀情有好有壞。**<br>堂々と職場恋愛するのは、長所も短所もあります。 |
| 單字 | **【ばれる】被發現** 私たちが付き合っているのが、同僚にばれてしまいました。（我們交往的事，被同事發現了。） |
| 單字 | **【堂々と】正大光明** 私はもう20歳なので、堂々とお酒が飲めます。（我已經 20 歲，可以正大光明地喝酒。） |

● けんかしたとき（吵架時）／つまらないこと（小事）／神経を使う（費心神）／ばれないように（希望不要被發現）／長所（好處）／短所（壞處）

## 306

**你和（他／她）的外型很登對。** あなたと（彼(かれ)／彼女(かのじょ)）は、お似合(にあ)いのカップルですね。

| | |
|---|---|
| 衍生 | **你和（他／她）看起來很甜蜜。**<br>あなたと（彼(かれ)／彼女(かのじょ)）は、アツアツですね。 |
| 衍生 | **我覺得你和（他／她）有夫妻臉。**<br>あなたと（彼(かれ)／彼女(かのじょ)）は、顔(がお)が似(に)ていますね。 |
| 單字 | **【お似合い】登對** 私(わたし)たちは、お似合(にあ)いのカップルですか。（我們看起來登對嗎？） |
| 單字 | **【カップル】情侶、夫婦** 高台(たかだい)にあるあの公園(こうえん)は、夜(よる)になると、夜景(やけい)を見(み)に来(く)るカップルで賑(にぎ)わいます。（那座位於山丘上的公園，一到晚上擠滿了來看夜景的情侶。） |

## 306

**許多年輕人愛玩「一夜情」。** ワンナイトラブをする若者(わかもの)も、たくさんいます。

| | |
|---|---|
| 衍生 | **我沒辦法接受「一夜情」。**<br>私(わたし)は、ワンナイトラブなんてしません。 |
| 衍生 | **我曾經嘗試過「一夜情」。**<br>私(わたし)は、ワンナイトラブをしたことがあります。 |
| 衍生 | **「一夜情」蠻危險的。** ワンナイトラブは、危険(きけん)です。 |
| 單字 | **【若者】年輕人** 近頃(ちかごろ)の若者(わかもの)は、政治(せいじ)に無関心(むかんしん)です。（最近的年輕人對政治漠不關心。） |

● アツアツ（甜蜜）／高台（山丘上）／賑わう（熱鬧）／ワンナイトラブ（一夜情）

# 54 朋友 喜歡交朋友・用 Facebook 找朋友

## 307

**我很喜歡交朋友。** 私は、友達を作るのが、とても好きです。

| | |
|---|---|
| 相反 | **我不擅長交朋友。**<br>私は、友達を作るのが、あまり得意ではないです。 |
| 單字 | **【友達を作る】結交朋友** 彼は、あちこちで友達を作るので、友達がたくさんいます。（他到處交朋友，朋友很多。） |
| 單字 | **【得意】擅長**<br>私は、料理を作るのが得意です。（我很會煮飯。） |

## 307

**我透過 Facebook 找到失聯的朋友。** 私は、Facebookで、以前の友達を見つけました。

| | |
|---|---|
| 衍生 | **我透過網路結交不少朋友。** 私は、インターネットを通じて、たくさんの友達を作りました。 |
| Q | **你有網友嗎？** あなたは、ネット友達がいますか。 |
| 單字 | **【以前】以前**<br>私は、以前は巨人ファンでしたが、今は阪神ファンです。（我以前是巨人隊球迷，現在是阪神隊球迷。） |
| 單字 | **【通じる】透過** 私は、仕事を通じて、たくさんの人と知り合いました。（我透過工作認識很多人。） |

● あまり…ない（不太…）／見つける（找到）／インターネット（網路）／ファン（粉絲）／知り合う（認識）

## 308

**我有很多好朋友。** 私には、いい友達がたくさんいます。

| | |
|---|---|
| 相反 | **我的朋友不多。** 私は、友達は多くありません。 |
| 衍生 | **我的朋友遍佈世界各地。**<br>私は、世界各地に友達がいます。 |
| 衍生 | **我有一兩個知心好友。**<br>私は、気心が知れた友達が、1人か2人ぐらいいます。 |
| 單字 | **【気心が知れる】交心、知心**<br>彼とは気心が知れているので、一緒にいて心地いいです。（我跟他很交心，相處時感覺很自在。） |

## 308

**朋友和我有很多共同點。** その友人は、私と共通点が多いです。

| | |
|---|---|
| 衍生 | **我和朋友年紀相仿。**<br>その友人は、私とだいたい年齢が同じです。 |
| Q | **你和朋友興趣相同嗎？**<br>その友人は、あなたと趣味が同じですか。 |
| Q | **你和朋友年齡相仿嗎？**<br>その友人は、あなたと年齢が近いですか。 |
| 單字 | **【共通点】共通點**　この２つの事件は、共通点が多いので、同じ犯人による犯行かもしれません。（這兩起事件共通點很多，有可能是同一個犯人所為。） |

● ぐらい（大約）／だいたい（大約、差不多）／趣味（興趣）／同じ犯人による（由同一個犯人）／かもしれません（可能、也許）

# 54 朋友 經常幫助我・很熱情

## 309

**朋友經常幫助我。** 友達（ともだち）はいつも、私（わたし）を助（たす）けてくれます。

| | |
|---|---|
| 衍生 | **我和朋友彼此關心。**<br>私（わたし）と友達（ともだち）は、お互（たが）いに相手（あいて）を気（き）にかけています。 |
| 衍生 | **我會不好意思開口要求朋友幫我。**<br>私（わたし）は、友達（ともだち）に手助（てだす）けを頼（たの）むのは、気（き）が引（ひ）けます。 |
| 單字 | **【気にかける】關心、掛心** 彼（かれ）はいつも、病気（びょうき）の妹（いもうと）を気（き）にかけています。（他總是很擔心生病的妹妹。） |
| 單字 | **【気が引ける】覺得不好意思**<br>友達（ともだち）の誘（さそ）いを何度（なんど）も断（ことわ）るのは、気（き）が引（ひ）けます。<br>（拒絕好幾次朋友的邀約，我覺得很不好意思。） |

## 309

**我的朋友都很熱情。** 私（わたし）の友達（ともだち）は、とても情熱的（じょうねつてき）です。

| | |
|---|---|
| 替換 | **【情熱的】熱情的，可換成**<br>朗（ほが）らか（開朗）／話（はな）し上手（じょうず）（健談） |
| 相反 | **我有些朋友比較含蓄內向。** 内向的（ないこうてき）な性格（せいかく）の友達（ともだち）もいます。 |
| 單字 | **【朗らか】開朗** 彼女（かのじょ）は朗（ほが）らかな性格（せいかく）で、みんなに好（す）かれています。（她的個性開朗，受大家喜愛。） |
| 單字 | **【話し上手】健談**<br>彼（かれ）は、話（はな）し上手（じょうず）なので、話（はな）していて話題（わだい）がなくなることはありません。（他很健談，從來不會沒話講。） |

● 助けてくれます（幫助我）／お互いに（互相）／相手（對方）／手助けを頼む（請求幫忙）／誘い（邀約）／何度も断る（拒絕好幾次）

## 偶爾起爭執・大吵一架　朋友 54

### 310

**我和朋友偶爾起爭執。** 私(わたし)は友達(ともだち)と、ときどき言(い)い争(あらそ)いになります。

| | |
|---|---|
| 衍生 | **我和朋友爭執後總能很快和好。** 私(わたし)は、友達(ともだち)と言(い)い争(あらそ)いになっても、いつもすぐに仲直(なかなお)りできます。 |
| Q | **你會主動向朋友道歉嗎？** あなたは、自分(じぶん)から友達(ともだち)に謝(あやま)ることがありますか。 |
| 單字 | **【仲直り】和好** けんかしていた友達(ともだち)と、仲直(なかなお)りしました。（我跟之前吵架的朋友和好了。） |

### 310

**我昨天和朋友大吵一架。** 私(わたし)は昨日(きのう)、友達(ともだち)と大(おお)げんかしました。

| | |
|---|---|
| 衍生 | **我們有好一段時間視彼此為空氣。** 私(わたし)たちはお互(たが)いに、相手(あいて)が空気(くうき)のような存在(そんざい)だと思(おも)っています。 |
| Q | **你曾和朋友形同陌路嗎？** あなたは、友達(ともだち)に対(たい)して、まるで赤(あか)の他人(たにん)のように冷(つめ)たくしたことがありますか。 |
| 單字 | **【赤の他人】陌生人、完全沒關係的人** 知(し)り合(あ)いならともかく、赤(あか)の他人(たにん)にお金(かね)を貸(か)すことはできません。（如果是認識的人還可以，我是不會借錢給陌生人的。） |
| 單字 | **【冷たい】冷淡** 彼氏(かれし)は最近(さいきん)、私(わたし)に冷(つめ)たいです。（男朋友最近對我很冷淡。） |

● 言い争い（口角）／謝る（道歉）／けんかする（吵架）／相手（對方）／まるで…のように（簡直像…一樣）／知り合いならともかく（如果是認識的人尚且可以）／貸す（借）

# 54 朋友 經常見面・講電話

## 311

**我和朋友經常見面。** 私（わたし）はその友人（ゆうじん）と、しょっちゅう会（あ）っています。

| | |
|---|---|
| 相反 | **我和很多朋友失去聯絡。**<br>私（わたし）は多（おお）くの友達（ともだち）と音信不通（おんしんふつう）になりました。 |
| Q | **你和朋友多久碰面一次？**<br>あなたはその友達（ともだち）と、どれくらいの頻度（ひんど）で会（あ）っていますか。 |
| 單字 | **【しょっちゅう】經常** パソコンが、しょっちゅうフリーズします。（筆記型電腦常當機。） |
| 單字 | **【どれくらい】多久、多少**<br>あなたは、1日（いちにち）にどれくらい塩分（えんぶん）を摂取（せっしゅ）しているか、知（し）っていますか。（你知道自己一天攝取多少鹽分嗎？） |

## 311

**我喜歡和朋友講電話。** 私（わたし）は、友人（ゆうじん）と長電話（ながでんわ）をするのが好（す）きです。

| | |
|---|---|
| 衍生 | **我和朋友有聊不完的話題。**<br>私（わたし）と友人（ゆうじん）は、話（はなし）していて話題（わだい）が尽（つ）きません。 |
| Q | **你會找朋友聊心事嗎？**<br>あなたは、友達（ともだち）に心配事（しんぱいごと）を打（う）ち明（あ）けますか。 |
| 單字 | **【話題が尽きる】沒話題** 友達（ともだち）と話（はな）していて、話題（わだい）が尽（つ）きたので、一緒（いっしょ）にテレビを見（み）ました。（和朋友聊到沒話題，所以一起看電視。） |
| 單字 | **【打ち明ける】坦白** 私（わたし）は妻（つま）に、真相（しんそう）を打（う）ち明（あ）けました。（我向太太坦白真相。） |

● パソコン（筆記型電腦）／フリーズ（當機）／長電話をする（講電話講很久）

312

**我的老闆腦筋動很快。** 私(わたし)の会社(かいしゃ)の社長(しゃちょう)は、とても頭(あたま)が切(き)れる人(ひと)です。

| | |
|---|---|
| 相似 | **我的老闆很有生意頭腦。**<br>私(わたし)の会社(かいしゃ)の社長(しゃちょう)は、商売(しょうばい)のできる人(ひと)です。 |
| Q | **你對你的老闆有什麼感覺？**<br>あなたは、社長(しゃちょう)をどう思(おも)っていますか。 |
| 單字 | **【切れる】聰明** 彼(かれ)は、頭(あたま)は切(き)れるのですが、まったく勉強(べんきょう)をしないので、学校(がっこう)の成績(せいせき)は悪(わる)いです。（他雖然頭腦好，但完全不唸書，學校成績很差。） |
| 單字 | **【…のできる人】能夠…的人** 秘書(ひしょ)の仕事(しごと)は、細(こま)かい気配(きくば)りのできる人(ひと)じゃないと、勤(つと)まりません。（秘書的工作，不是細心周到的人不能勝任。） |

312

**我的老闆有極強的業務能力。** 私(わたし)の会社(かいしゃ)の社長(しゃちょう)は、とても仕事(しごと)ができる人(ひと)です。

| | |
|---|---|
| 衍生 | **我的老闆對市場開發有獨到見解。**<br>私(わたし)の会社(かいしゃ)の社長(しゃちょう)は、独特(どくとく)の市場開発論(しじょうかいはつろん)を持(も)っています。 |
| Q | **你的老闆是個怎麼樣的人？**<br>あなたの会社(かいしゃ)の社長(しゃちょう)は、どんな人(ひと)ですか。 |
| 單字 | **【持っている】持有** 彼(かれ)は、この仕事(しごと)に対(たい)して、偏見(へんけん)を持(も)っています。（他對這份工作有偏見。） |

● 商売のできる（有生意頭腦）／まったく（完全）／細かい気配り（細心周到）

# 55 老闆 白手起家・知人善任

## 313

**我的老闆白手起家。** 私の会社の社長は、裸一貫から会社を興しました。

**相反**

**我的老闆是企業家第二代。**
私の会社の社長は、二代目です。

**衍生**

**我的老闆年輕有為。**
私の会社の社長は、若くて能力がある人です。

**單字**

**【興す】創立公司、事業** 彼は、中古車を輸入する事業を興しました。（他創立進口二手車的事業。）

## 313

**我的老闆知人善任。** 私の会社の社長は、適材適所を心得ています。

**相似**

**我的老闆非常信任自己的員工。**
私の会社の社長は、従業員をとても信頼しています。

**衍生**

**我的老闆給員工很大的自主空間。** 私の会社の社長は、従業員に大幅な裁量を与えています。

**單字**

**【心得る】了解** 彼女は、テーブルマナーを心得ています。（她很懂餐桌禮儀。）

**單字**

**【裁量】判斷處理** 枠組みは、部長が決め、細かい部分は、部下が自分の裁量で決めています。（大綱由部長訂定，細節則由部屬自己決定。）

● 裸一貫（身無一物）／輸入する（進口）／裁量を与える（給予判斷處理的空間）／テーブルマナー（餐桌禮儀）／枠組み（大綱）

## 314

**我的老闆人脈很廣。** 私(わたし)の会社(かいしゃ)の社長(しゃちょう)は、広(ひろ)い人脈(じんみゃく)を持(も)っています。

| | |
|---|---|
| 衍生 | **我的老闆社交手腕高明。**<br>私(わたし)の会社(かいしゃ)の社長(しゃちょう)は、社交(しゃこう)の達人(たつじん)です。 |
| 衍生 | **我的老闆懂得適度掌握人心。**<br>私(わたし)の会社(かいしゃ)の社長(しゃちょう)は、人心掌握術(じんしんしょうあくじゅつ)に優(すぐ)れています。 |
| 單字 | **【持つ】擁有**　あの会社(かいしゃ)は、日本全国(にほんぜんこく)に支店(してん)を持(も)っています。（那家公司在日本各地都有分店。） |
| 單字 | **【…に優れる】善於…**　この素材(そざい)は、吸水性(きゅうすいせい)に優(すぐ)れています。（這種材質吸水力佳。） |

## 314

**我的老闆是個腳踏實地的人。** 私(わたし)の会社(かいしゃ)の社長(しゃちょう)は、堅実(けんじつ)な人(ひと)です。

| | |
|---|---|
| 衍生 | **我的老闆深受公司員工愛戴。**<br>私(わたし)の会社(かいしゃ)の社長(しゃちょう)は、従業員(じゅうぎょういん)にとても愛(あい)されています。 |
| 衍生 | **我的老闆非常明理。** 私(わたし)の会社(かいしゃ)の社長(しゃちょう)は、理性的(りせいてき)です。 |
| Q | **你的老闆風評好嗎？**<br>あなたの会社(かいしゃ)の社長(しゃちょう)は、評判(ひょうばん)がいいですか。 |
| 單字 | **【…に愛される】受…喜愛**<br>このブランドの製品(せいひん)は、多(おお)くの若(わか)い女性(じょせい)に愛(あい)されています。（這家品牌的產品，受廣大年輕女性喜愛。） |

● 堅実（腳踏實地）／理性的（明理）／評判がいい（風評好）／ブランド（品牌）

# 55 老闆 堅持自己想法・經常雞同鴨講

## 315

**我的老闆總是堅持自己的想法。** 私の会社の社長は、いつも自分の考えを貫きます。

| | |
|---|---|
| 衍生 | **我老闆會參考員工意見修正自己的想法。**<br>私の会社の社長は、社員の意見を取り入れて、自分の考えを修正します。 |
| Q | **你的老闆很好溝通嗎？**<br>あなたの会社の社長は、話のわかる人ですか。 |
| Q | **你的老闆會接受員工的意見嗎？** あなたの会社の社長は、従業員の意見を聞き入れますか。 |

## 315

**我和老闆經常雞同鴨講。** 私はよく、社長と話していると、とんちんかんな会話になってしまいます。

| | |
|---|---|
| 衍生 | **我覺得有時候老闆的指令很模糊。**<br>私はときどき、社長の指示は曖昧だと思います。 |
| 衍生 | **有時候老闆覺得我不知變通。**<br>社長はときどき、私は融通が利かないと思うようです。 |
| 單字 | **【曖昧】模稜兩可**<br>あの政党は、方向性がとても曖昧なので、あまり信頼できません。（那個政黨的方針很模糊，不太能信任。） |

● 考え（想法）／貫く（堅持）／取り入れる（參考）／話のわかる（好溝通）／聞き入れる（接受）／とんちんかんな会話（雞同鴨講的對話）／融通が利かない（不知變通）／あまり…ません（不太…）

## 316

**我的老闆很愛罵人。** 私の会社の社長は、よく怒鳴ります。

| | |
|---|---|
| 衍生 | **我很怕跟我們老闆說話。**<br>私は、社長と話をするのが怖いです。 |
| Q | **你的老闆經常發脾氣嗎？**<br>あなたの会社の社長は、よくかんしゃくをおこしますか。 |
| 單字 | **【怒鳴る】罵人** いらいらしていたので、子供は悪くないのに、子供に怒鳴ってしまいました。（因為當時心情不好，明明小孩沒做錯事，還是罵了他。） |
| 單字 | **【かんしゃく】脾氣** うちの子は、自分の思い通りにならないとき、よくかんしゃくを起こします。（我家的孩子，只要一不順他的意就鬧脾氣。） |

## 316

**我的老闆很囉唆。** 私の会社の社長は、とても口うるさいです。

| | |
|---|---|
| 相似 | **我的老闆大小事都要提醒。** 私の会社の社長は、小さなことまでもいちいち注意してきます。 |
| Q | **你的老闆很囉唆嗎？**<br>あなたの会社の社長は、小言が多いですか。 |
| Q | **你瞭解老闆的脾氣嗎？**<br>あなたは、社長の性格を理解していますか。 |

● よく（經常）／怖い（害怕）／かんしゃくを起こす（發脾氣）／いらいらする（心情不好）／自分の思い通りにならない（不順自己的意）／口うるさい（囉唆）／いちいち注意する（一一提醒）／小言（嘮叨）

# 56 同事 關係很好・很好相處

## 317

**我和同事關係很好。** 私と同僚との関係は、とてもいいです。

| | |
|---|---|
| 替換 | **【とてもいい】很好，可換成** 普通（普通）／悪い（惡劣） |
| 相反 | **我是獨行俠，和同事不常往來。**<br>私は一匹狼です。同僚とは、あまり付き合いません。 |
| 單字 | **【付き合う】陪同** 昨日は、友達の買い物に付き合って、渋谷をぶらぶらしました。（昨天陪朋友買東西，在渋谷閒逛。） |

## 317

**我的同事都好相處。** 同僚は、とても感じがいい人ばかりです。

| | |
|---|---|
| 相反 | **我有些同事喜歡挑撥離間。**<br>ある一部の同僚は、よく和を乱します。 |
| 單字 | **【感じがいい】好相處**<br>彼女は、とても感じがいい人なので、みんなに好かれています。（她很好相處，受大家喜愛。） |
| 單字 | **【和を乱す】破壞團體和諧與秩序** 野球部に、時間を守らず、自分の意見ばかり押し通して人の意見は聞かない部員が一人います。彼は、集団の和を乱しています。（棒球隊裡有個隊員不守時、堅持己見且不聽別人意見。他破壞了團體中的秩序。） |

● 同僚（同事）／一匹狼（獨來獨往的人）／ぶらぶらする（閒逛）／…ばかり（盡是、都是…）／よく（經常）／押し通す（堅持到底）

# 工作能力強・喜歡聊八卦　同事 56

## 318

**我的同事工作能力很強。** 私(わたし)の同僚(どうりょう)は、仕事(しごと)がとてもよくできます。

| | |
|---|---|
| 衍生 | **我的同事對工作很有企圖心。**<br>私(わたし)の同僚(どうりょう)は、向上心(こうじょうしん)があります。 |
| 衍生 | **我的同事都有自己專精的領域。** 私(わたし)の同僚(どうりょう)はみんな、それぞれの専門領域(せんもんりょういき)を持(も)っています。 |
| Q | **你的同事都是怎麼樣的人?**<br>あなたの同僚(どうりょう)は、どんな人(ひと)たちですか。 |
| 單字 | **【向上心】企圖心** 彼(かれ)は向上心(こうじょうしん)がないので、いつまでたっても技術(ぎじゅつ)が上達(じょうたつ)しません。（他缺乏企圖心，不管過多久技術都沒有進步。） |

## 318

**我的同事喜歡聊八卦。** 私(わたし)の同僚(どうりょう)は、噂話(うわさばなし)が好(す)きです。

| | |
|---|---|
| 衍生 | **有些同事喜歡聊其他人的緋聞。**<br>同僚(どうりょう)の噂話(うわさばなし)をするのが好(す)きな人(ひと)もいます。 |
| 單字 | **【噂話】八卦**<br>課長(かちょう)が部下(ぶか)と浮気(うわき)しているという噂話(うわさばなし)を聞(き)きました。（我聽到八卦，說課長跟部屬正在搞外遇。） |
| 單字 | **【部下】部屬** 彼(かれ)は、上司(じょうし)にはぺこぺこし、部下(ぶか)には辛(つら)く当(あ)たります。（他對上司唯唯諾諾，對部屬卻極盡苛刻。） |

● それぞれ（各自）／いつまでたっても（不管過多久）／上達する（精進）／浮気している（正在搞外遇）／ぺこぺこする（唯諾）／辛く当たる（苛刻）

# 56 同事 打小報告・在背後說人壞話

## 319

**我有的同事喜歡打小報告。** 私の職場には、チクリ魔の同僚がいます。

| | |
|---|---|
| 衍生 | **我的同事非常大嘴巴。** 私の同僚は、口が軽いです。 |
| Q | **你同事喜歡向主管打小報告嗎？**<br>あなたの同僚は、上司に告げ口したりしますか。 |
| 單字 | **【チクリ魔】告密者** 彼は、何か起こるたびに先生に告げ口するので、チクリ魔と呼ばれています。（只要一有事他就向老師告狀。大家叫他「告密者。」） |

## 319

**有些同事喜歡在背後說人壞話。** 陰で悪口を言うのが好きな同僚もいます。

| | |
|---|---|
| Q | **你的同事會在背後說你壞話嗎？**<br>同僚は、陰でこそこそあなたの悪口を言いますか。 |
| Q | **你曾受到同事陷害嗎？**<br>あなたは、同僚に一杯食わされたことがありますか。 |
| 單字 | **【こそこそ】偷偷地** 夫は、こそこそと風俗店に通っているようです。（我先生好像偷偷去色情場所。） |
| 單字 | **【一杯食わされる】被陷害、被騙** あの店で買ったかばんは、偽物だとわかりました。一杯食わされました。（在那家店買的包包，後來才知道是假貨。被騙了。） |

● 口が軽い（口風不緊）／告げ口する（告狀）／陰で（背地裡）／悪口を言う（說壞話）／風俗店に通っている（去色情場所）／かばん（包包）／偽物（假貨）

## 320

**有些同事上班經常摸魚。** 私の同僚（どうりょう）は、仕事中（しごとちゅう）にサボってばかりいます。

| | |
|---|---|
| 衍生 | **有些同事經常請假。** 会社（かいしゃ）をよく休む（やすむ）同僚（どうりょう）もいます。 |
| 衍生 | **有些同事上班時間都在做自己的事。** 仕事中（しごとちゅう）に、自分（じぶん）の事（こと）ばかりしている同僚（どうりょう）もいます。 |
| 單字 | **【サボる】摸魚、翹班、翹課** 昨日（きのう）は、塾（じゅく）をサボって映画（えいが）を見（み）に行（い）きました。（我昨天補習班翹課去看電影。） |
| 單字 | **【会社を休む】向公司請假** 熱（ねつ）があるので、今日（きょう）は会社（かいしゃ）を休（やす）んだほうがいいと思（おも）うよ。（你都發燒了，今天還是向公司請假比較好吧。） |

## 320

**我只認識同部門同事。** 私（わたし）は、同じ（おなじ）部署（ぶしょ）の同僚（どうりょう）しか知（し）りません。

| | |
|---|---|
| 衍生 | **我的同事以（男性／女性）居多。** 私（わたし）の同僚（どうりょう）は（男性（だんせい）／女性（じょせい））が多（おお）いです。 |
| 衍生 | **我的同事都（已婚／未婚）。** 同僚（どうりょう）は、みんな（既婚者（きこんしゃ）／独身（どくしん））です。 |
| Q | **你認識不同部門的同事嗎？** あなたは、違（ちが）う部署（ぶしょ）の人（ひと）とも知（し）りあいですか。 |
| 單字 | **【部署】部門** 彼（かれ）は今月（こんげつ）から、他（ほか）の部署（ぶしょ）に転属（てんぞく）になりました。（他這個月開始要調到其它部門。） |

● ばかり（都在、只在…）／塾（補習班）／映画を見る（看電影）／熱がある（發燒）／…たほうがいい（最好…比較好）／知りあい（認識的人）／転属（調職）

# 57 表達快樂 很開心・像小鳥般快樂

## 321

**我很開心。** 私は、とても嬉しいです。

| | |
|---|---|
| 相似 | **我的心情很好。** 私は、とても気分がいいです。 |
| 相似 | **我樂歪了！** 私は、楽しくてしかたがありません。 |
| 單字 | **【気分】心情**<br>今日は巨人が負けたので、気分が悪いです。<br>（今天巨人隊輸了，我心情很差。） |
| 單字 | **【い形容詞て形＋しかたがありません】…的不得了**<br>行きたい大学に合格したので、うれしくてしかたがありません。（考上了理想大學，開心的不得了。） |

## 321

**我快樂的像隻小鳥。** 楽しくて、まるで小鳥のように踊りだしてしまいそうです。

| | |
|---|---|
| 衍生 | **人逢喜事精神爽。**<br>人はいいことがあると、さわやかな気持ちになります。 |
| 衍生 | **我興奮的不得了。** 私は、とても興奮しています。 |
| 單字 | **【まるで…のように】簡直像…一樣**<br>彼は、まるでチンピラのように、店員を怒鳴り始めました。（他簡直像流氓一樣，開始大罵店員。） |
| 單字 | **【さわやか】清爽、涼爽** 今日は、風が涼しくて、さわやかな天気です。（今天風很涼，天氣很涼爽。） |

● 負けた（輸了）／踊りだ（手舞足蹈）／…そうです（幾乎要…）／チンピラ（流氓）／怒鳴り始める（開始大罵）

## 322

**我的運氣真好。** 私(わたし)は、本当(ほんとう)に運(うん)がいいです。

| | |
|---|---|
| 相似 | **最近我的運氣一直很好。** 最近(さいきん)ずっと運(うん)がいいです。 |
| 衍生 | **中了「樂透」，我真是樂透了。**<br>私(わたし)は、宝(たから)くじが当(あ)たって、本当(ほんとう)にうれしいです。 |
| 單字 | **【宝くじ】樂透**<br>よく宝(たから)くじを買(か)いますが、一度(いちど)も当(あ)たったことがありません。（雖然常買樂透，卻一次也沒中過。） |
| 單字 | **【当たる】中獎**<br>隣(となり)のおじさんは、宝(たから)くじで1億円(いちおくえん)が当(あ)たりました。（隔壁的先生，樂透中了一億元日幣。） |

## 322

**我玩到樂不思蜀。** 楽(たの)しさのあまりに、帰(かえ)るのを忘(わす)れるほど遊(あそ)びました。

| | |
|---|---|
| 衍生 | **這氣氛真令人陶醉。** うっとりするような雰囲気(ふんいき)です。 |
| Q | **你開心嗎？** 楽(たの)しいですか。 |
| 單字 | **【…のあまりに】太…** 彼女(かのじょ)は、悔(くや)しさのあまりに、泣(な)き始(はじ)めました。（她非常後悔，就哭出來了。） |
| 單字 | **【うっとり】陶醉、出神** 彼女(かのじょ)の美貌(びぼう)を見(み)ていると、うっとりさせられてしまいます。（我望著她的美貌就出神了。） |

● …たことがありません（從來沒有…經驗）／帰るのを忘れるほど（幾乎忘了回家）／雰囲気（氣氛）／泣き始める（哭出來）

# 57 表達快樂 最快樂的一天・考試過關

## 323

**今天是我最快樂的一天。** 今日は、私にとって最高に楽しい一日です。

| | |
|---|---|
| 衍生 | **聽你這樣說，真是讓我心花怒放。**<br>あなたがそう言うのを聞いて、心はバラ色になりました。<br>★★★直譯成「あなたがそう言うのを聞いて、心に花が咲き乱れています」是錯誤日文。 |
| Q | **什麼事這麼高興？** 何をそんなに喜んでいるんですか。 |
| 單字 | **【バラ色】開心、充滿希望** ダイエットに成功し、女性にもてるようになりました。人生は、バラ色です。<br>（減肥成功，變得受女生歡迎。人生一片光明。） |

## 323

**考試總算過關，真棒！** やりました。何とか試験に合格しました。

| | |
|---|---|
| 衍生 | **考試過關了，開心吧？** 試験に合格して嬉しいでしょう？ |
| 單字 | **【何とか】總算**<br>何とか期日までに、レポートを出しました。<br>（總算趕在截止日前交出報告。） |
| 單字 | **【…に合格する】合格考進…** 彼は、巨人のプロテストに合格しました。（他考上巨人隊的資格考試。） |

● 私にとって（對我而言）／最高に（最…）／喜ぶ（高興）／ダイエット（減肥）／もてるようになる（變得受歡迎）／やりました（成功了）／期日（截止日）／レポート（報告）／プロテスト（職棒等的職業資格考試）

要休假了·替你高興

# 表達快樂 57

## 324

**要休假了，開心嗎？**　休(やす)みなので、嬉(うれ)しいでしょう。

| | |
|---|---|
| 衍生 | **要結婚了，開心吧？** 結婚(けっこん)するので、嬉(うれ)しいでしょう。 |
| 衍生 | **要當爸爸了，很興奮吧？**<br>お父(とう)さんになるので、興奮(こうふん)しているでしょう。 |
| 單字 | **【休み】假日**<br>子供(こども)のころ、休みになるとよく、祖母(そぼ)のうちに泊(と)まりに行(い)きました。（小時候每到假日，就到奶奶家住。） |
| 單字 | **【興奮】興奮**　オリンピックの柔道(じゅうどう)で、日本(にほん)が金(きん)メダルを取(と)り、日本人(にほんじん)は興奮(こうふん)しました。（日本取得奧林匹克柔道金牌，日本人都很興奮。） |

## 324

**誠心為你感到高興。**　あなたの成功(せいこう)を、心(こころ)から嬉(うれ)しく思(おも)います。

| | |
|---|---|
| 衍生 | **一切如你所願，你滿意了吧？**<br>すべてあなたの思(おも)い通(どお)りになって、満足(まんぞく)でしょう。 |
| Q | **你滿意這結果嗎？** あなたは、この結果(けっか)に満足(まんぞく)していますか。 |
| 單字 | **【心から】打從心裡**　あなたの好意(こうい)に、心(こころ)から感謝(かんしゃ)しています。（我由衷感謝你的好意。） |
| 單字 | **【思い通り】心中的想法、預期**　会社(かいしゃ)の売(う)り上(あ)げを向上(こうじょう)させようと思(おも)っても、なかなか思(おも)い通(どお)りになりません。（想提升公司營業額，但卻不如預期。） |

● オリンピック（奧林匹克）／金メダル（金牌）／売り上げ（營業額）／向上させようと思う（想讓它提升）／なかなか（結果卻…）

# 57 表達快樂 升官了・談戀愛

325

**升官了，應該很高興吧？** 昇進して喜んでいますよね。

| | |
|---|---|
| Q | **最近有喜事嗎？** 最近いいことがありましたか。 |
| Q | **為什麼一直笑？** なんでずっと笑っているの。 |
| 單字 | **【昇進】升官** もう10年もこの会社で働いているのに、一向に昇進しません。（已經在這家公司工作長達 10 年，卻一直沒升官。） |
| 單字 | **【喜ぶ】高興** 私が東大に受かって、両親は喜んでいます。（我考上了東京大學，爸媽都很開心。） |

325

**談戀愛啦？笑得這麼甜！** 恋してるでしょう？何て幸せそうな笑顔なの。

| | |
|---|---|
| 衍生 | **我一直都很快樂，你呢？** 私はずっとご機嫌です。あなたは？ |
| Q | **你最近心情如何？** 最近気分はどうですか。 |
| Q | **你最近快樂嗎？** 最近楽しいですか。 |
| 單字 | **【幸せそうな】看起來很幸福的** 2人は新婚です。いつも幸せそうな顔をしています。（這兩個人新婚，臉上總是洋溢著幸福。） |

● ずっと（一直）／なんで（為什麼）／もう（已經）／のに（明明）／一向（完全）／ご機嫌（很快樂）／気分（心情）

## 326

**太令人驚訝了！** びっくりですね。

| | |
|---|---|
| 相似 | **嚇死人了！**<br>とてもびっくりしました。 |
| 衍生 | **想都沒想到吧？**<br>思いつきもしないでしょう？ |
| Q | **是真的嗎？** 本当ですか。 |
| 單字 | **【思いつく】想到**<br>いい方法を思いつきました。（想到好方法了。） |

## 326

**真是嚇出一身冷汗。** びっくりして、全身から冷や汗が出ました。

| | |
|---|---|
| Q | **嚇一跳吧？** びっくりしたでしょう。 |
| Q | **看你臉色發青，還好吧？**<br>顔が真っ青ですけど、大丈夫ですか。 |
| Q | **有這麼值得大驚小怪嗎？**<br>こんなに大げさに驚くほどのことですか。 |
| 單字 | **【真っ青】（臉色）發青**<br>大事な書類を電車の中に忘れてきたことに気がついて、真っ青になりました。（發現重要文件忘在電車裡，我嚇得臉色發青。） |

● びっくり（吃驚）／大げさ（誇張）／大事な書類（重要文件）／気がつく（發現到）

# 58 表達驚訝／驚嚇 真不可思議・令人嘆為觀止

## 327

**真是不可思議！** 本当に不思議です。

| | |
|---|---|
| 相似 | **竟然有這種事發生！** そんな事が起こるとは。 |
| Q | **真有這種事？** 本当にそんな事があるんですか。 |
| Q | **你不覺得太意外了嗎？** とても意外だと思いませんか。 |
| 單字 | **【意外】意外**<br>先生は怖い人だと思っていましたが、話をしてみると、意外に優しい人でした。（本來以為老師很可怕，試著聊過之後才意外發現是個溫柔的人。） |

## 327

**真是令人嘆為觀止！** すばらしくてため息が出ます。

| | |
|---|---|
| 相似 | **真的讓我目瞪口呆！** 本当に唖然とさせられました。 |
| 單字 | **【すばらしい】很棒、令人驚艷**<br>あの画家の作品は、本当にすばらしいと思います。<br>（我覺得那位畫家的作品，十分令人驚艷。） |
| 單字 | **【ため息が出る】讚嘆**<br>美しいダイヤですね。見ていてため息が出ます。<br>（真美的鑽石。令人讚嘆不已。） |
| 單字 | **【唖然】目瞪口呆、驚訝到說不出話**<br>警察の傲慢な態度に、唖然とさせられました。<br>（警方傲慢的態度讓我驚訝到說不出話來。） |

● 不思議（不可思議）／起こる（發生）／怖い（可怕）／優しい（溫柔）／ダイヤ（鑽石）

328

**這真是太神奇了。** これは本当(ほんとう)に奇跡(きせき)です。

| | |
|---|---|
| 相似 | **這是我從沒想過的事！**<br>今(いま)まで考(かんが)えたこともありませんでした。 |
| 相似 | **真是出乎我意料之外！**<br>思(おも)いもよりませんでした。 |
| Q | **怎麼樣，令人驚豔吧？**<br>どう？すごいでしょう。 |
| 單字 | **【思いもよりません】出乎意料**<br>あの人(ひと)から告白(こくはく)されるとは、思(おも)いもよりませんでした。<br>（沒想到竟然被那個人告白，真是出乎我意料。） |

328

**你嚇到我了。** あなたには、驚(おどろ)かされました。

| | |
|---|---|
| 衍生 | **別嚇我！** びっくりさせないで。 |
| Q | **嚇到你了嗎？你還好嗎？**<br>びっくりしましたか。大丈夫(だいじょうぶ)ですか。 |
| 單字 | **【驚かす】驚嚇**<br>首相(しゅしょう)の突然(とつぜん)の辞任(じにん)は、国民(こくみん)を驚(おどろ)かせました。<br>（首相突然辭職下台，震驚全國。） |
| 單字 | **【びっくりする】嚇一跳**<br>暗闇(くらやみ)から犬(いぬ)が飛(と)び出(だ)してきて、びっくりしました。<br>（黑暗中突然衝出一隻狗，嚇我一跳。） |

● 今まで（從以前至今）／すごい（很厲害）／暗闇（暗處）

# 59 表達感動 別悶在心裡・令人感動

## 329

**別把感情悶在心裡。** 感情(かんじょう)を内側(うちがわ)に溜(た)め込(こ)まないようにね。

| | |
|---|---|
| 衍生 | **如果想哭就哭吧。**<br>泣(な)きたければ泣(な)いてもいいんですよ。 |
| Q | **他這樣說，會影響你的情緒嗎？**<br>彼(かれ)があんなことを言(い)ったのを、気(き)にしていますか。 |
| 單字 | **【溜め込む】累積**<br>ストレスを溜(た)め込(こ)むと、体(からだ)に悪(わる)いですよ。<br>（累積壓力對身體不好唷。） |
| 單字 | **【気にする】介意**<br>あれは冗談(じょうだん)ですよ。気(き)にしないでください。<br>（那是開玩笑的啦，請別介意。） |

## 329

**真令人感動！** 本当(ほんとう)に感動(かんどう)しました。

| | |
|---|---|
| 相似 | **我蠻感動的。**<br>とても感動(かんどう)しました。 |
| 相似 | **真是賺人熱淚。**<br>感動(かんどう)して、目頭(めがしら)が熱(あつ)くなりました。 |
| 單字 | **【目頭】眼眶**<br>私(わたし)はあの映画(えいが)を見(み)て、目頭(めがしら)が熱(あつ)くなりました。<br>（看了那部電影，我不禁濕了眼框。） |

● 内側（內部、內心）／ストレス（壓力）／体に悪い（對身體不好）／冗談（開玩笑）／目頭が熱くなる（濕了眼眶）

## 無法不感動・我深受感動　表達感動 59

### 330

**我沒有辦法不感動。** 感動（かんどう）せずにはいられません。

| | |
|---|---|
| 衍生 | **這場景真令人感動。** このシーンは、本当（ほんとう）に感動的（かんどうてき）です。 |
| Q | **你覺得感同身受嗎？**<br>あなたは、まるで自分（じぶん）が何（なに）かをしてもらったかのように、感激（かんげき）しましたか。 |
| 單字 | **【…ずにはいられません】無法不…**<br>私（わたし）は感動（かんどう）して、泣（な）かずにはいられませんでした。<br>（我深受感動，止不住淚水。） |
| 單字 | **【感激】感動、有強烈感受**　あの俳優（はいゆう）に手紙（てがみ）を書（か）いたら、返事（へんじ）が来（き）ました。私（わたし）は、とても感激（かんげき）しました。（寫信給那位演員，竟然收到回信，我太感動了。） |

### 330

**他的故事讓我深受感動。** 彼（かれ）の話（はなし）に深（ふか）く感動（かんどう）しました。

| | |
|---|---|
| 相似 | **好感人的故事！** すごく感動的（かんどうてき）な話（はなし）です。 |
| 相似 | **我感同身受。** その気持（きも）ちは、よくわかります。 |
| 衍生 | **他打動了我的心。** 私（わたし）は、彼（かれ）に心（こころ）を動（うご）かされました。 |
| 單字 | **【感動的】感人**　あの映画（えいが）のクライマックスシーンは、とても感動的（かんどうてき）でした。（那部電影高潮的場景，十分感人。） |

● シーン（場景）／まるで…のように（簡直如同…一般）／…てもらった（別人幫我做…）／俳優（演員）／手紙（信）／返事（回音）／よくわかる（十分了解）／クライマックス（高潮）

# 59 表達感動 用熱情感動我．電影太感人

## 331

**他用熱情感動了我。** 彼の情熱に、私は感動しました。

衍生 **我能感受到他的真誠。** 私は、彼の誠意を感じました。

Q **你被他感動了嗎？** 彼に感動させられましたか。

單字 **【感動させられる】被…感動** 私は彼の言葉に、感動させられました。（我被他的話語所感動。）

單字 **【誠意】真誠** 彼の謝罪には、誠意が感じられません。（從他的道歉我感受不到誠意。）

## 331

**這部電影真是太感人了。** この映画には、感動させられますよ。

衍生 **片中演員的情緒拿捏得恰到好處。**
この映画で俳優たちは、それぞれの気持ちをうまく演じています。

Q **你覺得這部電影很感人嗎？**
この映画は、感動的だと思いますか。

Q **大家都說這個劇本很感人，你覺得呢？**
みんな、このシナリオはすごく感動すると言っていますが、あなたはどう思いますか。

單字 **【シナリオ】劇本** 彼の書くシナリオは、とても真実味があります。（他寫的劇本很寫實。）

● 情熱（熱情）／言葉（話語）／映画（電影）／俳優たち（演員們）／それぞれ（各自）／うまく演じる（演得很好）／真実味（寫實）

332

**聽到這麼悲慘的故事，令人鼻酸。** このような悲惨（ひさん）な話（はなし）を聞（き）くと、泣（な）けてきます。

| | |
|---|---|
| 衍生 | **災民們的處境令人感到痛心。**<br>被災者（ひさいしゃ）の方々（かたがた）の境遇（きょうぐう）を、心苦（こころぐる）しく思（おも）います。 |
| Q | **怎麼會發生這麼悲慘的事情？**<br>どうしてこんなに悲惨（ひさん）なことが起（お）こるんでしょうか。 |
| 單字 | **【泣けてきます】想哭出來**<br>あまりに悔（くや）しい出来事（できごと）で、思（おも）い出（だ）しただけで泣（な）けてきます。（因為很不甘心，光想到就想哭。） |
| 單字 | **【心苦しい】痛心、難過** 職場（しょくば）では、自分（じぶん）はまったく役（やく）に立（た）たない人材（じんざい）なので、心苦（こころぐる）しく感（かん）じています。（我很難過自己在職場上完全派不上用場。） |

332

**真是可憐！** 本当（ほんとう）に可哀想（かわいそう）。

| | |
|---|---|
| 衍生 | **我快哭了。** 泣（な）けてきそうです。 |
| 衍生 | **快拿面紙給我！** 早（はや）くティッシュちょうだい。 |
| 單字 | **【泣ける】感動想哭** あの映画（えいが）のラストシーンは、なかなか泣（な）けます。（那部電影的最後一幕，十分感人。） |
| 單字 | **【ちょうだい】請給我…** ガムちょうだい。（給我口香糖。） |

● 方々（人們）／あまりに（太…）／役に立たない（沒派上用場）／可哀想（可憐）／ティッシュ（面紙）／ラストシーン（最後一幕）／ガム（口香糖）

# 60 表達有信心 有信心．交給我沒錯

333

**我有信心。** 私（わたし）は、自信（じしん）があります。

| | |
|---|---|
| 衍生 | **我有辦法。**<br>私（わたし）は、いい考（かんが）えがあります。 |
| 衍生 | **請相信我。**<br>私（わたし）を信（しん）じてください。 |
| Q | **你有信心嗎？**<br>自信（じしん）がありますか。 |
| 單字 | **【信じる】相信**<br>私（わたし）はそんな悪（わる）いことはしません。信（しん）じてください。<br>（我才不會做那種壞事，請相信我。） |

333

**交給我準沒錯。** 私（わたし）に任（まか）せてください。

| | |
|---|---|
| 相似 | **我可以勝任。**<br>私（わたし）ならできますよ。 |
| Q | **你行嗎？**<br>できますか。 |
| Q | **你辦得到嗎？**<br>やり遂（と）げられますか。 |
| 單字 | **【やり遂げる】完成**<br>彼（かれ）に頼（たの）めば、責任（せきにん）を持（も）ってやり遂（と）げてくれますよ。<br>（交給他的話，他會負責做到好。） |

● 任せてください（請交給我）／頼む（拜託）

## 334

**我不會辜負你的期望。** 私（わたし）は、あなたの期待（きたい）を裏切（うらぎ）りません。

| | |
|---|---|
| 衍生 | **我會完成老闆交代的任務。**<br>私（わたし）は、上司（じょうし）から指示（しじ）された仕事（しごと）をちゃんとやり遂（と）げます。 |
| Q | **你可以勝任這份工作嗎？**<br>あなたは、この仕事（しごと）をやり遂（と）げられますか。 |
| 單字 | **【裏切る】背叛**　彼（かれ）は、友達（ともだち）を裏切（うらぎ）ったりするようなことはしません。（他才不會做背叛朋友之類的事。） |
| 單字 | **【指示する】指示**<br>上司（じょうし）が指示（しじ）したとおりにやっていれば、間違（まちが）いはないと思（おも）います。（照老闆所指示的去做，不會有錯。） |

## 334

**我保證一切沒問題。** 私（わたし）が、まったく問題（もんだい）がないことを保証（ほしょう）します。

| | |
|---|---|
| 衍生 | **我有信心可以把事情辦好。**<br>私（わたし）は、ちゃんとやり遂（と）げる自信（じしん）を持（も）っています。 |
| 衍生 | **我有百分之百把握。** 私（わたし）は、100％（ひゃくパーセント）の自信（じしん）を持（も）っています。 |
| 衍生 | **我自己就能做好。** 私（わたし）は、自分（じぶん）でできます。 |
| 單字 | **【ちゃんと】確實地**<br>はさみを使（つか）った後（あと）は、ちゃんともとの場所（ばしょ）に戻（もど）しておいてください。（用完剪刀後，請確實放回原處。） |

● やり遂げる（完成）／…ようなこと（像…那類的事）／…とおり（依照…）／間違い（出錯）／はさみ（剪刀）／もと（原來）／戻す（回到原處）

# 60 表達有信心 我會解決問題・有我在

## 335

**我會解決問題的。** 私（わたし）は、この問題（もんだい）を解決（かいけつ）できます。

| | |
|---|---|
| 衍生 | **沒那麼困難。**<br>そんなに難（むずか）しくはありません。 |
| 衍生 | **一定可以度過難關的。**<br>きっと乗（の）り越（こ）えられます。 |
| Q | **你有辦法解決問題嗎？**<br>問題（もんだい）を解決（かいけつ）するためのいい方法（ほうほう）がありますか。 |
| 單字 | **【乗り越える】度過、跨越**<br>失恋（しつれん）して３ヶ月（さんかげつ）になります。辛（つら）い時期（じき）は、乗（の）り越（こ）えました。（失戀三個月了。痛苦的時期已經過了。） |

## 335

**有我在，不用怕！** 私（わたし）が付（つ）いているから、心配（しんぱい）しないで。

| | |
|---|---|
| Q | **行得通嗎？** 実行（じっこう）できますか。 |
| Q | **要不要找人幫忙？** 手伝（てつだ）ってくれる人（ひと）が必要（ひつよう）ですか。 |
| 單字 | **【付く】陪伴**<br>この子（こ）はまだ小（ちい）さいから、私（わたし）が一日中（いちにちじゅう）付（つ）いていないといけません。（這孩子還小，我得整天跟著他。） |
| 單字 | **【心配する】擔心** 私（わたし）の帰（かえ）りが遅（おそ）いと、両親（りょうしん）が心配（しんぱい）します。（我晚回家，父母會擔心。） |

● きっと（一定）／問題を解決するため（用來解決問題）／辛い（痛苦）／実行（完成）／手伝う（幫忙）／まだ（仍然）／…ないといけません（一定要…）／帰りが遅い（很晚回家）

## 336

**我非常生氣。** 私（わたし）は、すごく怒（おこ）っています。

| | |
|---|---|
| 相似 | **我正在生氣。**<br>私（わたし）は、怒（おこ）っています。 |
| Q | **你生氣了嗎？**<br>怒（おこ）りましたか。 |
| Q | **你在生氣嗎？**<br>怒（おこ）っているんですか。 |
| Q | **真的生氣了？**<br>ほんとうに怒（おこ）りましたか。 |

## 336

**我不想和你說話。** あなたとは、話（はな）したくないです。

| | |
|---|---|
| 相似 | **我不想多說什麼。**<br>多（おお）くを話（はな）したくないです。 |
| 衍生 | **請讓我靜一靜。**<br>静（しず）かにしてください。 |
| Q | **為什麼不理我？**<br>どうして私（わたし）を無視（むし）するんですか。 |
| 單字 | **【無視する】不理睬**<br>最近（さいきん）、彼（かれ）は私（わたし）を無視（むし）するようになりました。どうしたんでしょうか。（最近他開始不理我。到底怎麼了呢？） |

●すごく（非常、很）／どうして（為什麼）／…ようになる（開始變得…）

# 61 表達憤怒 你不應該這樣做・我會報仇

## 337

**我覺得你不應該這樣做。** あなたはそうするべきじゃないと思(おも)います。

| | |
|---|---|
| Q | **我做錯了什麼嗎？**<br>私(わたし)が何(なに)か気(き)に障(さわ)ることでもしましたか。 |
| Q | **你在生我的氣嗎？** 私(わたし)のせいで怒(おこ)っているんですか。 |
| 單字 | **【気に障る】觸怒**<br>彼女(かのじょ)は、その店員(てんいん)の態度(たいど)が、とても気(き)に障(さわ)ったようです。（她好像很氣那位店員的態度。） |
| 單字 | **【…のせいで】因為…的錯** うるさい隣人(りんじん)のせいで、夜(よる)も眠(ねむ)れません。（隔壁鄰居很吵，害我晚上也睡不著。） |

## 337

**我會報仇的。** 仕返(しかえ)ししてやる。

| | |
|---|---|
| 衍生 | **給我記住！** 覚(おぼ)えとけ。 |
| 衍生 | **這種傢伙會有報應的！**<br>こんなやつには、必(かなら)ず天罰(てんばつ)が下(くだ)るからな。 |
| 單字 | **【仕返しする】報仇** 隣(となり)のクラスの寺岡(てらおか)に殴(なぐ)られたので、仕返(しかえ)ししようと思(おも)っています。（被隔壁班的寺岡打，這筆帳我會算回來的。） |
| 單字 | **【下る】宣判、判決** 凶悪犯(きょうあくはん)に、無期懲役(むきちょうえき)の判決(はんけつ)が下(くだ)りました。（重大罪犯已處以無期徒刑。） |

● そうするべきじゃない（不該這麼做）／うるさい（吵鬧的）／眠れません（睡不著）／天罰が下る（遭天譴）／殴られる（被毆打）／凶悪犯（重犯）

## 338

**少惹我！**　怒らせないで。

| | |
|---|---|
| 衍生 | **滾遠點！**　あっち行って。 |
| Q | **拜託！生什麼氣啊？**<br>いい加減にしてよ。何怒ってんの。 |
| Q | **有什麼好生氣的？**　怒ることじゃないでしょ。 |
| 單字 | **【いい加減】適可而止**　毎日毎日、私の文句ばかり言わないでください。私は、もう我慢できません。いい加減にしてください。（請不要每天找我的碴。我已經受不了了。請適可而止。） |

## 338

**看我怎麼對付你。**　どうするか見てろよ。

| | |
|---|---|
| 衍生 | **講話小心點，我會揍你。**<br>気をつけて物言いなよ。殴るよ。 |
| 衍生 | **我想打人。**　殴ってやりたいです。 |
| Q | **你倒說說看我做了什麼？**<br>私が何をしたって言うの。 |
| 單字 | **【殴る】毆打**<br>私は彼に殴られたので、私も殴り返しました。<br>（我被他打，所以還手。） |

● 私の文句ばかり言わない（不要找我碴）／我慢できません（忍不下去）／…てください（請對方做…）／気をつける（小心）／物言う（說話）／殴り返す（還手）

# 62 表達難過 讓人傷心・心痛

## 339

**真讓人傷心！** 本当に傷つきます。

| | |
|---|---|
| 相似 | **真讓人心痛。** 本当に心が痛いです。 |
| 相似 | **真讓人心碎。** 胸が張り裂けそうです。 |
| 衍生 | **真讓人感到遺憾。**<br>本当に残念に思います。 |
| 單字 | **【張り裂ける】心碎**<br>彼が死んだというニュースを聞いて、辛くて胸が張り裂けそうでした。<br>（聽到他過世的消息，難過到心要碎了。） |

## 339

**我的心好痛。** 心が痛いです。

| | |
|---|---|
| 相似 | **我蠻難過的。**<br>私は本当に悲しいです。 |
| 相似 | **我受傷太深。**<br>深く傷つきました。 |
| Q | **心情不好嗎？**<br>気分が良くないんですか。 |
| 單字 | **【傷つく】受傷**<br>彼のひどい言葉に、深く傷つきました。<br>（他說話太過分，深深刺傷我。） |

● ニュース（消息）／辛い（痛苦）／ひどい（過分的）／言葉（言詞）

340

**最近心情一直很低潮。** 最近(さいきん)ずっと、気分(きぶん)が沈(しず)んでいます。

| | |
|---|---|
| 衍生 | **我沒辦法快樂起來。** 楽(たの)しくなんてできません。 |
| 衍生 | **生命對我似乎失去了意義。** 生(い)きる意義(いぎ)さえ見出(みいだ)せません。 |
| 單字 | **【沈む】心情低落** 必死(ひっし)に勉強(べんきょう)したのに資格試験(しかくしけん)に合格(ごうかく)しなかったので、沈(しず)んでいます。（拼命唸書卻沒考上資格考試，現在很低落。） |
| 單字 | **【見出す】找到** 今(いま)の仕事(しごと)には、やりがいを見出(みいだ)すことができません。（現在的工作讓我沒什麼成就感。） |

340

**我整天以淚洗面。** 一日中(いちにちじゅう)涙(なみだ)で顔(かお)を濡(ぬ)らしています。

| | |
|---|---|
| 衍生 | **我很憂鬱。** とても憂鬱(ゆううつ)です。 |
| 衍生 | **這樣的日子真是難過。** こんな毎日(まいにち)は、本当(ほんとう)につらいです。 |
| Q | **最近有沒有快樂一點？** 最近(さいきん)どうですか。気分(きぶん)は良(よ)くなりましたか。 |
| 單字 | **【濡らす】弄濕** スカートの汚(よご)れを、お湯(ゆ)で濡(ぬ)らしたタオルで拭(ふ)きましたが、きれいに取(と)れません。（已經用毛巾沾熱水擦拭裙子上的髒汙，卻無法清乾淨。） |

● 気分（心情）／さえ（甚至）／必死に（拼命地）／やりがい（做的成就感）／…ことができません（無法…）／つらい（難過）／スカート（裙子）／タオル（毛巾）／取れません（無法去除）

# 63 表達失望　真沮喪・太可惜了

## 341

**真沮喪！**　本当にがっかりしました。

| | |
|---|---|
| 相似 | **真令人失望！** 失望しました。 |
| 衍生 | **我不想再努力了！**<br>もうこれ以上努力する気はありません。 |
| 單字 | **【がっかり】失望**　あのバンドの最新アルバムには、がっかりしました。（那個樂團的新專輯讓我很失望。） |
| 單字 | **【もうこれ以上】再繼續…**　もうこれ以上、太りたくありません。（我不想再繼續變胖了。） |

## 341

**太可惜了！**　すごく惜しいです。

| | |
|---|---|
| 衍生 | **差一點就過關了，真是的！**<br>あと少しで合格だったのに。まったくもう。 |
| Q | **要再試試嗎？** まだチャレンジしたいんですか。 |
| 單字 | **【すごい】非常**<br>決勝戦で負けて、すごく悔しかったです。<br>（決賽輸了，真的很不甘心。） |
| 單字 | **【チャレンジ】挑戰**<br>今度、スキューバダイビングにチャレンジしてみたいです。（下次想試試海底潛水。） |

●バンド（樂團）／…気はありません（完全不想…）／アルバム（專輯）／…のに（明明…卻…）／惜しい（可惜）／スキューバダイビング（海底潛水）

342

**沒希望了！** 希望（きぼう）がありません。

| | |
|---|---|
| 相似 | **沒救了！** 救（すく）いようがありません。 |
| 相似 | **不可能成功了。** 成功（せいこう）できるわけがありません。 |
| 單字 | **【…ようがありません】沒辦法…**<br>こんなにひどく壊（こわ）れてしまっては、修理（しゅうり）しようがありません。（壞得這麼嚴重，沒辦法修了。） |
| 單字 | **【…わけがありません】不可能…**<br>彼（かれ）がそんな悪（わる）いことをするわけがありません。<br>（他不可能會做那種壞事。） |

342

**我放棄了。** もう諦（あきら）めました。

| | |
|---|---|
| 衍生 | **我又失敗了。**<br>私（わたし）は、また失敗（しっぱい）してしまいました。 |
| Q | **要放棄了嗎？** 諦（あきら）めるんですか。 |
| Q | **不再努力了嗎？** もうやめるんですか。 |
| 單字 | **【諦める】放棄、死心**<br>彼女（かのじょ）はあなたにはまったく気（き）がないようなので、彼女（かのじょ）のことは諦（あきら）めたほうがいいと思（おも）います。<br>（她好像對你完全沒意思，我覺得你最好死心吧。） |

● ひどく（嚴重地）／壊れる（壞掉）／やめる（放棄）／…たほうがいい（最好…比較好）

# 63 表達失望 好想哭・你讓我失望

343

**好想哭喔！** 泣きたいです。

衍生 **好想死喔！** 死んでしまいたいです。

衍生 **我太差勁了。** 私って最低です。

單字 **【死ぬ】死** 馬鹿は死んでも治りません。
（日本俗語——笨蛋無法治療。）

單字 **【最低】差勁**
詐欺なんてする人間は、最低だと思います。
（會詐騙的人，最差勁。）

343

**你讓我失望了。** あなたには、がっかりしました。

衍生 **你浪費了我對你的信任。**
あなたは、私の信頼を裏切ってしまいました。

衍生 **真是所託非人。** あなたに頼んだのは、大間違いでした。

單字 **【がっかり】失望**
うまく撮れた写真が1枚もなくて、がっかりしました。
（連一張照得好的相片都沒有，好失望。）

單字 **【裏切る】辜負、背叛**
あの政治家は日本を改革してくれると思っていたのに、期待を裏切られました。（本以為那位政治家可以改革日本，結果卻辜負了我的期待。）

● 大間違い（大錯特錯）／頼む（委託）／うまく撮れた写真（照得很好的相片）

## 沒人了解我・沒人喜歡我 表達寂寞 64

### 344

**我的心沒有人了解。** 誰(だれ)も私(わたし)の気持(きも)ちをわかってくれません。

| | |
|---|---|
| 相似 | **大家都不了解我。**<br>私(わたし)の事(こと)なんて、誰(だれ)も理解(りかい)できないでしょう。 |
| Q | **你不想被了解嗎？**<br>理解(りかい)されたくないんですか。 |
| Q | **你不喜歡社交活動嗎？**<br>人(ひと)との付(つ)き合(あ)いは、嫌(きら)いですか。 |
| 單字 | **【理解できない】無法了解**<br>彼(かれ)が何(なに)を考(かんが)えているのか、まったく理解(りかい)できません。（我完全不了解他在想什麼。） |

### 344

**沒有人喜歡我。** 私(わたし)のことが好(す)きな人(ひと)は、誰(だれ)もいません。

| | |
|---|---|
| 相似 | **沒有人在乎我。**<br>私(わたし)のことを気(き)にかけてくれる人(ひと)は、誰(だれ)もいません。 |
| 衍生 | **沒有人想和我說話。**<br>私(わたし)と話(はな)したい人(ひと)は、誰(だれ)もいません。 |
| Q | **要我陪你嗎？** 私(わたし)が一緒(いっしょ)にいましょうか。 |
| 單字 | **【気にかける】在乎** いつも私(わたし)のことを気(き)にかけてくれるおばあちゃんに、プレゼントがしたいです。（想送禮物給一直關心我的外婆。） |

● わかってくれません（不了解我）／付き合い（社交往來）／考える（想）／プレゼント（禮物）

# 64 表達寂寞 好想你・總是一個人吃飯

## 345

**我好想你。** あなたのことを、思(おも)っています。

| | |
|---|---|
| 相似 | **我想見你。** あなたに会(あ)いたいです。 |
| 衍生 | **我想和你說話。** あなたと話(はなし)がしたいです。 |
| 衍生 | **整個房子都是你的影子。**<br>部屋中(へやじゅう)、あなたの面影(おもかげ)でいっぱいです。 |
| 單字 | **【面影】心中所想的身影**<br>祖父(そふ)が愛用(あいよう)していた机(つくえ)を見(み)て、今(いま)は亡(な)き祖父(そふ)の面影(おもかげ)を偲(しの)びます。（看到爺爺生前愛用的書桌，不禁回憶起他的身影。） |

## 345

**我總是一個人吃飯。** 私(わたし)はいつも、一人(ひとり)で食事(しょくじ)をします。

| | |
|---|---|
| 衍生 | **我覺得寂寞。** 私(わたし)は、寂(さび)しいです。 |
| 衍生 | **我沒有朋友。** 私(わたし)は、友達(ともだち)がいません。 |
| 衍生 | **我和週遭的人好像都沒有關係。**<br>私(わたし)の周(まわ)りの人(ひと)は、まるで私(わたし)と何(なん)の関係(かんけい)もないかのようです。 |
| Q | **你有朋友嗎？**<br>あなたは、友達(ともだち)はいますか。 |

●いっぱい（很多）／机（書桌）／亡き（過世的）／偲ぶ（回憶起）／まるで…のようです（簡直像…一樣）

## 346

**我後悔死了。** 私は、とても後悔しています。

| | |
|---|---|
| 相似 | **我真的非常後悔。**<br>私は、本当に後悔しています。 |
| Q | **後悔了吧？**<br>後悔したでしょう？ |
| Q | **你是真心懺悔嗎？**<br>心から悔い改めましたか。 |
| 單字 | **【悔い改める】反省且改過**<br>夫は、自分のやったことを、悔い改めました。<br>（我先生對自己做的事反省改過了。） |

## 346

**都是我的錯。** 全部私の間違いです。

| | |
|---|---|
| 相似 | **都怪我。**<br>全部私のせいです。 |
| 衍生 | **我是（豬頭／白痴）。**<br>私は、（アホ／バカ）です。 |
| 衍生 | **我怎麼這麼笨！**<br>私は、どうしてこんなに馬鹿なんだ。 |
| 單字 | **【…のせい】…的錯**<br>同僚のせいで、私は上司に叱られました。<br>（都怪同事害我被老闆罵。） |

● 間違い（過錯）／同僚（同事）／叱られる（被罵）

# 65 表達後悔 後悔做這決定・後悔也來不及

## 347

**我後悔做這個決定。** 私は、自分の決めたことに、後悔しています。

| | |
|---|---|
| 相反 | **我一點也不後悔做這個決定。**<br>私は、自分の決めたことには、少しも後悔していません。 |
| 衍生 | **下次我會多聽別人的意見。**<br>次からは、ちゃんと人の意見を聞きます。 |
| Q | **現在說這些是不是太遲？** 今更もう手遅れじゃないですか。 |
| 單字 | **【今更】現在才…** 今更謝っても、もう遅いです。<br>（事到如今才道歉，已經太遲了。） |

## 347

**後悔也來不及了。** 悔やんでも、もう遅いです。

| | |
|---|---|
| 衍生 | **事到如今只能怪自己。**<br>こんなことになったのは、全て自分のせいだ。 |
| 衍生 | **早知道，我就不會這麼做。**<br>早くに知っていれば、こうはしなかったのに。 |
| 單字 | **【悔やむ】後悔**<br>彼女に振られました。彼女に冷たくしたことを、悔やんでいます。（被女友甩了。現在很後悔當初冷落她。） |
| 單字 | **【…のに】（早知道）就…**<br>雨が降るとわかっていれば、バイクで来なかったのに。<br>（早知道會下雨，就不騎機車來了。） |

● 少しも…ません（一點也不…）／手遅れ（太遲）／謝る（道歉）／自分のせい（自己的錯）／振られる（被甩）／彼女に冷たくする（對她冷淡）／バイク（機車）

## 348

**我真的是學乖了。** 本当(ほんとう)に懲(こ)りました。

| | |
|---|---|
| 衍生 | **如果當初我聽朋友的勸告就好了…**<br>最初(さいしょ)から友達(ともだち)の言(い)うことを聞(き)いておけばよかった。 |
| 衍生 | **我現在很後悔以前沒好好唸書。**<br>昔(むかし)ちゃんと勉強(べんきょう)しなかったことを、後悔(こうかい)しています。 |
| 單字 | **【懲りる】學乖、記取教訓**<br>このことに懲(こ)りて、彼(かれ)はもう浮気(うわき)はしないでしょう。（他應該會記取教訓，不搞外遇了吧。） |
| 單字 | **【動詞て形＋おけばよかった】如果有先…就好了**<br>あんなに安(やす)かったんだから、もっと買(か)っておけばよかった。（之前那麼便宜，如果有多買一點就好了。） |

## 348

**我下次一定不會再犯錯。** 次(つぎ)は、同(おな)じ過(あやま)ちを絶対(ぜったい)に犯(おか)しません。

| | |
|---|---|
| 衍生 | **我會努力重新做人。** 努力(どりょく)して正(ただ)しい人間(にんげん)になります。 |
| Q | **知道錯了吧？** 自分(じぶん)が間違(まちが)っていたって分(わ)かったでしょう。 |
| 單字 | **【過ち】過錯** 彼女(かのじょ)は自分(じぶん)の過(あやま)ちに気(き)がつきましたが、もう手遅(ており)れでした。（她察覺到自己的過錯，但為時已晚。） |
| 單字 | **【犯す】違犯** 彼(かれ)は、大事(だいじ)な仕事(しごと)で誤(あやま)りを犯(おか)したことを咎(とが)められ、会社(かいしゃ)をクビになりました。（他在重要工作上犯錯而受責難，被公司開除了。） |

● ちゃんと（好好地）／正しい人間（正直的人）／気がつく（察覺到）／手遅れ（太遲）／誤り（過錯）／咎められる（受責難）／クビになる（被開除）

# 66 表達懷疑 是真的嗎・我不相信

## 349

**這是真的嗎？** 本当(ほんとう)ですか。

| | |
|---|---|
| 相似 | **有這種事嗎？**<br>こんな事(こと)ってあるんですか。 |
| 相似 | **事情真是這樣嗎？**<br>本当(ほんとう)にそうなんですか。 |
| 衍生 | **怎麼會這樣？**<br>どうして、こんなことになるんですか。 |
| 衍生 | **我不知道該相信誰？**<br>誰(だれ)を信(しん)じればいいのか、分(わ)かりません。 |

## 349

**我就是不相信。** 信(しん)じないと言(い)ったら、信(しん)じません。

| | |
|---|---|
| 相似 | **很難讓人相信。** 信(しん)じ難(がた)いです。 |
| 衍生 | **我憑什麼要相信你。**<br>何(なん)で、あなたなんかを信(しん)じなくてはならないんですか。 |
| Q | **你不再相信我了嗎？**<br>もう二度(にど)と、私(わたし)のことを信(しん)じてくれないんですか。 |
| 單字 | **【信じる】相信**<br>夢(ゆめ)は叶(かな)うと、強(つよ)く信(しん)じてください。<br>（請一定要相信夢想會實現。） |

●分かりません（不知道）／信じ難い（很難相信）／…なくてはならない（必須…）／叶う（實現）

## 350

**這個理由太牽強。** この理由(りゆう)には、かなり無理(むり)があります。

| | |
|---|---|
| 衍生 | **這個證據太薄弱。**<br>これは、証拠(しょうこ)としては弱(よわ)いです。 |
| 衍生 | **你的動機讓人懷疑。**<br>あなたの動機(どうき)を、疑(うたが)ってしまいます。 |
| Q | **你認為有什麼不對的地方嗎？**<br>どこか間違(まちが)っている所(ところ)があると思(おも)いますか。 |
| 單字 | **【無理】牽強、不合理** あなたは、もう50歳(ごじゅっさい)なんですから、自分(じぶん)は35歳(さんじゅうごさい)だと言(い)うのは、無理(むり)があります。<br>（你明明50歲還說自己35歲，實在很牽強。） |

## 350

**我只相信證據。** 私(わたし)は、証拠(しょうこ)がないと信(しん)じません。

| | |
|---|---|
| 相似 | **我不相信道聽塗說。**<br>私(わたし)は、あてにならないうわさは信(しん)じません。 |
| 衍生 | **你敢發誓，我就相信你。** あなたが自分(じぶん)は正(ただ)しいと誓(ちか)うなら、私(わたし)はあなたを信(しん)じます。 |
| Q | **你能拿出證據嗎？** 証拠(しょうこ)を見(み)せてくれませんか。 |
| 單字 | **【証拠】證據** 犯人(はんにん)は、証拠(しょうこ)不足(ぶそく)で釈放(しゃくほう)になりました。<br>（嫌犯因證據不足獲釋。） |

● 間違っている所（不對的地方）／もう（已經）／あてにならない（不可靠的）／うわさ（謠言）／正しい（正確的）／見せてくれませんか（不能讓我看嗎）

# 66 表達懷疑 大家各說各話・有人說謊

## 351

**大家都各說各話。** めいめいが、好(す)きなことをしゃべっています。

| | |
|---|---|
| 衍生 | **其中一定另有隱情。** 何(なに)か隠(かく)している真相(しんそう)がありますね。 |
| 衍生 | **不該完全相信任何一方。** どちらか一方(いっぽう)の言(い)うことを、まるまる信(しん)じるべきではありません。 |
| Q | **你相信誰說的？** あなたは、誰(だれ)の言(い)うことを信(しん)じますか。 |
| 單字 | **【めいめい】各自** 交通費(こうつうひ)は、めいめいで払(はら)ってください。（交通費請各自負擔。） |

## 351

**一定有人說謊。** 絶対(ぜったい)に誰(だれ)かが、嘘(うそ)をついています。

| | |
|---|---|
| 衍生 | **這事情一定有問題。** これは絶対(ぜったい)に問題(もんだい)ありです。 |
| Q | **你不覺得很可疑嗎？** かなり疑(うたが)わしいと思(おも)いませんか。 |
| 單字 | **【嘘をつく】說謊** 彼(かれ)は、残業(ざんぎょう)があると嘘(うそ)をついて、他(ほか)の女性(じょせい)とデートしていたようです。（他謊稱加班，其實好像是跟其他女生約會。） |
| 單字 | **【疑わしい】可疑、不太相信** 上司(じょうし)はこの仕事(しごと)はあと1週間(いっしゅうかん)で終(お)わると言(い)っているけど、本当(ほんとう)に終(お)わるのか、疑(うたが)わしいです。（老闆說一星期內要完成這項工作，但我懷疑是否真的能做到。） |

● 隠す（隱藏）／まるまる（整個）／…べきではありません（不應該…）／払う（付錢）／デートする（約會）／…ようです（好像…）／終わる（結束）

## 352

**一定是你做的好事。** あんたのおかげで、こんなことになっちゃったよ。

衍生　**我沒有辦法不懷疑你。**
どうしても、あなたを疑(うたが)わずにいられません。

Q　**你發誓這件事和你完全無關嗎？** あなたは、このことにまったく関係(かんけい)がないと誓(ちか)えますか。

單字　**【おかげ】** 先生(せんせい)のおかげで、私(わたし)はいい会社(かいしゃ)に就職(しゅうしょく)できました。（托老師的福，我才能進入不錯的公司上班。）

單字　**【…ずにいられません】不得不…**
私(わたし)はその話(はなし)を聞(き)いて、憤慨(ふんがい)せずにはいられませんでした。（聽了那些話，我無法不生氣。）

## 352

**你總是疑神疑鬼。** いつも疑(うたぐ)り深(ぶか)いですね。

衍生　**別神經質了。** 神経質(しんけいしつ)にならないでください。

Q　**會不會是你想太多了？**
あなたの考(かんが)え過(す)ぎじゃないんですか。

Q　**真有這回事嗎？** 本当(ほんとう)にこんなことってあるんですか。

單字　**【疑り深い】多疑**
彼(かれ)は疑(うたぐ)り深(ぶか)い人(ひと)なので、彼(かれ)を信用(しんよう)させるのは、容易(ようい)ではありません。（他生性多疑，很難取得他的信任。）

● あんたのおかげで（托你的福）／誓える（能發誓）／考え過ぎ（想太多）／彼を信用させる（讓他信任、讓他相信）

# 67 煩惱家人 家裏氣氛不太好・擔心父親健康

## 353

**我們家最近的氣氛不太好。** 最近、うちの雰囲気が、あまり良くないです。

| | |
|---|---|
| 衍生 | **我爸媽經常口角。** 父と母が、よくけんかします。 |
| 衍生 | **我姊姊的婚姻出了問題。**<br>姉は、結婚生活に異変が起こったようです。 |
| 衍生 | **弟弟翹家好長一段時間沒回家。**<br>弟が家出して、しばらくうちに帰って来ませんでした。 |
| 單字 | **【家出する】離家出走** 兄は1年前に家出して、音信不通でしたが、昨日兄から、東京で暮らしていることを告げる電話がありました。（哥哥一年前翹家後音信全無。昨天才打電話說自己目前在東京生活。） |

## 353

**我擔心父親的健康。** 私は、父の体が心配です。

| | |
|---|---|
| 衍生 | **我不放心年邁的雙親自己住。**<br>年老いた両親だけで暮らすのは、とても心配です。 |
| Q | **你在擔心父母親的健康嗎？** ご両親のお体が心配ですか。 |
| 單字 | **【年老いる】年邁** 両親も、今ではすっかり年老いてしまいました。（父母現在也上了年紀。） |
| 單字 | **【暮らす】生活** 私は、東京で暮らして20年になりました。（我在東京生活了20年。） |

● 雰囲気（氣氛）／けんかする（吵架）／しばらく（一段時間）／告げる（告知）／心配（擔心）

## 354

**我和父母親無話可說。** 私は、両親と話が合いません。

Q **你跟父母親還是無法溝通嗎？**
ご両親とは今も、話がかみ合いませんか。

單字 **【話が合いません】無話可說**
私は、あの人とは話が合わないので、あまり話しません。（我跟那個人無話可說，聊不起來。）

單字 **【かみ合う】能溝通、意見一致** 同僚は、みんな私よりも上の世代なので、同僚と話しても話がかみ合いません。（同事都長我一輩，無法跟他們溝通。）

## 354

**父母親一直催我結婚。** 両親はいつも、私に早く結婚しろと言います。

衍生 **父母一直幫我安排相親。** 両親はいつも、私とのお見合いの話を取り付けてきます。

衍生 **我父母成天唸著要抱孫子。**
両親はいつも、「早く孫を抱っこしたい」と言います。

單字 **【抱っこする】抱** 赤ちゃんが泣き出したのを見て、妻は慌てて赤ちゃんを抱っこしました。（看到嬰兒開始哭，太太連忙把他抱起來。）

● 同僚（同事）／私よりも…（比我…）／お見合い（相親）／取り付ける（安排）／赤ちゃん（嬰兒）／泣き出す（開始哭）／慌てる（慌慌張張）

# 67 煩惱家人 跟哥哥意見不合・婆媳問題嚴重

## 355

**我跟哥哥總是意見不合。** 兄とはいつも、意見が合いません。

| | |
|---|---|
| 衍生 | **我和姊姊一見面就吵架。**<br>私は姉に会うと、すぐにけんかをしてしまいます。 |
| 衍生 | **我覺得我弟弟最近怪怪的。** 弟は、最近何か変です。 |
| 衍生 | **我不知道如何改善與家人的關係。**<br>私は、どうやって家族との関係を改善すればいいのか、わかりません。 |
| 單字 | **【意見が合いません】意見不合** 私はいつも、同僚と意見が合いません。（我跟同事總是意見不合。） |

## 355

**我們家婆媳問題很嚴重。** うちの嫁姑問題は、かなり深刻です。

| | |
|---|---|
| 衍生 | **我太太不想和我父母親同住。**<br>妻は、私の両親とは、一緒に住みたくないです。 |
| Q | **你母親跟你太太還是水火不容嗎？**<br>お母さんと奥さんは、今も仲が悪いんですか。 |
| Q | **你們家有婆媳問題嗎？**<br>あなたのうちには、嫁姑問題がありますか。 |
| 單字 | **【深刻】嚴重**<br>この地域では、酸性雨の問題は、とても深刻です。<br>（這個地區的酸雨問題很嚴重。） |

● かなり（相當、很）／けんか（吵架）／変（奇怪）／嫁姑問題（婆媳問題）／仲が悪い（感情不好）

356

**我（男友／女友）常打電話查勤。** 私の（彼氏／彼女）は、いつも電話で、私が何をしているのかを、聞いてきます。

衍生　**我不喜歡（他／她）處處管我。**
私は、（彼／彼女）の束縛が嫌です。

衍生　**我偶爾想保有自己的隱私和空間。**
私は、たまには自分のプライベートがほしいと思います。

Q　**你（男友／女友）讓你覺得有壓力嗎？**
あなたにとって、（彼／彼女）はストレスのもとですか。

單字　**【束縛】束縛**　私を愛しているのなら、束縛しないでよ。（愛我就別約束我。）

356

**我和（男友／女友）。經常意見不合。** 私はよく、（彼氏／彼女）と意見が合いません。

衍生　**我和男友常因芝麻蒜皮的小事吵架。** 私はよく、つまらないことで（彼氏／彼女）とけんかします。

Q　**你和你（男友／女友）會吵架嗎？**
あなたは、（彼氏／彼女）とけんかしますか。

單字　**【けんか】吵架**
日本には、「けんかをするほど仲がいい」という言葉があります。（日本有句話說「感情越吵越好」。）

● 嫌（討厭）／たまには（偶爾）／プライベート（隱私）／…がほしい（想要有…）／けんかをするほど…（越吵架就越…）／仲がいい（感情好）

# 68 煩惱情人 聚少離多·男友遲遲不求婚

## 357

**我和（男友／女友）聚少離多。** 私は（彼／彼女）と、あまり会えません。

| | |
|---|---|
| 衍生 | **遠距離戀愛讓我很不安。** 遠距離恋愛をしていると、不安を感じます。 |
| 衍生 | **我不知道如何維持遠距離戀愛。** どのようにして、遠距離恋愛を続けていけばいいのか、わかりません。 |
| Q | **你擔心遠距離戀愛嗎？** 遠距離恋愛をしていると、不安を感じますか。 |
| 單字 | **【続ける】持續** 私は、毎晩ランニングする習慣を、10年続けています。（十年來，我持續每晚跑步的習慣。） |

## 357

**我男友遲遲不跟我求婚。** 彼は、いつまで経ってもプロポーズしません。

| | |
|---|---|
| 相反 | **我擔心她拒絕我的求婚。** 彼女が（私の）プロポーズを断るんじゃないかと不安です。 |
| 單字 | **【断る】拒絕** 私は知り合いに、うちの会社で働いてほしいと頼まれましたが、丁寧に断りました。（認識的朋友請我到他公司上班，我客氣地拒絕了。） |

● どのようにする（該怎麼做）／ランニングする（跑步）／プロポーズする（求婚）／いつまで経っても（無論過多久都…）／知り合い（認識的朋友）／頼まれる（被拜託）／丁寧に（客氣地）

## 358

**我覺得（他／她）好像不喜歡我。**（彼／彼女）はもう、私のことが好きじゃないようです。

| | |
|---|---|
| 衍生 | **我不知道如何討她歡心。** どのようにして彼女を喜ばせたらいいのか、わかりません。 |
| 衍生 | **我不知道（他／她）對我是否真心。**（彼／彼女）が私に対して本気かどうか、わかりません。 |
| 單字 | **【本気】認真交往**<br>彼は、彼女のことは、本気じゃなく、遊びだったようです。（他好像對她玩玩而已，不是認真的。） |

## 358

**我父母不喜歡我男友。** 両親は、私の彼氏が好きではありません。

| | |
|---|---|
| 衍生 | **（他／她）的父母反對我們交往。**（彼／彼女）の両親は、私が（彼／彼女）と交際することに、反対しています。 |
| 衍生 | **我和（他／她）好像沒有未來。** 私は、（彼／彼女）と交際しても、将来が見えてきません。 |
| Q | **你擔心（他／她）父母不喜歡你嗎？** あなたは、（彼／彼女）の両親に気に入られないのではと心配ですか。 |
| 單字 | **【気に入る】喜歡**<br>私が誕生日プレゼントにあげた服、気に入ってくれましたか。（生日時送給你的衣服，你喜歡嗎？） |

● 喜ばせる（讓對方開心）／遊びだった（玩玩而已）／交際する（交往）／プレゼント（禮物）／あげた服（送你的衣服）

# 69 煩惱人際關係 新環境會怕生・不會應酬

## 359

**到新環境我會怕生。** 私(わたし)は、新(あたら)しい環境(かんきょう)に入(はい)ると、人見知(ひとみし)りをします。

相似　**我不敢跟陌生人說話。**
私(わたし)は、知(し)らない人(ひと)に話(はな)しかける勇気(ゆうき)がありません。

Q　**你很怕生嗎？** あなたは、人見知(ひとみし)りしますか。

單字　**【人見知り】怕生**　私(わたし)は、人見知(ひとみし)りが激(はげ)しく、初対面(しょたいめん)の人(ひと)とは、まったく話(はな)せません。（我很怕生，面對陌生人完全說不出話。）

單字　**【話しかける】主動攀談**　職場(しょくば)のある男性職員(だんせいしょくいん)が、よく私(わたし)に話(はな)しかけてきます。私(わたし)に気(き)があるんでしょうか。（有個男同事經常找我說話。是不是對我有意思？）

## 359

**我最不會應酬了。** 私(わたし)は、付(つ)き合(あ)いで飲(の)むのは苦手(にがて)です。

衍生　**我每次都不知道要跟人家聊什麼。**
私(わたし)はいつも、人(ひと)と何(なに)を話(はなし)したらいいのかわかりません。

Q　**你不擅長跟人應酬嗎？**
あなたは、付(つ)き合(あ)いで飲(の)むのは苦手(にがて)ですか。

單字　**【付き合い】應酬**　昨夜(ゆうべ)は付(つ)き合(あ)いで、銀座(ぎんざ)のスナックに行(い)きました。（昨晚去銀座的酒店應酬。）

● 知らない人（陌生人）／初対面（第一次見面）／まったく（完全）／話せません（無法說話）／スナック（有媽媽桑的酒店）／若手（不擅長）

## 360

**我不容易跟大家打成一片。** 私(わたし)は、みんなと打(う)ち解(と)けにくいです。

| | |
|---|---|
| 衍生 | **我一緊張舌頭就會打結。**<br>私(わたし)は緊張(きんちょう)すると、ろれつが回(まわ)らなくなります。 |
| Q | **你沒辦法很快融入大家嗎？**<br>あなたは、すぐにみんなと打(う)ち解(と)けられませんか。 |
| 單字 | **【打ち解ける】卸下心防**　あの2人(ふたり)は、初対面(しょたいめん)でしたが、すぐに打(う)ち解(と)けて、親(した)しく話(はな)していました。（那兩個人雖然第一次見面，卻很快就卸下心防，熱絡地聊天。） |
| 單字 | **【ろれつが回る】說話含糊不清**<br>父(ちち)は、お酒(さけ)を飲(の)みすぎて、すでにろれつが回(まわ)らなくなっています。（爸爸喝太多酒，說話已經變得含糊不清。） |

## 360

**我說話容易得罪人。** 私(わたし)が話(はな)すと、よく人(ひと)を怒(おこ)らせてしまいます。

| | |
|---|---|
| 衍生 | **我常常說話得罪人了還不知道。** 私(わたし)は、話(はな)していて人(ひと)を怒(おこ)らせてしまっても気(き)づかないことが、よくあります。 |
| 衍生 | **我看不出來別人是否在生氣。**<br>私(わたし)は、人(ひと)が怒(おこ)っていても、気(き)がつきません。<br>★★★如果直譯為「私は、人が怒っているかどうかわかりません」是很奇怪的日文。 |
| Q | **你說話容易得罪人嗎？**<br>あなたが話(はな)すと、よく人(ひと)を怒(おこ)らせてしまいますか。 |

● すでに（完全）／怒らせる（得罪人、讓人生氣）／気がつきません（無法察覺）

# 69 煩惱人際關係 容易發生爭執・被人排擠

## 361

**我容易和人發生爭執。** 私は、人ともめることが、よくあります。

| | |
|---|---|
| 衍生 | **我覺得我應該學習「容忍」。**<br>私は、我慢することを学ばなければなりません。 |
| Q | **你容易和人發生爭執嗎？** あなたは人ともめやすいですか。 |
| 單字 | **【もめる】起爭執** 彼女は姉と、遺産相続でもめています。（她和姊姊正因為遺產繼承而起爭執。） |
| 單字 | **【我慢】容忍** あの事務員の傲慢な態度は、見ていて我慢できません。（那個行政人員態度傲慢，實在無法忍受。） |

## 361

**我在（學校／公司）被人排擠。** 私は（学校／会社）で、のけ者にされています。

| | |
|---|---|
| 衍生 | **我常被人惡意中傷。**<br>私はよく、人から中傷されます。 |
| Q | **你在（學校／公司）遭人排擠嗎？**<br>あなたは（学校／会社）で、のけ者にされていますか。 |
| 單字 | **【のけ者】被排擠的人** 彼は、嫌われ者で、みんなにのけ者にされています。（他被討厭，大家都排擠他。） |
| 單字 | **【中傷】中傷** 私は、ブログに中傷を書き込まれました。（我在部落格被中傷。） |

● 学ぶ（學習）／…なければなりません（一定要…）／…やすい（容易…）／嫌われ者（被討厭的人）／ブログ（部落格）／書き込む（寫入、填入）

## 362

**我從小到大都沒什麼朋友。** 私は、小さい頃からずっと、友達がいません。

| | |
|---|---|
| 衍生 | **我連說話的對象都沒有。** 私には、話し相手もいません。 |
| 衍生 | **我最近常跟朋友吵架。** 私は最近、よく友達とけんかします。 |
| 衍生 | **我跟最好的朋友絕交了。** 私は、一番の親友と絶交しました。 |
| 單字 | **【絶交】絕交** 私が小山田君の悪口を言っていることがばれて、小山田君に「君とは絶交だ」と言われました。（我說小山田的壞話被他發現了。他就說「我要跟你絕交。」） |

## 362

**我很容易受騙上當。** 私は、騙されやすいです。

| | |
|---|---|
| Q | **你能看穿別人的虛情假意嗎？** あなたは、他人の口先だけの好意を見抜くことができますか。 |
| 單字 | **【騙す】欺騙** 悪い人に騙されて、貯金を全て失ってしまいました。（我被壞人騙光了所有存款。） |
| 單字 | **【口先】口頭上** 口先だけの約束なんて、信用できません。（口頭約定不能信。） |
| 單字 | **【見抜く】看穿** 私は、彼と結婚するまでは、彼が残酷な人であることを見抜けませんでした。（我直到快跟他結婚時才看穿，原來他是個殘酷的人。） |

● ずっと（一直）／話し相手（說話的對象）／けんかする（吵架）／親友（摯友）／悪口を言う（說壞話）／ばれる（被發現）／失う（失去）

# 70 煩惱工作 受不了天天加班・壓力很大

## 363

**我受不了天天加班。** 毎日残業で、もう嫌です。

| | |
|---|---|
| 衍生 | **我一星期大約有三天要加班。**<br>私は、週に3日ぐらい、残業しなければなりません。 |
| 衍生 | **我們加班沒有加班費。**<br>私は、残業しても、残業手当はありません。 |
| Q | **你最近還是常常加班嗎？**<br>このごろも、相変わらず、よく残業しているんですか。 |
| 單字 | **【嫌】討厭**<br>私の学校は、毎日毎日テストばかりで、嫌になります。（我們學校每天都在考試，很討厭。） |

## 363

**我的工作壓力很大。** 仕事に、強いストレスを感じます。

| | |
|---|---|
| 衍生 | **我的工作越來越繁重。**<br>仕事がどんどんきつくなっています。 |
| Q | **你的工作壓力大嗎？** 仕事に、強いストレスを感じますか。 |
| 單字 | **【い形容詞字尾變成く＋なって】漸漸** 春に近づき、だんだん暖かくなってきました。（春天近了，漸漸暖和起來了。） |
| 單字 | **【きつい】繁重** この仕事は、きつそうに見えませんが、やってみると、けっこうきついです。（這項工作看起來一點都不累，實際做後發現相當累死人。） |

●…なければなりません（一定要…）／残業手当（加班費）／相変わらず（依舊）／よく（經常）／テスト（考試）／ストレス（壓力）／どんどん（漸漸）

364

**工作讓我沒時間陪伴家人。** 仕事が忙しくて、家族と過ごす時間がありません。

衍生 **工作佔據了我大部分的生活。**
私の生活のほとんどは、仕事で占められています。

Q **工作嚴重影響你的生活嗎？**
仕事は、あなたの生活に深刻な影響を及ぼしていますか。

單字 **【占める】佔據**
この市では、外国人の人口が、全体の1 ％ を占めています。（外籍人士佔了這個城市人口的 1%。）

單字 **【及ぼす】帶來（影響）**
長引く不況は、人々の生活に、深刻な影響を及ぼしています。（經濟長期不景氣嚴重影響每個人的生活。）

364

**我一直沒有加薪。** 給料が一向に上がりません。

衍生 **薪水有限，我必須克制消費。** 給料は限られているので、出費を抑えなければなりません。

Q **你的薪水足夠支撐你的生活嗎？**
あなたの給料は、生活していくのに十分ですか。

單字 **【上がる】升高** 4月から、私の給料が1万円上がりました。（我的薪水從四月開始增加一萬日幣。）

● 長引く不況（經濟長期不景氣）／一向（完全）／限られている（有限）／抑える（克制）／十分（足夠）

# 70 煩惱工作 帕被裁員・跟同事處不好

## 365

**我擔心怕被公司裁員。** 私は、会社にリストラされるのではないかと不安です。

| | |
|---|---|
| 衍生 | **我擔心被減薪。**<br>私は、給料カットされるのではないかと不安です。 |
| 衍生 | **不景氣時，薪資越高的，越可能被裁員。**<br>不景気の時代には、高給をもらっている者ほど、リストラに遭いやすいです。 |
| Q | **你擔心被裁員嗎？** リストラに遭うのが心配ですか。 |
| 單字 | **【リストラ】裁員** 私の会社ではこのごろ、リストラの嵐が吹き荒れています。（我們公司這陣子裁員風大起。） |

## 365

**我跟同事處得不好。** 私は、同僚とうまくいっていません。

| | |
|---|---|
| 衍生 | **老闆對我很不滿。**<br>社長は私に対して、強い不満を持っています。 |
| 衍生 | **我常被主管叫去訓話。** 私はよく、主任に叱られます。 |
| 單字 | **【不満を持つ】不滿** 国民の過半数は、与党の政策に、強い不満を持っているようです。（超過半數的民眾對執政黨的政策強烈不滿。） |
| 單字 | **【…に叱られる】被…罵**<br>授業をサボって、先生に叱られました。（翹課被老師罵。） |

● 給料カットされる（被減薪）／高給（高薪）／このごろ（這陣子）／嵐が吹き荒れる（掀起風暴）／与党（執政黨）／授業をサボる（翹課）

366

**最近我遇到工作瓶頸。** 私はこのごろ、仕事で壁にぶつかっています。

| | |
|---|---|
| Q | **你遇到工作瓶頸嗎？** 仕事で壁にぶつかっていますか。 |
| Q | **你要不要先休息一陣子？** とりあえず、しばらく休みを取ってみたらどうですか。 |
| 單字 | **【ぶつかる】遇到瓶頸** 今まで野球をやってきて、何度か壁にぶつかりましたが、そのつど乗り越えてきました。（從開始打棒球到現在，雖然出現好幾次瓶頸，但都一一跨越了。） |
| 單字 | **【休みを取る】請假** 病気なので、1週間休みを取ろうと思っています。（因為生病，想請一星期的假。） |

366

**我這個月的業績又很差。** 今月は、私は営業成績が悪いです。

| | |
|---|---|
| 衍生 | **我總達不到公司規定的業績標準。** 私はいつも、営業成績が、目標を達成できません。 |
| 衍生 | **我真的覺得很挫折。** 私は、ひどく挫折しています。 |
| Q | **這份工作讓你很挫折嗎？** この仕事に挫折していますか。 |
| 單字 | **【達成】達成** がんばってダイエットして、目標体重を達成できました。（努力減肥，終於達到目標體重。） |

● 壁（牆壁）／とりあえず（暫時）／しばらく（一陣子）／そのつど（每次）／乗り越える（跨越）／ひどく（嚴重地）／ダイエットする（減肥）

# 71 煩惱金錢 我是窮光蛋・錢永遠不夠用

367

**我是個窮光蛋。** 私(わたし)は貧乏(びんぼう)です。

| | |
|---|---|
| 相似 | **我經常口袋空空。** ポケットは、いつも空(から)っぽです。 |
| 衍生 | **我總是存不了什麼錢。**<br>私(わたし)はいつも、貯金(ちょきん)に回(まわ)すお金(かね)がありません。 |
| 單字 | **【回す】挪用來…** 最近(さいきん)収入(しゅうにゅう)が減(へ)ったので、服(ふく)に回(まわ)すお金(かね)がありません。（最近收入減少，沒錢買衣服。） |
| 單字 | **【空っぽ】空空的** 今日(きょう)はいろんなものを買(か)ったので、財布(さいふ)はもう空(から)っぽです。（今天買很多東西，錢包已經空了。） |

367

**我永遠覺得錢不夠用。** 私(わたし)は、常(つね)にお金(かね)は足(た)りないものだと思(おも)います。

| | |
|---|---|
| 衍生 | **我的薪水根本不夠用。**<br>私(わたし)の給料(きゅうりょう)では、まったく足(た)りません。 |
| 衍生 | **真希望我是個有錢人。**<br>自分(じぶん)が金持(かねも)ちだったらいいのにと思(おも)います。 |
| Q | **你常覺得錢不夠用嗎？** いつもお金(かね)が足(た)りないと感(かん)じますか。 |
| 單字 | **【足りる】足夠** ここから上野(うえの)までのバスの運賃(うんちん)は、1000円(せんえん)あれば足(た)りると思(おも)います。（從這裡到上野的公車車資，我想 1000 日幣就夠了。） |

● ポケット（口袋）／財布（錢包）／常に（經常）／金持ち（有錢人）／バスの運賃（公車車資）

## 368

**我幾乎每個月都透支。** 私は、ほぼ毎月赤字です。

| | |
|---|---|
| Q | **你常透支嗎？** あなたは、よく赤字になりますか。 |
| Q | **你的薪水夠你開銷嗎？** あなたは、今の給料で、やっていけますか。 |
| 單字 | **【ほぼ】大略、大概** メールは、ほぼ毎日チェックしています。（我每天會大略檢查電子信箱有無來信。） |
| 單字 | **【やっていく】維持生活** 私と妻と子供の３人がやっていくには、最低でも月に 20 万円は必要です。（我跟妻子及孩子，每個月生活最少需要 20 萬日幣。） |

## 368

**這一星期我只剩 200 元可用。** 今週使えるお金は、もう200元しか残っていません。

| | |
|---|---|
| 衍生 | **我的帳戶裡一毛錢也沒有了。** 私の通帳には、もう１円も残っていません。 |
| Q | **你擔心帳戶的錢撐不到下個月嗎？** 通帳にあるお金で、来月まで持ちこたえられるか心配ですか。 |
| 單字 | **【持ちこたえる】維持、堅持** 古い木造住宅は、大地震が来ると、持ちこたえられないかもしれません。（大地震一來，古老的木造建築或許可能會支撐不住。） |

● 赤字（透支）／メール（電子郵件）／チェックする（檢查）／しか…ません（只有…）／通帳（存摺、帳戶）

# 71 煩惱金錢 付不完的卡費・房貸壓力重

## 369

**我有付不完的卡費。** カードのローンが、いつまでたっても払い終わりません。

| | |
|---|---|
| Q | **你每個月的卡費大約多少？**<br>毎月のカードローンの支払いは、いくらぐらいですか。 |
| 單字 | **【いつまでたっても】不管過多久都…** ゴルフを始めて10年になりますが、いつまでたっても上手になりません。（高爾夫球打了十年，不管過多久都沒進步。） |
| 單字 | **【払い終わる】付清** ３５年ローンでうちをかったので、定年までに払い終わることはできません。（貸款35年買房子，退休之前都不可能付得清。） |

## 369

**我被房貸壓得喘不過氣。** 住宅ローンで苦しいです。

| | |
|---|---|
| 衍生 | **我有20年期的房貸。**<br>私は、２０年の住宅ローンを組んでいます。 |
| Q | **你有房貸壓力嗎？** 住宅ローンに苦しめられていますか。 |
| 單字 | **【苦しい】辛苦** この給料で生活するのは、苦しいです。（只用這份薪水生活的話，很辛苦。） |
| 單字 | **【…に苦しめられる】因…而痛苦** 私は、サラ金の返済に苦しめられています。（我還高利貸還得很辛苦。） |

● カード（信用卡）／ゴルフ（高爾夫球）／上手（進步）／うち（房子）／定年までに（退休之前）／ローンを組む（償還貸款）／サラ金（高利貸）

370

**我還有車貸要繳。** 車のローンもまだ残っています。

衍生 **車子還有牌照稅、燃料稅、保養等其他花費。** 車には、自動車税、ガソリン税、車検費用などの維持費もかかります。

Q **你付完車貸了嗎？** 車のローンは、払い終わりましたか。

單字 **【車検】車輛定期檢驗** 今年の11月に、車検を受けなればなりません。（今年11月車輛強制一定要定期檢驗。）

單字 **【維持費】車輛保養費用** バイクは、維持費があまりかかりません。（機車不太需要保養費用。）

370

**我常繳不出房租。** 私はよく、家賃が払えません。

衍生 **我沒錢繳（電話費／水費／電費）。** お金がなくて、（電話代／水道代／電気代）が払えません。

衍生 **我常接到紅色炸彈。** 私はよく、結婚式の招待状をもらいます。

Q **你這個月繳不出房租嗎？** 今月の家賃が払えないんですか。

單字 **【払う】繳付** 私は、水道代を、半年払っていません。（我已經半年沒繳水費了。）

● ガソリン税（燃料稅）／払い終わる（付清）／…なればなりません（一定要…）／家賃（房租）／招待状（請帖）

# 71 煩惱金錢 朋友借錢不還・錢全綁在股票

## 371

**朋友常向我借錢不還。** 私の友達はよく、貸したお金を返してくれません。

| | |
|---|---|
| 相反 | **我幾乎不借錢給朋友。**<br>私が友達にお金を貸すことは、ほとんどありません。 |
| 衍生 | **我覺得朋友間談錢有時候可能傷感情。**<br>お金のことを言うと、友情にひびが入りかねません。 |
| 單字 | **【貸す】借給別人**<br>弟に、自転車を貸しました。（我借弟弟腳踏車。） |
| 單字 | **【返す】歸還** 友達に借りたお金を、返さなければなりません。（向朋友借的錢一定要歸還。） |

## 371

**我的錢全綁在股票上。** お金は全部、株で使い果たしました。

| | |
|---|---|
| Q | **你賺的錢都卡在股票上了嗎？**<br>稼いだお金を全部、株につぎ込んだんですか。 |
| 單字 | **【使い果たす】用完**<br>パチンコに行って、今月の生活費を全部使い果たしてしまいました。（去小鋼珠店，花光了這個月的生活費。） |
| 單字 | **【稼ぐ】賺錢** 稼げば稼ぐほど、税金で持っていかれます。（賺越多錢就得被抽越多稅。） |
| 單字 | **【つぎ込む】投入到…** 姉は、株に全財産をつぎ込んでしまいました。（我姊姊投入所有財產在股票上。） |

● ひびが入る（出現裂痕）／…かねません（有時候可能會…）／借りる（向別人借東西）／株（股票）／パチンコ（小鋼珠店）／持っていかれる（被拿走）

## 372

**真累！**　本当(ほんとう)に疲(つか)れました。

| | |
|---|---|
| 相似 | **真煩！**　本当(ほんとう)に煩(わずら)わしいです。 |
| 衍生 | **我身心俱疲。**　身(み)も心(こころ)も疲(つか)れました。 |
| Q | **最近很累嗎？**　最近(さいきん)とても疲(つか)れますか。 |
| 單字 | **【煩わしい】煩**　コンピューターのＯＳ(オーエス)の再(さい)インストールは、とても煩(わずら)わしいものです。（要重灌電腦的作業系統，我覺得很煩。） |

## 372

**最近工作忙到喘不過氣。**　最近(さいきん)、息(いき)つく暇(ひま)もないほど仕事(しごと)が忙(いそが)しいです。

| | |
|---|---|
| 衍生 | **我的行程已經排到三個月以後了。**<br>すでに３ヶ月先(さんかげつさき)までのスケジュールが埋(う)まっています。 |
| Q | **你會不會壓力太大？**　ストレスが強(つよ)すぎるんじゃないですか。 |
| 單字 | **【息つく】喘息**<br>このごろ毎日(まいにち)テストばかりで、息(いき)つく暇(ひま)もありません。（這陣子每天都考試，喘息的時間都沒有。） |
| 單字 | **【埋まる】排很滿**　その日(ひ)はもう、予定(よてい)が埋(う)まっているので、他(ほか)の日(ひ)にしてもらえませんか。（那天已經行程排滿了，能否換其他日子？） |

● コンピューター（電腦）／OS（作業系統）／再インストール（重灌）／暇（空閒時間）／ストレスが強すぎる（壓力太大）／テスト（考試）／…にしてもらえませんか（能換成…嗎）

# 72 感覺壓力大 假日也要工作・很久沒好好休息

## 373

**我假日也要工作。** 休みの日も、仕事をしなければなりません。

| | |
|---|---|
| 衍生 | **我每天都加班到很晚。**<br>毎日遅くまで、残業しています。 |
| 衍生 | **我忙到沒時間吃飯。**<br>忙しくて、ご飯を食べる暇もありません。 |
| Q | **常加班嗎？** よく残業しますか。 |
| Q | **假日還要工作啊？** 休みの日にまで、仕事をするんですか。 |

## 373

**我很久沒有好好休息了。** もうずいぶん、ゆっくり休んでいません。

| | |
|---|---|
| 衍生 | **我好想放一個長假。**<br>長期休暇がほしくてたまりません。 |
| 衍生 | **你這樣會累出病來的。**<br>その調子だと、体壊しますよ。 |
| 單字 | **【ずいぶん】很、相當地**<br>もうずいぶん、田舎に帰っていません。<br>（已經很久沒回鄉下了。） |
| 單字 | **【調子】狀況**<br>その調子だと、期日までにレポートが終わりませんよ。<br>（看這狀況，報告無法如期完成了。） |

●…なければなりません（一定要…）／残業（加班）／まで（甚至）／ゆっくり（悠哉地）／体壊す（搞壞身體）／期日（截止日）／レポート（報告）

## 374

**我忙得不可開交。** 忙しくて、てんてこ舞いです。

衍生 **家庭和事業很難兼顧。** 家庭と仕事の両立は、難しいです。

Q **讓自己喘口氣吧？** 息抜きでもしたらどうですか。

單字 **【てんてこ舞い】忙得不可開交** お店が有名になり、お客が増えて、店員はてんてこ舞いです。（店家有名了，顧客變多，店員忙得不可開交。）

單字 **【息抜き】喘氣、休息**
勉強の合間に、息抜きに近くの公園を散歩しています。（趁讀書空檔到附近公園散散步，喘口氣。）

## 374

**我害怕被社會淘汰。** 社会から淘汰されるのが怖いです。

衍生 **我擔心長江後浪推前浪。** 私は、新人に取って代わられるのではないかと、心配しています。

Q **你一直都這麼努力嗎？**
いつもこんなに努力しているんですか。

單字 **【淘汰される】被淘汰** 業績が悪化している企業は、いずれ淘汰される可能性が高いです。（業績持續下降的公司，可能早晚會被淘汰。）

單字 **【取って代わられる】被取代** 古い技術は、新しい技術に取って代わられます。（舊技術會被新技術取代。）

● 両立（兼顧）／怖い（害怕）／心配（擔心）

# 73 出生率 台灣出生率低・不婚也不生

375

**台灣的出生率非常低。** 台湾の出生率は、とても低いです。

| | |
|---|---|
| 相似 | **2009 年，台灣的出生率全球最低。**<br>2009年には、台湾の出生率は、世界最低でした。 |
| 衍生 | **近幾年台灣的新生兒人數，只有十年前的一半。**<br>ここ数年の、台湾の新生児数は、10年前の半分ほどです。 |
| 衍生 | **十年後，台灣人口可能出現負成長。**<br>10年後には、台湾の人口は、減少に転じるでしょう。 |
| 單字 | **【転じる】轉變成…**<br>国内の新車販売台数は、3年ぶりに増加に転じました。<br>（國內新車的販售數量三年來首度轉為正成長。） |

375

**許多人不婚也不生。** 一生結婚せず、子供を作らない人も、多いです。

| | |
|---|---|
| 衍生 | **許多人覺得生養小孩是一輩子的負擔。** 子供を作って育てることは、一生負担になると考える人も、多いです。 |
| 衍生 | **傳宗接代的觀念已經越來越淡薄。**<br>跡取りを作って家系を絶やさないようにするという考え方は、だんだんと薄れています。 |
| 單字 | **【薄れる】淡薄** 最近、勉強しようという意欲が、だんだん薄れています。（最近越來越沒有唸書的意願了。） |

● 3年ぶりに（睽違三年）／跡取り（下一代、後代）／家系を絶やさない（延續香火）／考え方（想法）／だんだん（漸漸地）

376

**許多年輕夫妻不想生小孩。** 子供を作りたくない若い夫婦も、多いです。

| | |
|---|---|
| 衍生 | **許多人直言，根本養不起小孩。** 経済的余裕がなくて子供を生み育てることができないという人も、多いです。 |
| 衍生 | **年輕人寧願養寵物，也不願生小孩。** 若者には、子供を作るぐらいならペットを飼うと言う人も、多いです。 |
| 衍生 | **許多夫妻都只生一個小孩。** 子供を1人しか作らない夫婦も、多いです。 |
| 單字 | **【経済的余裕】經濟上寬裕** 子供を習い事に行かせる経済的余裕がありません。（沒有多餘的錢讓小孩上才藝班。） |

376

**政府的獎勵生育政策似乎未見成效。** 政府の少子化対策は、あまり効果が上がってないようです。

| | |
|---|---|
| 衍生 | **有些人直言，政府的補助太少了。** 政府の助成金が少なすぎるという人もいます。 |
| 衍生 | **缺乏完善配套措施，無法提高出生率。** いくつかの政策をセットで実行しないと、出生率を上げることはできません。 |
| 單字 | **【セット】成套** 全部で7冊ある百科事典を、セットで買いました。（買了7本成套的百科全書。） |

● 生み育てる（養育）／子供を作る（生小孩）／ペットを飼う（養寵物）／習い事に行かせる（讓…上才藝班）／効果が上がる（有效果）／助成金（補助金）

# 73 出生率 不孕的夫妻多・小孩受寵

### 377

**不孕的夫妻也越來越多。** 不妊に悩む夫婦も、増えています。

| | |
|---|---|
| 衍生 | **為了求子，有人用盡各種辦法。**<br>子供を授かるために、いろいろなことを試す人もいます。 |
| 衍生 | **借助醫學，能讓不孕夫妻有自己的小孩。** 医学の力で、不妊に悩む夫婦を妊娠させることもできます。 |
| 單字 | **【授かる】受孕** 結婚10年目で、やっと子供を授かりました。（結婚第十年才終於受孕。） |
| 單字 | **【妊娠】懷孕** 妊娠したかもしれないので、妊娠検査試薬で調べてみました。（可能懷孕了，用驗孕棒測看看。） |

### 377

**因為生得少，所以小孩很受寵。** 最近の親はあまり子供を作らないので、以前の親より子供を可愛がります。

| | |
|---|---|
| 衍生 | **父母親大多很捨得為小孩花錢。**<br>親は、子供のためにお金を使うことを惜しみません。 |
| 衍生 | **過度溺愛，造成下一代過於自我。**<br>溺愛が過ぎると、わがままになってしまいます。 |
| 單字 | **【惜しむ】珍惜** テストが近いので、少しの時間でも惜しんで勉強します。（快考試了，抓緊時間唸書。） |
| 單字 | **【溺愛】溺愛** 溺愛は、子供をだめにします。（溺愛會寵壞小孩。） |

● 妊娠検査試薬（驗孕棒）／わがまま（任性）／テスト（考試）

# 少子化為全球趨勢・少子化暗藏隱憂　出生率 73

## 378

**「少子化」成為全球趨勢。** 「少子化」は、世界的な傾向です。

| | |
|---|---|
| 衍生 | **越是開發國家，出生率越低。**<br>先進国であればあるほど、出生率は低いです。 |
| 衍生 | **落後國家，出生率反而高。**<br>開発途上国であればあるほど、出生率は高いです。 |
| 單字 | **【傾向】傾向** 都会の人ほど、人との触れ合いを嫌う傾向があります。（越是生活在都市的人，越討厭跟人家接觸。） |
| 單字 | **【名詞或な形容詞＋であればあるほど】越…越…** ある調査によると、高学歴の男性であればあるほど、お酒が好きなんだそうです。（據調查，學歷越高的男性越愛喝酒。） |

## 378

**「少子化」也暗藏隱憂。** 「少子化」は、憂慮されるべき問題を、はらんでいます。

| | |
|---|---|
| 衍生 | **幼兒教育、嬰兒用品等產業逐漸萎縮。** 幼児教育、ベビー用品産業は、だんだんと縮小しています。 |
| 衍生 | **很多小學面臨小一新生招生不足的問題。**<br>定員割れを起こしている小学校も、たくさんあります。 |
| 單字 | **【定員割れ】招生人數不足** あの大学は、少子化の影響を受けて、定員割れを起こしました。（那間大學受少子化影響，新生招生人數不足。） |

● 開発途上国（開發中國家）／触れ合い（接觸）／嫌う（討厭）／憂慮されるべき（應該要憂慮）／はらむ（暗藏）／縮小する（萎縮）

# 74 就業趨勢 大學畢業起薪・平均薪資增／減

## 379

**目前大學畢業的起薪大約 25000 元。**

現在の大卒の初任給は、25000元ぐらいです。

衍生 **（碩士／博士）的起薪比大學、高中、專科畢業生較高。**

（修士／博士）の初任給は、大卒や高卒、専門学校卒よりも多いです。

衍生 **剛畢業的新鮮人對薪資的期望，和企業有落差。**

新社会人の希望する給料と社会の実情との間には、大きな差があります。

單字 **【新社会人】社會新鮮人** 弟も、この秋から新社会人になりました。（我弟弟今年秋天成為社會新鮮人。）

單字 **【差がある】落差** 理想と現実には、大きな差があります。（理想與現實有很大的落差。）

## 379

**今年的平均薪資較去年（增加／減少）。**

今年の平均給与は、去年よりも（増加しました／減少しました）。

衍生 **男性的平均薪資高於女性。**

男性の平均給与は、女性よりも多いです。

衍生 **各行業的平均薪資落差很大。**

平均給与は、業種によって、大きな差があります。

單字 **【業種】行業** ４０代で、他の業種に転職するのは、やめたほうがいいです。（都40幾歲了，還是別轉行吧。）

● 初任給（起薪）／ぐらい（大約）／大卒（大學畢業生）／高卒（高中畢業生）／平均給与（平均薪資）

380

**現在多半透過網路人力銀行找工作。** 今(いま)は、求人(きゅうじん)サイトで職(しょく)を探(さが)す人(ひと)が、ほとんどです。

衍生 **縣市政府也舉辦就業博覽會幫民眾找工作。**
地方自治体(ちほうじちたい)も、就職(しゅうしょく)フェアを開催(かいさい)して、求職者(きゅうしょくしゃ)の就業(しゅうぎょう)を促(うなが)しています。

衍生 **我寄了很多履歷表，但都沒有回音。** 私(わたし)は履歴書(りれきしょ)をたくさん送(おく)りましたが、反応(はんのう)はまったくありません。

Q **你在網路人力銀行登錄履歷的嗎？**
あなたは、求人(きゅうじん)サイトに登録(とうろく)していますか。

單字 **【送る】寄送** 企業(きぎょう)に、E-mail(イーメール)で履歴書(りれきしょ)を送(おく)りました。（用電子郵件寄履歷表給公司。）

380

**人力銀行裡有許多職缺。** 求人(きゅうじん)サイトには、募集(ぼしゅう)がたくさん載(の)っています。

衍生 **可是仍有許多人找不到工作。**
仕事(しごと)が見(み)つからない人(ひと)は、今(いま)もたくさんいると思(おも)います。

衍生 **徵才廣告的條件都非常高。**
求人広告(きゅうじんこうこく)の条件(じょうけん)は、どれも厳(きび)しすぎます。

單字 **【募集】招募**
求人(きゅうじん)サイトで、私(わたし)の会社(かいしゃ)が募集(ぼしゅう)を出(だ)しているのを見(み)ました。（我看到我公司在人力銀行網站招募新人。）

● 求人サイト（人力銀行網站）／地方自治体（縣市政府）／開催する（舉辦）／促す（激勵）／登録（註冊為會員）

# 74 就業趨勢 高科技業不再熱門・銷售型工作

## 381

**高科技業不再是求職的熱門首選。** 今はもう、ハイテク産業は、求職者の人気を集めることはなくなりました。

| | |
|---|---|
| 衍生 | **一些傳統產業成功轉型為熱門產業。** 古臭い産業から新しい産業へと脱皮して、注目を集める例もあります。 |
| 衍生 | **許多年輕人投入服務業。** サービス業に従事する若者も、たくさんいます。 |
| 單字 | **【脫皮】轉型** 彼女は、アイドル歌手から大人の俳優へと脱皮しました。（她從偶像歌手轉型為成熟的女演員。） |

## 381

**許多人挑戰銷售型的工作。** セールス関連の仕事に挑戦する人も、たくさんいます。

| | |
|---|---|
| 衍生 | **高獎金、高報酬率的房仲業非常吸引人。** ボーナスなどの報酬が多い不動産業が、人気を集めています。 |
| 衍生 | **據說電視購物節目主持者的收入很嚇人。** テレビショッピングの出演者の収入は、とても多いそうです。 |
| 單字 | **【出演者】參與節目演出者** あの番組の出演者は、どれも聞いたことのない芸能人ばかりです。（那個節目都找些名不見經傳的藝人來參加。） |

● ハイテク（高科技）／サービス（服務）／古臭い産業（傳統產業）／アイドル（偶像）／セールス（業務、銷售）／ボーナス（獎金）／不動産業（房仲業）／テレビショッピング（電視購物）

## 382

**擁有證照能為求職加分。** 資格を持っていると、就職に有利になります。

**衍生** 想從事某些工作，都需要證照資格。
職種によっては、資格が必要な場合もあります。

**衍生** 我沒有任何證照，找不到工作。
私は何の資格も無いので、仕事を探すのが難しいです。

**單字** 【資格】證照
コンピューターの資格を取るために、コンピュータースクールに通っています。
（為了考電腦證照而去電腦教室上課。）

## 382

**失業率愈來愈高。** 失業率は、だんだん高くなっています。

**相似** 很多人一直找不到工作。
長く仕事が見つからない人も、たくさんいます。

**衍生** 也有很多年輕人根本不想找工作。
仕事を探す気がない若者も、たくさんいます。

**單字** 【若者】年輕人
祖父はいつも、「近頃の若者は何を考えているのかわからない」と口癖のように言います。
（爺爺的口頭禪是「真不知道現在的年經人在想什麼。」）

● 職種（職務）／コンピューター（電腦）／コンピュータースクールに通う（去電腦補習班）／だんだん（漸漸地）／見つからない（找不到）／口癖（口頭禪）

# 74 就業趨勢 中年失業・失業後自行創業

## 383

**中年失業令人同情。** 中高年の失業には、同情させられます。

| | |
|---|---|
| 衍生 | **失業會造成嚴重的社會問題。**<br>失業は、重大な社会問題を引き起こします。 |
| 衍生 | **我擔心中年失業。** 私は、中高年になってから失業するのを心配しています。 |
| 單字 | **【引き起こす】引起**<br>この細菌は、体内に入ると、さまざまな病気を引き起こします。（這種細菌進入人體內會引發各種疾病。） |

## 383

**失業後有人選擇自行創業。** 失業して起業を選ぶ人もいます。

| | |
|---|---|
| 衍生 | **沒有收入，有人挺而走險犯罪。**<br>収入が無い人の中には、犯罪に走る人もいます。 |
| 衍生 | **失業經常是自殺的原因。**<br>失業が自殺の原因になることは、よくあります。 |
| 單字 | **【起業】創業**<br>私はこのごろ、起業するための資金を集めています。<br>（我這陣子在籌募創業資金。） |
| 單字 | **【犯罪に走る】犯罪**<br>犯罪に走る青少年は、家庭に問題がある場合が多いそうです。（犯罪的青少年往往家庭都出現問題。） |

● 心配（擔心）／さまざまな（各種的）／病気（疾病）

## 384

**「山寨商品」就是仿冒品。** 「山寨商品」とは、偽物商品のことです。

| | |
|---|---|
| 衍生 | **「山寨商品」的說法源自中國。** 「山寨商品」という言葉は、中国で作られました。 |
| 衍生 | **手機、汽車、皮包等，都有「山寨商品」。** 携帯電話、自動車、財布などの「山寨商品」があります。 |
| 單字 | **【偽物】仿冒品** 偽物か本物か、素人には見分けがつかない場合もあります。（外行人常分不清楚假貨跟真品。） |
| 單字 | **【AとはBのこと】A就是B** ＡＴＭとは、現金自動預け払い機のことです。（ATM 就是自動提款機。） |

## 384

**「山寨商品」形成獨特商機。** 「山寨商品」は、独特の市場を形成しています。

| | |
|---|---|
| 衍生 | **在中國，「山寨商品」迅速搶占市場。** 中国では、「山寨商品」はすぐに市場を席巻してしまいます。 |
| 衍生 | **「山寨商品」有研發成本低廉的優勢。** 「山寨商品」には、研究開発費を抑えることができるという強みがあります。 |
| 單字 | **【抑える】壓制** この新製品は、機能を限定して、価格を抑えました。（這項新產品以功能有限而降低售價。） |

●財布（錢包）／素人（外行人）／見分けがつかない（分不清楚）／強み（優點）

# 75 山寨商品 功能酷炫多樣・真品受打壓

### 385

**「山寨商品」功能酷炫多樣。**
「山寨商品」には、あっといわせるような機能が付いていたりします。

衍生 **「山寨商品」採低價策略。**
「山寨商品」は普通、低価格路線をとっています。

衍生 **「山寨手機」集結各廠牌的優點。**
「山寨商品」は普通、いろいろなメーカーの製品の、いいとこを集めたような製品です。

衍生 **預計接下來將出現「山寨筆電」。**
次は、「山寨ノートパソコン」が発売されるそうです。

### 385

**「本尊商品」往往受到「山寨版」的打壓。**
本家本元の製品は、しばしば「山寨商品」の攻勢に晒されます。

衍生 **「山寨商品」挑戰歐美品牌大廠。** 「山寨商品」は、欧米の大手メーカーに、挑戦を挑んでいます。

衍生 **「山寨商品」襲捲全球。**
「山寨商品」は、全世界を席巻しています。

單字 **【攻勢に晒される】遭打壓** 我社の開発したこの製品は、他社の模倣攻勢に晒されています。（我們公司開發的這項產品，遭同業抄襲而受打壓。）

● あっといわせるような（令人驚奇的）／メーカー（廠商）／いいとこを集める（集結優點）／しばしば（往往）／大手（規模大的）／挑戦を挑む（迎戰）

**386**

**有些人無法接受「山寨商品」。** 「山寨商品」は気に食わないという人もいます。

| | |
|---|---|
| 衍生 | **「山寨商品」完全不在乎智慧財產權。**<br>「山寨商品」は、知的財産権をまったく無視しています。 |
| 衍生 | **某些「山寨商品」品質不良。**<br>「山寨商品」には、品質の悪いものもあります。 |
| 衍生 | **早期的「山寨手機」曾經起火。** 「山寨携帯」が現れたばかりのころ、「山寨携帯」が発火したこともあります。 |
| 單字 | **【無視】無視** 村長は、議会の決定を無視して、大批判を浴びました。（村長無視議會的決定，受到強烈批判。） |

**386**

**「山寨商品」中也有人氣商品。** 「山寨商品」には、「人気山寨商品」もあります。

| | |
|---|---|
| 衍生 | **一旦長相和某個名人極為相像，那個人就被稱為「山寨版」。**<br>ある有名人に似ていると、その人の「山寨版」と言われることもあります。 |
| 衍生 | **「山寨版」人物，往往瞬間爆紅。**<br>有名人の「山寨版」は、瞬く間に有名になります。 |
| 單字 | **【瞬く間に】瞬間**<br>台所から火が出て、瞬く間に家全体が燃え上がりました。（火從廚房竄出，瞬間延燒整間屋子。） |

● 気に食わない（看不順眼）／現れたばかり（剛出現）／発火する（起火）／浴びる（遭受）／台所（廚房）／燃え上がる（燃燒）

# 76 選秀節目熱潮 引起熱潮·捧紅參賽者

**387**

**近幾年，選秀節目引起熱潮。** ここ数年、スター発掘番組が受けています。

| | |
|---|---|
| 衍生 | **美國、中國、台灣都有熱門的選秀節目。** アメリカ、中国、台湾では、それぞれスター発掘番組が放送され、人気を集めています。 |
| 衍生 | **可以從 Youtube 網站看到各國選秀節目的精彩內容。** 各国のスター発掘番組の名場面を、Youtubeで見ることができます。 |
| 單字 | **【発掘】發掘** 彼女は、音楽プロデューサーの小室哲哉に発掘され、一躍有名な歌手になりました。（她被音樂製作人小室哲哉發掘，一躍成為當紅歌手。） |

**387**

**選秀節目捧紅許多參賽者。** スター発掘番組に出演した人は、多くが有名になりました。

| | |
|---|---|
| 衍生 | **成名前，那些參賽者可能是非常平凡的人。** 有名になった人は、スター発掘番組に出演する前は、どこにでもいる普通の人でした。 |
| 衍生 | **爆紅後，許多人發行了音樂專輯。** 有名人になってアルバムを出す人も、多いです。 |
| 單字 | **【どこにでもいる普通の人】普通人** 彼は、一見どこにでもいる普通の人ですが、実は有名な画家です。（他看起來普通，實際卻是知名畫家。） |

● 受けている（受歡迎）／アメリカ（美國）／それぞれ（各自）／スター発掘番組（選秀節目）／名場面（精采畫面）／プロデューサー（製作人）／アルバムを出す（發行專輯）／一見（乍看）

台灣參賽者紅到美國．逐漸退燒

# 選秀節目熱潮 76

## 388

**台灣也有一位參賽者紅到美國。** アメリカのスター発掘番組に出演して、有名になった台湾人もいます。

| | |
|---|---|
| 衍生 | **他還接受美國知名脫口秀的現場專訪。** 彼は、アメリカの人気トークショーのインタビューを受けたこともあります。 |
| 衍生 | **並且進行現場演唱。**<br>そして、その場で歌を披露してくれました。 |
| 單字 | **【インタビュー】（電視等的）訪問**<br>駅前で、テレビ番組のインタビューを受けたことがあります。（我曾在車站前接受電視採訪。） |

## 388

**選秀節目的熱度逐漸退燒。** スター発掘番組の人気は、一時ほどではなくなりました。

| | |
|---|---|
| 衍生 | **一時爆紅的參賽者，演藝生涯未必平順。**<br>スター発掘番組に出演して有名になった人が、その後も安定した芸能生活を送れるとは限りません。 |
| 衍生 | **許多人不久就被觀眾淡忘了。**<br>しばらくして、みんなに忘れ去られてしまう人もいます。 |
| 單字 | **【忘れ去られる】被淡忘** その歌手は、1曲ヒットさせた後はまったく売れず、みんなに忘れ去られてしまいました。俗に言う一発屋です。（那位歌手唱紅一首歌後就不紅了，到最後被大家淡忘。俗稱「一片歌手」。） |

● アメリカ（美國）／スター発掘番組（選秀節目）／トークショー（脫口秀）／その場（現場）／披露する（發表）／…とは限りません（未必…）／しばらくする（過一陣子）／ヒット（熱賣）／まったく売れず（完全不紅）／一発屋（一片歌手）

# 77 彩券 種類多・一夕致富

## 389

**台灣的彩券種類很多。** 台湾(たいわん)には、いろいろな種類(しゅるい)の宝(たから)くじがあります。

衍生　**各種彩券每周有固定的開獎日。** それぞれの宝(たから)くじは、毎週(まいしゅう)の決(き)まった曜日(ようび)が、抽選日(ちゅうせんび)になっています。

衍生　**頭彩的獎金越高，買彩券的人越多。** 一等(いっとう)の賞金(しょうきん)が多(おお)ければ多(おお)いほど、宝(たから)くじを買(か)う人(ひと)が増(ふ)えます。

單字　**【一等】頭獎**　最近(さいきん)、この売(う)り場(ば)で、一等(いっとう)が出(で)たそうです。（聽說這家彩券行最近開出了頭獎。）

## 389

**中了彩券會讓人一夕致富。** 宝(たから)くじが当選(とうせん)すれば、即座(そくざ)に大金持(おおがねも)ちになれます。

衍生　**因為中了彩券，有人成為億萬富翁。**
宝(たから)くじが当選(とうせん)して、億万長者(おくまんちょうじゃ)になる人(ひと)もいます。

衍生　**好幾次，頭彩的獎金都超過一億元。**
一等(いっとう)の賞金(しょうきん)が一億元(いちおくげん)を超(こ)えたことが、何度(なんど)もあります。

單字　**【即座】立刻**　クレジットカードを紛失(ふんしつ)したことに気(き)がついたので、即座(そくざ)に紛失手続(ふんしつてつづ)きをしました。（我發現信用卡掉了，立刻就辦掛失。）

● 宝くじ（彩券）／決まった（固定的）／抽選日（開獎日）／売り場（彩券行）／大金持ち（超級有錢人）／クレジットカード（信用卡）／紛失する（遺失）／気がつく（察覺到）

## 390

**很多人一次買很多張彩券。** 宝くじを、一度にたくさん購入する人も、多いです。

衍生 **有人會多人集資買彩券。**
宝くじを、何人かで共同で購入する人もいます。

衍生 **有些中獎者會致贈禮金給彩券行。** 台湾では、宝くじが当選したら、宝くじの販売者に謝礼を払う人もいます。

單字 **【共同】共同** ソニーと東芝は、共同で新型携帯電話を開発することを発表しました。（索尼和東芝發表聲明，將共同開發新型手機。）

## 390

**銀行會保密中獎者的姓名。** 銀行が宝くじの当選者の氏名を公表することは、絶対にありません。

衍生 **有些中獎者會捐獻部分獎金。** 宝くじの賞金の一部を、社会福祉団体などに寄付する人もいます。

衍生 **據說國外有些彩券中獎者的下場都不好。** 海外では宝くじが当選して不幸になる人もいるという話を聞きました。

單字 **【寄付】捐贈** 私は、ユニセフ募金を通じて、恵まれない子供たちに、2万円を寄付しました。（我透過聯合國兒童基金會，捐贈 2 萬日圓給受難兒童。）

● ユニセフ（聯合國兒童基金會）／通じる（透過）／恵まれない子供（受難兒童）

# 78 展場 show girl 大型展場有許多 show girl・年輕高挑

## 391

**大型展場會有許多 show girl。** 大規模な展示会には、たくさんのイベントコンパニオンがいます。

衍生 **show girl 要負責推銷新商品。** イベントコンパニオンの主な仕事は、新しい製品を紹介することです。

衍生 **show girl 能吸引人潮聚集。** イベントコンパニオンがいるところには、人だかりができます。

單字 **【人だかり】人潮** 秋葉原に麻生首相が現れると、あっという間に人だかりができました。（麻生首相一現身在秋葉原，人潮瞬間聚集過來。）

## 391

**show girl 都是年輕高挑。** イベントコンパニオンは、若くて背が高い女性ばかりです。

衍生 **很多人拿相機猛拍 show girl。** ひたすらイベントコンパニオンの写真を撮っている人もいます。

衍生 **有人會對 show girl 伸出鹹豬手。** イベントコンパニオンの体に触れたがるスケベ男もいます。

單字 **【ひたすら】專注地** 彼は大の漫画好きで、朝から晩までひたすら漫画を読んでいます。（他是個超級漫畫迷，從早到晚都一直在看漫畫。）

單字 **【触れる】觸碰** 展示品には、手を触れないでください。（請不要用手觸碰展示品。）

● イベントコンパニオン（show girl）／現れる（出現）／あっという間（瞬間）／触れたがる（試著觸碰）／スケベ男（色狼）／大の…好き（超級喜歡…）

近年多起貪瀆醜聞・官員黯然下台

# 官員貪瀆醜聞 79

392

**近幾年發生多起官員貪瀆醜聞。** ここ数年、官僚の汚職事件が、相次いでいます。

| | |
|---|---|
| 衍生 | **一些公務人員收取不當利益。**<br>不当に利益を得ている公務員もいます。 |
| 衍生 | **也有人因職務之便涉嫌關說。**<br>地位を利用して、不正な口利きなどをする人もいます。 |
| 單字 | **【不当に】不正當、不合理** 不当に安い価格で商品を販売することを、ダンピングといいます。（以不合理的低廉價格販賣商品，稱為「傾銷」。） |
| 單字 | **【不正な】違反規範的**<br>テスト中に、不正な行為をすることを、カンニングといいます。（考試時，違反規定的行為稱為「作弊」。） |

392

**涉嫌貪瀆的官員黯然下台。** 汚職事件を起こした官僚は、憔悴しきった顔で辞職します。

| | |
|---|---|
| 衍生 | **在台灣，若查證屬實，貪瀆者將判刑入獄。** 台湾では、汚職事件で有罪判決が出れば、実刑になります。 |
| 衍生 | **一些貪瀆者真的是貪得無厭。**<br>いくら汚職をしても満足することがない者もいます。 |

● 汚職（收賄）／相次ぐ（相繼發生）／不正な口利き（關說）／ダンピング（傾銷）／テスト（考試）／カンニング（作弊）／起こす（發生）／憔悴しきった（非常憔悴）／実刑（不經緩刑，直接被關）／いくら…ても（不管…都）

# 80 全球金融風暴 2008年發生・導因於次級房貸

393

**2008年發生全球金融風暴。** 2008年(にせんはちねん)に、世界金融危機(せかいきんゆうきき)が発生(はっせい)しました。

衍生 **當時全球股市大幅下跌。** 世界金融危機(せかいきんゆうきき)が発生(はっせい)して、世界中(せかいじゅう)で株価(かぶか)が大暴落(だいぼうらく)しました。

衍生 **許多大型金融機構陸續倒閉。**
大型(おおがた)の金融機関(きんゆうきかん)が、たくさん倒産(とうさん)しました。

單字 **【大暴落】價格嚴重下跌**
ニュースによると、プラチナの価格(かかく)が大暴落(だいぼうらく)したそうです。（據新聞報導，白金價格大跌。）

393

**金融風暴導因於「美國次級房貸」。** アメリカのサブプライムローン問題(もんだい)が、世界金融危機(せかいきんゆうきき)を引(ひ)き起(お)こしました。

衍生 **許多債券型商品都變成廢紙。**
たくさんの証券化商品(しょうけんかしょうひん)が、紙切(かみき)れと化(か)しました。

衍生 **冰島是全球第一個破產的國家。**
まずアイスランドが、国家破産(こっかはさん)してしまいました。

單字 **【紙切れ】小紙片、廢紙**
破産(はさん)したあの会社(かいしゃ)の株(かぶ)は、すべて紙切(かみき)れと化(か)してしまいました。（那家公司破產，旗下股票也全成了廢紙。）

單字 **【化する】變為** 洪水(こうずい)で、道(みち)が川(かわ)と化(か)してしまいました。（洪水氾濫，街道都變成河川了。）

● 株価（股價）／ニュース（新聞）／プラチナ（白金）／アメリカ（美國）／サブプライムローン（次級房貸）／引き起こす（引發）／アイスランド（冰島）

## 394

**「大聯盟」是美國的職棒聯賽。** メジャーリーグとは、アメリカのプロ野球リーグのことです。

衍生　**大聯盟有許多世界各國的好手。** メジャーリーグには、世界中から優秀な選手が集まっています。

衍生　**進入大聯盟之前，球員先在小聯盟磨練。** 選手は、メジャーリーグに入る前に、マイナーリーグで特訓されます。

單字　**【特訓】特訓**　兄は、テニスの全国大会に出るために、有名なテニススクールで、特訓を受けています。（哥哥為了能進全國大賽，還去知名的網球教室接受特訓。）

## 394

**台灣、日本都有球星參與大聯盟。** メジャーリーグには、台湾や日本のスター選手もいます。

衍生　**王建民是第一位在大聯盟表現突出的台灣球員。** 王建民は、台湾人として初めてメジャーリーグで名声を得た選手です。

衍生　**許多年輕球員以進入大聯盟為目標。** 若手の野球選手たちの夢は、メジャーリーグに入ることです。

單字　**【得る】獲得**　当社の製品は、消費者の高い評価を得ています。（本公司的產品獲得消費者很高的評價。）

● メジャーリーグ（大聯盟）／プロ野球リーグ（職業棒球聯盟）／マイナーリーグ（小聯盟）／全国大会に出る（進全國大賽）／テニススクール（網球教室）／スター選手（明星球員）／若手（年輕的新人）

# 82 電子書 成為話題・觸控螢幕

## 395

**近幾年電子書成為話題。** 最近、電子書籍というものが、話題になっています。

| | |
|---|---|
| 衍生 | **已有許多電子書閱讀器問市。** すでにたくさんの電子ブックリーダーが、販売されています。 |
| 衍生 | **閱讀器的功能多元，價格越來越低。** 電子ブックリーダーは、高機能化しつつも、価格は下がっています。 |
| 單字 | **【動詞ます形＋つつも】雖然…、儘管…** 宝くじなんて当たらないと思いつつも、いつも買ってしまいます。（雖然總是想「不可能會中樂透啦」，但還是每期都買。） |

## 395

**新型閱讀器都是觸控螢幕。** 新型の電子ブックリーダーは、タッチパネルで操作できるようになっています。

| | |
|---|---|
| 衍生 | **多數閱讀器都有無線上網功能。** 電子ブックリーダーには、無線LAN機能が付いています。 |
| 衍生 | **一台閱讀器最少能儲存數百本電子書。** 電子ブックリーダーは、電子書籍数百冊を入れることができます。 |
| 單字 | **【付く】附有、備有** この車には、カーナビが付いています。（這部車有衛星導航。） |

● 電子ブックリーダー（電子書閱讀器）／宝くじ（樂透）／当たらない（不會中獎）／タッチパネル（觸控螢幕）／無線LAN（無線上網）／カーナビ（衛星導航）

十分盛行・「揪團」也是社群之一

# 社群網路 83

## 396

**社群網站十分盛行。** ＳＮＳが、はやっています。

**衍生** **具有相同興趣或目的的人，能透過網路集結。**
同じ趣味、同じ目的を持つ者同士が、インターネットを通して集うことができます。

**衍生** **Facebook是近期受人矚目的社群網站之一。**
Facebookは、最近注目されているＳＮＳの１つです。

**單字** **【集う】集結** 私は、アニメファンが集う喫茶店を開こうと思っています。（我想開一家能集結漫畫迷的咖啡館。）

## 396

**「揪團」也是社群的形式之一。** ネットで知り合い、一緒に何かをするというのも、ＳＮＳの使い方の１つです。

**衍生** **透過網路號召團購，購物更便宜。** インターネットで共同購入を呼びかけて、低価格での買い物を実現します。

**衍生** **「揪團網購」要小心詐騙。** インターネットで共同購入をする場合は、詐欺に気をつけなければなりません。

**單字** **【同士】境遇、目的相同的一群人**
今日は、女同士で集まって、映画を見に行きました。（今天我們幾個女人一起去看電影。）

● SNS（社群網路）／はやる（流行）／インターネット（網路）／通す（透過）／アニメファン（漫畫迷）／喫茶店（咖啡館）／開く（創業）／呼びかける（呼籲）／気をつける（小心）

# 84 影音下載 習慣網路下載・網友上傳影片至 YouTube

397

**大家已習慣從網路下載影音資料。** 今や、インターネットで映像や音楽のファイルをダウンロードするのが、普通になっています。

衍生 **有些影音下載是違法的。** 映像や音楽のファイルをダウンロードすると、違法になる場合もあります。

衍生 **許多人從網路下載免費的 MP3 歌曲。** インターネットでＭＰ３をただでダウンロードする人も多いです。

單字 **【ただで】免費** 近所の八百屋で、売れ残りの野菜を、ただでもらいました。（我跟附近的蔬菜店免費要到賣剩的蔬菜。）

397

**YouTube 網站有許多網友上傳的影片。** YouTubeには、ユーザーがアップロードした映像ファイルがたくさんあります。

衍生 **有趣的影片會造成大家瘋狂點選及轉寄。** アクセスした者が、他の者にも教えるので、面白い映像には、アクセスが集中します。

衍生 **影片上傳者並可因此獲得相當可觀的收入。** 映像をアップロードしたユーザーは、かなりの収入を得られます。

單字 **【アップロード】上傳** 面白い映像があるので、動画共有サイトにアップロードしてみました。（我有有趣的影片，將它上傳到影片分享網站。）

● インターネット（網路）／ファイル（檔案）／ダウンロードする（下載）／八百屋（蔬菜店）／アクセス（點閱）／ユーザー（使用者）／動画共有サイト（影片分享網站）

平板電腦問市・衝擊小筆電

# 電腦產品新趨勢

## 398

**輕薄的平板電腦已經問市。** 薄くて軽いタブレットＰＣが、販売されています。

| | |
|---|---|
| 衍生 | **平板電腦具有觸控式螢幕。**<br>タブレットＰＣには、タッチパネルが付いています。 |
| 衍生 | **蘋果生產的平板電腦引起搶購。**<br>Apple社のタブレットＰＣは、飛ぶように売れています。 |
| 單字 | **【販売】販賣**　この製品は、日本でのみ販売されています。（這項產品只在日本發售。） |
| 單字 | **【飛ぶように】飛快地**　最近、ｉPadが飛ぶように売れているそうです。（據說iPad最近狂銷熱賣。） |

## 398

**平板電腦衝擊了小筆電的生存。** タブレットＰＣは、ミニノートパソコンの存在を脅かしています。

| | |
|---|---|
| 衍生 | **筆電、小筆電的市占率逐年增加。**<br>ノートパソコンと、ミニノートパソコンの市場占有率が、年々上昇しています。 |
| 衍生 | **未來桌上型電腦的體積將更輕盈。**　これから、デスクトップパソコンは、さらにコンパクトになるでしょう。 |
| 單字 | **【脅かす】衝擊、威脅**　環境汚染は、人々の健康を脅かしています。（環境汙染正威脅人們的健康。） |

● タブレットPC（平板電腦）／タッチパネル（觸控螢幕）／のみ（只有）／ミニノートパソコン（小筆電）／ノートパソコン（筆電）／デスクトップパソコン（桌上型電腦）／コンパクト（小型）

# 86 節能減碳 各國積極投入・減少二氧化碳汙染

399

**世界各國都積極投入「節能減碳」。** 各国は、省エネと二酸化炭素削減のために、努力しています。

衍生 **「節能」是節約一切能源和資源。** 省エネとは、さまざまなエネルギーと資源を節約するという意味です。

衍生 **「減碳」是減少二氧化碳的排放量。** 二酸化炭素削減とは、二酸化炭素の排出量を減らすという意味です。

單字 **【節約】節省** 自転車に乗れば、交通費を節約できます。（騎腳踏車可節省交通費。）

399

**「少肉食」可以減少二氧化碳的汙染。** あまり肉を食べないようにすれば、二酸化炭素を削減できます。

衍生 **生活中盡量少開車，多搭乘大眾運輸工具。** 自家用車の使用をなるべく控え、公共交通機関を利用するようにしています。

衍生 **要避免商品過度包裝造成浪費。** 資源の無駄なので、商品の過剰包装は避けるようにしています。

單字 **【控える】控制** 病気が治るまでは、お酒を控えてください。（病痊癒之前，請節制飲酒。）

單字 **【無駄】浪費** こんな意味のない会議は、時間の無駄だと思います。（這種沒意義的會議，我覺得很浪費時間。）

● 省エネ（節約能源）／二酸化炭素（二氧化碳）／エネルギー（能源）／減らす（減少）／なるべく（盡量）／公共交通機関（大眾運輸工具）／治る（痊癒）

活用日本語會話大全 / 福長浩二著. –
初版. -- 臺北縣中和市 ： 檸檬樹, 2010. 08
面 ； 公分. --（日語大全系列；1）

ISBN 978-957-28041-5-5（精裝附光碟片）

1. 日語　2. 會話

803.188　　　　99013891

檸檬樹網站・日檢線上測驗平台 http://www.lemon-tree.com.tw

日語大全系列 01

活用日本語會話大全：
日本人說的、用的 4000 句道地日語（附 MP3）

2010 年 12 月 初版

| | |
|---|---|
| 選題企劃 | 檸檬樹出版社 |
| 作者 | 福長浩二 |
| 封面・版型設計 | 陳文德 |
| 執行主編 | 連詩吟 |
| 執行編輯 | 楊桂賢 |
| 發行人 | 江媛珍 |
| 社長・總編輯 | 何聖心 |
| 出版者 | 檸檬樹國際書版有限公司 檸檬樹出版社 |
| E-mail | lemontree@booknews.com.tw |
| 地址 | 台北縣 235 中和市中和路 400 巷 31 號 2 樓 |
| 電話・傳真 | 02-29271121・02-29272336 |
| 會計客服 | 方靖淳 |
| 法律顧問 | 第一國際法律事務所 余淑杏律師 |
| 全球總經銷・印務代理<br>博訊書網 | 知遠文化事業有限公司<br>http://www.booknews.com.tw<br>電話：02-26648800 傳真：02-26648801<br>地址：台北縣 222 深坑鄉北深路三段 155 巷 25 號 5 樓 |
| 港澳地區經銷 | 和平圖書有限公司<br>電話：852-28046687 傳真：850-28046409<br>地址：香港柴灣嘉業街 12 號百樂門大廈 17 樓 |
| 定價 | 台幣 399 元／港幣 133 元 |
| 劃撥帳號・戶名 | 19726702・檸檬樹國際書版有限公司<br>* 單次購書金額未達 300 元，請另付 40 元郵資<br>* 信用卡・劃撥購書需 7-10 個工作天 |